国家社科基金
GUO JIA SHE KE JIJIN HOUQI ZIZHU XIANGMU
后期资助项目

盛德形容：
唐前颂赞文体研究

张志勇 著

中华书局

图书在版编目(CIP)数据

盛德形容:唐前颂赞文体研究/张志勇著. —北京:中华书局,
2024.10. —ISBN 978-7-101-16827-3

Ⅰ.I207.22

中国国家版本馆 CIP 数据核字第 2024DX4932 号

书　　名	盛德形容:唐前颂赞文体研究	
著　　者	张志勇	
丛 书 名	国家社科基金后期资助项目	
责任编辑	余　瑾	
封面设计	毛　淳	
责任印制	管　斌	
出版发行	中华书局	
	(北京市丰台区太平桥西里 38 号　100073)	
	http://www.zhbc.com.cn	
	E-mail:zhbc@zhbc.com.cn	
印　　刷	三河市宏盛印务有限公司	
版　　次	2024 年 10 月第 1 版	
	2024 年 10 月第 1 次印刷	
规　　格	开本/710×1000 毫米　1/16	
	印张 18¾　插页 2　字数 294 千字	
国际书号	ISBN 978-7-101-16827-3	
定　　价	96.00 元	

国家社科基金后期资助项目出版说明

　　后期资助项目是国家社科基金设立的一类重要项目,旨在鼓励广大社科研究者潜心治学,支持基础研究多出优秀成果。它是经过严格评审,从接近完成的科研成果中遴选立项的。为扩大后期资助项目的影响,更好地推动学术发展,促进成果转化,全国哲学社会科学工作办公室按照"统一设计、统一标识、统一版式、形成系列"的总体要求,组织出版国家社科基金后期资助项目成果。

全国哲学社会科学工作办公室

目　录

序　一

李金善

颂和赞是两种源远流长、有丰富历史文化内涵的文体形式。志勇在博士阶段专攻唐代颂赞文，近年来继续向唐前掘进，沿波讨源，上下贯通，创获颇丰，在他的《唐前颂赞文体研究》即将在中华书局出版之际，欣然命笔，谈几点感想。

志勇这本新著，始终贯穿着鲜明、强烈的问题意识。围绕颂、赞两种文体的起源，两者的关系，前代名家不同的颂赞观等，作者不断发问、追寻、求证、比较，力求一一得出自己的认识和回答，这一点给人的印象是十分深刻的。如围绕《文心雕龙·颂赞》篇有关"颂"的论述提出的一系列疑问：刘勰的观点是不是对《毛诗序》的直接继承？《毛诗序》以前有没有关于颂的论说？"颂之名始于商"的意见是否合理？刘勰认为屈原的《橘颂》用相似的事物来寄托情意，把"颂"的内容推广到咏物，那么，《橘颂》是不是最早的咏物颂？后世咏物颂的发展历程又是怎样的？"秦政刻文，爰颂其德"，将周秦时代的石鼓文、刻石文归入"颂"体，是否合理？"汉之惠景，亦有述容。沿世并作，相继于时矣"讨论了颂体"述形容"的一面，那么，后代的哪些颂可以归为"述形容"一类？对于颂体文"不入华侈之区"的写作要求，应该如何理解？后世颂文写作是否符合"纤巧曲致，与情而变"？刘勰认为赞是"颂家之细条"是否合理？或者刘勰之后，颂、赞是否趋合为一？这种打破砂锅问到底的一系列追问，在全书中是贯彻始终的，反映出作者对研究对象持久深入的专注沉潜和缜密思考。

从全书的结构内容来看，作者主要从三方面对从上古到南北朝时期颂、赞这两种文体的起源、发展和流变历程与轨迹等进行整体观照，并就一些关键问题进行翔实考证。首先是辨析颂、赞文体起源阶段的内涵与功能演变情况；其次，梳理颂、赞文体从西周至南北朝这一漫长历史时期内的发展、流变；其三是开辟专章，对魏晋南北朝时期的宗教颂、赞进行了细致的梳理和观照。以上三方面，不仅包涵了作者的许多深刻独到的思考，也体现了作者开阔的全局观。此外，全书的结构层次之清晰分明，学术语言之准确洗练，也是使人印象深刻的。全书文风简洁明快，不蔓不枝，逻辑层次十分清晰。在这方面，河北大学古代文学学科是有光辉传统的，也可以说是我们的一种文风、学风，从顾随先生、詹锳先生到詹福瑞先生，都为我们树立了极高的榜样，志勇此书秉承宗风，深得前辈仪范。

善于从具体而宏阔的历史文化视野观察、把握文体流变，注重社会历史文化环境变迁对文体的影响，是志勇这部新著的另一显著特点。他在书中引用了孙少华的一段论述："在研究古代文学作品的某类'文体'之时，除了关注其最后被文学史认定的'文体'身份，还要关注该'文体'在孕育、发展过程中与其他'文体'的联系、区别或接轨、交融的过程，并与该文体所在时代的思想变化、政治变动与经济条件带来的影响联系起来。"本书在这方面无疑是很突出的。比如结合魏晋时期的政治格局及文人心态，论四言颂何以成为颂体文学的主流，提出"儒家政治理论的实践在现实政治生活中所遭遇的尴尬状态，也必然给部分知识分子带来重建统治秩序的忧患感、紧迫感和使命感"，"反映到文学创作方面，一个重要的举措则是拟古创作大量的四言诗，通过绍继风雅传统来彰显复兴儒家文学理想的决心和信念"；"在'党锢之祸'前后士人之所以创作大量的四言颂，并使这一形式一跃而成为颂体的主流形式，原因就在于他们要用这种源自'诗经三颂'的'雅正'句式来'正本清源'，借此极力提振儒学所崇尚的'雅正'精神"。此外，关于出身寒门素族的曹丕及梁元帝萧绎通过标榜文学来提升自身地位，借文学活动对抗世家大族的文化话语权优势等观点，都体现出深刻的思考和相当独到的眼光。

以上提到的几点之外，关于先秦颂体文可能经历的"先诵后歌、载乐载舞的自然过程"，"诗经三颂"后颂体文在题材内容和形式上的新变，梵文佛经翻译对颂赞文体功能和形式的影响，颂赞文体界限的趋向模糊等问题，书中还有许多精彩深刻的论述，此不复赘举，读者诸君在阅读中自可发现和体会。

谨为序。

2024 年 6 月 10 日

序　二

孙少华

　　"颂"体源自先秦,但两汉多言"赋颂",其意多偏在"赋"上,即以"赋"具有"颂"之功能,并遮蔽了"颂"的文体存在。范晔《后汉书》记东汉文人之作,又将"颂"与"赋""赞"等并列,显然在南朝人的文体意识中,已经将"颂"与"赋"剖离,作为一种独立文体了。但"颂"与"赞"如何可以并称,还是需要我们予以适当辨析的。

　　秦汉人所称"赋颂",重在谈"文之用"。南朝人单列"赋颂赞铭"之类的时候,重在谈"文之体"。但后来"颂赞"合称,又将"用"与"体"融合起来去理解。今所言"颂"与"赞",即在文体功能、文体性质上多有重合。《文心雕龙·颂赞》即持此观念,将二者合而观之,此为本论题展开之依据。《诗》有"三颂",今所见"颂"的最早定义,出自《毛诗序》:"颂者,美盛德之形容,以其成功告于神明者也。""赞"的本义则是指古礼中司仪者引导、协助双方相见的介绍之词,后来方成为文体名称。涓涓源水,不壅不塞,两种文体均起自先秦,传承有自,至南北朝始蔚为大观,具备了更为全面、综合、复杂的意义。这是志勇兄《唐前颂赞文体研究》的价值所在。

　　刘勰是系统考镜"颂""赞"两种文体源流、功能的第一人。他所提出的"颂、赞同源、以颂为主"的观点,实为确论。但不可否认,刘勰也存在着不够全面的认识,如因时代局限,他对"颂""赞"的源与流辨析较为清楚,但对二者在南朝最新的发展动向则无法做出系统的总结。有鉴于此,志勇兄提出了"正体""别体"之说,将符合《文心雕龙·颂赞》批评体系的作品称为颂、赞文学之"正体",将后世发生新变的颂、赞文学作品称为颂、赞文学之"别体"。这种做法,不但总括并包,而且能昭示正变之义,适足发明且补阙矣。

　　"文体"研究,目前已经成为我们研究古代文学的重要视角和对象。但"文体"研究也存在一个障碍:如何将当时文人本人真正的"文体"认识与他们的作品联系起来,既能正确揭示此"文体"之性质、功能,又能正确分析

"作者"本人的文体观、文学观，从而准确反映所研究"文体"的意义和价值，是需要研究者下大功夫细读文本、揣摩作者匠心方能做到的事情。"颂赞"之研究，也不例外。在揭示二者"源流"基础上，如何准确定位二者在不同时代的正确意义，也是需要研究者做出一番细致的工作的。这不仅需要研究者有精细的个案研究的支撑，也要有宏观、融通的研究视野和知识结构。

志勇兄在跟随詹福瑞先生攻读博士阶段，即以有唐一代颂赞文体作为研究对象，积学三年，于唐诗景观之外独辟天地，其《唐代颂赞文体研究》文义卓然，可谓精深。然不前瞻以溯厥源流，则不足以广视正听。正所谓欲流之远者，必浚其泉源，故志勇兄博士后在站期间，又在刘跃进先生的指导下深挖博取，亹亹以求，如此又三年，终于完成对唐前颂赞文体的研究专著。此书付梓，则前后衔接，打通关窍，卒致融汇贯通之境，无疑是对颂赞文体研究的推进，也是古代文体研究的新成果。

该书为黾勉勤力之作，创获良多。首先是辨析了颂、赞文体各自的起源、内涵，从历时性的角度考察功能演变；其次，梳理颂、赞在西周至南北朝时期文体形式和内容的发展与流变；再次开辟专章，研究魏晋南北朝时期宗教相关的颂、赞。这都是相当有价值的探索。此书围绕颂、赞两种文体的源流、演进、前代名家的颂赞观等展开论述，且辟专章探讨宗教题材颂赞与文学生态环境之间密切的互动关系。将"颂""赞"置于文学发展史的动态轨迹上，把文体特征的转换也纳入考察视野。作者研精覃思，具有相当明确的问题意识。之思之问，发微启弊，为建构文体学研究的鳞鳞大厦增砖添瓦，志勇兄此书可谓贡献不菲。

当然，如果从先秦至魏晋南北朝这个历时的角度看，宏观比较揭示出"颂赞"二体在不同历史时期的内涵、功能、意义，进而揭示出"颂赞"二体在南朝被刘勰等人建构起来的理论体系，总结"颂赞"二体的理论意义，还有很大研究空间。志勇兄在这方面已经做了很多研究工作，相信他对此还会有更精深的研究成果问世。

我与志勇兄认识十几年，他是一个心直口快、性格耿直的人，不善言辞，胸无城府，但专心治学，很少参与世俗的是是非非，是一个比较纯粹的学者。或者正因如此，志勇兄才能在繁忙的教学工作之余，一直勤奋读书，成果斐然。这是值得我们学习的地方。邵子有云："心静始能知白日，眼明放会看青天。"读书需要心静，需要摒弃世俗的名利之争，最忌心乱，更不可将读书作为投机钻营的敲门砖。唯有如此，读书人才能做出更大、更好的学问，也才能不被世俗的烦恼所困扰。这是当下我们需要努力的方向。

刘跃进先生曾说："学会整理资料，是学术研究的起点。"本书在围绕着唐前颂赞的文体领域，已经做了卓有成效的攻坚，在更为细致的个案研究方面，还有更多讨论空间。明儒吴与弼曾有言："可以力致者，德而已，此外非所知也。吾何求哉？求厚吾德耳！心于是乎定，气于是乎清。"人生即学问，世事亦文章。盛时努力，岁暮有因。愿志勇兄在今后的学术生涯中，进德修业，晖光日新！

2024 年 7 月，于北京寓所

引　言

一

　　我国历史上对于文体的分类，早在先秦时代就已萌芽，如《论语》中就曾出现过"诗""书"和"诗""文"等名称；《诗经》"六义"中有"风""雅""颂"之分；《尚书》有"典""谟""誓""诰""训"等文体。两汉之际，伴随着辞赋等纯文学的进一步发展，分立了"文章""文学"等名目，也开始出现了诗歌、辞赋、史传、奏议等文体。刘跃进先生指出，中国古代主要文体（这里主要指文章的体裁）在秦汉时期大体定型①。魏晋以降，随着创作实践的演进，文学体裁呈现出了多元分化的趋势。相应地，分体评论也就成为势所必然的内在要求。因此这一时期的文体批评异军突起，在我国古典文论中占据一席之地。比如曹丕在《典论·论文》中提出的"夫文本同而末异"的文学本源观及其"奏议、书论、铭诔、诗赋"四科分体观念，可以视为文体分类的滥觞。稍后，西晋陆机在《文赋》中更进一步将文学作品分为"诗、赋、碑、诔、铭、箴、颂、论、奏、说"十类，并对每一种体裁的特征分别做出精要概括。

　　齐梁时刘勰所著《文心雕龙》中亦有大量篇幅涉及文体批评。从第六篇《明诗》起，至第二十五篇《书记》止，共二十篇章皆论各类文体，亦即刘勰占用了全书五分之二的篇幅论述了诗、乐府、赋、颂、赞、祝、盟、铭、箴、诔、碑、哀、吊、杂文、谐、隐、史、传、诸子、论、说、诏、策、檄、移、封禅、章、表、奏、启、议、对、书、记共三十四种文体的不同特点。若再计入《杂文》中所包含的对问体、七体和连珠体及《书记》中涵括的二十四种支系文体，则《文心雕龙》一书所涉文体几近六十种。甚至亦有学者认为刘勰在《文心雕龙》中实际所涉文学体裁多达近七十种。

　　梁代萧统编纂的《文选》，则将注意力放到了区分"文学"与"非文学"的

---

① 刘跃进《〈独断〉与秦汉文体研究》，《文学遗产》2002 年第 5 期。

界限上面。他以"事出于沉思，义归乎翰藻"为选录标准，把"经书""子书"与历史著作从文学范畴中划出，不予采录。又把属于文学范畴的作品分为三十九大类①。由此可见，前人的文体分类，为后世文学批评家们更进一步地深入探讨文体问题提供了基本的理论框架和范式。

然而，作为最富于创造性的特殊精神产品之一，文学具有最活跃、最具融合力的艺术特征，所以学界在文体、体裁等概念方面一直存在争议，特别是近年来，更显见仁见智。由于各家采取的标准不同，对文体分类的观点也就各不相同。或从文学范畴出发，或从语言学范畴出发，或从美学范畴出发，分别归纳出了各种不同的类目。比如从语言上分类，就出现了韵散之分、骈散之分和文白之分等。本书对文体的理解，则主要是从文学角度考量，同时也借鉴语言学和美学领域的研究成果来加以综合述评。

我国古代文学分体批评亦是源远流长，魏晋以来所奠定的范式应该为历代批评家所继承并遵守。作为文学作品思想内容的外部表现形态，文学体式或者说"文体"，属于作品的形式范畴，指一切文学作品的种类和样式。文体大致包含三层含义：体类、语体和体貌。其中，体类指的是体裁、文体类别、文章宏观的结构形态以及行文方面的结构规范；语体指的是文章所选择的文字所组成的言语系统及其风格特征；体貌是指作品由内而外、从微观言语到宏观结构所表现出来的总体风貌。当然，这与我国古代文论所称的"体""文体"概念比较接近。

二

读书治学中，一个必不或缺的环节就是对底本与校本的选择，这是研究工作的根柢。在本书开始前，有必要对本书征引的文献底本的选用上，作以下四点说明：

1.《十三经注疏》，采用中华书局 2009 年出版的《十三经注疏（清嘉庆刊本）》。虽然学界对此本有一定的争论，但仍不失目前较新、较好的全本。

2.《史记》，选用中华书局 2014 年出版的"点校本二十四史修订本"，这

---

① 参见傅刚《论〈文选〉难体》，《浙江学刊》1996 年第 3 期。又见傅刚《昭明文选研究》的下编第二章《〈文选〉的基本面貌》的第三节《〈文选〉的分类》部分，中国社会科学出版社 2000 年版，第 75 页。

个本子是目前《史记》最新、最权威的整理本。

　　3.书内涉及的唐前作家作品,如有别集且有现代整理本者,则采用别集整理本(如陆云、谢灵运、蔡邕等);如无,则仍采用中华书局1958年出版的清代严可均辑《全上古三代秦汉三国六朝文》本。

　　4.《文心雕龙》,选用人民文学出版社1958年出版的范文澜注《文心雕龙注》本。范注旁征博引,学识性更强,专业性更权威。

　　在我国古代众多的文体中,颂、赞是较为古老的两个种类,均具有独立的文体特征与社会、历史、文化价值。为了有一个较为清晰的认识,本文对唐前诸代的颂、赞创作进行了梳理,今据《全上古三代秦汉三国六朝文》,可以发现:

	西汉前 (含西汉)	东汉	三国	两晋	南北朝	隋、先唐	合计
颂	8题 8首	48题 48首	21题 21首	62题 62首	56题 70首	4题 4首	200题 214首
赞	0	12题 12首	10题 10首	140题 140首	81题 93首	12题 12首	254题 266首

　　注:1.以上数据出自严可均《全上古三代秦汉三国六朝文》,中华书局1958年版。
　　2.表中的"题"指的是目录中的题目名;"首"指的是每题下,作者在题中实际指出的数量。如《云山赞四首》,统计时为一题,四首。但是如陆机的《张二侯颂》,实写张昭、张承,且文中有"二"字的这种情况,以及李充的《九贤颂》题为"九贤",(实际文中现存有"郭有道、管征君、陈太丘、华太尉、嵇中散"这五人,没有"九贤"),对这样的情况,没有视为一题二首或九首,而是仍为一题一首。因本研究的时间关系,待以后再细做。
　　3.表中统计,包括残篇、存目。

　　对比上表即可看出,从西汉中到隋末,七百多年期间的颂、赞数量与三百年唐代的颂、赞数量相比,撇开历史久远,遗失无存的因素,唐代的颂、赞数量还是非常之多的。唐赞几为先唐赞的两倍。

　　研究者对颂、赞文体的注意,始于詹锳先生《文心雕龙义证·颂赞》开头所引述的几段诸家解释"颂赞"的文字:

　　　　范(案:范文澜)注:"讚应作赞,说见《征圣》篇。"

　　　　《释名·释言语》(案:汉代刘熙):"颂,容也,叙说其成功之形容也。"又《释典艺》:"称颂成功谓之颂。"又:"称人之美曰赞。赞,纂也,纂集其美而叙之也。"

　　　　《文章流别论》(案:作者晋代挚虞):"王泽流而诗作,成功臻而颂兴，德勋立而铭着，嘉美终而诔集。……《周礼》太师掌教六诗：曰风，曰赋，曰比，曰兴，曰雅，曰颂。……颂者，美盛德之形容。……后世之为诗者多矣，其称功德者谓之颂，其余则总谓之诗。颂，诗之美者也。古者圣帝明王，功成治定而颂声兴。于是史录其篇，工歌其章，以奏于宗庙，告于鬼神。故颂之所美者，圣王之德也，则以为律吕。或以颂形，或以颂声，其细已甚，非古颂之意。"

《札记》（案：黄侃《文心雕龙札记》）："以今考之，诵其本谊（义），'颂'为借字，而形容颂美，又缘字后起之谊也。……是则颂之谊，广之则笼罩成韵之文，狭之则唯取颂美功德。至于后世，二义俱行。"

《校释》（案：刘永济《文心雕龙校释》）："《说文》曰：'诵，讽也。''颂，貌也。'诵之与颂，其义迥别。康成注《诗》《礼》，皆以美盛德之形容者为颂，古无以刺过之诗为颂者。是以彦和论颂，谓'褒贬杂居，固末代之讹体'也。惟诵之为用，止于讽诵，故其为体，得兼美刺。家父之诵，诵之刺也，吉甫则美诵矣，其显证也。然诵、颂二名，声近通用，经典多有。后人多闻颂为诗篇之异体，鲜知诵亦乐章之别称，遂习而不察也。"

《左庵文论·文心雕龙颂赞篇（下）》（案：刘申叔遗说，罗常培笔述，《国文月刊》一卷十期）："赞之一体，三代时本与颂殊途，至东汉以后，界囿渐泯。考其起源，实不相谋。赞之训诂：（一）明也；（二）助也。本义惟此而已。文之主赞明者，当推孔子作《十翼》以赞《周易》为最古；乃知赞者，盖将一书之旨为之融会贯通以明之者也。及班孟坚作《汉书》，于志、表、纪、传之后，缀以'赞曰'云云，皆就其前之所纪，贯串首尾，加以论断，亦与此旨弗悖。由是以推，东汉以前，赞与颂之为二体甚明。即就形式言，颂必有韵，而赞则可有韵亦可无韵也（《汉书》之赞皆无韵）。

"逮及后世，以赞为赞美之义，遂与古训相乖。不知《汉书》纪、传所载，非尽贤哲，而孟坚篇必有赞，岂皆有褒无贬，有美无刺乎？（如吴王濞传亦有赞）盖总举一篇大意，助本文而明之耳。正以见其不失古义也。

"至范蔚宗《后汉书》，乃以孟坚之传为论（无韵），而以叙传中述某某第几为赞（四言有韵）。《文选》因名之为述赞，别立一类。夫以《汉书》本文祇称为述者，而《后汉书》易名之日赞。即此可以明两汉与六朝区分文体之不同之点矣。

"东汉，郑康成有《尚书赞》，叙《尚书》之源流；文亦散行，有类于后世之序。而汉碑中多有四言韵文而称为序者，又实即后世之所谓赞体。且古常以序赞并称，故知赞之与序实源出一途。至如后之以赞颂相近，盖就变体以言，非其本也。然自东汉以后，颂与赞已不甚分别矣。彦和于赞之本源，考之犹有未精，因附益之于此。"①

以上，本书分别援引范文澜《文心雕龙注》、汉代刘熙《释名》、晋代挚虞《文章流别论》、黄侃《文心雕龙札记》、刘永济《文心雕龙校释》和刘师培《左庵文论》有关颂、赞的论述。不难发现，以上诸家对颂、赞的认识是有所不同的，论述的着眼点也有一定差别。而翻阅现当代学者詹锳、杨明照、牟世金、王运熙、周振甫等人诠释《文心雕龙·颂赞》的著作时，发现他们对这两种文体的认识都是求同存异、见仁见智的。

陆侃如、牟世金认为："'颂'、'赞'是两种文体。本篇以后，常用两种相近的文体合在一篇论述。'颂'和'诵'区别不大，本篇中的'诵'字，唐写本《文心雕龙》便作'颂'。'颂'和赋也很相似，汉代常以赋颂连用。"又有总结性的断语："颂和赞都是歌功颂德的作品，刘勰在本篇中所肯定的一些颂、赞，大都是没有什么价值的。对这两种文体的论述，刘勰过分拘守其本意，因而对待汉魏以后发展演变了的作品，就流露出较为保守的观点。但对这两种区别甚微的文体和汉人已混用不分的赋颂，本篇作了较为明确的界说；对颂的写作，反对过分华丽，主张从大处着眼来确立内容，具体的细节描写则应根据内容而定，这些意见，尚有可取之处。"②他们在指出这两种文体已经没有了实用价值，因而刘勰的观点有些保守之后，又充分肯定了刘勰所提出的汉赋与汉颂的区分标准以及"颂"文体的写作规范等方面的观点。

王运熙在《文心雕龙译注》中认为，"颂着重歌颂功德，在封建社会中用途很广。赞除赞扬外，在篇末以简约之辞总结文意，后世亦常应用（本书五十篇后亦各有赞语）。颂、赞的文学性不及赋体鲜明，它们往往沿用《诗经》

①〔南朝梁〕刘勰著，詹锳义证《文心雕龙义证》，上海古籍出版社1989年版，第311—313页。
②陆侃如、牟世金《文心雕龙译注》，齐鲁书社1981年版，第100页。

的四言句式,比较庄重,不及五言句流美。但它们运用简练的词句扼要叙述对象,也具有一定的文采,表现出作者锤炼词句、刻划描写的功力,即本篇赞语所谓'镂影摘声,文理有烂'"①。

周振甫《文心雕龙注释》:"就文体论看,《颂赞》不必成为两种文体,颂可以在讲《诗经》的风雅颂时谈一下,作为诗中之一体。其他不属于舞歌的颂,有的可归入诗里,有的可归入赋里等。赞也可不必独立成为一体,归入诗或史论等类里。这篇只是发展了陆机《文赋》的分类,比它讲得更细致而已。在选文定篇上,对颂这一体里优秀作品估价不足。这篇在文体论里是比较不重要的一体。"②由此可见周氏对颂、赞的认识较为激进。

综合上文诸家观点来看,陆侃如、牟世金的分析较为客观冷静,王运熙则多为褒赞,而周振甫的观点则倾向于消解颂、赞文体的价值。那么,《文心雕龙·颂赞》到底讲了什么,竟引起诸多学者如此见仁见智的议论?

在这里,先回到文本本身来考察。一般认为,《文心雕龙·颂赞》可分四个部分。刘勰首先界定"颂"的内涵:"四始之至,颂居其极。颂者,容也,所以美盛德而述形容也。"③之后又谈到颂的起源及其发展变化情况。第二部分解析"颂"写作的基本特点,如:"颂惟典雅,辞必清铄。敷写似赋,而不入华侈之区;敬慎如铭,而异乎规戒之域。揄扬以发藻,汪洋以树义。唯纤曲巧致,与情而变。"第三部分阐释"赞"的内涵:"赞者,明也,助也。昔虞舜之祀,乐正重赞,盖唱发之辞也。及益赞于禹,伊陟赞于巫咸,并飏言以明事,嗟叹以助辞也。"之后又谈到赞的起源及其发展变化情况。第四部分论述"赞"写作的基本特点:"古来篇体,促而不广,必结言于四字之句,盘桓乎数韵之辞;约举以尽情,昭灼以送文,此其体也。"最后简单归纳颂、赞的评价标准。总体而言,刘勰认为,颂的功用在于"形容美德",赞的功用在于"赞扬功业、描绘形容和组成声韵,使文辞清晰而鲜明"。这样的颂或赞,是创作的正途;而后世以平常事物为对象来写作颂、赞,则是炫耀辞采来做文字游戏了。

更进一层来看,虽然人们对"颂者,美盛德之形容,以其成功,告于神明

①王运熙《文心雕龙译注》,上海古籍出版社2012年版,第49页。
②周振甫《文心雕龙注释》,人民文学出版社1981年版,第104页。
③范文澜注《文心雕龙注》,人民文学出版社1958年版,第156页。本书中所有《文心雕龙》引文,均引自是书,不再一一注出。

者也"的理解大多没有什么异议,但随着时间的推移,作品的形式和内容却变得逐渐多元化了。从形式方面来看,有四言,有五言,有杂言,有散体,有骈赋,有韵文,各不相同;从内容方面来看,题材也在不断得到拓展与突破——不再仅仅局限于歌颂圣贤王德,将相名臣乃至隐逸之士也开始跻身于颂文当中。而且,咏物拟作也异军突起而成一大新变。因而,学者就不得不重新审视"颂"之体式了。比如,刘勰认为颂在风、小雅、大雅四者之中,虽为"四始"的最后一项,却是诗理之极至。"颂"的功用是通过形容状貌来赞美盛德。由于"颂"是用来禀告神明的,所以其内容必须纯正美善。那么,刘勰的观点是不是对《毛诗序》的直接继承呢?《毛诗序》以前有没有关于颂的论说呢?

刘勰提到:"昔帝喾之世,咸黑为颂,以歌《九韶》。自商已下,文理允备。"那么,是不是自《诗经·商颂》之后,颂的写作方法就完备了?"颂之名始于商"的意见是否合理?

又:"晋舆之称原田,鲁民之刺裘鞞,直言不咏,短辞以讽,丘明子高,并谍为诵,斯则野诵之变体,浸被乎人事矣。"刘勰认为,春秋时晋国、鲁国人以简短之语来讥刺时弊,左丘明和孔顺都把这种话当作"诵"来记载,于是就有了变体的、非正规的颂。由于春秋时期此类"变体之颂"已并非单纯"告神明"而广泛用于"风民情"了,那么"颂"在诞生之初,其功能就是锁定在"述形容而告神明"的吗? 又,刘师培在《左庵文论》中有:"此节彦和曩诵于颂,实为失考。案《说文》:'诵,讽也。'与颂义别。如所引《左传·僖公二十八年》晋舆人之诵及《孔丛子》载鲁人谤诵孔子之词,并见《陈士义篇》,并皆百姓之歌谣;乃讽诵之诵,而非风雅颂之颂。"那么"颂"与"诵"的关系到底如何?

又:"三闾《橘颂》,情采芬芳,比类寓意,乃覃及细物矣。"刘勰认为,屈原的《橘颂》用相似的事物来寄托情意,这就把"颂"的内容推广到细小的事物了(咏物)。那么,《橘颂》是不是最早的咏物颂? 后世咏物颂的发展历程又是怎样的?

"秦政刻文,爰颂其德。"周振甫在《文心雕龙注释》中有:"刘勰提到李斯刻石文,说明他的识力不同于六朝文士,但未作阐发,说明他对李斯刻石文的贡献,估价是不够的。"①事实是不是这样?周秦时代的石鼓文、刻石

_____

①《文心雕龙注》,第157页。

文算不算颂体？

又："汉之惠景，亦有述容。沿世并作，相继于时矣"之句，讨论了颂体"述形容"的一面，那么后代的哪些颂可以归为"述形容"的一类？

至于扬雄《赵充国颂》、班固《安丰戴侯颂》、傅毅《显宗颂》、史岑《和熹邓后颂》，是如何学习"诗经三颂"的？这些作品笔致不同、详略各异，其创作的基本法则是否存在一致性？

至于班固《车骑将军窦北征颂》、傅毅《西征颂》、马融《广成颂》《上林颂》等模仿赋体，究竟是颂耶？赋耶？颂与赋区分的界限何在？

还有崔瑗《南阳文学颂》、蔡邕《京兆樊惠渠颂》等颂体文前加小序，是否颂文在体制方面的又一大变革？

又：扬雄《剧秦美新》、陆机《汉高祖功臣颂》等将褒扬和贬抑混为一体，像"变雅"相对于"正雅"一样，相对于颂之"正体"称之为"变颂"？

另外，对于颂体文"不入华侈之区"的写作要求，应该如何理解？后世颂文写作是否符合"纤巧曲致，与情而变"？

对于"赞"的本质及其起源，刘勰则说："赞者，明也，助也。昔虞舜之祀，乐正重赞，盖唱发之辞也。及益赞于禹，伊陟赞于巫咸，并飏言以明事，嗟叹以助辞也。"这里其实包含了两方面的信息：其一，赞起源于远古五帝时代，前文已有论述；其二，从文体功能方面来说，"赞"是"唱发之辞"，而且还是"飏言以明事，嗟叹以助辞"。刘勰的这种观点，诸家各有解读。那么，赞的原意究竟是什么？

兹以范文澜为例："颂有称颂功德之义；赞则无之。故彦和首标明助二训，盖恐后人之误会也。郑玄注《皋陶谟》曰'赞，明也。'孔子赞《易》，郑作《易赞》，皆以义有未明，作赞以明。自误赞为美，而其义始歧，此考正文体者所当知也。至于赞之为体，大抵不过一韵数言而止，《东方朔画赞》稍长，《三国名臣序赞》及《后汉书赞》，偶一换韵，彦和所谓'古来篇体，促而不广，必结言于四字之句，盘桓乎数韵之辞'，盖即指此。陆士衡《高祖功臣颂》与《三国名臣赞》同体；郭景《纯山海经图赞》与江文通《闽中草木颂》同体；是知颂赞有相通者。彦和所谓颂之细条也。"①

范文澜指出"赞"的本义及其体例，基本符合刘勰的原意，但他又说陆

_____

①《文心雕龙注》，第175页。

士衡《汉高祖功臣颂》与袁宏《三国名臣序赞》是为"同体"，那么二者究竟是否同体？

　　刘师培也有言："自西汉以下，颂赞已渐合为一矣。"①那么自东汉以后，"颂"与"赞"真的已不甚分别了吗？刘勰认为赞是"颂之细条"是否有道理？或者刘勰之后，颂、赞是否趋合为一？事实到底是怎样的？

三

　　如上所述，1949 年以来，仅在《文心雕龙》的研究中才偶有论及颂、赞文体。罗根泽在《中国文学批评史》的第三章《文体类》中谈到历代文体演变史时，对颂、赞文体始有只言片语的解说。如其论述桓范的各体文学方法中，指出桓范的《赞象》中的"夫赞象之所作，所以昭述勋德，思咏政惠，此盖诗颂之末流矣。……若言不足纪，事不足述，虚而为盈，亡而为有，此圣人之所疾，庶几之所耻也"②，是从文体的历史立论，考虑的是文体的历史因素。骆玉明在《文学遗产》1983 年第 2 期上发表有《论"不歌而诵谓之赋"》一文，认为"不能绝对排斥屈赋中某些作品（尤其是《九歌》）本是可以歌唱的，但多数恐怕还是诵读形式。而屈赋之称为赋，是汉人所为，在汉代，屈赋大概已经都是不歌而诵的了。至于'乱'是音乐术语，这固然不错。但'乱'还有其它意义。……汉赋有'乱'的作品多得很，何尝与音乐有什么关系？""'颂之言诵'，汉代赋颂相通，证明赋取义于'诵'。"骆先生的观点引起了学界的注意，首先 1987 年姜建群在《东北师大学报（哲学社会科学版）》第 1 期上发表了《试论赋的名称来源及其属性》一文，针对骆玉明的《论"不歌而诵谓之赋"》一文进行了商榷，比较有说服力。四年后张宇恕在《管子学刊》（1991 年第 4 期）上刊发《"不歌而诵谓之赋"质疑》，指出"'赋'与'颂'还应有感情色彩方面的不同"，"班固也认为赋诗之'赋'是歌咏"。二十多年后，何新文、张家国在《中国文学研究》（2015 年第 3 期）上发表《从目录学的角度探论"不歌而诵谓之赋"——马积高先生〈赋史〉关于赋体论述的启示》，再次将目光指向"赋与颂"的关系上。万光治先生早在 1986

---

　　①刘师培《左庵文论·文心雕龙颂赞篇（下）》，《国文月刊》第 10 期，1941 年 7 月。
　　②罗根泽著《中国文学批评史》，商务印书馆 2017 年版，第 188 页。

年发表有《汉代颂赞铭箴与赋同体异用》一文,开始关注颂、赞的起源、形式和功能等问题,其拓展之功,颇可称道。三十年后,万先生于《中国诗学研究》第十四辑上发表了《从民歌的赋体因素看诵、赋关系的构建——再析"不歌而诵谓之赋"》,再次就这个问题进行了新的论述,指出"班固的'不歌而诵谓之赋'既是赋体成立的基础,也是赋学研究的起点"。

由于自 20 世纪 80 年代以来有关颂、赞的论说零星出现,并在新世纪中渐趋增多的现实,为论述方便,下面以近二十年来有关的颂、赞研究为侧重点,将颂、赞分开论述。

首先介绍关于颂的相关研究。

(一)关于颂的起源

以陈开梅的《颂体的渊源》①和《试探颂体的起源》②为代表。作者认为,颂体是基于远古泛灵论的意识形态和精神、心理的产物,而此种社会文化心理下的原始宗教祭神祭祖乐舞辞和夏商巫卜文化氛围下的祝颂词及金文祷词等,便是孕育颂体的最早萌芽和最初源头,并对后世颂体文学的形成发展起了重要的先导作用。陈开梅二十万字的《先唐颂体研究》(中山大学出版社 2007 年版)中以"人神相通的原始宗教祝祷歌——颂体起源论"为题,对"颂体文学的土壤"进一步做了系统的、充分的剖析论述。

(二)对颂之内容的关注

首先是陈开梅的《魏晋隐逸颂刍论》③,之后是龚世学《先唐颂体"用瑞"考》④。这两篇都对颂的内容进行了论述。特别是后者认为颂体"用瑞"有颂美时政、粉饰太平的政治目的,值得关注。作者指出颂体"用瑞"在先唐时期有着一定的普遍性,这既表明祥瑞文化在此时期的流行,又表明颂体文本颂美的主题意旨与祥瑞所具备的颂美功能相互契合。

陈开梅的专著《先唐颂体研究》中对"祝颂词和金文祷词的功绩"进行了集中的论述,又以"宗庙祭祀乐歌——周代颂体论"为题,对"颂之思想内

---

①陈开梅《颂体的渊源》,《中华文化论坛》2006 年第 3 期。
②陈开梅《试探颂体的起源》,《湛江师范学院学报》2006 年第 2 期。
③陈开梅《魏晋隐逸颂刍论》,《鸡西大学学报》2008 年第 6 期。
④龚世学《先唐颂体"用瑞"考》,《云南社会科学》2011 年第 3 期。

涵"和"颂之艺术特点""颂体诞生的意义"进行了深入研究,同时,也对"《周颂·时迈》为颂体初步确立了规式"和"颂与铭文之区别"进行了论说,之后分别以"南方楚地颂歌——战国楚颂论""秦政刻石文——秦代颂体论""大汉帝国的高歌——汉代颂体论""黑暗政治与玄学思潮的合唱——魏晋颂体论"和"朝代频更的天人感应思潮与佛教文化的合流——南北朝颂体论"为题,对颂的内容和演进历史做了详尽而细致的论述。陈开梅还有《论秦代颂体》①,专门论述秦代颂体的内容特点。

对汉代颂文体内容的讨论中,有段立超《汉代"颂体"的经学化——从〈山川颂〉作为"文颂"说起》一文。作者认为,董仲舒的《山川颂》以经学的方式重新诠释儒家原有的理论观念,形成了对"先秦以来儒家山川传统"非常有效的经学化阐释和表达,伴随此种创造,"山川颂体"的"体格"也由先秦的"祭祀诗颂"向汉代的"解经文颂"转变,发展出新的风格样貌,标志着"颂体"作为文学体裁的新可能②。尚学峰的《东汉颂文的文化特征》则从文化的角度进行剖析,指出东汉颂文从一开始就与国家的礼乐建设结合在一起,受到朝廷的提倡,其功用在于纪功与颂德③。李光先的《论战国至西汉宣帝期间颂体文学的流变》则认为,从《橘颂》到《圣主得贤臣颂》,颂体经历了由自发创作到受命撰写,由依附诗、骚到独立成文的历程④。其他作品还有李谟润《论汉代颂体文学观念》⑤、王洪军《"颂述功德":汉代博士文人诗心蕴藉的时代歌唱》⑥等。

有三篇论文分别从语言学和宗教学的角度展示了关于颂文体内容方面的研究成果,值得重视。首先是吴海勇《汉译佛经四字文体成因刍议》⑦,其次是周苇风《"比其音律"与〈诗经〉四言诗体式的生成》⑧,其三是成娟阳《道教文献中的"颂"及其文体学意义》⑨。特别是最后这篇论文,作

①陈开梅《论秦代颂体》,《佛山科学技术学院学报》2006年第5期。
②段立超《汉代"颂体"的经学化——从〈山川颂〉作为"文颂"说起》,《当代文坛》2011年第3期。
③尚学峰《东汉颂文的文化特征》,《杭州师范大学学报(社会科学版)》2014年第5期。
④李光先《论战国至西汉宣帝期间颂体文学的流变》,《开封教育学院学报》2014年第8期。
⑤李谟润《论汉代颂体文学观念》,《洛阳理工学院学报(社会科学版)》2009年第4期。
⑥王洪军《"颂述功德":汉代博士文人诗心蕴藉的时代歌唱》,《齐齐哈尔大学学报(哲学社会科学版)》2010年第5期。
⑦吴海勇《汉译佛经四字文体成因刍议》,《青海社会科学》1999年第4期。
⑧周苇风《"比其音律"与〈诗经〉四言诗体式的生成》,《中国韵文学刊》2009年第1期。
⑨成娟阳《道教文献中的"颂"及其文体学意义》,《中国文化研究》2010年第2期。

者认为道教文献中的颂可分为三类:道经中的颂、用于解经的颂以及道教
科仪中的颂。这三类颂各有不同的特征。除第二类外,其他两类与偈、赞
存在界限的模糊性。虽然如此,道教文献中的颂从其起源与作用,精神实
质,与仪式、音乐相结合等方面,都与历代文体学著述所言之颂之"正体"相
一致。因此,道教文献中的颂是先秦颂体在后世的持续发展,是古代颂体
研究一个不可忽视的文本内容。这些论文中的一些观点对本书的研究颇
有启示。

《中国古代文体功能研究——以汉代文体为中心》主要以汉代文体为
中心来考察中国古代文体及其功能之间的关系,值得关注。作者指出,"古
代中国向来重祭祀,因此与其它文体相比,诞生于祭祀活动的颂体变化还
是相对较小的。祭祀仪式上用以'告神'的先天出身实际上大致决定了其
本质性特征,从后世的发展流变看,总体上该文体未逸出正体的范围。或
者可以这样说,'颂'是一种十分典雅懿美的文体,功能比较单一,以赞颂为
主业,用于较为庄重的特殊的礼仪场合,表达较为严肃的称颂主题,风格还
是比较鲜明的"①。结论相当有说服力。

在对颂的内容分类上,2009 年吕逸新的《汉代文体问题研究》有着新
的探索。作者认为,"颂可分为颂诗和颂文两类。先秦时期的颂体文学主
要是以《诗经》中的'三颂'为代表的颂诗"②。对于汉代的颂作,他认为在
文体上的发展"主要表现在两个方面:一是序文的出现,二是颂体的赋
化"③。又分别对这两个方面进行了进一步的诠释:"序文多用来详明作颂
的原因,或描述所颂之人事。"并指出颂之序文可有韵,亦可无韵。这些观
点比较合理。

对汉代三大摩崖碑颂《西狭颂》《石门颂》《郙阁颂》的研究也是学界关
注的对象。在文学领域的研究有梁中效《汉代三大摩崖颂碑的文化艺术成
就》和刘丽《论〈西狭颂〉的历史文化背景及文学价值》。前者认为东汉"得
陇望蜀"的战略要地、羌人的进逼和地方官员重视交通道路的建设是"汉三
颂"产生的背景;"汉三颂"是中国交通史上的不朽文献,是中国书法史上的

①郗文倩《中国古代文体功能研究——以汉代文体为中心》,河北大学 2007 年博士学位论文,
第 166 页。
②吕逸新《汉代文体问题研究》,山东师范大学 2009 年博士学位论文,第 68 页。
③《汉代文体问题研究》,第 70 页。

不朽杰作,是中国文学史上的难得佳作,其文化艺术成就受到千百年来中外学者和书法艺术家的充分肯定①。后者强调《西狭颂》不仅在书法史上有极高地位,在文学艺术上也有其特殊价值②。

学术界对《列女传颂》也有不同程度的关注。如史常力《论〈列女传〉中颂的性质》认为,《列女传》每篇传记后的颂的主体是叙事,是对所属传记的缩写,且极有可能是与《列女传》相配图画的文字说明。图画与文字相配合,是为了更好地完成劝诫君王及后宫的目的③。陈丽平《刘歆〈列女颂〉与颂体风貌转变》则从"言说语境"的角度研究,认为刘歆《列女颂》文体总体风格是向诗颂传统回归,但细微处则呈现出诸多特异性④。

在广度和深度上有了新拓展的论文是孙少华的《刘伶〈酒德颂〉及其与道教服饵、饮酒之关系》。这篇论文语多珠玑,认为刘伶《酒德颂》是一篇描写得道的"大人先生"揭露"贵介公子、缙绅处士"伪道学面目的文章。作者指出刘伶好酒,并非"托己保身"或"不遵礼法",而是对魏晋时期道教服食、养生文化的反映。刘伶好酒、服药,皆与其修炼"隐沦"之术有关。《酒德颂》除了具有深刻的道教神仙思想,还有儒家思想的渊源⑤。论文有理有据,重文献,重考证,获得了学界的一致好评。

(三)对"颂"风格的讨论

胡吉星的《作为文体的颂赞与中国美颂传统的形成》一文,从颂、赞文体,美颂传统和美颂精神三个角度,对颂体和我国的美颂传统进行了详细的论述。作者主要通过魏晋以前的颂、赞体的流变来探讨中国文学的美颂传统与美颂精神:"美颂作为一种潜在人内心深处的审美需要,作为一种亘古的文学精神影响了中国各个时期的文学创作。而美颂作为一种文学传统,是随着历史时代的发展逐步形成的。颂赞体不仅是美颂传统的文学载体,对美颂传统的形成与发展也同样有着重要的意义。"⑥作者视野开阔,

---

① 梁中效《汉代三大摩崖颂碑的文化艺术成就》,《咸阳师范学院学报》2009 年第 3 期。

② 刘丽《论〈西狭颂〉的历史文化背景及文学价值》,《天水师范学院学报》2014 年第 4 期。

③ 史常力《论〈列女传〉中颂的性质》,《理论界》2009 年第 5 期。

④ 陈丽平《刘歆〈列女颂〉与颂体风貌转变》,《中南民族大学学报(人文社会科学版)》2013 年第 1 期。

⑤ 孙少华《刘伶〈酒德颂〉及其与道教服饵、饮酒之关系》,《求是学刊》2011 年第 4 期。

⑥ 胡吉星《作为文体的颂赞与中国美颂传统的形成》,暨南大学 2009 年博士学位论文,第 1 页。

具有较高的参照与借鉴意义。

胡吉星博士毕业后也一直关注颂的研究，《论美颂与崇高》认为美颂传统是对中国古代文学发展产生过重要影响的文学传统。中国古代美颂文化与崇高关系非常密切①。之后其《中国古代文人交往中的美颂传统》认为，美颂传统就是作者用诗文歌颂激动自己的神灵、君王、英雄、友人等的文学传统②。此文论述简洁有力。

于浴贤的《论汉代赋论"美颂"精神之缺失》③和黄晓芳的《怨愤、苦痛背后的实录坚守——不容忽视的〈史记〉美颂艺术》这两篇则将目光全聚焦到了"美颂"上。特别是后者认为《史记》的美颂，无畏无私，实事求是，充满正义和骨气，是实录不容忽视的重要部分。首篇选择示美颂、客观叙事寓美颂、他人肯定寄美颂、"太史公曰"表美颂，构成《史记》美颂艺术的表现方式。运用互见法，创体后破体，凸显《史记》美颂艺术的实录特质。先秦美颂传统的陶染、汉代美颂风尚的影响、最初创作动因的诱发，促成《史记》美颂艺术的形成④。这样的讨论为相关研究提供了一个新的思路。

(四)对"颂"演变的研究

2003年郭宝军的硕士学位论文《中古颂文研究》，从颂文形态、文体演变、接受、心态、批评和价值多个方面出发对中古时期的颂文进行了研究⑤。之后有赵英哲的硕士学位论文《颂文文体与唐前颂文概说》"从颂文的创作角度与批评角度出发，梳理了颂文文体的发展流变轨迹，从创作题材、创作形式、创作风格等方面探讨了颂诗与颂文之间的继承与发展关系"⑥。此类关于"颂"的演变的研究论文还有2008年丁静的硕士学位论文《汉代颂体文学研究》⑦、朱秀敏的《建安颂文沿承与新变论略》⑧、陈鹏的

①胡吉星《论美颂与崇高》，《宁夏大学学报(人文社会科学版)》2013年第6期。

②胡吉星《中国古代文人交往中的美颂传统》，《文艺评论》2014年第2期。

③于浴贤《论汉代赋论"美颂"精神之缺失》，《辽东学院学报(社会科学版)》2014年第1期。

④黄晓芳《怨愤、苦痛背后的实录坚守——不容忽视的〈史记〉美颂艺术》，《社会科学论坛》2014年第11期。

⑤郭宝军《中古颂文研究》，广西师范大学2003年硕士学位论文。

⑥赵英哲《颂文文体与唐前颂文概说》，辽宁师范大学2007年硕士学位论文，第1页。

⑦丁静《汉代颂体文学研究》，中南民族大学2008年硕士学位论文。

⑧朱秀敏《建安颂文沿承与新变论略》，《江苏广播电视大学学报》2011年第1期。

《论六朝颂文的骈化及其艺术得失》①、刘涛的《试论南朝颂赞文》②、张鹏的《北朝颂碑文的流变》③等。

林晓光《论汉魏六朝颂的体式确立及流变》④认为，先秦《诗》三颂与六朝颂都以四言为基本的样式，但汉代颂的体式却混杂不齐，颂的文体性弱化，回落到原始的"赞美"意义上。汉末集中出现的"碑颂"取代碑铭的潮流，为颂体回归四言提供了契机，蔡邕是这一潮流中的代表人物。在六朝，还产生了新的五言颂和七言颂。汉末三国的佛教译经沙门以"颂"配译"偈"，另一方面又由于佛教现实传教需求而从诗中因袭了五言甚至七言的样式，五、七言从而进入了颂的范畴。晋宋时期，个人创作的五言颂出现。这一过程也同样发生在了道教中。

（五）对"颂"和其他文体之间关系的辨析

这是近年来学术界关注度最高的地方，一些思想敏锐的有识之士，迅速跟进学术热点，开始扩展研究领域，改变研究方法，不断涌现出具备较高水平的学术研究成果。

走在学界前列对颂文体和其他文体之间关系进行研究的是高淑平和张立兵，他们的论文分别为《六朝时期的咏物铭、赞、颂》⑤和《论先秦两汉的颂、赞、箴、铭》⑥。接着几乎同时进行的是樊露露，她在《颂赞与四言诗的文体辨析》中指出，颂赞以四言韵语为载体，以短小精警见长，在形式上与四言诗接近。她认为，随着魏晋六朝颂赞文的主体由神明到人事细物转移，主旨由祖述功德的儒家说教向性情抒发、意境创造转变，并变赋法铺陈为比兴象征，其中一部分已与四言诗体合流⑦。此外，李贵银《碑文与铭文、颂文及诔文的文体关系》⑧、杨化坤《哀颂的起源和功用》⑨也是较有见

---

①陈鹏《论六朝颂文的骈化及其艺术得失》，《盐城工学院学报(社会科学版)》2008 年第 4 期。

②刘涛《试论南朝颂赞文》，《韩山师范学院学报》2009 年第 2 期。

③张鹏《北朝颂碑文的流变》，《咸阳师范学院学报》2014 年第 1 期。

④林晓光《论汉魏六朝颂的体式确立及流变》，《兰州学刊》2011 年第 2 期。

⑤高淑平《六朝时期的咏物铭、赞、颂》，《齐齐哈尔大学学报(哲学社会科学版)》2008 年第 1 期。

⑥张立兵《论先秦两汉的颂、赞、箴、铭》，西北师范大学 2004 年硕士学位论文。

⑦樊露露《颂赞与四言诗的文体辨析》，《西华大学学报(哲学社会科学版)》2008 年第 3 期。

⑧李贵银《碑文与铭文、颂文及诔文的文体关系》，《社会科学辑刊》2009 年第 6 期。

⑨杨化坤《哀颂的起源和功用》，《阜阳师范学院学报(社会科学版)》2015 年第 6 期。

地的论文。

　　近年的热点集中在对汉代赋、颂关系的讨论上。本书前文谈过对"不歌而诵谓之赋"的商榷,后来继续掀起这场"赋""颂"辨析热潮的是王长华和郗文倩这一老一少两位学者。他们的代表论文为王长华的《汉代赋、颂二体辨析》①、郗文倩的《秦汉时期颂体的礼仪性创作及其赋颂辨析——兼谈文体功能研究的重要意义》②。这两篇论文为学术界关注"赋""颂"起到了推波助澜的作用。其中王长华的《汉代赋、颂二体辨析》一文,对汉代出现的"赋""颂"连用的现象进行了深入的剖析,给相关研究带来了很大启发。

　　之后,重要论文开始渐次出现,首先是许智银的《汉代颂赞文化与汉赋》认为汉大赋富丽博杂的内容其实是汉代颂赞文化的折射。汉赋彰显盛德鸿业的夸饰、反映天人相应的美饰等多种表现特色,与统治者提倡制礼作乐、附会吉祥瑞兆、追慕越裳朝贡等的盛世文化心理是密不可分的③。之后是段立超的《蔡邕"颂"作与汉末文学新创》。作者认为汉末社会巨变,在文学转型进程中蔡邕处在一个关键位置。在"颂类"文学体式中,蔡邕的创作"赋""颂"分流,显示出"颂意赋作""赋颂双关"的"炎汉大颂"之衰落;而"碑""颂"融合,则创格为"碑颂联属""颂体悼作"的"末世小颂"之新风④。易闻晓《论汉代赋颂文体的交越互用》认为从写作的实情看,汉人为赋为颂,必有前代与当世文体的交越互用,而赋颂不分,要在赋体颂用,赋是主导的方面,赋的铺陈总是以显示与炫耀表现为颂的功用。从观念的角度看,汉人本于经学立场援《诗》说赋,将《楚辞》纳入《诗》的流变系统,并以荀赋为关捩,而将《诗》学讽劝观念加予赋篇之上,由此形成"讽颂同构"与"二律背反"。从时代的好尚看,帝王的润色鸿业与词臣的出处志节相与为侔,主导着汉大赋的颂扬倾向,而又表现为大国的意绪、物类的铺陈与才学的展示⑤。

　　有分量的论文不断出现。吴光兴的《诗赋·辞赋·赋颂——两汉辞赋

①王长华《汉代赋、颂二体辨析》,《文学遗产》2008 年第 1 期。
②郗文倩《秦汉时期颂体的礼仪性创作及其赋颂辨析——兼谈文体功能研究的重要意义》,《中国韵文学刊》2007 年第 1 期。
③许智银《汉代颂赞文化与汉赋》,《咸阳师范学院学报》2011 年第 5 期。
④段立超《蔡邕"颂"作与汉末文学新创》,《求索》2012 年第 5 期。
⑤易闻晓《论汉代赋颂文体的交越互用》,《文学评论》2012 年第 1 期。

文学的方向性及其认同问题》一经刊发,甚有影响。吴先生通过辨析"诗赋""辞赋""赋颂"三个称名与其间多种复杂纠结的关系,对汉代辞赋文学的体制与价值观念的方向性问题进行辨证。论文将两汉辞赋文学由讽喻而颂德的价值取向的变迁,与西周中后期以降"变风变雅"传统、"去《楚辞》化"、三代"雅颂正声"等方面联系起来观察,得到对两汉辞赋文学史更为通达的认识①。论述有理有力,语言深刻有致,很有说服力。

　　彭安湘的《汉代颂体风貌以及颂与赋的关系》则从"文体矛盾"的角度入手,指出汉颂在表现对象及题材内容上较先秦颂体自由宽和得多,既具祭祀神明、沟通"德性"的本体用途,又具维护汉庭统治的德化、政教功能。而且,汉颂逐渐从先秦紧密的诗、颂亲缘关系中挣脱出来,并呈现描容、叙事与述意兼具的文体特征。它们在汉代由原本诗性走向散文化的近乎合拍的衍化趋势,造成了两者界限的一度模糊②。何新文、王慧的《班固的"赋颂"理论及其〈两都赋〉"颂汉"的赋史意义》指出,生逢东汉中兴之时的班固,既承儒家《诗》学传统,更受社会清明、帝王倡导、颂文兴盛等时代氛围的影响,作赋与论赋皆以"颂汉"为旨归,所谓"述叙汉德""润色鸿业""光扬大汉",不仅实现了汉赋由讽而颂的转圜,也从此奠定了盛世而赋的"赋颂"传统,颇具"赋史"意义③。这两篇论文都立论清晰,有理有据。

　　丁玲《汉代赋颂关系析论》④、吴子慧《天命之符与东汉文学的赋颂主题》⑤等也都将关注的对象放在汉赋和汉颂关系的辨析上。

(六)关于"诗经三颂"的研究

　　这部分研究当以祝秀权为勤力。2009年至2011年三年间,祝秀权连续发表五篇论文,集中探讨"诗经三颂"的问题。先是《〈诗经〉三〈颂〉性质考论》认为"诗经三颂"的主导思想倾向是颂人而非颂神,颂时王而非颂前

　　①吴光兴《诗赋·辞赋·赋颂——两汉辞赋文学的方向性及其认同问题》,《文学评论》2015年第6期。

　　②彭安湘《汉代颂体风貌以及颂与赋的关系》,《湖北大学学报(哲学社会科学版)》2015年第2期。

　　③何新文、王慧《班固的"赋颂"理论及其〈两都赋〉"颂汉"的赋史意义》,《中南民族大学学报(人文社会科学版)》2015年第2期。

　　④丁玲《汉代赋颂关系析论》,《哈尔滨学院学报》2014年第11期。

　　⑤吴子慧《天命之符与东汉文学的赋颂主题》,《北方论丛》2016年第3期。

王。《颂》诗的宗旨在于颂"今"，而不在颂"古"。《颂》诗的根本性质是颂美时王之盛德、成功。对《颂》诗所颂对象性质的认定是阐释、研究《颂》诗的基础和出发点①。

接着发表《〈诗经·鲁颂〉作者、作时考论》。作者认为，《鲁颂》四诗颂美鲁僖公，均鲁僖公生时所作。鲁僖公收复常与许而修建寝庙，奚斯因其事而作《閟宫》。其事、其时于诗中皆有线索可寻。其他三诗亦大抵是臣奚斯、史克颂鲁僖公之诗。《鲁颂》纯为颂美，无告神之事②。

又《论〈诗经·周颂〉的时代特征》认为，周初《颂》诗对继承文德、保守天命的强调和重视周初统治者具有突出的敬业意识，强烈希望能继承文德，保守天命，这在《周颂》中可确定为西周前期的诗篇里表现得十分明显③。

又在 2011 年先有《上博楚竹书〈孔子诗论〉释"颂"数语考释》，认为上博楚竹书《孔子诗论》释"颂"数语准确地揭示了《颂》诗的内涵，且是《毛诗序》对"颂"的阐释的直接依据和来源。颂时王之成功以告神是《诗经》三《颂》的本质特征。并以上博《孔子诗论》释"颂"数语与相应诗篇相对照，在考查诗篇之义的基础上，考释《诗论》对《颂》的评语的含义④。

再有《论〈诗经·周颂〉的时代特征》，认为《周颂》中的周初诗篇强调继承文德、保守天命，体现了周初统治者突出的敬业意识；而西周中、晚期《颂》诗则只强调求福禄于神祖，这反映了周代统治者在不同时期的不同的思想和精神状态。《周颂》宗教色彩、神灵意识淡薄，抒情、描写多针对现实，具有突出的理性特征。这种理性特征是西周思想文化背景的反映。《周颂》在艺术形式上则显示出中国诗歌在形成之初的诸多原始性特征。祝秀权的研究可谓深入细致⑤。

其他还有崔含《〈诗经〉三颂与颂体文学》，认为"诗经三颂"皆可配乐，《商颂》《周颂》又因其"主告神"而被奉为《诗经》中颂之正体，《鲁颂》则因其理性因素的加强而被视为《诗经》中颂之变体。前者在后世流衍为乐府中

①祝秀权《〈诗经〉三〈颂〉性质考论》，《北方论丛》2009 年第 1 期。
②祝秀权《〈诗经·鲁颂〉作者、作时考论》，《运城学院学报》2010 年第 4 期。
③祝秀权《论〈诗经·周颂〉的时代特征》，《文艺评论》2011 年第 2 期。
④祝秀权《上博楚竹书〈孔子诗论〉释"颂"数语考释》，《河西学院学报》2011 年第 1 期。
⑤祝秀权《论〈诗经·周颂〉的时代特征》，《西华大学学报（哲学社会科学版）》2011 年第 5 期。

的郊庙歌辞等,后者则为后世与音乐分离而成为纯文本形式的颂体文学所仿效,而后世颂体文学又在名称、体制、内容诸方面和"诗经三颂"有密切联系①。

刘生良《风雅颂分类依据之我见》认为,风、雅、颂的分类是以所收诗歌的来源为依据,无论是所收诗歌的客观情势,还是早期整编者的主观选择,都说明诗歌的来源是其分类的首要因素和根本依据,尤其是从他们对诗的具体分类看,自始至终都是以其来源为依据的②。

韩高年、邓国均《周初冠礼仪式乐歌及仪式诵辞考论——以〈周颂〉四诗与〈周书·无逸〉为中心》认为,《周颂》之《闵予小子》《访落》《敬之》《小毖》四诗为周成王冠礼仪式乐歌,而《尚书·无逸》则是周公姬旦在此仪式中告诫成王的仪式诵辞③。

邱梦燕《周初〈颂〉教》认为,颂源于祝嘏神辞,它并非只是以仪式意义存在,而是具有实在的语言意义,在典礼中担负着诰教王、贵族子弟之功能。《颂》所承载的思想与《尚书》几乎一致,两者共同规范着周人精神的主体方向。在周初《颂》便具有了"经"的性质④。

郑志强《〈诗经〉颂体诗新考》认为,《诗经》中四十首左右的"颂体诗"是一种以歌颂先祖为主旨和主要特色的亚诗歌体裁,在题材类型上大致可分为:天子举行禘祫郊类大祭乐歌之诗;春(祠)、夏(禴)、秋(尝)、冬(烝)四时"宗祀"祭祀乐歌之诗;天子"巡守""告成"之祭的乐歌之诗;农事祭祀活动乐歌之诗。在艺术特色上,除以"四言单章"为代表的主流结构形态外,广泛运用了"形容"修辞格,通过"形容"实现对"神"的赞美;突出运用了报告与祈祷的修辞方式,展示出"与神交易"的功利心态;"镶嵌"与"叠字"的手法交相为用,对诗歌韵律节奏的形成起到了相辅相成的作用⑤。

木斋、李明华《论中国诗歌的起源发生——兼论〈周颂〉为中国诗歌的开山之作》认为,《周颂》中的《清庙之什》当主要为周公之作,亦当为中国最早的诗歌作品,或说是中国诗歌的开山之作。从写作方式来说,显示了从

①崔含《〈诗经〉三颂与颂体文学》,《安阳师范学院学报》2010 年第 1 期。

②刘生良《风雅颂分类依据之我见》,《河北师范大学学报(哲学社会科学版)》2011 年第 1 期。

③韩高年、邓国均《周初冠礼仪式乐歌及仪式诵辞考论——以〈周颂〉四诗与〈周书·无逸〉为中心》,《西北师大学报(社会科学版)》2011 年第 6 期。

④邱梦燕《周初〈颂〉教》,《湖南大学学报(社会科学版)》2012 年第 4 期。

⑤郑志强《〈诗经〉颂体诗新考》,《贵州社会科学》2014 年第 11 期。

散文向诗歌过渡的早期痕迹，包括从无韵向有韵的过渡、杂言向整齐四言的过渡等①。

木斋、邹雅莉《论"士"之起源发生及与西周教育的关系——以诗三百〈雅〉〈颂〉之"士"为突破点》认为，诗三百中的《雅》《颂》部分共计出现士二十一次，清晰显示了由学而士、由士而为俊杰髦士、由学者人才而为六卿之首之卿士、由学子而为一般官员总称的内涵演变历程②。

此外对"诗经三颂"的研究，略见下表：

作　者	篇　名	期　刊
杨隽	"金奏"乐象与"祇庸"乐德——兼论《周颂》的礼学文化内涵	《文艺评论》2011 年第 2 期
逯宏	周太师校《商颂》考	《山西师大学报（社会科学版）》2011 年第 6 期
姚小鸥、李文慧	《周颂·有客》与周代宾礼	《学术研究》2011 年第 6 期
郭宝军	从《诗经·颂》拟测《诗经》的最终编订者——兼及孔子删诗说的含义与成立	《西华师范大学学报（哲学社会科学版）》2012 年第 1 期
尹海江	《鲁颂·闵宫》"三寿作朋"考释	《中国文学研究》2012 年第 2 期
韦晓兰	《诗经·鲁颂》"变颂"说	《宜宾学院学报》2014 年第 5 期
冯胜利	语体俗、正、典三分的历史见证：风、雅、颂	《语文研究》2014 年第 2 期
陈桐生	《诗经·商颂》的语言之美	《殷都学刊》2013 年第 4 期
张旭晖	论《鲁颂》在赋体形成中的意义	《名作欣赏》2014 年第 6 期
马金亮、于少飞	20 世纪以来《诗经·鲁颂》研究综述	《山东青年政治学院学报》2014 年第 3 期
傅道彬	周代礼乐歌诗与雅颂诗篇的艺术形态	《学术交流》2015 年第 7 期

————

①木斋、李明华《论中国诗歌的起源发生——兼论〈周颂〉为中国诗歌的开山之作》，《山西大学学报（哲学社会科学版）》2015 年第 3 期。

②木斋、邹雅莉《论"士"之起源发生及与西周教育的关系——以诗三百〈雅〉〈颂〉之"士"为突破点》，《厦门大学学报（哲学社会科学版）》2016 年第 1 期。

续表

作　者	篇　名	期　刊
姚小鸥	殷周两代的文化传承与《商颂》的流传	《北方论丛》2015 年第 3 期
徐琳	春秋文学自觉观念下的《鲁颂》创作	《北方论丛》2015 年第 4 期
张明明	《诗经·颂》声音意象研究	《湖北第二师范学院学报》2015 年第 6 期
孔德凌	《鲁颂·閟宫》的文化精神及其文学价值	《济宁学院学报》2015 年第 1 期
徐丽鹃、陶水平	《风赋、比兴、雅颂新论——兼比较章必功、王昆吾先生的"六诗"观》	《学术论坛》2015 年第 6 期
谭家斌	《〈橘颂〉是屈原管教"王族三姓"子弟的训辞》	《三峡大学学报（人文社会科学版）》2016 年第 3 期
闫孟莲	《〈诗经·商颂〉为商人旧作》	《信阳师范学院学报（哲学社会科学版）》2016 年第 3 期
荣欣	《论〈诗经〉雅、颂中的文王之德》	《文化学刊》2016 年第 1 期

（七）对于颂的语言、艺术研究

肖娅曼《汉语原初"是"为"是"指代词——对早期金文和〈诗·颂〉中"是"的研究》一文通过全面考察西周春秋金文和《诗经·颂》的"是"，认为原初"是"与其他指代词不同，它是一个"是"指代词，除具有指代性以外，还含有"是非"之"是"义。表现为专门指代神灵、祖先、尊贵者等，即"是者"，不指代卑贱丑恶者，即"非者"；而"兹""之""此""斯"都可指代非者。原初"是"不能被"兹""之""此""斯"所替换，反之亦然①。

江林昌、孙进《由清华简论"颂"即"容"及其文化学意义》认为，清华简《周公之琴舞》《耆夜》等材料的出现，为确认"颂"即"容"，"颂"原为诗、乐、舞三位一体的综合艺术形式等提供了重要证据，破解了《诗经》学史上"颂究竟为何"的千古疑题。在此基础上，可进一步讨论颂诗之舞容的宗教学

①肖娅曼《汉语原初"是"为"是"指代词——对早期金文和〈诗·颂〉中"是"的研究》，《古汉语研究》2011 年第 1 期。

与政治学功能。颂诗在形塑中华民族文化心理结构方面曾发挥过重要作用,这对于认识中国文化具有重要意义,亦为深刻理解中国特色社会主义道路与理论提供了悠久而深远的历史依据①。

王洪义《"颂圣":中国历史画的过去和现在》则是从绘画艺术的角度进行研究。作者认为,传统君主崇拜观念的沿袭、现实社会压力下对政治或经济力量的依附,以及对现代国家领袖的真诚拥戴,是中国"颂圣"历史画繁衍不息的主要原因。虽然大量"颂圣"主题导致绘画自律性的缺失,但部分优秀艺术家仍能凭借个人天赋在有限的历史条件下,创造出具有一定艺术价值的历史画作品②。这些论文可以帮助学人加深对颂文体的理解。

对颂文体的研究近两年来稍有沉寂,这其实是学术研究进入转型期的标志。一直关注颂文体研究的学者们,已经不满足于继续以前的批评方法对颂文体进行简单的诠释,大家仍在探索新的出路和方向。

四

相对于颂体研究而言,学界对赞体的关注要少一些,多集中在史赞(论赞)和画赞、像赞方面。目标迥异,结论纷纭。当然这也从一个角度说明了赞体的复杂性。下面分别从赞的起源、赞体辨析以及各类赞的讨论来看2000年以来学术界的研究情况。

(一)关于赞的起源研究

博士学位论文中,目前还不见专题专论。仅有2004年赵彩花的《前四史论赞文体艺术及其文化内涵》③,文中对赞体做有简单的溯源,但只是从"史""史赞"的角度论述。2009年吕逸新的《汉代文体问题研究》,则对赞有着较为明确的梳理,虽然略显简单了些。作者将"赞体的发展"作为一个小问题,就赞的起源、赞的分类和汉代各体赞的风格特点进行了论说。

硕士学位论文中,虽亦无专题出现,但在进行相关问题的研究时,大家都对此问题做有专章梳理、论述,而且个别论文对此问题探讨得还是比较

---

①江林昌、孙进《由清华简论"颂"即"容"及其文化学意义》,《中国高校社会科学》2013年第6期。
②王洪义《"颂圣":中国历史画的过去和现在》,《思想战线》2015年第6期。
③赵彩花《前四史论赞文体艺术及其文化内涵》,复旦大学2004年博士学位论文。

好的。2004 年张立兵的《论先秦两汉的颂、赞、箴、铭》一文,在"论先秦两汉的赞"一章中,专门讨论"赞的本义考辨与赞的起源蠡测"。还以"赞的文体特征"为题,对赞的功用、形体特征、风格与写作要求等问题进行了论述①。2006 年李成荣的《先唐赞体文研究》一文,作者在将赞体文的现有研究成果进行述评之后,对"赞"也进行了文体的定义。她把赞文体界定为:"赞体文是放在文章末尾对整篇文章内容进行概括、阐明、总结的简短言辞或单篇对图画、佛教、历史中的人物、事迹及嘉禾符瑞、雅器宝物等进行称颂赞美的文章。"这个论断清楚、全面,是目前为止所看到的比较好的定义。作者在论文中,对先唐赞体文的发展流变做出了"萌芽期、成形期、繁荣期"的三个分期,在"萌芽期—先秦"这一问题下,对赞体进行了详细的梳理、论述②。

期刊论文方面,钟嘉芳的《赞体溯源》、张立兵的《赞的源流初探》《"赞"有无赞美之义略辨》、李成荣的《〈文选〉赞体文起源考辨》等论文均对赞体的起源做了论述。钟嘉芳在《赞体溯源》一文中认为:"对赞文起源的了解,很大程度取决于对其字义的认识。'赞'字在上古有五种含义,最基本的意义为'助''明',其它皆其引申之义。"到了汉代,"'赞'义增加,有'赞美'之义,这是赞文发生转变的重要因素"。对于赞的起源,作者认为:"赞发源很早,五帝时代已经产生,以口头形式主要用于三方面:祭典重赞、臣赞明事、释理托赞,有一定的实用价值,主要起'辅助''说明'作用,这决定了古赞具有依附性。"③张立兵的《"赞"有无赞美之义略辨》一文把"赞"文体分为两类:"褒赞"与"附赞"。他认为:"'褒赞'之'赞'为'赞美之辞';而'附赞'之'赞'仅为在文章后补充说明或总结全文内容的文体形式,不含褒义。二者之所以不同是由'赞'的训诂意义的衍变形成的。"④李成荣的《〈文选〉赞体文起源考辨》一文认为,萧统《文选》继承了李充《翰林论》中的观点,赞体文应起源于图像。"文体名称与文体内涵是有一定联系的",所以"通过考察'赞''讚'二字的关系,认为赞体文是从'讚'字'明也,称也'的意义上发展

---

① 张立兵《论先秦两汉的颂、赞、箴、铭》,西北师范大学 2004 年硕士学位论文。
② 李成荣《先唐赞体文研究》,辽宁师范大学 2006 年硕士学位论文。
③ 钟嘉芳《赞体溯源》,《湛江海洋大学学报》2006 年第 2 期。
④ 张立兵《"赞"有无赞美之义略辨》,《芜湖职业技术学院学报》2004 年第 1 期。

而来的,其起源是古代的讚辞"①。

郗文倩《赞体的"正"与"变"——兼谈〈文心雕龙〉"赞"体源流论中存在的问题》认为,刘勰《文心雕龙·颂赞》在对赞体的溯源以及文体功能的认定上存在局限,给后世带来困惑。作者认为,赞体命名借用的是先秦时期使用广泛、表明佐助导引等动作意义的"赞"字,早期礼仪活动中赞者赞助仪礼的"导引"之辞不具有文体意义。赞体大量出现并成熟是在两汉时期,最早当为马王堆出土帛书《易赞》,此为文赞,此外尚有史赞、画像赞、婚物赞等不同形态。它们适用领域不一,但从功能上看都以辅助说明为要义,基本保持"赞"之原初意义,故可看作赞之"正体"。而汉代画像作赞以示表彰纪念的社会风气又进一步催生赞之"赞颂"之义的产生,后世人物像赞以赞美为主旨即源于此,此为赞之变体,影响深远②。

(二)关于赞的辨析

博士学位论文方面,除上文提到的赵彩花的《前四史论赞文体艺术及其文化内涵》外,还有郗文倩的《中国古代文体功能研究——以汉代文体为中心》和吕逸新的《汉代文体问题研究》,他们都把研究的视野投到了两汉这个中心。其中《中国古代文体功能研究——以汉代文体为中心》对汉代的像赞有详细的描述;《汉代文体问题研究》一文,分别以"像赞""史赞""哀赞""杂赞"四大类,对赞在两汉(主要为东汉)的发展流变及其特点做了比较详细的论说。

硕士学位论文方面,张立兵的《论先秦两汉的颂、赞、箴、铭》对先秦两汉的赞进行了考述,先是描述了秦代的赞词,接着对汉代的赞,分作"褒赞"和"附赞"两大类,进行了评说,并且对两汉的赞作在形式上的变化也进行了描述③。相较而言,李成荣的《先唐赞体文研究》做得要好一些。上面说了,她把赞体文在先唐时期的发展流变分为"萌芽期——先秦、成形期——汉代和繁荣期——魏晋南北朝"三个时期,然后分别从史赞、经赞、画赞、杂赞四个体类发展的角度,逐一进行论述。在先秦赞体文的萌芽时期,她认

①李成荣《〈文选〉赞体文起源考辨》,《长春师范学院学报》2004年第6期。
②郗文倩《赞体的"正"与"变"——兼谈〈文心雕龙〉"赞"体源流论中存在的问题》,《文艺研究》2014年第8期。
③张立兵《论先秦两汉的颂、赞、箴、铭》,西北师范大学2004年硕士学位论文。

为"赞体文的萌芽赞辞与乐正、祝等的职务有关,又受到《诗经》颂的影响",所以"赞辞多以口语形态存在"。到了汉代,形成了史赞、经赞、画赞、杂赞这些赞体文的体类。魏晋南北朝时期,史赞、经赞、画赞、杂赞四类赞体文作品数量大增,呈蓬勃发展的态势,同时"在时代及文学创作大环境的影响下出现新变和发展,造就了赞体文的繁荣期"。最后论文分析了赞体文的文体特征及价值,作者认为赞在文体上的特征为:篇幅短小、语言清典、风格古雅等,并对其"文体价值、文学价值和文化价值"进行了初步的探讨①。另外,余凤的《汉代"铭"体文学研究》,将汉代的"铭"与"赞"做对比论述,从礼制文化的角度对赞的描述也能给本文以参考②。石超《〈文心雕龙〉"赞曰"研究》以《文心雕龙》"赞曰"为研究对象,从渊源、文体形式、内在思想和思维方式等方面入手,首先辨析"赞曰"与"赞"体文,将"赞"体文作为研究"赞曰"的重要参照系,明确"赞曰"在"赞"体文流变史上的重要地位,认为它的产生乃是刘勰汲取众家思想综合创新的结果。在此基础上,作者追溯"赞曰"的渊源,廓清"赞曰"与史赞、佛教偈颂的关系,明确"赞曰"是承续《列女传》"颂曰"而来,并沿用《列女传》"颂曰"四言八句的体例,其结构明显地呈现出对仗性特征,且采用比兴和对比的言说方式。最后从刘勰的思想渊源入手,联系"赞曰"的内在思想和表述方式,推导出"赞曰"的思维方式具有隐喻性、折中性和辩证性特征,说明了这是刘勰受中国传统思想和佛教思维影响的结果③。王慧娟《〈文心雕龙〉文体论的文化意义及其现代价值——以〈明诗〉、〈颂赞〉、〈谐隐〉等篇为例》以《文心雕龙》中文体论篇名为例来解析刘勰文体论各篇命名的语音隐喻特点及中华民族语音隐喻思维的本质④。这两篇硕士学位论文论述充分有力,有着一定的参考价值。

期刊论文方面,钟嘉芳的《从司马相如〈荆轲赞〉看西汉赞文的体式特征》和高淑平的《六朝时期的咏物铭、赞、颂》发表较早。前者认为司马相如的《荆轲赞》揭示了赞文的新变,"开创了以人物作为赞文对象的风气,概述人物的事迹而寓褒贬之论,文体为四言韵文,奠定了后世一种以人物为对

---

①《先唐赞体文研究》,第1页。
②余凤《汉代"铭"体文学研究》,中南民族大学2008年硕士学位论文。
③石超《〈文心雕龙〉"赞曰"研究》,华中师范大学2010年硕士学位论文。
④王慧娟《〈文心雕龙〉文体论的文化意义及其现代价值——以〈明诗〉、〈颂赞〉、〈谐隐〉等篇为例》,山东大学2011年硕士学位论文。

象、主要表称扬的文体"①。后者对六朝时期的咏物赞做了梳理,指出,"随着南朝文学整体在艺术上的唯美化追求",赞文的"语言形式日趋流美而儒家意志被淡化,大大突破了其本来的典雅范式,内涵平易,生活化、个人化色彩逐渐突出"。此期的赞文"少了说教的色彩,它们的语言都明显具有尚雅尚丽的特点,整体表现出一种端庄优美的风格,比铭文更具有文学性"②。此外刘涛的《试论南朝颂赞文》中,对赞文的起源、功用、体制特点及南朝创作概况也都做了描述。作者认为就赞体文而言,"除讲究骈文的形式技巧外,对于押韵的要求却没有颂体文那样严格,东汉以前基本不求押韵,东汉以后则多押韵"。从语言形式上来看,"赞体文因重概括故用语简洁"③。

　　吴承学、刘湘兰《颂赞类文体》对颂、赞两类文体分别进行了介绍,他们以"类"分别,指出了文体意义,合理有据,比较有说服力④。许智银《汉代颂赞文化与汉赋》认为,汉赋根植于汉代颂赞文化。汉帝国强大恢弘的气度培育了汉人囊括宇宙的胸怀气魄,造就了汉赋壮丽充沛的气势。汉大赋富丽博杂的内容其实是汉代颂赞文化的折射⑤。高明峰《上古"赞"义与"赞辞"考述》认为,上古赞辞可分为仪式赞辞和非仪式赞辞,为后世赞文之源头。上古赞辞的形式和内容为后世赞文的发展奠定了基础⑥。高明峰又作《"赞"文分类与〈文选〉录"赞"》进一步论析,认为汉魏以来,赞可分为散文之赞和韵语之赞两类。散文之赞主要有经赞和史论赞,分别重在阐明与评论;韵语之赞主要有仪赞、画赞、史述赞和杂赞,为赞文之主体。其文或与仪式活动相关,或阐明图画、赞颂人像,或用于史书中概述大意、兼行褒贬,或随地取材、因材施赞。其体以四言体为主,兼有五言、七言、杂言,甚或骚、赋诸体,通篇押韵,多为隔句用韵,或一韵到底,或每四句、六句抑或八句、十句一换韵,或无一定之规,通篇灵活换韵。入选萧统《文选》的赞文,在类型上分属画赞、人物杂赞、史述赞和史论赞,其得以入选,主要在于

---

①钟嘉芳《从司马相如〈荆轲赞〉看西汉赞文的体式特征》,《井冈山学院学报》2006年第3期。
②高淑平《六朝时期的咏物铭、赞、颂》,《齐齐哈尔大学学报(哲学社会科学版)》2008年第1期。
③刘涛《试论南朝颂赞文》,《韩山师范学院学报》2009年第2期。
④吴承学、刘湘兰《颂赞类文体》,《古典文学知识》2010年第1期。
⑤许智银《汉代颂赞文化与汉赋》,《咸阳师范学院学报》2011年第5期。
⑥高明峰《上古"赞"义与"赞辞"考述》,《常熟理工学院学报》2012年第5期。

情辞之美①。李小青《魏晋南北朝赞体文探析》认为，魏晋南北朝赞体文无论在题材内容还是文体形式上，都获得了丰富和发展，咏人、咏物、咏佛等题材大量出现，赞文篇幅和文体样式也有所变化创新，呈现出繁荣的局面，具有独特的文学价值和文化意蕴②。

两篇从语言学的角度解读的论文值得学人参考。一为张义《说"赞"》，认为"赞"实际上与音"贤遍反"的"见"相对应，这是古汉语的一种清浊交替的语法现象。"赞"的引见之义，是"见"的尊卑相见之义的进一步引申。"赞"与"见"构成同源关系，"赞"的引见之义，通过假借赋予了"薦"，而"引荐"之"荐"取代"引薦"之"薦"也是通假关系③。二为张雷红《"赞"的词义和词性变化——由"点赞"说起》，对当代网络词语"点赞"中的"赞"意义和词性进行了梳理分析④。

(三)赞类研究

1. 对史赞(论赞)的研究

因为本文的研究对这种赞体不过多涉及，所以，这里仅简单地介绍一下。

博士学位论文方面，有前面谈到过的赵彩花的《前四史论赞文体艺术及其文化内涵》。硕士学位论文方面，有邹军诚的《〈史记〉〈汉书〉论赞序比较》、胡大海的《〈史记〉论赞研究》⑤、唐莹的《〈后汉书〉序论赞研究》、梁娟娟的《范晔〈后汉书〉论赞研究》、吕海茹的《唐前史书的论赞研究》、高鸿鹏的《〈汉书〉论赞研究》、王琳琳的《〈汉书〉论赞研究》、王艳娜的《〈汉书〉、〈后汉书〉序论赞比较》以及相关的李艳丽的《"太史公曰"、"异史氏曰"比较研究》⑥等，下面择要述说。

邹军诚《〈史记〉〈汉书〉论赞序比较》把《史记》《汉书》论赞序的体例概括为以下几条，颇有启发意义：一是阐明立篇之旨；二是偏举一事与举一以

---

①高明峰《"赞"文分类与〈文选〉录"赞"》，《河北科技大学学报(社会科学版)》2012年第3期。

②李小青《魏晋南北朝赞体文探析》，《山西农业大学学报(社会科学版)》2015年第10期。

③张义《说"赞"》，《淮北师范大学学报(哲学社会科学版)》2013年第4期。

④张雷红《"赞"的词义和词性变化——由"点赞"说起》，《现代语文(语言研究版)》2015年第4期。

⑤胡大海《〈史记〉论赞研究》，安徽大学2001年硕士学位论文。

⑥李艳丽《"太史公曰"、"异史氏曰"比较研究》，内蒙古民族大学2009年硕士学位论文。

例其余；三是于正传之外采轶事以补其漏；四是阐明互见，对比义例；五是考诸涉历所亲见。其中第五条是班固《汉书》论赞序中所没有的[①]。唐莹《〈后汉书〉序论赞研究》对《后汉书》的序、论、赞进行研究分析，探讨《后汉书》史论的文体特征、思想内容及艺术特色，认为范晔作史论的自觉意识十分强烈；又从史论的表达方式、词语表达、语言形式三方面对《后汉书》史论的艺术特征进行研究[②]。梁娟娟《范晔〈后汉书〉论赞研究》认为，范晔《后汉书》论赞对"迁固之道"多有突破，对史书论赞体规范的确立产生了深远的影响[③]。吕海茹《唐前史书的论赞研究》认为，史书论赞的缘起为"君子曰""君子谓""君子以是知"等，主要有两个作用：一是作为附论用于传末作评，评判事之对错，人之善恶。它在不同时期、不同史书中，出现的名目有所不同。二是文人雅士评论古今人事或详经史之言，此种史论文学意味很浓。最后探讨了论赞对文学的影响[④]。高鸿鹏《〈汉书〉论赞研究》认为，《汉书》论赞在史书论赞体例上起到了承前启后的关键作用，后世史书多以《汉书》"赞曰"的形式为规范。除了在形式上影响史学外，其精神、内容与作用也对后世产生了深远的影响。重视历史、尊重良史信史，以及戒鉴世人的史学精神，能够延续两千多年，《汉书》"论赞"功不可没[⑤]。王琳琳《〈汉书〉论赞研究》主要阐述论赞的内容，蕴含褒贬、彰善瘅恶、补增传文、明言取舍、发表议论、寄情感慨，彰显了《汉书》论赞内容的丰富多彩[⑥]。王艳娜《〈汉书〉、〈后汉书〉序论赞比较》先是对两《汉书》序论赞评论对象、视角、立场的比较，之后对两《汉书》序论赞之思想、艺术特色进行了比较[⑦]。

　　期刊论文方面，前些年有李乔的《说"论赞"》[⑧]、谌东飚的《〈史记〉论赞对古代杂文文体的影响》[⑨]、辛刚国的《中国史书的赞论何以成为一种文学

①邹军诚《〈史记〉〈汉书〉论赞序比较》，湖南师范大学 2006 年硕士学位论文。

②唐莹《〈后汉书〉序论赞研究》，湖南师范大学 2009 年硕士学位论文。

③梁娟娟《范晔〈后汉书〉论赞研究》，河北师范大学 2011 年硕士学位论文。

④吕海茹《唐前史书的论赞研究》，河北大学 2013 年硕士学位论文。

⑤高鸿鹏《〈汉书〉论赞研究》，河北大学 2014 年硕士学位论文。

⑥王琳琳《〈汉书〉论赞研究》，辽宁大学 2015 年硕士学位论文。

⑦王艳娜《〈汉书〉、〈后汉书〉序论赞比较》，湖南师范大学 2015 年硕士学位论文。

⑧李乔《说"论赞"》，《中国图书评论》1995 年第 6 期。

⑨谌东飚《〈史记〉论赞对古代杂文文体的影响》，《云梦学刊》2007 年第 1 期。

文体？》①、白绍华的《两汉文学批评之史书体论析》②，以及张新科先生的《从唐前史传论赞看骈文的演变轨迹》③，等。还有从历史的角度，对史赞进行研究的，如许殿才《〈汉书〉的论赞》④、张涛《史赞来源小考——读刘向〈列女传〉颂札记》⑤等论文。

　　下面对近几年的几篇论文择要述说。尹静静《刘知几〈史通·论赞〉考析》从刘知几对"论赞"的命名入手，集中分析了其论赞观的四个方面，进而探讨该篇中所体现的刘知几的著史思想，最后又从"太史公曰"及论赞源流的角度对篇目中值得商榷之处予以辨析⑥。梁冬丽《史传论赞流变与通俗小说篇尾诗的生成》指出，史传论赞在功能上对通俗小说篇尾诗的形成有启示作用，可以总结、评议与指示小说的道德价值；在形式上有"前导语＋韵文"的示范作用。这正是通俗小说"有诗为证"传统生成的史学背景之一⑦。彭利辉《〈后汉书〉序论赞与东汉士林精神》认为，范晔《后汉书》序论赞对东汉士林精神做了历史性阐发，对后世士人精神气骨有很大的溉养之功⑧。常品《诗化叙事：〈史记〉论赞的另一种解读》认为，《史记》论赞寓断于事，以诗意化的情感叙事为出发点，以它博大精深的内容、实录的原则和激越的感情以及叙论结合的高超艺术成为后世的典范。同时，也以其开放的心态和复调思维，穿插各种评判的声音，直面错综复杂的历史问题，在论赞中常发"一家之言"，其传文和论赞，构成另一种对话，有效处理了历史叙事情感与虚构的问题⑨。刘涛《史传论赞演进与六朝骈文形式》对论赞、史传、六朝骈文、丽辞、神理等方面进行了论述⑩。

　　2. 关于画像赞

　　这一大类一直是学界研究的热点，不仅仅是文学领域（界）、艺术界（关

---

　　①辛刚国《中国史书的赞论何以成为一种文学文体？》，《阜阳师范学院学报（社会科学版）》2004 年第 3 期。

　　②白绍华《两汉文学批评之史书体论析》，《襄樊学院学报》2007 年第 3 期。

　　③张新科《从唐前史传论赞看骈文的演变轨迹》，《文学评论》2007 年第 6 期。

　　④许殿才《〈汉书〉的论赞》，《社会科学辑刊》1996 年第 6 期。

　　⑤张涛《史赞来源小考——读刘向〈列女传〉颂札记》，《文献》1995 年第 2 期。

　　⑥尹静静《刘知几〈史通·论赞〉考析》，《绍兴文理学院学报（哲学社会科学）》2012 年第 2 期。

　　⑦梁冬丽《史传论赞流变与通俗小说篇尾诗的生成》，《安康学院学报》2012 年第 2 期。

　　⑧彭利辉《〈后汉书〉序论赞与东汉士林精神》，《湖南工业大学学报（社会科学版）》2014 年第 6 期。

　　⑨常品《诗化叙事：〈史记〉论赞的另一种解读》，《求索》2015 年第 4 期。

　　⑩刘涛《史传论赞演进与六朝骈文形式》，《文艺评论》2016 年第 1 期。

注绘画史）、哲学界、美学界（关注表现、再现、反映等）、教育界（关注教化、图画）等都有学者对此有关注。和他们相比，文学这个领域的关注反而稍有不足。因此文学文体研究的视野仍需放宽，不能仅抓住赞文的文字不放，还要从相邻的领域学习、借鉴、吸收。在常见的艺术类著作方面，有俞剑华的《中国绘画史》，郑昶的《中国画学全史》，张安治的《中国画与画论》，温肇桐的《古画品录解析》，滕固的《唐宋绘画史》，王颀的《中国古代宫廷绘画管窥》，黄专、严善锌的《文人画的趣味、图式与价值》，张强的《中国画论系统论》，王伯敏的《李白杜甫论画诗散记》以及其主编的《中国美术通史》，谢巍的《中国画学著作考录》等。其他领域的有冯友兰、牟宗三、汤用彤、徐复观、宗白华、李泽厚、葛兆光等人的众所周知的那些著作，以及敦煌学领域的姜伯勤、项楚、荣新江的《敦煌邈真赞校录并研究》等，这里不一一列举。这些著作都对我国古代的画像、画像赞从各个角度做出了各自的诠释和解读，对本研究启发甚大。关于敦煌邈真赞的问题放到下面集中述说。

20 世纪的后二十年中，针对画赞像赞的研究一直停留在史学范畴，如1983 年胡振棋在《晋阳学刊》第 3 期上有《丁本〈历代名臣像赞〉校误》，1987 年王琦珍在《江西师范大学学报（哲学社会科学版）》第 2 期上有《曾巩题王安石像赞辨正》，1991 年李并成在《档案》第 5 期上有《一批珍贵的历史人物档案——敦煌遗书中的邈真赞》，1996 年王非在《西北美术》第 3 期上有《中国绘画史上的几种价值观》等。其中，《一批珍贵的历史人物档案——敦煌遗书中的邈真赞》一文认为，"邈真赞"是"唐宋时期敦煌社会上层人物多在晚年或病危时请当地有名文士为其画像作赞，为的是留下生前容貌德业，以供家属、子孙、门人弟子祭奠瞻仰，并用以训戒、劝勉后人"，并对几篇邈真赞进行了解说。

近十七年来，画赞像赞研究一直热潮不退，这些研究的共同特点是重视客观性和科学性，下面分类述说。

博士学位论文中，有 2002 年贺万里的《鹤鸣九皋——儒学与中国画的功能问题》①和 2007 年郗文倩的《中国古代文体功能研究——以汉代文体为中心》，这两篇论文都有专章对像赞进行了描述论说。

前者从中国画论入手，结合教化功能论与文人画论，对宫廷绘画以及

---

① 贺万里《鹤鸣九皋——儒学与中国画的功能问题》，南京艺术学院 2002 年博士学位论文。

故事图像赞进行了详尽细致的评说。作者认为："教化功能观是关涉到绘画的存在地位和价值的大问题，是画学的中心问题之一；它在绘画题材、立意、创作与品评标准、具体创作图式等方面有一整套理论要求，是儒家文艺观在画学上的集中体现。"作者以"画赞样式与伦理功能的发挥"为题，分别从"画像赞样式的出现""画像赞样式的存在价值""作为现象的画像赞样式""圣贤像赞式的造像法则""圣贤像赞式与文人肖像画的功能表现之不同""造像立意：'历史时空'与'画面时空'的平衡""画像赞造形的类型化和儒家伦理纲常的整一化"等方面立论，层层延展，手段多样。之后又针对"史传赞"为一补充研究，并以"史传赞文的补图作用：不可或缺的一环"为题，从"类型化下图像表意功能的无力""传赞、图画、观众三者的交互作用""图像赏悦价值的旁溢和经史传赞的平衡作用"三个方面对其进行了剖析论述，纵横结合，前后照应，其翰墨勋绩，岂可藏之于深山？

　　后者从文体的功能研究入手，对汉代图画人物风尚与赞体的生成、流变进行了有理有据的论说。作者认为，人物画像赞是古代赞体当中比较重要的一类。然后以"汉代图画圣贤忠孝的风尚以及像赞的产生"为题，从"中国古代图像人物的传统""像赞的产生"两个方面进行描述。作者指出："在汉代人眼里，图像正面人物以示纪念表彰仍然是图像人物的主要功用，起到主流舆论导向的作用，东汉时颂扬之风甚烈，这种观念也就表现得尤为明显。"接着以"赞体的文体功能——以武氏祠堂系列像赞为例"为题，分别从"武梁祠堂系列像赞"和"'赞'与'像'的配合及其功能变迁"两个方面进行论述。作者指出："尽管像、赞配合的形式显示出称颂的功能，然而单就像赞本身而言，无论从内容还是篇章结构看，都更像是说明书，并没有过多称颂之意。"对于像赞的配合，作者认为："无论是对画像所绘内容的描摹讲述，还是对所绘中心人物事迹的叙述，书赞的目的都为便于观者了解画像人物史事、清楚图像情节的来龙去脉，像赞因图像而生，图像借赞文进一步彰显意义，这应当是像赞生成时的基本功能。"最后以"像赞影响下的其它赞体及其文体功能辨正"为题，指出"最初为图像人物作赞，后来画赞分离，赞文逐渐从画像中剥离出来，以文本形式被收集起来并在社会中流传开来，于是单纯文字形式的人物赞开始出现。在这种情况下，人们就索性模仿这样的体式以纯文字形式对人物生平事迹进行记述、品评和赞美，于是，人物赞逐渐成为一种独立的文体。脱离了为图像服务的功能，人物赞也就呈现出不同于像赞的修辞特点，比如说，像赞中说明性文字占有很大比重，而人物赞则以议论、评述为主，故其中颇多褒美之辞，这就使得赞体本身'称颂'的功能进一步被强化了"。作者盈案秉籍，历观高徽，可谓芳旨潜精，增益标胜。

在硕士学位论文方面，有李成荣的《先唐赞体文研究》，其中专列"萧统图像说考辨"一题，指出"图像对赞体文的发展具有巨大的推动作用，但并不是赞体文的起源。……因为赞体文除了图像赞这种形式外，还有哀赞、杂赞等形式，而哀赞是从兼辞中直接发展起来的"。之后作者指出"赞体文的起源是古代的'讚辞'"。王翀《郭璞〈山海经图赞〉研究》以郭璞《山海经图赞》为研究对象，从图赞的创作背景、文本内容、艺术特色及后世影响方面着手，分析了《山海经注》以及赞体文学的发展渊源、文体特色，比较郭璞《山海经图赞》对传统赞体文学的继承和发展，进而考证《山海经图赞》对后世的影响，论述其意义与价值①。李燕《汉魏六朝画赞研究》把画赞在汉魏六朝的发展分成三个时期：汉代的滥觞和成型期、魏晋的繁荣兴盛期和南北朝的持续发展并衍变时期。作者分别从文学、历史学和绘画艺术史的角度来论述画赞的特殊地位。一方面，按照时间顺序，并结合历史背景和作者生平来论述画赞的发展历程；另一方面，按画赞的不同内容、文体特征来分析画赞自身特征以及它所反映的社会状况②。王燕芸《魏晋人物画赞研究》先探讨了魏晋人物画赞兴起的文化原因：人物故事绘画的繁荣为其提供了可靠的素材来源；赞体文不断成熟与分化的有力推动；传记文学和人物品评的创作影响。其次对现存魏晋人物画赞进行了文献梳理和分类。然后从人物画赞对传统儒家思想的背离角度出发，窥探人物画赞中蕴含的玄道佛之音，包括清雅闲适的隐逸情怀、瑰丽神奇的神仙世界以及清净澄澈的佛学精神。之后揭示人物画赞对儒家思想的继承与弘扬，探讨魏晋人物画赞中描绘的儒家理想王国，分别论述了"崇德"与"爱民"的帝王君主观、"忠君"与"仁义"的贤臣志士观以及"温恭"与"明义"的女性书写。最后展示了魏晋人物画赞的文学性，分析了其对古代题画文学的特有价值③。

在期刊论文方面，主要集中在对画赞、像赞的文体辨析上，有香港大学

---

① 王翀《郭璞〈山海经图赞〉研究》，山东大学 2011 年硕士学位论文。
② 李燕《汉魏六朝画赞研究》，暨南大学 2010 年硕士学位论文。
③ 王燕芸《魏晋人物画赞研究》，陕西师范大学 2015 年硕士学位论文。

周锡馥的《论"画赞"即题画诗——兼谈〈先秦汉魏晋南北朝诗〉与〈全唐诗〉的增补》①、李山的《〈诗·大雅〉若干诗篇图赞说及由此发现的〈雅〉〈颂〉间部分对应》②、孙耀斌的《刘勰论颂、赞之流变——兼论画赞和题画诗》③、李翰的《浅谈〈文选〉颂赞体》④、贺万里的《儒学伦理与中国古代画像赞的图式表现》⑤和《中国古代圣贤画像赞的造像法则及其伦理价值》⑥、高明峰的《试论〈文选〉与〈文心雕龙〉对"颂""赞"二体评录之异同》⑦、郗文倩的《汉代图画人物风尚与赞体的生成流变》⑧、张克锋的《论魏晋南北朝画赞》⑨和《中国古代宫廷绘画的比德样式》⑩、娄博的《从象物传承看图赞的形成——兼谈早期汉文化的传承方式》⑪等。其中《论"画赞"即题画诗——兼谈〈先秦汉魏晋南北朝诗〉与〈全唐诗〉的增补》一文认为,颂、赞乃诗之一体,故"画赞"应属题画诗。《试论〈文选〉与〈文心雕龙〉对"颂""赞"二体评录之异同》一文即从颂赞未必诗之一体、画赞与题画诗之异同等方面进行了考论,认为"不能把画赞简单等同于题画诗,或把画赞完全归属于题画诗,两者之间是存在着诸多差异的"。

　　娄博的《从象物传承看图赞的形成——兼谈早期汉文化的传承方式》从早期汉文化象物传承角度切入,指出"图赞具有的图文互注、垂鉴后世的特点",作者认为,"象物乃是早期汉文化重要传承方式之一。而象物传承在历史演变历程中又有两个特点:就其形式而言,逐渐形成图文互注的格局;就其功能而言,受礼乐制度浸染,逐渐承载了垂鉴后世的道德教化内涵"。陈池瑜《汉魏"赋""赞"及〈西京杂记〉〈世说新语〉中的画史材料》认

①周锡馥《论"画赞"即题画诗——兼谈〈先秦汉魏晋南北朝诗〉与〈全唐诗〉的增补》,《文学遗产》2000 年第 3 期。

②李山《〈诗·大雅〉若干诗篇图赞说及由此发现的〈雅〉〈颂〉间部分对应》,《文学遗产》2000 年第 4 期。

③孙耀斌《刘勰论颂、赞之流变——兼论画赞和题画诗》,《中山大学研究生学刊(社会科学版)》2001 年第 2 期。

④李翰《浅谈〈文选〉颂赞体》,《文史知识》2001 年第 4 期。

⑤贺万里《儒学伦理与中国古代画像赞的图式表现》,《文艺研究》2003 年第 4 期。

⑥贺万里《中国古代圣贤画像赞的造像法则及其伦理价值》,《美术观察》2003 年第 7 期。

⑦高明峰《试论〈文选〉与〈文心雕龙〉对"颂""赞"二体评录之异同》,《文史哲》2007 年第 3 期。

⑧郗文倩《汉代图画人物风尚与赞体的生成流变》,《东南文化》2007 年第 3 期。

⑨张克锋《论魏晋南北朝画赞》,《中国书画》2007 年第 3 期。

⑩张克锋《中国古代宫廷绘画的比德样式》,《荣宝斋》2008 年第 3 期。

⑪娄博《从象物传承看图赞的形成——兼谈早期汉文化的传承方式》,《丝绸之路》2009 年第 8 期。

为,西汉武帝时东方朔作《五岳图序》,东汉顺帝时王延寿作《鲁灵光殿赋》,魏初陈思王曹植所作《画赞序》,都有珍贵的绘画史和画论资料。西汉刘歆著、东晋葛洪集《西京杂记》中以短文小说的形式辑录西汉有关建筑、工艺、舞蹈、绘画的故事,刘宋时期刘义庆的《世说新语》也有数则记录顾恺之等画家的故事,这对于早期绘画史研究均有一定的史学价值①。程秀红、管志全《汉代书、画、赞的结合》认为,中国汉代书、画、赞的结合与早期的文化传承方式密切相关,也为宋元时期诗、书、画的结合奠定了基础②。

　　近几年来,这个话题还在不断地被学界关注。

　　2013年张伟有《汉魏六朝画赞、像赞考论》一文,认为画赞、像赞是绘画与文学结合的产物,主要用于称颂人物的功绩。《文心雕龙》以郭璞的《尔雅图赞》作为画赞、像赞系列的代表。画赞、像赞源于图赞或颂。先秦时期就已出现了画赞、像赞的早期形态,东汉初年形成风气和规范。画赞与像赞具有传播、教化、纪实的功能。汉代早期画赞的作者是由官方指定的;东汉末年创作渐趋个人化;魏晋时期,人们既可为同时代人作赞,亦可为帝王、隐士、佛教徒作赞。受到来自佛经翻译和史赞两方面的影响,此时出现了较为长篇的序赞,以补充说明传主的生平。六朝画赞、像赞的表现力增强,人物形象越来越丰满。由于功能过于单一,唐代画赞、像赞日渐式微,逐渐被其他题画文学形式取代③。胡泊《曹植〈画赞序〉所蕴含的理论价值》认为,曹植《画赞序》首次提出绘画艺术的社会价值和意义,首次肯定了绘画艺术“与文同功”的作用。重评曹植《画赞序》,有利于学人进一步了解《画赞序》所蕴含的理论价值,明辨三国时期美术理论研究的状况④。葛春蕃《从〈画象赞〉看曹植的艺术价值观》认为,《画象赞》集中体现了曹植的艺术价值观,即重视艺术的伦理教化作用而不是它的审美价值,究其原因一是受中国传统的儒家功利主义艺术观的影响;二是在绘画题材中,最早成熟的人物画,其主要目的就是起教化作用;三是曹植在“立功”不能后,只好追求“立言”⑤。贺园茂《“画赞”考略》通过分析“画赞”内容、体式的发展

<hr />

①陈池瑜《汉魏“赋”“赞”及〈西京杂记〉〈世说新语〉中的画史材料》,《南京艺术学院学报(美术与设计)》2010年第4期。

②程秀红、管志全《汉代书、画、赞的结合》,《文艺争鸣》2010年第20期。

③张伟《汉魏六朝画赞、像赞考论》,《海南师范大学学报(社会科学版)》2013年第11期。

④胡泊《曹植〈画赞序〉所蕴含的理论价值》,《北京印刷学院学报》2013年第3期。

⑤葛春蕃《从〈画象赞〉看曹植的艺术价值观》,《湖南第一师范学院学报》2013年第6期。

演变过程,特别指出"画赞"内容不仅赞人,同时还产生了大量赞物、赞画的"画赞"①。李明《画赞之文体流变——兼论画赞与题画诗的关系》认为,画赞始以说明为主,渐变为以赞美为主。汉代和魏晋的画赞基本都是以道德教化为旨归的,诗性并不强。齐梁以后画赞在形式上更加精致化,也开始以抒情为创作目的。唐代的一些画赞不仅生动传神,而且有感兴寄托,已经完全诗化了。宋代各种文体进一步融合,苏轼的画赞打破了文体之间的苑囿,画赞和题画诗难分彼此。虽然后来的画赞极类似题画诗,但并不等于题画诗,我们要尊重古人对文体的划分②。

再就是对顾恺之的《魏晋胜流画赞》的讨论:先是 1998 年袁有根的《关于顾恺之〈论画〉与〈魏晋胜流画赞〉题目互误及其他》一文,对《魏晋胜流画赞》是否为顾恺之所作的问题提出看法。作者认为《魏晋胜流画赞》确实是顾恺之所作③。五年后韦宾发表的《〈魏晋胜流画赞〉辨伪》一文,经过考证,认为《魏晋胜流画赞》不是顾恺之所作,是好事者窜入的伪作④。之后袁有根发文回应韦宾,以《〈魏晋胜流画赞〉伪作辨——与韦宾先生商榷》反驳韦宾⑤。后来韦宾又发表《〈历代名画记〉中顾恺之三篇画论皆伪——答袁有根先生》,与袁有根进行再次商榷⑥。

2011 年陈池瑜《顾恺之〈论画〉〈魏晋胜流画赞〉的史学价值及文题辨析》再次把这个问题提了出来。他认为,顾恺之《论画》中对见到的二十幅绘画作品论评其优劣之处,此前还不曾有过论评绘画作品的专文,这对其后的画史画评产生深远影响。《魏晋胜流画赞》是顾恺之作完画赞以后,再添加的叙言。张彦远收录此文时,将赞美画中人物对象功德的"画赞"这部分内容省略,仅保留下来顾恺之议论绘画技法的部分叙言,因此如标为《魏晋胜流画赞叙》更恰当,此文开我国绘画技法理论之先河⑦。李斯斌《〈魏晋胜流画赞〉发微》从文体的角度分析认为《历代名画记》中所存《魏晋

---

①贺园茂《"画赞"考略》,《西北美术》2014 年第 4 期。

②李明《画赞之文体流变——兼论画赞与题画诗的关系》,《广州大学学报(社会科学版)》2014 年第 6 期。

③袁有根《关于顾恺之〈论画〉与〈魏晋胜流画赞〉题目互误及其他》,《新美术》1998 年第 3 期。

④韦宾《〈魏晋胜流画赞〉辨伪》,《美术观察》2003 年第 11 期。

⑤袁有根《〈魏晋胜流画赞〉伪作辨——与韦宾先生商榷》,《美术观察》2004 年第 3 期。

⑥韦宾《〈历代名画记〉中顾恺之三篇画论皆伪——答袁有根先生》,《美术观察》2004 年第 6 期。

⑦陈池瑜《顾恺之〈论画〉〈魏晋胜流画赞〉的史学价值及文题辨析》,《美术研究》2011 年第 3 期。

胜流画赞》实为顾恺之赞序集佚，由此，《魏晋胜流画赞》《论画》是否题目互误的讨论也将得到推进①。2012年潘文协《画赞源流考略——兼论顾恺之〈魏晋胜流画赞〉之真伪与误置问题》也对这个问题进行了进一步的辨析②。

除以上论文外，还有对单篇赞体文的鉴赏、考辨、研究之作，如张铁夫的《柳宗元〈龙马图赞〉考释》③和《柳宗元〈龙马图赞〉试解及其它》④、中国台湾学者方介的《〈尹伊五就莱赞〉析论》⑤等。王招明《〈山海经图赞〉译注〉前言》认为，《山海经图赞》作为诠释性的颂赞文字，有其独特的行文结构和相对固定的叙述方式（名称、特征、功用、发微）。郭璞为了扩展咏赞范围、拓宽想象空间、完成时空穿越，把据典用事融入铺叙之中⑥。

3. 对杂赞的研究

目前学界多集中在对嵇康《圣贤高士传赞》《列仙传》等的研究上。

对嵇康《圣贤高士传赞》的研究，是陈炜平的《嵇康〈圣贤高士传赞〉艺术初探》⑦首先提出来，之后一直无人关注。直至2011年，这个问题又被学界挖掘出来，相继出现了两篇硕士学位论文。一是温晓婷《嵇康及〈圣贤高士传赞〉研究》从文献学的角度出发，研究了《圣贤高士传赞》的撰写原因和过程。然后大致介绍了《圣贤高士传赞》的著录、版本和体例情况⑧。二是谷文彬《嵇康〈圣贤高士传赞〉研究》对《圣贤高士传赞》的创作背景、成书年代、"高士"词义进行了考证，并从嵇康思想及其与皇甫谧《高士传》的比较中进行探讨等⑨。

在对《列仙传》的研究上，施健《〈列仙传〉赞文考论》分析《列仙传》今本的赞文，来分析其在文学史上的意义⑩。夏冬梅、肖娇娇《〈列仙传〉赞语成文与作者考论》认为，《列仙传》中的赞语有两种情况，一是篇后的总赞语，

①李斯斌《〈魏晋胜流画赞〉发微》，《四川师范大学学报（社会科学版）》2011年第1期。

②潘文协《画赞源流考略——兼论顾恺之〈魏晋胜流画赞〉之真伪与误置问题》，《美苑》2012年第2期。

③张铁夫《柳宗元〈龙马图赞〉考释》，《中国文学研究》1999年第3期。

④张铁夫《柳宗元〈龙马图赞〉试解及其它》，《船山学刊》1996年第1期。

⑤方介《〈尹伊五就莱赞〉析论》，《铁道师范学院学报》1995年第2期。

⑥王招明《〈山海经图赞〉译注〉前言》，《书屋》2015年第1期。

⑦陈炜平《嵇康〈圣贤高士传赞〉艺术初探》，《玉林师范学院学报》1997年第4期。

⑧温晓婷《嵇康及〈圣贤高士传赞〉研究》，东北师范大学2011年硕士学位论文。

⑨谷文彬《嵇康〈圣贤高士传赞〉研究》，广西师范大学2012年硕士学位论文。

⑩施健《〈列仙传〉赞文考论》，《绥化学院学报》2013年第3期。

二是每位仙人之后的赞语。这两种赞语的成文及作者情况比较复杂，且颇受争议。作者分别讨论两种赞语的成书过程以及作者身份问题①。

其他研究还有胡培新的《小议曹植的赞》，介绍了曹植赞体文的思想意义、写作原因以及具体的内容，并对其进行了客观的分析②。殷丽萍《论王绩的赞体文》认为，王绩十九篇赞有乱世之际"赞隐士尚自然"的情怀，显表其固穷安贫的道德精神理念；有感士不遇、"知音苟不存，已矣何所悲"的悲孤的生命情感；有隐居不仕、寄慨忠义之士力挽狂澜的"忠愤之思"。文约义广，值得我们深入研究③。

4. 对佛赞的研究

目前宗教界、艺术界对这一领域开展的研究比较常见，而文学界对此的研究却不多出。那么，首先要辨析何为佛赞？它和本研究有关系吗？据《佛学大词典》，其对"佛赞"的解释为："赞呗之一。乃赞叹、歌诵佛宝之偈颂。若干法会之后唱诵，则称后赞。"④又丁福保《佛学大词典》解释："（仪式）法会讽诵之赞文也。汉语之赞文，出于苏悉地经。"⑤由上可知，佛赞（包括像赞），多是用来对一些佛教中人物或事迹进行赞扬、称美的韵语韵文，所以一些佛赞属于音乐文学范畴。这类赞文，虽然属于宗教范畴，但是它们在创作过程中，不可避免地会与普世文学的创作发生交叉、共鸣，双方在音、韵、调、字、句、节等方面，相互影响，相互渗透。文学研究视野下，2008年高华平的《赞体的演变及其所受佛经影响探讨》一文给了本研究很大的启发。作者从佛经梵呗的角度切入，结合赞体的演变进行研究。作者认为，对于赞体的文体演变及其特点，刘勰的《文心雕龙》论述最详，但却不够准确。由现有文献来看，赞体应源于图赞，后来发展出脱离图画的述赞、与图赞并列的像赞或画赞、与序相结合的序赞，并以纯粹赞美的序赞最为大宗。中国古代赞体文体形式和功能上的演变，主要是受到佛经文体影响的结果。佛教赞呗在内容上专赞佛菩萨功德、在形式上韵散兼行的特点，随着佛经的传播影响到汉地，使中土文人在写作赞体作品时纷纷仿效，故

---

① 夏冬梅、肖娇娇《〈列仙传〉赞语成文与作者考论》，《文艺评论》2014 年第 4 期。
② 胡培新《小议曹植的赞》，《文学界（理论版）》2010 年第 3 期。
③ 殷丽萍《论王绩的赞体文》，《长春工业大学学报（社会科学版）》2011 年第 3 期。
④ 慈怡法师主编《佛光大辞典》，北京图书馆出版社 2005 年版，第 2758 页。
⑤ 丁福保编《佛学大辞典》，上海书店出版社 1991 年版，第 1180 页。

而造成了古代赞体的新变①。这篇论文敞博恢张,有着相当高的水准。

李丹《梁肃〈绣观世音菩萨像赞〉祈福对象辨正》认为,梁肃《绣观世音菩萨像赞》明确交代了其与李华的师生关系,因此李华女所绣观世音菩萨像并非为其亡夫崔缥祈福,而是为其父李华祈福②。

王丽娟的硕士学位论文《禅宗祖师像赞研究——以菩提达摩为中心》不能不提。此文以菩提达摩为中心,在全面搜罗达摩祖师像赞的基础上,一窥禅宗祖师像赞对祖师形象的塑造。论文从三部分对禅宗祖师像赞进行探讨。首先讲述像赞发展演变的佛教因素,主要是从偈颂、赞呗和禅画三个方面进行阐述。其次讲述禅宗的门风和禅师对像赞的态度以及这种门风对禅宗像赞特点的影响,从而进一步探讨像赞在禅宗仪式中的应用。最后通过比较画像中、史传中和像赞中祖师形象的演变来进一步总结像赞是如何对祖师形象进行塑造的③。武锋、韩荣《王勃〈观音大士赞〉伪托考》一文认为,《补陀洛迦山传》中有署名王勃的《观音大士赞》一文,乃伪托之作,不能作为王勃的文章看待④。

美国纽约城市大学亨特学院卡特里、敦煌研究院民族宗教文化研究所杨富学、西北师范大学历史文化学院张艳的《金色世界:敦煌写本〈五台山圣境赞〉研究》认为,敦煌写本《五台山圣境赞》宣扬了五台山的奇异与神圣,同时也反映了中印佛教的结合和中原与敦煌的佛教文化交流。这些诗作冲破中国传统的俗诗和雅诗之间的壁垒,也不受宗教与世俗之别的束缚,视角独特而新奇,堪称印度佛教文化对中国诗歌创作产生影响的力证⑤。李秀花《论敦煌遗书之赞对汉译佛经之容摄》认为,敦煌赞容摄极乐净土等佛经内容、佛经偈颂很长的篇幅,决定因素均为汉地多灾多难的社会现实;容摄佛经赞之五言形式,决定因素为汉地存在的五言诗;容摄佛经赞之七言形式,决定因素为汉地存在的七言诗。在与佛经的关系中,敦煌

---

①高华平《赞体的演变及其所受佛经影响探讨》,《文史哲》2008年第4期。

②李丹《梁肃〈绣观世音菩萨像赞〉祈福对象辨正》,《四川师范大学学报(社会科学版)》2011年第2期。

③王丽娟《禅宗祖师像赞研究——以菩提达摩为中心》,浙江大学2012年硕士学位论文。

④武锋、韩荣《王勃〈观音大士赞〉伪托考》,《赤峰学院学报(汉文哲学社会科学版)》2015年第6期。

⑤(美)卡特里、杨富学、张艳《金色世界:敦煌写本〈五台山圣境赞〉研究》,《五台山研究》2014年第1期。

赞植根于本土的社会现实与文化,发挥着主导作用①。

　　综上所述,还应该看到的是,对于颂、赞的研究,困难之处还在于其区别于其他文体的非个体性,单从某几篇选作,很难看出作者的创作风格,单从该文体截取唐代这一段也很难归结出颂、赞独特的时代风貌。既然事物在空间和时间的意义上存在,那么研究一部断代文学里的断代文体问题,也应该从这两个角度介入,展现出颂、赞文体在题材方面呈现的共时结构和历史发展。也就是说,研究者一方面要概括出唐代颂、赞文体的题材的总体风貌、内容构成,另一方面要密切关注它们的发展线索,将其置于整个文学史、文体史中,看它们在什么地方有所拓展和创新,努力整理出清晰的源流、通变。因此,在研究过程中,比较合理的做法是,除了要对颂、赞文体进行断代开掘外,还要尽可能地追溯在先唐的流变,并简述唐后的发展,只有这样,才能最终针对它们形成一个逻辑周密、科学合理的结论,取得较为完善的研究成果。

　　颂、赞文体研究实质上是一种建构活动,不过它是建立在学人对以往艺术经验和观念充分接受的基础之上,不可避免地会受到此前思想观点的影响,有着主观性。狄尔泰主张对语义和历史阐释要坚持客观性,要竭力剔除主观的影响。然而完全脱离主观前见的理解肯定是不可能的,这已经被现代阐释学所公认,其实正是因为阐释的主观性,阐释学才成其为阐释学,这里的阐释也才有其存在价值,这也正是文体研究的一个魅力所在。

五

　　上文择要展现了现当代学者颂、赞研究的相关成果,接下来,让我们回到原典,从回顾、对比萧统(年龄比刘勰小三十岁)与刘勰的颂赞观展开本书的论述。

　　萧统《文选》所收颂、赞之文,与刘勰《文心雕龙·颂赞》所提及之文大体一致,但还是稍有差异。于颂体而言,《文心雕龙》和《文选》都对其"美盛德而述形容"的用途予以承认,但是前者固守《诗经》之"颂诗"以传的"容告神明"的传统,将颂体拘囿在一隅,后者则突破了《文心雕龙》的局限。于赞

---

①李秀花《论敦煌遗书之赞对汉译佛经之容摄》,《五台山研究》2015年第3期。

体而言，《文心雕龙》认为赞有正、变两体，正体是赞作为礼仪活动或文章中的一部分，主要起着说明、辅助的作用，变体则含有褒贬、劝诫之意，而《文选》的赞体观更倾向于赞乃褒美之辞。刘勰对赞的正、变之分固然不错，然而他认为赞"必结言于四字之句，盘桓乎数韵之辞"，对赞体形式的认识则不免有所拘泥。其后《文选》继承了《文心雕龙》对赞体形式的这种认识。《文心雕龙》论赞，并不否定赞体中可能含有议论的情况，而《文选》正与之相反。在对颂、赞二体相互关系的认识上，《文心雕龙》一方面认为赞是颂体的一个分支，另一方面也指出颂、赞其实还是有一些区别的。《文选》也注意到赞、颂二体的紧密联系，认为赞应是文章的一部分，是辅助性文字，并不能独立出来，且体制较小；而颂则是单独成篇，体制较广，这与《文心雕龙》是大体一致的。但《文选》又别分史述赞，这与《文心雕龙》旨殊。那么，刘勰和萧统在对待颂、赞文体方面，为何会有如此差异？

第一章　颂赞考原

刘勰和萧统颂赞观产生差异的原因就在于，"颂"与"赞"，是两种较易混淆的文体概念。大部分的颂、赞文都是以四言韵文之形式呈现于读者面前，且又均以歌功颂德、褒美揄扬为其主旨，这就在客观上容易令读者"视颂成赞"，或者"目赞为颂"，难以得其要领。而且，即使单论颂文或赞文，其内容亦有"歌功颂德"与"臧否月旦"之区别，也容易令读者对颂、赞文体的功用、主旨产生迷茫之感。有鉴于此，本书认为，应首先对"颂""赞"二字的本义以及这两种文体的源流进行一定的考辨，借以明确这两种文体的功用、主旨以及两者之间的联系与区别，以便提供较为明确的概念作为下文判断、演绎、推理、论述之基础。

自古至今，由于论"颂"与"赞"之文体源流者代有其人，故而关于这两种文体的论述已若中原之有菽，俯拾而即是；且近几十年来学术界对于这两种文体的论述亦呈现日渐回暖之态势，故而可以认为，与其遍索典坟、穷经雕虫而刻意求新，不若采用比类综辑之方法，筛选、汇集前人，尤其是近几十年来学人有关"颂""赞"文体源流之观点、论据加以对比及探讨，以期"辨章文体，考镜源流"，从而更为明确地还原"颂""赞"这两种文体渊源、流变之发展轨迹。本书选择这样做的一个重要原因，也在于有感近年来诸多学者已经就"颂"与"赞"的文体源流问题提出了许多精辟的观点和翔实的论据，然而惜乎这些观点和论据如明珠般散落于各家之文章著述而未能成其体系，也令后来之学人难以窥其全豹，诚为憾事。故而本章拟采取综述式的研究方法，选取此前学者有关"颂""赞"文体源流的一些典型观点、论据加以比类讨论，在注明出处、不掠人之美的前提下，尽可能清晰地呈现"颂""赞"这两种文体的源流轨迹以及学术界对这两种文体源流状况的研究态势。

第一节　"颂"文体考论

关于"颂"，最早也最为权威的解释，当属《毛诗序》的观点："颂者，美盛德之形容，以其成功告于神明者也。"而《文心雕龙·颂赞》也基本承袭了这种观点："四始之至，颂居其极。颂者，容也，所以美盛德而述形容也。"《释名·释言语》曰："颂，容也，叙说其成功之形容也。"①这些具有权威性的著作，都提出了颂"述形容"的观点，这是有其深刻依据的。按《说文》："颂，皃也，从页，公声。籀文。"而该书对"皃"的解释则是："皃，颂仪也。"为了解决这一略显尴尬的问题，段玉裁《说文解字注》则对"颂"与"皃"之间的区别做了一番较为详细的考证：

> 颂，皃也。皃下曰：颂仪也……不曰颂也，而曰颂仪也者，其义小别也。于此同之，于彼别之也。古作颂皃，今作容皃，古今字之异也。容者，盛也。与颂义别。六诗：一曰颂。《周礼》注云：颂之言诵也，容也。诵今之德广以美之。《诗谱》曰：颂之言容，天子之德，光被四表，格于上下，无不覆焘，无不持载，此之谓容。于是和乐兴焉，颂声乃作。此皆以容受释颂，似颂为容之假借字矣。而《毛诗序》曰：颂者，美盛德之形容，以其成功告于神明者也。此与郑义无异而相成，郑谓德能包容故作颂。序谓颂以形容其德，但以形容释颂而不作形颂，则知假容为颂其来已久。以颂字专系之六诗，而颂之本义废矣。汉书曰：徐生善为颂，曰颂礼甚严，其本义也。曰有罪当盗械者皆颂系，此假颂为宽容字也。②

由段注可见，按《说文》，"颂"字的本义并非"容"或"形容"，或曰"颂"字的本义与"容"字并不相同。因为据《说文》："容，盛也。从宀，谷声……古文容从公。"徐铉注："屋与谷皆所以盛受也。"段玉裁注："今字假借为颂皃之颂。……此依小徐本。谷古音读如欲……铉本作从宀、谷。云屋与谷皆所以盛受也。亦通。余封切。九部。"③可见，"容"所具有的"容貌、容状、形容"等含义实为借自"皃"的假借义。

关于"皃"，段玉裁《说文解字注》：

> 皃，颂仪也。页部曰颂，皃也。此曰皃，颂仪也。是为转注。颂者今之容字。必言仪者，谓颂之仪度可皃象也。凡容言其内。皃言其外。引伸之，凡得其状曰皃。析言则容皃各有当。如叔向曰貌不道容是也。累言则曰容貌。如动容貌斯远暴慢是也。从儿。白象面形。上非黑白字。乃象人面也。莫教切。二

---

①〔东汉〕刘熙撰，〔清〕毕沅疏证，〔清〕王先谦补，祝敏彻、孙玉文点校《释名疏证补》，中华书局2008 年版，第 113 页。

②〔汉〕许慎撰，〔清〕段玉裁注《说文解字注》，上海古籍出版社 1981 年版，第 416 页。

③《说文解字注》，第 340 页。

部。凡皃之属皆从皃。①

由上引《说文》原文及段注可见,虽然"颂"与"容"两字本义不同,但却有一些相联相通之处。而其连接点就在于"皃"字,即"容言其内。皃言其外。引伸之,凡得其状曰皃"。也就是在这个意义上,"析言则容皃各有当","累言则曰容貌"。"容"便具有了诸如"容貌、容状、形容"等借自"皃"的假借义。

从这一点出发便可依据"皃,颂仪也""颂,皃也"等句来推断:"颂"字的本义即是描绘一种形容、仪态和状貌。正是在这个意义上,"颂"作为一种文体,其功能遂被解释为"述形容""美盛德之形容"了。也正因此,刘勰《文心雕龙·颂赞》将其解释为:"颂者,容也。"

然而,学人不禁要问,"颂"所"述"、所"美"的仅仅是"盛德之形容"吗?对于"颂"本身之"仪"就无所"述"、无所"美"吗?本书认为,答案是否定的。除了"美盛德之形容"而外,"颂"还具有"美自身之仪式容状"的功能,这将在后文集中加以论述。而本节则拟先来考察"颂"是如何"述形容""美盛德之形容"的;又是如何"以其成功告于神明"的。先来看"美盛德之形容":

郑玄《诗·周颂谱》:"颂之言容,天子之德,光被四表,格于上下,无不覆焘,无不持载,此之谓容。于是和乐兴焉,颂声乃作。"②与郑玄持类似看法的有晋代的挚虞:"王泽流而诗作,成功臻而颂兴。颂者,美盛德之形容。……颂,诗之美者也。古者圣帝明王,功成治定,而颂声兴。于是史录其篇,工歌其章,以奏于宗庙,告于鬼神。故颂之所美者,圣王之德也。"③此外还有唐代贾岛《二南密旨》论六义时的观点:"歌事曰风。布义曰赋。取类曰比。感物曰兴。正事曰雅。善德曰颂。……颂论六。颂者,美也,美君臣之德化。"④

从上面所引汉唐人之观点可见,"颂"所"美"之"盛德",本是天子、王者之德;所"述"之"形容",也是王者之德泽被海内万民的盛世之容状。

而后再来看"颂"是如何"以其成功告于神明"的:

①《说文解字注》,第 406 页。
②〔清〕阮元校刻《十三经注疏(清嘉庆刊本)》,中华书局 2009 年版,第 1253 页。
③〔晋〕挚虞《文章流别论》,见〔唐〕欧阳询撰,汪绍楹校《艺文类聚》,上海古籍出版社 1982 年版,第 1018 页。
④〔唐〕贾岛《二南密旨》,丛书集成初编,商务印书馆 1939 年版,第 1—2 页。

首先，必须明确"成功"一词在上古时代的含义。《毛诗序》"以其成功告于神明者也"一语，孔颖达疏为"成功者，营造之功毕也"。在"国之大事，在祀与戎"的两周时代，所谓"营造之功"，首先就当是指祖宗寝庙的营造完毕之功，而后方可涉及国都、城邑、宅邸的营造完毕之功。然而，将"成功"解释为"营造之功"，虽然切中肯綮，但也不免有狭隘之嫌。而周延良在其《〈诗经〉"颂"诗名义考原》一文中，引《仪礼·大射》"西阶之西，颂磬，东面"一语之郑玄注"言成功曰颂，西为阴中，万物之所成"以及贾公彦疏"后稷以稼穑之功成于季秋，先王之业，以农为本"为据，认为《毛诗序》所谓"成功"当具有稼穑丰登之义①。本书认为，斯为确论。一方面，稼穑丰登本就是古汉语"成"字的主要义项之一；另一方面，这也符合农耕社会的基本观念，而且亦能为《诗经·周颂》之《噫嘻》《丰年》《载芟》《良耜》等篇所印证。

除了上述营造之功、稼穑丰登之功以外，本书认为，颂所述的"成功"至少还应包括军事胜利之功。因为"国之大事，在祀与戎"，故而，将军功排除在"成功"之外是不合理的。而且，《诗经·周颂》的《武》《赍》《酌》《桓》诸篇以及《商颂》之《长发》《殷武》等篇可以印证。

至此可以认为，"颂"所"告于神明"的"成功"，至少应包括营造之功、稼穑丰登之功以及军事胜利之武功这三个方面的功业，当然也还可能包含这三方面以外的其他一些王者之功绩。

再来看《毛诗序》"颂者，美盛德之形容，以其成功告于神明者也"以及《文心雕龙·颂赞》"四始之至，颂居其极。颂者，容也，所以美盛德而述形容也"的论点，也就可以得出结论：在以汉儒为代表的儒者眼中，"颂"体最初的主要功能就在于描述天子之德泽被四海的形容状貌，并且在祭祀时将以营造之功、稼穑丰登之功、军事胜利之武功为代表的王者之功绩昭告于祖先神明，以期通过娱神而获得福佑。

这正如孔颖达《毛诗正义》所言：

> 故云"颂者，美盛德之形容"，明训"颂"为"容"，解颂名也。"以其成功，告于神明"，解颂体也。上言"雅者，正也"，此亦当云"颂者，容也"。以雅已备文，此亦从可知，故略之也。《易》称"圣人拟诸形容，象其物宜"，则形容者，谓形状容貌也。作颂者美盛德之形容，则天子政

①周延良《〈诗经〉"颂"诗名义考原》，《天津师范大学学报（社会科学版）》2004年第6期。

教有形容也。可美之形容，正谓道教周备也。故《颂谱》云："天子之德，光被四表，格于上下，无不覆焘，无不持载。"此之谓容，其意出于此也。"成功"者，营造之功毕也。天之所营在于命圣，圣之所营在于任贤，贤之所营在于养民。民安而财丰，众和而事节，如是则司牧之功毕矣。①

以上是从内容、主旨及功用的角度，明确了"颂"作为一种文体的内涵。接下来，本书则拟从起源、流变的角度来谈一下对于"颂"体形式的看法。长期以来，谈到"颂"，学人头脑中自会首先闪出"诗经三颂"的概念。诚然，"诗经三颂"确实是"颂"体文学的典型代表。然而学人若留心搜阅古籍就会发现，在上古时期，它却并非唯一的"颂"体形式。

实际上，在"诗经三颂"之外，尚有许多其他形式的各类上古"颂"体文学作品。比如《管子》一书中的《国颂》：

> 凡有地牧民者，务在四时，守在仓廪。国多财则远者来，地辟举则民留处，仓廪实则知礼节，衣食足则知荣辱，上服度则六亲固，四维张则君令行。故省刑之要，在禁文巧；守国之度，在饰四维；顺民之经，在明鬼神，祗山川，敬宗庙，恭祖旧。不务天时则财不生，不务地利则仓廪不盈。野芜旷则民乃菅，上无量则民乃妄。文巧不禁则民乃淫，不璋两原则刑乃繁。不明鬼神则陋民不悟，不祗山川则威令不闻，不敬宗庙则民乃上校，不恭祖旧则孝悌不备。四维不张，国乃灭亡。②

这篇《国颂》出自《管子·牧民》。虽然其中包含许多四言句式，而且具有不规律的用韵方式，但是它在形式上仍然同以四言句式为主、形式齐整的"诗经三颂"差别很大。而且，从内容方面来说，这也并非"美盛德"，实际上是一篇论述治国之道的政论文。但若暂且抛开内容不论，却仍不难看出《管子·牧民》实际具有"述形容"的功能——只不过"述"的并非王者之德泽被海内万民的盛世之容状，而是为政治国中所可能遇到的种种情状。本书认为，正是从这个意义上来说，这段体兼韵散的文字被命名为"国颂"。

除国颂之外，先秦时期还存在着为数不少的"卜颂"。《周礼·春官·大卜》："大卜掌三兆之法，一曰玉兆，二曰瓦兆，三曰原兆。其经兆之体，皆

①《十三经注疏(清嘉庆刊本)》，第568页。
②黎翔凤撰，梁运华整理《管子校注》，中华书局2004年版，第2—3页。

百有二十，其颂皆千有二百。"①所谓"兆"，即是占卜时用火烧灼龟甲所得之裂纹。似"玉"之裂纹即称为"玉兆"；似"瓦"之裂纹即称为"瓦兆"；似原田中纵横沟壑之裂纹即称为"原兆"。每种"兆"，都有一百二十种基本的兆象之体，而相应地解释这些兆象之体的繇辞均有一千二百条。按郑玄注："颂，谓繇也。三法，体、繇之数同，其名占异耳。百二十，每体十繇，体有五色，又重之以墨坼也。"②则这些繇辞，即被称为"卜颂"。而之所以称其为"颂"，原因也无非是它能够帮助占卜者描述卦象的情状，仍然属于"述形容"的范畴。至于繇辞的"繇"字，可视为"谣"字的古今字，故而这些卜颂实际上也具有歌谣的性质。

　　而在古籍中，确实也记载了为数不少的此类卜颂。比如《左传·庄公二十二年》："凤皇于飞，和鸣锵锵。有妫之后，将育于姜。五世其昌，并于正卿。八世之后，莫之与京。"③陈厉公之子陈完避祸而奔齐国，大夫齐懿仲欲将女儿嫁与其为妻，而进行占卜，所得之卜颂即为上述引文。意即，"有妫"（陈国宗室为夏禹之后，妫姓）的后代将由姜氏女生育；再传五代而得以昌盛，跻身于正卿之位；至第八代之后，在齐国都城临淄将无人能比。懿仲认为卜颂之辞吉祥，便将女儿嫁给陈完为妻。陈完改姓田，此后传至八代，田氏代姜姓吕氏，终成为齐国国君。而从形式上来看，这首卜颂实际上可以视为一首两句一韵的四言诗歌。

　　《左传·闵公二年》："其名曰友，在公之右；闲于两社，为公室辅。"④鲁桓公夫人将生产，桓公请卜楚丘之父占卜，得此卜颂。意即，桓公生子将名季友，将对公室发挥重要的辅佐功用（季友后杀庆父，使鲁国政治复归稳定）。从形式上看，上面这首卜颂仍为严格的四言句式，但用韵的规律则不够明显。

　　《左传·僖公四年》："专之渝，攘公之羭。一薰一莸，十年尚犹有臭。"⑤晋献公获骊姬，将要立其为夫人，使人占卜而得上面这首卜颂。意即，专宠骊姬将要生出变乱，能够夺去献公的公羊（暗喻太子申生）；香草和

---

①〔清〕孙诒让撰，王文锦、陈玉霞点校《周礼正义》，中华书局 1987 年版，第 1924、1926 页。

②《周礼正义》，第 1926 页。

③杨伯峻编著《春秋左传注（修订本）》，中华书局 2016 年版，第 241 页。

④《春秋左传注（修订本）》，第 288—289 页。

⑤《春秋左传注（修订本）》，第 323 页。

臭草放在一起，即使过十年都会留下味道难以散去（暗喻太子申生被残害之后晋国政治的长期动乱）。从形式上看，上面这首卜颂在四言句式中杂以三言、六言，两句一韵，朗朗上口，富于韵律之感。

《左传·襄公十年》："兆如山陵，有夫出征，而丧其雄。"[①]襄公十年，郑国军队侵卫，孙文子就是否追逐郑军而进行占卜，得到上面的卜颂，并将其献给卫定公的夫人定姜。定姜认为，郑军"丧其雄"有利于卫国抵御外敌入侵，遂令孙文子追击郑军，最终在犬丘俘虏了郑将皇耳。从形式上看，上面这首卜颂只有三句，但都是整齐的四言句式，而且具有较为鲜明的用韵规律。

《国语·晋语一》："挟以衔骨，齿牙为猾，戎、夏交捽。"[②]晋献公将要征伐骊戎，令史苏占卜出师的吉凶，遂得到上面这条卜颂。史书认为此战将虽胜而不吉。原因在于"戎、夏交捽"，即晋国和骊戎将交相胜过对方。意即，晋国虽首先以武力战胜骊戎，但骊戎亦将用献女的方式，采取谮构的手段（挟以衔骨，齿牙为猾）祸乱晋国政治，最终战胜晋国。从形式上看，上面这首卜颂为较齐整的四言句式，但并不用韵。

从上面所引的几条卜颂来看，从内容方面来说，这些卜颂之功用都在于"述"卦象之"形容"，这也是它们被称之为"颂"的缘由。而从形式方面来看，它们虽然以四言句式为主，但体例不定而且杂以其他句式；这些卜颂，有的具有较为鲜明的韵律，有的则不够鲜明，有的则并无韵律。可以说，从韵律的角度来说，上述卜颂仍处于体例未定、韵律感不强的状态。

除卜颂之外，春秋时期还有一些发生于民间、流行于民间的"野颂"。"野颂"一词，源于《文心雕龙·颂赞》："晋舆之称原田，鲁民之刺裘鞸，直言不咏，短辞以讽，丘明子高，并谍为诵，斯则野诵之变体，浸被乎人事矣。"这里所说的"原田"，即《左传·僖公二十八年》记载晋文公所闻舆人之诵："原田每每，舍其旧而新是谋。"[③]时值城濮之战前夜，晋文公听众人之此诵，于是起疑，担心晋军将为楚军所败。实际上唱颂之人是以"原田"草木茂盛之状来比拟晋军军容之美盛。

"鲁民之刺裘鞸。"《资治通鉴·周纪五》："子顺曰：先君相鲁，人诵之

①《春秋左传注（修订本）》，第 1075 页。
②来可泓撰《国语直解》，复旦大学出版社 2000 年版，第 354 页。
③《春秋左传注（修订本）》，第 501 页。

曰:麛裘而韠,投之无戾;韠而麛裘,投之无邮。及三月,政化既成,民又诵曰:衮衣章甫,实获我所;章甫衮衣,惠我无私。"①意即,孔子为鲁国之相。为政之初,人民尚不知其政策优劣,作诵讽刺他:"那个穿小鹿皮朝服的人,砸死他也没有什么罪过。"三个月后,孔子为政教化成功,人民又作诵赞扬他:"那个穿朝服、戴高冠的人,实在是为了我们大家;那个戴高冠、穿朝服的人,无私地为大家带来好处。"

在这里,无论是《文心雕龙》,还是《左传》《通鉴》原文,所用皆为"诵"字。《说文》:"讽也。从言甬声。似用切。"②按王兆芳《文章释》:"诵者,讽也,不为长言之歌而徒讽诵也。主于讽言美刺,词近歌谣。源出晋人《惠公背贿诵》《改葬共世子诵》。流有《城濮诵》、郑人《子产诵》、鲁人《孔子》《臧孙》诸诵、汉人《邴原诵》。"③也就是说,上述这些"诵"是一些近似民歌,但仅用于念诵而不像民歌那样可歌唱的讽诵之词。

《墨子·公孟》:"或以不丧之间,诵诗三百,弦诗三百,歌诗三百,舞诗三百。"④在这里的"诵诗三百",显然是不歌而仅仅念诵"诗三百"的意思。

但仅就以上几例,就将"诵"的含义简单地确定为"念诵",又会失之武断。

如《小雅·节南山》"家父作诵,以究王讻"⑤,《大雅·烝民》"吉甫作诵,穆如清风"⑥。在这里,"诵"显然是指《节南山》《烝民》这两首诗。然而众所周知的是,二雅确是入乐可歌的。因而,如果仅仅将"诵"的含义简单地确定为"念诵",在先秦语境下就会有以偏概全之嫌。又,《左传·襄公三十一年》:"文王之功,天下诵而歌舞之。"⑦在两周时代,对于文王之功最为权威的诠释载体当从官方性质的《大雅》及《周颂》中去寻找。不难想见,在诗乐舞三位一体的时代,诗可诵可歌,在诵与歌之间还存在着一个演化的过程。这个过程,就正如《毛诗序》所言:"诗者,志之所之也,在心为志,发言为诗,情动于中而形于言,言之不足,故嗟叹之,嗟叹之不足,故咏歌之,

---

①〔宋〕司马光编著,〔元〕胡三省音注《资治通鉴》,中华书局1956年版,第174页。
②〔东汉〕许慎撰,臧克和、王平校订《说文解字新订》,中华书局2002年版,第142页。
③王兆芳撰《文章释》,参见王水照编《历代文话》,复旦大学出版社2007年版,第6314—6315页。
④吴毓江撰,孙启治点校《墨子校注》,中华书局2006年版,第705页。
⑤《十三经注疏(清嘉庆刊本)》,第946页。
⑥《十三经注疏(清嘉庆刊本)》,第1227页。
⑦《春秋左传注(修订本)》,第1322页。

咏歌之不足,不知手之舞之足之蹈之也。"①又,《尚书·舜典》:"帝曰:夔!命女典乐,教胄子。直而温,宽而栗,刚而无虐,简而无傲。诗言志,歌永言,声依永,律和声。"②

　　可见,歌是"诵"的高级形态。而且,歌是在"诵"的基础上出现的,中间还经历了一个"言之不足,故嗟叹之"的过渡阶段。那么,对于"文王之功,天下诵而歌舞之"这句话,也完全可以这样理解:对于《大雅》及《周颂》中描述文王德行功业的诗,天下之人"发言为诗,情动于中而形于言,言之不足,故嗟叹之,嗟叹之不足,故咏歌之,咏歌之不足,不知手之舞之足之蹈之也"。这是一个自然而然的过程,也应该是当时社会环境下自然的存在状态。

　　《尚书大传》卷二:"王者十一而税,而颂声作矣。"③这里的"颂声",难道一定如"诗经三颂"那样,是合钟鼓乐舞之歌声吗?本书认为不能这样简单地理解。这里的"颂声",也必然如"天下之人"诵"文王之功"一样,经历了一个"发言为诗,情动于中而形于言,言之不足,故嗟叹之,嗟叹之不足,故咏歌之,咏歌之不足,不知手之舞之足之蹈之"的过程。其中,有诵有歌,有嗟有叹,有乐有舞。更可能的是先诵后歌,载乐载舞。

　　下面再来看东汉硕儒郑玄对《周礼》的一处注解。《周礼·春官·大师》:"教六诗,曰风,曰赋,曰比,曰兴,曰雅,曰颂。"郑玄注:"颂声,诵也,颂今之德,广以美之。"④这似乎又同其《诗·周颂谱》"颂之言容,天子之德,光被四表,格于上下,无不覆焘,无不持载,此之谓容。于是和乐兴焉,颂声乃作"的观点相矛盾。其实,郑玄在注《周礼》时是采用了声训的方法来解释"颂"的含义。这里的"颂声,诵也",实际也就是从表演形式方面对"颂之言容"的表现形式进行了阐述和注解。即,"颂之言容"的表现过程,也是一个"发言为诗,情动于中而形于言,言之不足,故嗟叹之,嗟叹之不足,故咏歌之,咏歌之不足,不知手之舞之足之蹈之"的过程,是一个先诵后歌、载乐载舞的过程。

---

①《十三经注疏(清嘉庆刊本)》,第563页。
②〔汉〕孔安国传,〔唐〕孔颖达正义,黄怀信整理《尚书正义》,上海古籍出版社2007年版,第106页。
③〔清〕皮锡瑞撰,吴仰湘点校《尚书大传疏证》,中华书局2022年版,第286—287页。
④《周礼正义》,第1843页。

回过头来再看《文心雕龙·颂赞》"晋舆之称原田,鲁民之刺裘鞞,直言不咏,短辞以讽,丘明子高,并谍为诵,斯则野诵之变体,浸被乎人事矣"的论述,便可知道,这里虽然用"诵"来加以表述,实际上涵盖了刘勰所称的"颂"的概念。比如"原田每每,舍其旧而新是谋",就完全可以称之为"颂",原因在于它描述了原田之草茂盛的容状而借以赞美晋军的军容。但刘勰在这里用"诵"而不用"颂",原因大致有二:其一,这些"颂"或"诵"起于民间而非施于廊庙,不符合刘勰本人对"颂"的定义;其二,这些"颂"或"诵"有的义兼美刺,亦不符合刘勰本人对"颂"的定义。故而,刘勰用"诵"字来描述它们,以这种方式将其涵括于《颂赞》一篇的论述之中,也是可以理解的。而"野诵"其实也是可以称之为"野颂"的。

通过上述自"晋舆之称原田,鲁民之刺裘鞞"而引出的一番考论,不难看出,在先秦时代,歌颂"天子之德"的"颂之言容"的表现过程,最有可能是一个"发言为诗,情动于中而形于言,言之不足,故嗟叹之,嗟叹之不足,故咏歌之,咏歌之不足,不知手之舞之足之蹈之"的自然过程,一个先诵后歌、载乐载舞的自然过程。

从上面的论述可以推知,在先秦时代,可以称之为"颂"的文学样式不仅活跃于廊庙之中,而且广布于民间;同时,这些"颂"体在句式、用韵等方面也都存在着许多自由的特征。此外,在表演形态方面,也存在着一个"发言为诗,情动于中而形于言,言之不足,故嗟叹之,嗟叹之不足,故咏歌之,咏歌之不足,不知手之舞之足之蹈之"的自然过程。但它们能够被称为"颂",一个最根本的原因应该就在于它们从本质上来说是"述形容"的。

而在上述的文学形态基础上,对"颂"文体的形式、主旨及功用加以规范化的,则无疑是下一节要探讨的"诗经三颂"了。

第二节　"诗经三颂"

本节讨论"诗经三颂",需要首先承接上一节的观点,来考察一下"诗经三颂"是否符合上一节论述所得出的一些结论性的观点。在此,本书愿意援引葛晓音先生在《四言体的形成及其与辞赋的关系》一文中的某些观点来加以比类论证。在这篇文章中,葛晓音先生首先论证了《周颂》与《尚书》之间的关系:《尚书》典、谟、誓、诰、训五体可分为记叙和记言两大类别,且均包含一定的四言句式。其中,记叙类一般不押韵,即使押韵,亦难寻规律;而记言类则多数具有自觉押韵的特点,而且具有较为多样化的押韵规律。

而早期的诗,尤其是以创作年限早而著称的"颂"诗,则同《尚书》的记言体乃至记叙体类似,尚未在韵律、句式等方面形成稳定的范式。在此,葛晓音先生举出《周颂》中的《昊天有成命》《赉》《小毖》等篇加以论证。尤其指出,《昊天有成命》"尚未形成四言体,只是一篇短短的祭祀散文"①。

事实情况也确实如此。在三十一篇《周颂》当中,无韵之诗即《清庙》《维天之命》《时迈》《思文》《昊天有成命》《我将》《臣工》《噫嘻》《武》《访落》《小毖》《酌》《桓》《般》就占据了一十四篇的份额。而且,如《清庙》《烈文》《小毖》《桓》《赉》《敬之》等诗篇亦多杂入三言、五言、六言乃至七言句式,表明这些诗篇在韵律、句式等方面尚呈现出不稳定的自由状态。

因此,本书赞同葛晓音先生的推断:"在《尚书》和《周颂》的早期篇章里,四言是上古书面语共用的一种句式,在诗与文之间尚无明确的分界。"回过头来再将《周颂》与上一节所谈到的类似国颂的议论性"颂体"以及诸多的卜颂、野颂加以对比就会发现,《周颂》中一些创作年限较早的诗篇,如同卜颂、野颂等一样,在句式、用韵等方面也都存在着许多自由的特征。那么,在表演形态方面,也应存在一个"发言为诗,情动于中而形于言,言之不足,故嗟叹之,嗟叹之不足,故咏歌之,咏歌之不足,不知手之舞之足之蹈之"的自然过程。

然而,《周颂》当中的另外一十七篇全部有韵,且形成了较为明显的韵律格式;此外,诸如《时迈》《执竞》《臣工》《噫嘻》《振鹭》《有瞽》《雝》《潜》《武》《有客》《载芟》《良耜》《丝衣》《般》等诗篇也已形成了非常齐整的四言句式,其他篇章也基本都是以较为齐整的四言句式为主。因此可以说,《周颂》对颂文体的形式进行了比较明确的规范。

而《商颂》的情况亦与《周颂》类似——五首《商颂》全部有韵,而且《那》《烈祖》两篇已形成了非常齐整的四言句式,《玄鸟》《长发》《殷武》中齐整的四言句式也占据了绝对优势。

至于创作年代最晚的四首《鲁颂》,则更是在韵律及句式方面形成了十

---

① 葛晓音《四言体的形成及其与辞赋的关系》,《中国社会科学》2002 年第 6 期。

分稳定的范式。

本章上一节曾指出,先秦颂体文学"颂之言容"的表现过程,也是一个"发言为诗,情动于中而形于言,言之不足,故嗟叹之,嗟叹之不足,故咏歌之,咏歌之不足,不知手之舞之足之蹈之"的过程,是一个先诵后歌、载乐载舞的过程。根据何丹《〈诗经〉四言体兴衰探论》一文的论述,西周时期"以'井田'耕作节奏框架为基础的'二二·四'式诗歌体式"成了一种"标志着四言结构的'绝对压模'时代的诗歌体式"①。那么,出于便于诵、便于歌、便于"情动于中而形于言,言之不足,故嗟叹之,嗟叹之不足,故咏歌之,咏歌之不足,不知手之舞之足之蹈之"的需要,四言句式在"诗经三颂"中被固定下来,进而从形式方面确立为后世颂体文学作品创作的基本范式,则是一件自然而然而又极易理解的事情了。

因此可以说,"诗经三颂"对颂文体的形式进行了比较明确的规范。

另外,从内容方面来看,"诗经三颂"真正地实践了"美盛德之形容,以其成功告于神明""美盛德而述形容"这样的文学理想。"中国历来讲修身齐家,认为这是治国平天下的前提和基础。这与古希腊哲学强调人与物的关系,印度哲学强调人与神的关系不同,中国特别强调人与人的伦理关系,认为诗乐的风化教育,就从人伦开始。诗乐文明与伦理教化,互为表里,相得益彰。"②以至于刘勰在《文心雕龙·颂赞》中盛赞:"四始之至,颂居其极。"这在很大程度上就是以"诗经三颂"(或者与"诗经三颂"十分类似的颂体作品)为对象而发出的感叹。

因此还可进一步指出,"诗经三颂"对颂文体的内容、功用及主旨也进行了比较明确的规范。这与形式方面的规范一道,确立了后世颂体文学作品创作的基本范式。以至于刘勰在《文心雕龙·颂赞》中特意提出:"《时迈》一篇,周公所制;哲人之颂,规式存焉。"

在明确上述问题之后,本书拟以《周颂》为例,结合近年来的研究文献,在本节中花费较多的笔墨对以下几个问题加以辨析和澄清:

一、《颂》与《雅》的关系论

关于《颂》与《雅》的关系,学界有着不同的看法。李翰《浅谈〈文选〉颂

---

① 何丹《〈诗经〉四言体兴衰探论》,《浙江大学学报(人文社会科学版)》2009 年第 3 期。
② 刘跃进《强调诗乐教化的〈毛诗序〉》,《文史知识》2016 年第 1 期。

赞体》一文认为,《颂》是依附于《雅》而存在的——"(颂)这种单纯的歌颂性,恰恰说明最初的颂与后代的赞一样,不是一个独立自足的个体,而是整体中的一部分,是以部分的功能依附于某一段文字后而完成一整体作品的"。之后,该文提出,将《周颂》中的《清庙》《维天之命》《烈文》与《大雅·文王》《大雅·大明》,将《周颂·噫嘻》与《大雅·下武》加以对照参看,"则可发现雅与颂的密切关系。它们叙及的是同一类事,但雅侧重于叙述史实,颂则侧重于对这一史实的总结评价和歌颂,好像是将同一作品分列两处"。并由此认为,"最初具有依附性的单纯歌颂依然保留下来,演变为后代的赞"①。

　　与《浅谈〈文选〉颂赞体》一文的观点不同,李瑾华的博士学位论文《〈诗经·周颂〉考论》虽也承认《颂》与《雅》之间存在着密切的关系,但其观点恰与李翰文相反,即《颂》是主体,而《雅》则是为了解释、说明《颂》而存在的颂赞歌。为了说明《颂》与《雅》之间的这种关系,李瑾华文在引经据典论证《周颂》为宗教祭祀祝祷词的基础上,进而选取西周祭祀仪式中易被忽略而众多典籍又语焉不详的一个仪式环节——"合语"为切入点来展开论述。为了使论证更具有说服力,李文援引了《礼记·乐记》中的两段话为据——"不知父子,乐终,不可以语,不可以道古""且女独未闻牧野之语乎?",并据此认为:"合语必与适宜的音乐形式相配合;二是为修身及家、平均天下的'合语',其内容有'道古'一项。"并引孙希旦《礼记集解》中的观点——"牧野之语"即是对《周颂·武》一诗的阐述与讲解。进而认为"是颂诗给了'合语'一个生发点,并影响着合语的主题和方向"。而后,该文着重揭示《周颂·思文》主呼告、赞颂后稷而《大雅·生民》主叙说后稷生平事迹的若干之处,以此为例证明"颂为仪式祝祷语,雅为仪式颂赞歌"的观点,并最终指出:类似《周颂·思文》这样的颂诗是周代的"祭仪正歌",而类似《大雅·生民》这样的雅诗则是"合语""道古"所用的"乐语"②。

　　本书认为,与李翰文的推测不同的是,李瑾华文多处援引古籍,论据翔实,因而其所得出的有关《颂》与《雅》关系之结论也就更为可靠。

---

① 李翰《浅谈〈文选〉颂赞体》,《文史知识》2001年第4期。
② 李瑾华《〈诗经·周颂〉考论》,首都师范大学2005年博士学位论文,第46—55页。

二、《颂》的表演形式探

《颂》的表演形式固然是"诗乐舞三位一体"。但仅以"诗乐舞三位一体"来描述其表演过程,则显得过于笼统了。由于《清庙》是《颂》诗的代表之作,而《清庙》《维天之命》《维清》三首又是为古今学界所公认具有内在联系的一组诗篇,故本节即以《清庙》《维天之命》《维清》之组诗为例,来探讨《周颂》的表演形式问题。

按《毛诗序》:"《清庙》,祀文王也。周公既成洛邑,朝诸侯,率以祀文王焉","《维天之命》,太平告文王也","《维清》,奏象舞也"。

按《仪礼·燕礼》:"大师告于乐正曰'正歌备'。"郑玄注:"正歌者,声歌及笙各三终,间歌三终,合乐三终为一备,备亦成也。"[①]也就是说,诸侯宴饮时,工之歌须由四个环节组成,即升歌、奏笙、间歌与合乐。《礼记·乡饮酒义》:"工入,升歌三终,主人献之。笙入三终,主人献之。间歌三终,合乐三终,工告'乐备',遂出。一人扬觯,乃立司正焉,知其能和乐而不流也。"[②]可见,即使是"乡饮酒"这样的普通宴饮,工之歌仍然要遵循升歌、奏笙、间歌与合乐四个环节来展开。

所谓升歌,即两周时代祭祀、宴饮登堂时唱奏的乐歌。升歌三终,即由乐工演唱三首诗。根据《仪礼·燕礼》的记载,这"升歌三终"通常是《鹿鸣》《四牡》《皇皇者华》。"笙三终",即笙的独奏——"笙入,立于县中。奏《南陔》《白华》《华黍》"。间歌,依《仪礼·燕礼》:"乃间歌《鱼丽》,笙《由庚》;歌《南有嘉鱼》,笙《崇丘》;歌《南山有台》,笙《由仪》。"依郑玄注:"间,代也。谓一歌则一吹。"[③]贾公彦疏:"此一经堂下吹笙,堂上升歌,间代而作,故谓之'乃间'也。""云'谓一歌则一吹'者,谓堂上歌《鱼丽》,终,堂下笙中吹《由庚》续之,以下皆然。"[④]综合来说,间歌即乐工之歌与笙伴奏交相进行的表演形式,即乐工歌《鱼丽》,而后笙伴奏《由庚》;乐工歌《南有嘉鱼》,而后笙伴奏《崇丘》;乐工歌《南山有台》,最后笙伴奏《由仪》。这样,则"间歌"的表演程式包含《鱼丽》三章和《由庚》三章共六首诗歌,此之谓"间歌三终"。最

① 《十三经注疏(清嘉庆刊本)》,第 2208 页。
② 《十三经注疏(清嘉庆刊本)》,第 3566 页。
③ 《十三经注疏(清嘉庆刊本)》,第 2208 页。
④ 《十三经注疏(清嘉庆刊本)》,第 2128 页。

后的"合乐三终",即带器乐伴奏的演唱形式。对于士、大夫所用之乐来说,"合乐三终"则亦可称为"乡乐",对应"国风"中的《周南》三诗和《召南》三诗,即《仪礼·燕礼》所谓"遂歌乡乐:《周南·关雎》《葛覃》《卷耳》;《召南·鹊巢》《采蘩》《采𬞟》"。故而,同"间歌三终"一样,"合乐三终"的表演程式也包含《周南》三诗和《召南》三诗共六首诗歌。以上是士、大夫宴饮所用之"合乐",若对于诸侯宴饮来说,"合乐三终"则须用"小雅"之诗;而天子燕飨则须用"大雅""颂"之诗作为"合乐三终"。以上所述,即所谓"古者歌诗必三篇连奏"的一般表演程式。

但是,对于天子、诸侯格外盛大的礼节来说,以上的表演程式就会发生变化。如《礼记·文王世子》:"反,登歌《清庙》,既歌而语,以成之也。言父子、君臣、长幼之道,合德音之致,礼之大者也。下管《象》,舞《大武》,大合众以事,达有神,兴有德也。正君臣之位,贵贱之等焉,而上下之义行矣。"①《礼记·明堂位》:"季夏六月,以禘礼祀周公于大庙。牲用白牡,尊用牺象山罍,郁尊用黄目,灌用玉瓒大圭,荐用玉豆、雕篹,爵用玉盏仍雕,加以璧散、璧角,俎用梡嶡。升歌《清庙》,下管《象》;朱干玉戚,冕而舞《大武》;皮弁素积,裼而舞《大夏》。"②可见,在天子盛大祭祀这样的场合,通常宴饮所用的笙伴奏将被管的伴奏所代替。而通常宴饮所遵循的升歌、奏笙、间歌与合乐这四个环节也将被简化为"升歌"与"下管"这两个环节。所谓"升歌",仍然是指祭祀、宴饮登堂时所唱奏的乐歌。而"下管",则是指在堂下舞《大武》等"象舞",即唱奏"升歌"完毕,则接下来要在堂下以管伴奏来演绎"象舞"。从这个角度来看,作为天子祭祀时使用的诗篇,演绎《清庙》《维天之命》《维清》三首时很可能采用的是"升歌"与"下管"的程式,而非"古者歌诗必三篇连奏"的一般表演程式。

既然《毛诗序》言:"《维清》,奏象舞也。"那么可知《维清》应当是"下管"时所唱奏之诗篇。而"象舞",则不一定是《大武》这样的武舞,而很有可能是一种文舞。依王国维《说勺舞象舞》:"《维清》所奏,与升歌《清庙》后之所管,《内则》之所舞,自当为文舞之象。"③陈奂《诗毛氏传疏》认为"象舞"有

---

①〔清〕孙希旦撰,沈啸寰、王星贤点校《礼记集解》,中华书局1989年版,第577—578页。
②《礼记集解》,第844—845页。
③王国维《观堂集林》第1册,中华书局1959年版,第111页。

两种，即"象文王之武功曰《象》，象武王之武功曰《武》"①，亦可备一说。而"升歌"所用之诗自然当为《清庙》。如此，则《维天之命》亦当用于和此二诗相同的祭祀典礼之中。

这样一来，《清庙》自当为祭祀开始时降神所用之"升歌"，而《维清》则为后面配合象舞所唱奏之乐章。根据《维清》"维清缉熙，文王之典。肇禋，迄用有成，维周之祯"之诗意来看，它当是应用于祭祀典礼结束之际，起收束总结之作用。那么，与二诗属于同一组的《维天之命》则应当于二诗之间唱奏，应视为祝（执事人）为尸（受祭者）致福于主人（天子）之嘏辞。

三、《颂》所述之"形容"

本章上一节提到，"颂"除了"美盛德之形容"之外，还具有"美自身之仪式容状"的功能。"颂"所述之"形容"，不仅包含营造之功、稼穑丰登之功，还包括军事胜利之武功的容状以及天子之德泽被海内万民的盛世之容状，而且还应包括"颂"的表演仪式，也就是祭祀典礼环境的各种情状。《周颂》中的若干篇章也向学人揭示了这一点。比如，《潜》"猗与漆沮，潜有多鱼。有鳣有鲔，鲦鲿鰋鲤。以享以祀，以介景福"②，则可以视为描绘鱼祭时的场景；《丝衣》"丝衣其纾，载弁俅俅。自堂徂基，自羊徂牛，鼐鼎及鼒。兕觥其觩，旨酒思柔。不吴不敖，胡考之休"③，亦可视为对周代"宾尸之礼"典仪情状的描述；而《有瞽》一篇"有瞽有瞽，在周之庭。设业设虡，崇牙树羽。应田县鼓，鞉磬柷圉。既备乃奏，箫管备举。喤喤厥声，肃雝和鸣，先祖是听。我客戾止，永观厥成"④，则是采用赋法，对祭祀典礼场合中盲乐队奏乐之情状进行了生动细致的描绘。本书认为，"颂"诗"美自身之仪式容状"而描述祭祀典仪的环境情状，也是同其降神、娱神之本原功能深相契合的。

当然，通过本节上文的论述尚有一个悬疑的问题未能解决，那就是："三颂"既被归入《诗经》，自当被视为诗；但又名之以"颂"，则在"诗经三颂"的"身上"，"诗""颂"两种文体区别之处何在？"诗经三颂"既被称为"诗"，又被称为"颂"，这是否矛盾？

---

① 〔清〕陈奂著《诗毛氏传疏》，中国书店 1984 年据漱芳斋 1851 年版影印本，第 7 页。
② 《十三经注疏（清嘉庆刊本）》，第 3655 页。
③ 《十三经注疏（清嘉庆刊本）》，第 1301 页。
④ 《十三经注疏（清嘉庆刊本）》，第 1281—1283 页。

对此,从文学观念的演进这个角度切入来加以观照或可寻得答案。在孔子删定《诗》三百的时代,纯文学尚未能从杂文学当中分离出来,文学作品服务于政治的功利色彩非常浓厚。比如,"国风"的价值并不在于审美或陶冶情操,而是在于"观政治之得失";"二雅"的价值也多表现为对于不良政策的怨刺;至于"三颂",其基本价值主要体现在祭祀仪式上追述并歌颂祖先之盛德,从而圆满完成"祀"这一国家头等大事。由此可见,当时的"国风""二雅""三颂"都具备杂文学政教意义上"言志"的功能,因此均被归为"诗",在当时人看来并无不妥。

而到了刘勰撰写《文心雕龙》时,已是一个文学自觉、文体自觉的时代。以刘勰为代表的文论家考镜各类文体的源流和体裁、风格特点,并在此基础上对各类文体的内涵和外延予以尽可能精准的界定。对于《时迈》这样的"诗经三颂"作品,刘勰在《颂赞》中将其标举出来作为颂文体的典型案例,他并不觉得有何不妥之处。因为《时迈》这样的"颂"诗,高度符合《颂赞》所提出的"容也,所以美盛德而述形容也"的颂文体裁特征。由此可见,随着时代演进和文学观念的演化,不同时代的学者、文论家对于同一作品就会有不同的定义方式。所以,要回答"诗经三颂"到底是"诗"还是"颂"的问题,需要从不同时代文学观念的差别这一点切入去做出客观合理的解读,而无需强求"二者必居其一"的"非 A 即 B"之判断。

第三节　"赞"文体考论

段玉裁《说文解字注》曰:"赞,见也。此以叠韵为训。疑当作"所以见也"。谓彼此相见必资赞者。《士冠礼》"赞冠者",《士昏礼》"赞者",注皆曰:"赞,佐也。"《周礼·大宰》注曰:"赞,助也。"是则凡行礼必有赞。非独相见也。从贝。从兟。铉曰:兟,音诜。进也。错曰:进见以贝为礼也。则旰切。十四部。"[1]可见,"赞"的本义是指古礼中司仪者引导、协助双方相见的介绍之词。如任昉《齐竟陵文王宣公行状》"又诏加公入朝不趋,赞拜不名"[2],在这里所述的,即为封建专制王朝的"赞拜"之仪。据《汉书·百官公卿表》:"典客,秦官······武帝太初元

①《说文解字注》,第 280 页。

②〔南朝梁〕萧统编,〔唐〕李善注《文选》,上海古籍出版社 1986 年版,第 2578 页。

年更名大鸿胪。"应劭注曰："郊庙行礼赞九宾,鸿声胪传之也。"①李曰刚在
《文心雕龙斠诠》里注为"'唱拜'犹言'赞拜',古者臣下朝拜天子,相者从旁
习礼也"②。《后汉书·何熙传》："赞拜殿中,音动左右。"③《汉书》则注："胡
广曰:'鸿,声也;胪,传也。所以传声赞导九宾也。'"④可见先秦的赞辞多
为口头唱拜之辞。而这里所说的"相者",即相助者,亦即司仪者。

　　而作为一种文体,《文心雕龙·颂赞》释"赞"为:"赞者,明也,助也。昔
虞舜之祀,乐正重赞,盖唱发之辞也。及益赞于禹,伊陟赞于巫咸,并扬言
以明事,嗟叹以助辞也。故汉置鸿胪,以唱拜为赞,即古之遗语也。"这里所
言"赞"的"明""助"之义,则无疑是从"见"的本义中引申出来的,亦即帮助
说明、辅助说明之义。这样一来,作为一种文体,"赞"的功能就成为对某种
特定事物加以辅助说明了。

　　而且,《颂赞》在此处还特意列出了上古时期运用"赞"的几个案例,即
"乐正重赞""益赞于禹"和"伊陟赞于巫咸",来说明"古之遗义"。

　　《尚书大传》卷一:"舜为宾客,而禹为主人。乐正道赞曰:'尚考大室之
义,唐为虞宾,至今衍于四海;成禹之变,垂于万世之后。'"⑤这即是"乐正
重赞"之出处;

　　《尚书·大禹谟》:"益赞于禹曰:'惟德动天,无远弗届;满招损,谦受
益,时乃天道。'"⑥这即是"益赞于禹"之出处;

　　《尚书·商书·咸有一德》:"伊陟赞于巫咸,作《咸义》四篇。"⑦这即是
"伊陟赞于巫咸"之出处。《史记·殷本纪》:"伊陟赞言于巫咸。"裴骃集解:
"孔安国曰:'赞,告也。'"⑧可见,此处的"赞",即"告",实为阐明之意。

　　由上面所列之上古赞辞可见,它们同后世以四言句式为主且富有韵律
感的"赞",在形式上是存在较大差异的,但在功用方面却仍有相通之处。

---

①〔汉〕班固著,〔唐〕颜师古注《汉书》,中华书局 1962 年版,第 730 页。
②李曰刚《文心雕龙斠诠》,台北南天书局 2018 年版,第 396 页。
③〔南朝宋〕范晔撰,〔唐〕李贤等注《后汉书》,中华书局 1965 年版,第 1593 页。
④〔汉〕王隆撰,〔汉〕胡广注《汉官解诂》,见孙星衍叙录《汉官六种》,中华书局 1990 年版,第 15 页。
⑤《尚书大传疏证》,第 58 页。
⑥《尚书正义》,第 139 页。
⑦《尚书正义》,第 327 页。
⑧〔汉〕司马迁撰,〔南朝宋〕裴骃集解,〔唐〕司马贞索隐,〔唐〕张守节正义《史记(点校本二十四史修订本)》,中华书局 2014 年版,第 130 页。

首先,乐正是在舜禅位给禹之后,"舜为宾客,而禹为主人"的情况下,为协助二者相见、协调两者关系并帮助舜来阐发禅位的"大义"而进赞辞,故而属于"扬言以明事",正是表明了"赞者,明也,助也"的文体功用观。

而"益赞于禹",则是益在"苗民逆命"的情况下,为帮助禹决策而进献的赞辞,亦即劝导禹要以文治教化之德行来感动三苗之民,不战而屈人之兵。这种作用,颇类似于后世所言的"赞画军机"之作用。而且,禹采纳益的赞辞后,"诞敷文德,舞干羽于两阶,七旬有苗格",也确实收到了预期的效果。可见,这里"益赞于禹"的赞辞,仍然较为清晰地表明了"赞者,明也,助也"的文体功用观。

至于后世史书以"太史公曰""赞曰"而名世的"史赞"以及以孔子为《周易》所作"十翼"为代表的"经赞",还有各种各样的画赞,也无不是为了帮助正文或图画来阐发未能尽之意旨,仍然以各自的不同体例共同诠释了"赞者,明也,助也"的文体功用观。

既然明确了"赞"作为一种文体的功用,笔者还打算在这一节的"考原"当中尝试解决一个令人颇感困扰的问题,即"赞"作为一种文体的起源。

《文心雕龙·宗经》"赋颂歌赞,则《诗》立其本",指出了《诗经》是赋、颂、歌、赞的本源。而在《颂赞》中,则更进一步认为"(赞)其颂家之细条乎!"

曹魏桓范在《世要论·赞象》也论述为:"夫赞象之所作,所以昭述勋德,思泳政惠,此盖诗颂之末流矣。"[1]

近人薛凤昌在其《文体论》一书第十二节,专论颂、赞体曰:"此类文字与箴铭相类,皆为有韵之文;惟箴铭义多规戒,而颂赞义取揄扬,实皆古诗之一流。"[2]

以上诸家,都认为"赞"源自《诗经》,具体来说则是源自"诗经三颂"。然而在"诗经三颂"当中却难以发现有什么样的赞辞。但后世的赞体作品,绝大多数又是标准的四言句式韵文,显见是取法"诗经三颂"而来,正与上古时期"乐正重赞""益赞于禹"等古朴的赞辞相异趣,这样一来,就难免让人在"赞"文体的起源和流变方面产生了疑窦。

本书认为,要解决这一悬疑,可以尝试如此理解——《礼记·乐记》:

---

①〔清〕严可均辑《全上古三代秦汉三国六朝文》,中华书局 1958 年版,第 1263 页。
②薛凤昌著《文体论》,商务印书馆 1947 年版,第 96 页。

"《清庙》之瑟，朱弦而疏越，壹倡而三叹，有遗音者矣。"①《说文解字注》："倡，乐也。汉有黄门名倡，常从倡，秦倡。皆郑声也。《东方朔传》有幸倡郭舍人，则倡即俳也。经传皆用为唱字。《周礼·乐师》凡军大献，教恺歌遂倡之。故书倡为昌。郑司农云：乐师，主倡也。昌当为倡。按当云昌当为唱。从人。昌声。尺亮切。十部。按当尺良切。"②可见，此处的倡实际通"唱"。

综合此段文意，即在演唱《周颂·清庙》这首诗时，需采用以熟丝制作的琴弦并疏通弦孔以期令声音更加低沉、舒缓。而且，在歌唱时，由一人领唱，其他三人加以应和。笔者推测，后代以四言句式为特征的赞，就应当起源于演唱《周颂》时的应和之声。因为《周颂》基本都是四言句式，那么应和之声也应当属于四言句式。而且，这种应和之声或曰应和之辞，明显也是一种"明也，助也"的行为，符合上古以来赞体文学的功能传统。如此说来，这种一唱三叹的应和之声或曰应和之辞，正可以发挥《文心雕龙·颂赞》所谓"嗟叹以助辞"的功能。因而，本书倾向于认为，后世以标准四言句式韵文为特征的赞体文学，很可能就是起源于演唱《周颂》时的嗟叹之助辞。

作为文体属类，颂、赞虽称谓不同而似为一类。南朝刘勰著《文心雕龙》与萧统编《文选》，虽都将颂、赞作为两种独立的文体，但二者差异仍较明显。笔者拟辨明二者的颂赞观念，辨析其在颂赞观上的异同，借此考察作为文体的颂、赞在一定历史时期中的具体含义与演变情况，主要可从三方面展开分析：一、《文心雕龙》与《文选》之颂体观；二、《文心雕龙》与《文选》之赞体观；三、对颂、赞二体相互关系的认识。总体而言，《文心雕龙》作为一部系统的文学理论著作，其对各种文体的探讨，对《文选》的标体选文具有重要的参考价值，后者不能不受到前者文体观念的影响，可以说，《文选》著录颂、赞二体，当对《文心雕龙》的文体观念有所继承；另一方面，由于时代、社会变迁以及文学自身演进等原因，《文选》在标立文体编选文章时，其中隐含的文体观念，也非因循《文心雕龙》不改，而是有了一些新的变化。具体内容可见于笔者论文《论刘勰、萧统颂赞观对话的可能性》③，故不再赘述。

---

① 《十三经注疏（清嘉庆刊本）》，第 3313 页。
② 《说文解字注》，第 379—380 页。
③ 申慧萍、张志勇《论刘勰、萧统颂赞观对话的可能性》，《阜阳师范学院学报（社会科学版）》2019 年第 6 期。

第二章　先秦颂赞

在上一章中，笔者结合相关作品及史料，对颂、赞文学的起源、功能以及"诗经三颂"对于先秦颂、赞文学发展的历史意义进行了论述。接下来本章则拟着眼于"诗经三颂"后颂、赞文体的发展情况，以内容、形式两个方面的新变为切入点，来描述后世颂、赞文体的流变轨迹。同时，试图从社会历史文化环境变迁的角度来分析颂、赞文学产生一系列新变的外在原因。

第一节　"三颂"后颂体文的流变论

"诗经三颂"后颂体文学作品的流变情况，大致可以从内容与形式两个方面分别进行论述。首先来看颂体文学作品在内容方面的流变情况：

一、题材内容方面的流变

就题材内容方面而言，"三颂"后颂体文的流变大致表现在以下几个方面：

1. 惠及臣属——由颂君扩展到颂臣、颂民

众所周知，"诗经三颂"旨在颂君王之德泽而告神明以祈福，正所谓"美盛德之形容，以其成功告于神明者也"。亦即，"诗经三颂"实际是以专事赞美的"歌功颂德"为己任。故而，《文心雕龙·颂赞》将"颂"描述为"夫化偃一国谓之风，风正四方谓之雅，容告神明谓之颂。风雅序人，事兼变正；颂主告神，义必纯美"。也就是说，"颂"是在今王之礼乐教化惠及"溥天之下，莫非王土"的列国，德泽周流于"率土之滨"的无数"王臣"之后，以此盛世之景象来"容告神明"的。故而，"颂"之"义必纯美"——因为在上述这种文体功用观为前提的背景之下，"颂"实在没有理由"义不纯美"，否则就是恶意贬低盛世景象。也正是在这个意义上，《文心雕龙·颂赞》推举"颂"为"四始之至，颂居其极"。

而春秋以后的大多数颂文，也依然用自身的创作实践延续了这种"义

必纯美"的属性。但是，这种"纯美"的"颂"，虽然大多还是"美盛德"，但却基本不再是为了"告神"，而是为了"告人"。这里所说的"告人"，是套用了"告神"一词。"诗经三颂"的"告神"，其最终目的是为了娱神，令祖先神灵喜悦而赐予后代子孙福祉，所谓"孝子不匮，永锡尔类"是也。而这里所说的"告人"，其目的则是为了娱人，即令现实中尚健在的人（多是位高权重者）愉悦，而赐予"颂"的作者以现世中的各种福禄、名望、地位等。

这种"告人"的创作意图，在《鲁颂》当中就已初露端倪。比如《泮水》"穆穆鲁侯，敬明其德。敬慎威仪，维民之则。允文允武，昭假烈祖。靡有不孝，自求伊祜。明明鲁侯，克明其德。既作泮宫，淮夷攸服。矫矫虎臣，在泮献馘。淑问如皋陶，在泮献囚"；《閟宫》"秋而载尝，夏而楅衡，白牡骍刚。牺尊将将，毛炰胾羹，笾豆大房。万舞洋洋，孝孙有庆。俾尔炽而昌，俾尔寿而臧，保彼东方，鲁邦是常。不亏不崩，不震不腾；三寿作朋，如冈如陵。……天锡公纯嘏，眉寿保鲁。居常与许，复周公之宇。鲁侯燕喜，令妻寿母。宜大夫庶士，邦国是有。既多受祉，黄发儿齿"。其中，"秋而载尝，夏而楅衡……三寿作朋，如冈如陵"诸句，颇有《周颂》遗韵，仍然是述鲁禧公德泽周流邦内之"形容"（且不论禧公之德泽是否有如此盛烈）。但上引的其他各句，则是专力于用纯粹的赞扬性文字来溢美了。而奚斯等人作此类颂诗的目的，虽然仍是颂君，但其本义则并不在于"告神""娱神"，而在于"告人""娱人"了。因而以《鲁颂》为代表的这类颂诗，显然较《周颂》《商颂》具有更为鲜明的现实功利性。也正是在这个意义上，后世学者多认为《鲁颂》属于"颂诗"之变体。

在《鲁颂》之后，也就是在春秋时期之后，有秦以来，像《鲁颂》一样"颂君"而不"告神"之"颂"还是较为常见的，秦代李斯的"刻石文"就是其中的典型代表。比如，作于公元前210年的《会稽刻石》：

> 皇帝休烈，平一宇内，德惠攸长。三十有七年，亲巡天下，周览远方。遂登会稽，宣省习俗，黔首齐庄。群臣诵功，本原事迹，追首高明。秦圣临国，始定刑名，显陈旧章。初平法式，审别职任，以立恒常。六王专倍，贪戾慠猛，率众自强。暴虐恣行，负力而骄，数动甲兵。阴通间使，以事合从，行为辟方。内饰诈谋，外来侵边，遂起祸殃。义威诛之，殄熄暴悖，乱贼灭亡。圣德广密，六合之中，被泽无疆。皇帝并宇，兼听万事，远近毕清。运理群物，考验事实，各载其名。贵贱并通，善

否陈前,靡有隐情。饰省宣义,有子而嫁,倍死不贞。防隔内外,禁止淫泆,男女絜诚。夫为寄豭,杀之无罪,男秉义程。妻为逃嫁,子不得母,咸化廉清。大治濯俗,天下承风,蒙被休经。皆遵度轨,和安敦勉,莫不顺令。黔首修絜,人乐同则,嘉保太平。后敬奉法,常治无极,舆舟不倾。从臣诵烈,请刻此石,光垂休铭。[1]

在这篇本不以"颂"字名篇的颂文里,作为丞相的从臣李斯,备述始皇帝御宇三十七年来的桩桩盛举以"诵烈",其现实的功利性是非常明显的。而且,作颂的目的在于勒石记功,亦与"诗经三颂"的"告神""娱神"之目的不相关涉。

秦政之后,颂君之作亦代有其篇章。此类颂文多以《×帝颂》《×宗颂》《皇德颂》《圣德颂》等名目出现。

比如,在两汉时代,有西汉刘向的《高祖颂》,东汉班固的《高祖颂》、傅毅的《显宗颂》、崔骃的《明帝颂》、蔡邕的《祖德颂(并序)》、王粲的《太庙颂》等等。

见诸史籍者有:东汉和帝皇后邓氏去世,平望侯刘毅上书汉安帝,请"宜令史官著《长乐宫注》、《圣德颂》,以敷宣景耀,勒勋金石,县之日月,摅之罔极,以崇陛下烝烝之孝",而且"帝从之"[2]。

两晋十六国时期,后赵君主石虎闻"济南平陵城北石虎一夕移于城东南,有狼狐千余迹随之,迹皆成蹊",即欲南伐东晋,"以奉天命"。时"群臣皆贺,上《皇德颂》者一百七人"[3]。

至唐代一统宇内,诸帝自以为功烈赫赫,献颂而颂君者尤为多见。比如,高宗孙李璩"进《龙池皇德颂》,迁宗正卿、光禄卿、殿中监"[4]。除此之外,有唐一代贤臣明君也多有类似颂文传世。比如张九龄《龙池圣德颂》、李百药《皇德颂》、颜师古《圣德颂》,乃至太宗本人亦有《皇德颂》载诸典籍。至宋以降,犹有北宋石介《庆历圣德颂》,两宋之交曹勋《乾道圣德颂》、赵不悥《皇宋中兴圣德颂》,明孙承恩《拟嘉靖圣德颂二篇》等对这种颂君之传统加以绍继。兹以颜师古《圣德颂》为例,对后世的"颂君之颂"做一点评:

①《史记(点校本二十四史修订本)》,第328—329页。
②《后汉书》,第426页。
③《资治通鉴》,第3052—3053页。
④〔后晋〕刘昫等撰《旧唐书》,中华书局1975年版,第2828页。

　　缅寻遐代，详观往册。五胜质文，三正沿革。乱多化抄，明寡晦积。炎精既沦，大运斯致。茫茫率土，黯焉已夕。皇矣大圣，诞受天符。云飞九域，电击八区。共工殪毙，涿鹿妖除。枝换斯撤，櫐枪靡馀。建开戗刃，偃伯菕车。蠲苛削密，求瘼恤隐。琴瑟更张，衔策俱尽。满堂已乐，声诵犹紾。扇暍垂仁，泣辜流悯。吏勉端洁，民归愿谨。肃恭禋祀，祇事上天。永惟孝享，式备吉蠲。外崇耆耋，内睦亲姻。岁时缣纩，春秋醴馐。荥荌是恤，痾瘵斯痊。间阎外户，马牛内厩。畎亩相移，康庄交让。勿用桴鼓，无虞亭障。尽纳鲛人，朔班狼望。至诚感庆，休气致祥。驯扰一角，栖集五章。华平挺干，朱草曜芳。良耜晏晏，多稌穰穰。国储亿庾，家登万箱。旄彼髦彦，任仗忠力。光被心脊，列居槐棘。如砥之平，如矢之直。淑慎微务，精明品式。菁菁者莪，芃芃彼棫。修容礼闱，翱翔书囿。谈极五际，玩慕三古。杳眇义窟，恢台学府。儒墨兼陈，申韩迭去。岂资伯亮，宁劳封钜。德音高朗，丝言昭普。黄竹丽章，柏梁清引。沈郁淡雅，疏通敏迅。抽演阙文，网罗遗韵。孰登奥室，罕窥墙仞。妙心洞达，神笔允从。礌硌新势，奋发奇锋。珪稷钩婉，露散烟浓。竦同企鹤，蔚若据龙。岂唯于赵，信乃过钟。道惟天纵，艺兼人术。用而不知，速而不疾。至德无象，微言罕术。玉裕桂宫，金植兰室。礼极敬爱，行归忠一。天下文明，日月贞观。百神受职，三灵叶赞。泰阶既平，光华常焕。超轩跨昊，腾周轶汉。万寿无疆，永延遐算。①

　　此颂在形式上继承了"诗经三颂"尤其是"鲁颂"规整的四言句式及篇章结构，读来韵律鲜明，朗朗上口。另外，此颂多援引、化用《诗经》之成句、旧章，如"菁菁者莪，芃芃彼棫""如砥之平，如矢之直"，与规整的四言句式相配合，则益显其古雅典重。而在内容上，仍然继承了"美盛德之形容"的功用观。比如以"云飞九域，电击八区。共工殪毙，涿鹿妖除。枝换斯撤，櫐枪靡馀。建开戗刃，偃伯菕车"来赞美太宗止戈定鼎之武功；以"间阎外户，马牛内厩。畎亩相移，康庄交让""国储亿庾，家登万箱。旄彼髦彦，任仗忠力"来颂扬太宗之文治；以"修容礼闱，翱翔书囿。谈极五际，玩慕三古。杳眇义窟，恢台学府。儒墨兼陈，申韩迭去"来表彰太宗之风教；以"黄

①〔清〕董诰等编《全唐文》，中华书局1983年版，第1487—1488页。

竹丽章，柏梁清引。沈郁淡雅，疏通敏迅。……妙心洞达，神笔允从。礳硌新势，奋发奇锋"来推尊太宗朝衣冠文武之盛况。可以说，如《圣德颂》者，以其远胜于《周颂》的恢弘体制，容纳了"美盛德"的更多方面，使作者可以从容不迫、条分缕析地陈述"盛德"之形容。在这方面，它们其实是与《鲁颂》同出一脉而"千载相堪伯仲间"的。

当然，"颂君"之作还有一些作品是以帝王巡狩田猎为题材，如东汉崔骃的《四巡颂》，就通过敷写帝王巡狩田猎之"形容"而彰显、赞誉其"盛德"，故而亦属于"颂君"之作。

除上述的颂君之作忠实沿袭"诗经三颂"之风旨外，更多的后代颂文转向了"颂臣"乃至"颂民"。

先来看"颂臣"之作。所谓"颂臣"，就是指颂功臣，即"美功臣之盛德"。这些功臣，或具赫赫武功，或于文治颇有靖献，或者开道引渠、惠及万民。颂具武功赫赫之臣者，当举扬雄《赵充国颂》、班固《窦将军北征颂》、傅毅《窦将军北征颂》为例；颂于文治颇有靖献者，当举蔡邕《胡广黄琼颂》、无名氏《汉成阳令唐扶颂》为例；颂开道引渠、惠及万民者，当举王升《故司隶校尉犍为杨君颂》、蔡邕《京兆樊惠渠颂》为例。

颂具武功赫赫之臣者，以扬雄《赵充国颂》最为《文心雕龙·颂赞》所推举——"若夫子云之表充国，孟坚之序戴侯，武仲之美显宗，史岑之述熹后，或拟《清庙》，或范《骃》《那》，虽浅深不同，详略各异，其褒德显容，典章一也"。在上述四篇颂文当中，后三篇均已亡佚，只有扬雄《赵充国颂》得以保存至今：

> 明灵惟宣，戎有先零。先零昌狂，侵汉西疆。汉命虎臣，惟后将军。整我六师，是讨是震。既临其域，谕以威德。有守矜功，谓之弗克。请奋其旅，于罕之羌。天子命我，从之鲜阳。营平守节，娄奏封章。料敌制胜，威谋靡亢。遂克西戎，还师于京。鬼方宾服，罔有不庭。昔周之宣，有方有虎，诗人歌功，乃列于《雅》。在汉中兴，充国作武，赳赳桓桓，亦绍厥后。[1]

这篇颂之所以被《文心雕龙·颂赞》所推举，其原因就在于它能"褒德

---

[1]〔汉〕扬雄著，张震泽校注《扬雄集校注》，上海古籍出版社1993年版，第293页。

显容"。而班固《窦将军北征颂》则被《文心雕龙·颂赞》点名批判："至于班、傅之《北征》、《西巡》，变为序引，岂不褒过而谬体哉！"以下列出班固《窦将军北征颂》全文：

> 车骑将军应昭明之上德，该文武之妙姿，蹈佐历，握辅策，翼肱圣上，作主光辉。资天心，谟神明，规卓远，图幽冥，亲率戎士，巡抚强城。勒边御之永设，奋橹之远径，闵遐黎之骚狄，念荒服之不庭。乃总三选，简虎校，勒部队，明誓号。援谋夫于末言，察武毅于俎豆；取可杖于品象，拔所用于泰陬。料资器使，采用先务，民仪响慕，群英影附。羌戎相率，东胡争骛，不召而集，未令而谕。

> 于是雷震九原，电曜高阙。金光镜野，武旗冒日。云黯长霓，鹿走黄碛。轻选四纵，所从莫敌。驰飙疾，踵蹊迹，探梗莽，采嶻阢，断温禺，分尸逐。电激私渠，星流霰落，名王交手，稽颡请服。乃收其锋镝、干卤、甲胄，积象如丘阜，陈阅满广野，载载连百两，散数累万亿。放获驱挈，揣城拔邑。擒馘之介，九谷遥噪。响珥东夷，埃尘戎域。

> 然而唱呼郁愤，未逞厥愿。甘平原之酣战，矜讯捷之累算。何则？上将崇至仁，行凯易，弘浓恩，降温泽。同庖之珍馔，分裂室之纤帛。劳不御舆，寒不施襗，行无偏勤，止无兼役。恎蒙识而愎戾顺，贰者异而懦夫奋。遂逾涿邪，跨祁连，籍□庭，蹈就疆，猬峥嵤，辚幽山，遏凶河，临安侯，轶焉居与虞衍。顾卫、霍之遗迹，贼伊秩之所邀，师横骛而庶御，士怫悁以争先。回万里而负腾，刘残寇于沂根。粮不赋而师赡，役不重而备军。行戎丑以礼教，炘鸿校而昭仁。文武炳其并隆，威德兼而两信。清乾钧之攸冒，拓畿略之所顺。櫜弓镝而戢戈，回双麾以东运。

> 于是封燕然以降高，禅广鞭以弘旷，铭灵陶以勒崇，钦皇祇之佑贶。宣惠气，荡残风，轲泰幽嘉，凝阴飞雪，让庶其雨，洒淋榛枯一握兴。嘉卉始农，土膏含养，四行分任。于是三军称曰：叠叠将军，克广德心。光光神武，弘昭德音。超兮首天潜，眇兮与神参。[1]

从形式上来看，扬雄《赵充国颂》是规整的四言句式，自然更接近于"诗

经三颂"的体式;而班固《窦将军北征颂》三言、四言、六言毕陈,在形式上更接近于汉大赋。然而,笔者认为,这并非二者褒贬相异的根本原因,其根本原因乃在于内容方面——"变为序引,岂不褒过而谬体哉!"所谓序引,当依吴林伯《文心雕龙义疏》所言:"序、引为文之二体名,序述事物始末,引略如序,皆非颂功德。"说到"述事物始末",不难发现无论是《赵充国颂》还是《窦将军北征颂》,都交代了征西羌与征匈奴的起因、过程及结果。笔者认为,这是作颂的根本。因为,颂具武功赫赫之臣,从根本上来说其实具有很强的叙事性,武功必须在叙事当中得以彰显。因而,叙述武力讨伐事件的起因、过程及结果,亦即叙述始末,是必要的。然而,相较于扬雄《赵充国颂》,班固《窦将军北征颂》显然在叙述始末时"叙"得过细、过繁了——"于是雷震九原,电曜高阙。金光镜野,武旗冒日。云黯长霓,鹿走黄碛。轻选四纵,所从莫敌。驰飙疾,踔蹊迹,探梗莽,采巀陁,断温禺,分尸逐。……遂逾涿邪,跨祁连,籍□庭,蹈就疆,獢崝嵤,辚幽山,遏凶河,临安候,轶焉居与虞衍"。此类描写,绝类汉大赋之铺叙,将事件的每一个细节铺陈得纤毫毕现,虽然极尽"显容"之能事,但却冲淡了"褒德"的主题。也就是说,《窦将军北征颂》并非不"褒德",而是其太过于"显容",占据大量篇幅,反而削弱了"褒德"之功能,有喧宾夺主之嫌。故而,刘勰将其判定为"变为序引,岂不褒过而谬体哉!"相比较而言,扬雄《赵充国颂》略述赵充国征西羌的起因、过程及结果,并以相当篇幅来颂扬其赫赫武功,做到了"褒德"与"显容"的平衡与协调。故而,《文心雕龙·颂赞》誉其为"褒德显容,典章一也"。由此可见,在刘勰看来,颂的"显容"实际还是服务于"褒德"这一主题的。如果"显容"过度,就有可能带来令作品脱离"颂"文体之列的危险性。

通过这两篇颂文的对比,也可以更为深刻地理解《文心雕龙·颂赞》所言"原夫颂惟典雅,辞必清铄,敷写似赋,而不入华侈之区"一语的含义。其实这正是为了彰显"褒德"之主题,避免过于"显容"导致"华侈",而做出如上之规定的。这样一来,以典雅清丽的言辞来铺写武臣之功而又不过分铺陈,使之纤毫毕现,就不会以紫夺朱,反而能够从字里行间透露出一种文辞的激扬之感,从而更为鲜明地树立"颂"文本身广博的涵义。这也就是后文"揄扬以发藻,汪洋以树义"一语的含义所在了。

以上,笔者参考《文心雕龙·颂赞》的批评,以扬雄《赵充国颂》和班固《窦将军北征颂》的对比解读为例,阐述了"颂"文体,或者是严谨的文学批评家眼中"颂"文体的本质要求及批评原则。其他"颂臣"之作,亦可参照上述的批评原则去考察,则很容易理解《文心雕龙·颂赞》"马融之《广成》《上林》,雅而似赋,何弄文而失质乎! 又崔瑗《文学》,蔡邕《樊渠》,并致美于序,而简约乎篇"的批评。

除"颂臣"之作外,颂体文学中还有一类"颂民"之作。所颂之民,当然是作者心目中的杰出之民了。比如东汉崔瑗的《南阳文学颂》颂南阳一郡之儒生文士;梁鸿《安丘严平颂》、崔琦《四皓颂》,颂秦汉之隐士。此类颂文体现了颂文体在内容方面的新变,而在形式及颂文体的功用及批评原则方面,则并未见有可补裨上文对于"颂臣"之作的批评与分析之处。故而,对于"颂民"之作,在这里只从内容新变的角度约略提及,亦不一一列举赘述。

2. 覃及细物——由颂人扩展到颂物

《文心雕龙·颂赞》:"及三闾《橘颂》,情采芬芳,比类寓意,又覃及细物矣。"也就是说,刘勰认为,屈原所作《橘颂》,是"颂物"的发轫之作。其实,在"鲁颂"中,就已经有"颂物"之作了,那就是《駉》。从表面来看,《駉》并非颂人之作,而是颂物之作。从实质来看,它则是通过颂扬万马奔腾的盛况,来间接地颂扬鲁僖公牧马之盛及其决策之英明。或以为,《駉》所提及的"骊""皇""駵""黄"等各色骏马象征着各类贤才,万马奔腾之盛就是在间接颂扬僖公能得贤才、能聚贤才、能用贤才。但无论从哪种意义上来讲,这首《駉》都是明颂物、暗颂人之作。虽然马是作为"国之大事"之"戎"的重要工具,并非"细物",但也毕竟是"物"。可以说,《駉》实可以被视为"颂物"的发轫之作。

而屈原的《橘颂》,则是颂橘树这种于国计民生无重大影响之物,亦即"细物"。而且,在《橘颂》中,屈原处处以橘自况,如"受命不迁,生南国兮。深固难徙,更壹志兮";"精色内白,类任道兮。纷缊宜修,姱而不丑兮";"独立不迁,岂不可喜兮? 深固难徙,廓其无求兮。苏世独立,横而不流兮。闭心自慎,不终失过兮。秉德无私,参天地兮。愿岁并谢,与长友兮。淑离不淫,梗其有理兮。年岁虽少,可师长兮。行比伯夷,置以为像兮"[①]。可以说,这是较《駉》更为明显的"比类寓意"。从这个意义上说,称《橘颂》为"覃及细物,比类寓意"的发端之作,是符合事实的。

---

① 金开诚、董洪利等著《屈原集校注》,中华书局 1996 年版,第 606、607、611 页。

《橘颂》之后，后世咏物颂文渐兴。其中，有颂宏伟之物者，如王褒《甘泉宫颂》、马融《广成颂》；有颂抽象之物者，如东方朔《旱颂》；更多的则是颂祥瑞之物及日常“细物”者。前者如王褒的《碧鸡颂》、班固的《神雀颂》、薛琮的《麟颂》《凤颂》、张浚的《白兔颂》、沈演之的《嘉禾颂》、刘基的《瑞麦颂》等等；后者如崔骃的《杖颂》、王粲的《灵寿杖颂》、繁钦的《砚颂》、曹植的《宜男花颂》《柳颂》、左棻的《郁金颂》《菊花颂》等等。

在这些咏物的颂文中，自不乏歌功颂德者，此类颂文以颂祥瑞之物的作品为代表。比如明代刘基的《瑞麦颂》：

> 天厌元德，九州麋沸，群猾并作，黎民惶惶，奔走无路。皇帝提三尺剑，奋起草莱，指顾之间，豪杰景附，矛锋所向，战克攻取。皇帝心知天意之有在，爰举有众，以与万姓请命。一征而取荆襄，再征而清江浙，三征而闽海率从，四征而席卷全齐，五征而定周及梁，遂取秦晋，举燕赵，南交、北貊、东夷、西羌，海外之邦，莫不望风遣使，奉朔称臣，拜伏阙庭。于是民获所归，上下神祇，咸有依托。庆云甘露，洊奏祯祥。帝心谦抑，每让弗居。
>
> 洪武三年五月，陕西宝鸡县进瑞麦：一茎五穗者一本，三穗者三本，两穗者十有余本。盖自兵兴以来，王保保据周、宋，李思齐、张思道据秦、晋，燕、赵、齐、梁之间，大豪小猾，或凭城郭，或聚山寨，皆假元为名，分割境土，擅兵相攻。于是燕、晋、周、秦之地，弥数千里，连岁无雨，百谷不生，民相杀食且尽。今年夏四月，王师奏捷于兰州，朔漠扫清，关陇底定，天乃大降甘雨，滋为嘉瑞。和气致祥，不亦昭哉。《周颂》有曰：“绥万邦，屡丰年，天命匪懈。”传者谓商之季年，比岁旱荒，至周武王克纣受命，而天下遂获丰年。由今观之，信非诬矣。汉谣以麦穗两岐，歌其太守之美政。则是两岐之麦，世所希有，而况于三岐以至五岐者哉。颂声之作，弗可阙也。颂曰：
>
> 神雀赤乌，其羽不可以为仪；紫芝甘露，其实不可以疗饥。岂若五谷之为瑞，可以厚民之生、丰国之资者哉。元失其鹿，天下共逐。扰扰纷纷，强食弱肉。皇天震怒，诞命真主。肃将天威，以靖区宇。骑士如云，猛将如龙。发踪指示，悉出帝衷。既平南东，遂定西北。民居攸奠，品物咸殖。爰有嘉麦，一本五岐。布叶萋萋，结实离离。既齐既平，先百谷成。擢颖扬芒，金支翠英。溥彼原田，滃若云烟。望之油

油，即之芊芊。其种伊何，降自穹昊。其瑞伊何，丰年之兆。丰年穰穰，颂声洋洋。其始自今，奕世无疆。①

这篇颂文，虽然表面来说是颂麦，实则颂帝王之功业，即朱元璋"心知天意之有在，爰举有众，以与万姓请命。一征而取荆襄，再征而清江浙，三征而闽海率从，四征而席卷全齐，五征而定周及梁，遂取秦晋，举燕赵，南交、北貊、东夷、西羌，海外之邦，莫不望风遣使，奉朔称臣，拜伏阙庭"的丰功伟绩。所以，瑞麦只是作颂的一个由头。相较于《鲁颂·駉》以及《橘颂》而言，如《瑞麦颂》等颂文不再使用间接的"比类寓意"之手法，而是借祥瑞之物为因由，直接"美盛德之形容"，凸显了咏物之颂继承"诗经三颂"传统的一面。

然而，亦有相当多的咏物颂文，其意并不在于美"人之盛德"，而在于美"物之品性"，借以寄托美好的愿望或祝福。比如王粲的《灵寿杖颂》：

> 兹杖灵木，以介眉寿。奇干贞正，不待矫柔。据贞斯直，杖之爰茂。②

此颂篇幅不长，但写出了灵寿杖"奇干贞正，不待矫柔"的品性，借以祝愿灵寿杖的主人能够"据贞斯直"，进而拥有美好的才德。

与此作意相近的还有左棻的《郁金颂》：

> 伊此奇草，名曰郁金。越自殊域，厥珍来寻。芬香酷烈，悦目欣心。明德惟馨，淑人是钦。窈窕妃嫒，服之缡衿。永重名实，旷世弗沈。③

此颂也是以郁金花之馨香来比喻"妃嫒""淑人"之"明德"，并借"妃嫒""淑人"将郁金花"服之缡衿"的行为，来劝勉她们应该注意使自身的容貌之美与心灵之美保持一致，使名实相副，以便"旷世弗沈"。

当然，在魏晋南北朝"文学自觉""崇尚审美"的风潮中，亦有不少颂体作品摆脱了"颂德""比德"的观念束缚，走出了"纯审美"的路子，比如江淹的《草木颂十五首》之《木莲》：

①〔明〕刘基《诚意伯文集》，《景印文渊阁四库全书》第1225册，台湾商务印书馆1986年版，第475页。
②俞绍初校点《王粲集》，中华书局1980年版，第37页。
③《艺文类聚》，第1394页。

　　进采泉壑,腾光渊丘。缃丽碧巘,红艳桂洲。山人结侣,灵俗共游。时至不采,为子淹留。①

　　此颂描述木莲生长的环境、花叶之美艳以及游人对其由衷的喜爱之情,可以说完全是为了"骋目游心"而为此作。其"缃丽碧巘,红艳桂洲"一句,色彩浓艳,对比鲜明,则彰显了此颂"纯审美"的作意。

3. 涉及月旦——由专力颂美扩展到"褒贬杂居"

　　众所周知,在上古时期,许多"颂"体作品并不具备明确的褒贬倾向。比如本书绪论部分所谈到的诸多像卜颂、国颂这样具有特定功能的散体颂以及大量的野颂,都不具有明确的褒贬倾向。

　　而从"诗经三颂"开始,颂、赞文学就基本上树立了一个"美盛德""述形容"的创作传统。而且,"述形容"的本质也是为了"美盛德"。从此,颂体文学专力褒美,似乎就成为后代文人头脑中的一个思维定式了。然而,在后代的颂文中,也有一些并非专力赞美,而是采用了"褒贬互见"或"褒贬杂居"的评论式写法,使得颂文更趋向于"月旦之评"了。较早体现这种倾向的,是西汉末扬雄的《剧秦美新》。这是一篇并未定名为"颂"的颂文。既然题目叫作《剧秦美新》,顾名思义,其作意在于贬斥暴秦,以此来反衬并美化王莽建立的"新朝"。故而,也就注定了这篇颂文是带有"褒贬杂居"的"月旦评论"之作。

　　其中,"贬抑之语"主要集中在"剧秦"部分:"盛从鞅、仪、韦、斯之邪政,驰骛起蒙、恬、贲之用兵,划灭古文,刮语烧书,弛礼崩乐,涂民耳目,遂欲流唐漂虞,涤殷荡周,难除仲尼之篇籍,自勒功业,改制度轨量,咸稽之于秦纪。是以耆儒硕老,抱其书而远逊,礼官博士,卷其舌而不谈。来仪之鸟,肉角之兽,狙犷而不臻。甘露嘉醴、景曜浸潭之瑞潜,大萧经赍、巨狄鬼信之妖发。神歇灵绎,海水群飞,二世而亡,何其剧与! 帝王之道,兢兢乎不可离已。夫能贞而明之者穷祥瑞,回而昧之者极妖怨。上览古在昔,有凭应而尚缺,焉坏彻而能全。故若古者称尧舜,威侮者陷桀纣,况尽汛扫前圣数千载功业,专用己之私,而能享祜者哉。"②在这里,扬雄备述秦政之残酷苛猛,猛烈抨击其"用己之私""阻塞言路""划灭古文,刮语烧书,弛礼崩乐"

---

①俞绍初、张亚新校注《江淹集校注》,中州古籍出版社 1994 年版,第 61 页。
②《扬雄集校注》,第 211、215 页。

之暴行。

然而,如此"剧秦"还不是目的所在,"剧秦"之目的是为了"剧汉"。王莽的"新朝"是篡汉而建立的。从表面来看,汉朝还是尊奉了上古尧舜时期的"禅让"遗制而让位于新莽的。故而,直接贬斥汉朝自然是不合时宜的,这基本上就等于消解了新莽政权建立的合法性。所以,扬雄颇费周折地运用大量篇幅来"剧秦",接下来以"秦余制度,项氏爵号。虽违古而犹袭之"来点到为止地贬抑西汉王朝,在一定程度上将其视为对"秦政"改革不力的"先行者"与"失败者",进而从反面强化新莽政权建立的合理性。故而,虽然《剧秦美新》的"贬抑之语"主要集中在"剧秦"部分,但接下来小段的"剧汉"之辞才是目标所在:

> 会汉祖龙腾丰沛,奋汛宛叶,自武关与项羽戮力咸阳,创业蜀汉,发迹三秦,克项山东,而帝天下。摘秦政惨酷尤烦者,应时而蠲。如儒林刑辟历纪图典之用稍增焉。秦余制度,项氏爵号。虽违古而犹袭之,是以帝典阙而不补,王纲弛而未张。道极数殚,阆忽不还。①

此段而后,则是专力褒美的大段"美新之辞":

> 逮至大新受命,上帝还资,后土顾怀,玄符灵契,黄瑞涌出。浑浑沄沄,川流海渟,云动风偃,雾集雨散,诞弥八圻,上陈天庭。震声日景,炎光飞响。盈塞天渊之间,必有不可辞让云尔。于是乃奉若天命,穷宠极崇,与天剖神符,地合灵契,创亿兆,规万世,奇伟倜傥诵诡,天祭地事。其异物殊怪,存乎五威将帅,班乎天下者,四十有八章。登假皇穹,铺衍下土。非新家其畴离之,卓哉煌煌,真天子之表也。若夫白鸠丹乌,素鱼断蛇,方斯蔑矣。受命甚易,格来甚勤。昔帝缵皇,王缵帝,随前踵古,或无为而治,或损益而亡,岂知新室委心积意,储思垂务,旁作穆穆,明旦不寐,勤勤恳恳者,非秦之为与? 夫不勤勤则前人不当,不恳恳则觉德不愷。是以发秘府,览书林,遥集乎文雅之囿,翱翔乎礼乐之场。胤殷周之失业,绍唐虞之绝风。懿律嘉量,金科玉条,神卦灵兆,古文毕发。焕炳照曜,靡不宣臻。式轮轩旗旗以示之,扬和鸾肆,夏以节之,施黼黻衮,冕以昭之,正嫁娶送,终以尊之。亲九族淑

贤以穆之。夫改定神祇，上仪也，钦修百祀，咸秩也。明堂雍台，壮观
也。九庙长寿，极孝也。制成六经，洪业也。北怀单于，广德也。若复
五爵，度三壤，经井田，免人役方甫刑，匡马法，恢崇祇庸烁德懿和之
风，广彼搢绅讲习言谏箴诵之途。振鹭之声充庭，鸿鸾之党渐阶。俾
前圣之绪，布濩流衍而不韫韣，郁郁乎焕哉。天人之事盛矣。鬼神之
望允塞，群公先正，莫不夷仪。奸宄寇贼，罔不振威。绍少典之苗，着
黄虞之裔。帝典阙者已补，王纲驰者已张。炳炳麟麟，岂不懿哉。[①]

　　从这段的陈述来看，扬雄在行文中极力敷陈溢美之词，这就同专力褒
美之颂文已无二致了。

　　从前述的分析来看，扬雄的《剧秦美新》，"剧秦"是为了隐在地"剧汉"，
而"剧秦""剧汉"则是为了反衬新莽政权建立的合理性，从而为大段"美新"
做好铺垫。通观全篇，可以说正是"褒贬互见"，非常类似于"月旦之评"，与
专力褒美的普通颂文是有明显区别的。

　　然而，这篇《剧秦美新》虽然"褒贬互见"，但二者的分野仍然是清晰的。
而且，从两部分的功能与地位来看，"贬抑之语"是为引出并反衬、烘托"褒
美之辞"，"贬"是服务于"褒"的。

　　除了像《剧秦美新》这样"褒贬互见"的颂体作品，还有"褒贬杂居"之
作，代表者即《文心雕龙·颂赞》所点名批评的"陆机积篇，惟《功臣》最显"。
陆机的《汉高祖功臣颂》，是将对三十一位历史人物的颂文纂集为一体，而
形成的一篇体量庞大之"集成性"颂文。在这篇《功臣颂》中，褒美的成分仍
然占据了绝大部分篇幅，比如颂张良的段落："文成作师，通幽洞冥。永言
配命，因心则灵。穷神观化，望影揣情。鬼无隐谋，物无遁形。武关是辟，
鸿门是宁。随难荥阳，即谋下邑。销印蒉废，推齐劝立。运筹固陵，定策东
袭。三王从风，五侯允集。霸楚实丧，皇汉凯入。怡颜高览，弥翼凤戢。托
迹黄老，辞世却粒。"[②]这段颂文，不仅用诸如"穷神观化，望影揣情。鬼无
隐谋，物无遁形"之类精炼的概括性语句褒美张良的文韬武略，而且点出了
张良军事参谋生涯中的光辉篇章，比如"随难荥阳，即谋下邑"，即是指公元
前205年刘邦直捣彭城几乎全军覆没之后，张良仍追随其逃至下邑，并在

①《扬雄集校注》，第218—219、221—222页。
②金涛声点校《陆机集》，中华书局1982年版，第107页。

此地献上依靠韩信、彭越和英布三支力量合击楚军的宏伟战略计划,这就是著名的"下邑之谋";而"销印慧废,推齐劝立"一句中,"销印慧废"是指在荥阳围城期间,张良力阻郦食其"分封六国之后,以德而王天下"的陈腐主张,促使刘邦销毁已铸好的六国诸侯王印玺,除去了汉王朝一统天下之路上不必要的障碍;"推齐劝立"则是指张良劝刘邦册立韩信为齐王,换取其合兵攻击项羽的奇策。张良所献的上述这些计谋,实际上都构成了楚汉战争中一些重要的转捩点。故而可以说,上述计谋,足可称为张良军事参谋生涯中的辉煌篇章。这段颂文援引这些奇计妙策为据,也就为"穷神观化,望影揣情。鬼无隐谋,物无遁形"这样的概括性论点提供了有力的论据支持,使得这段颂文理据相成,名实相副且文质相胜。

其他诸如对萧何、曹参、陈平、周勃、王陵、韩信、彭越、樊哙、夏侯婴等人的颂文,也像张良颂文一样,极尽褒美之能事。

但也有部分人物的颂文属于"贬抑之语",主要集中在谈及英布、韩王信、卢绾这三人的段落之中。比如英布的颂文段落:"烈烈黥布,耽耽其眄。名冠强楚,锋犹骇电。睹机蝉蜕,悟主革面。肇彼枭风,翻为我扇。天命方辑,玉在东夏。矫矫三雄,至于垓下。元凶既夷,宠禄来假。保大全祚,非德孰可?谋之不臧,舍福取祸。"①这段颂文是"褒贬杂居"的。首先,"烈烈黥布,耽耽其眄。名冠强楚,锋犹骇电。睹机蝉蜕,悟主革面。肇彼枭风,翻为我扇。天命方辑,王在东夏。矫矫三雄,至于垓下。元凶既夷,宠禄来假"一段,是以褒美为主,称扬了英布的勇猛,赞许他能够听从随何的游说而背楚归汉的英明之举。然而,即使在褒美中也暗寓贬低之意,即"肇彼枭风,翻为我扇"。"枭"固然有"勇猛强健"的意思,但按《说文》:"枭,不孝鸟也。日至,捕枭磔之。"②可见,这里的"枭风",实际在表述英布勇猛的同时,也暗暗贬低其心怀贰志、凶悍寡义的人格品质。至于"保大全祚,非德孰可。谋之不臧,舍福取祸",则是纯粹的"贬抑之语"了。

至于韩王信和卢绾的段落,均属"贬抑之语":"王信韩孽,宅土开疆。我图尔才,越迁晋阳。卢绾自微,婉娈我皇。跨功逾德,祚尔辉章。人之贪祸,宁为乱亡。"③韩王信本为韩襄王孙,为刘邦平定韩国故地,并从征项

　　①《陆机集》,第108页。
　　②《说文解字注》,第271页。
　　③《陆机集》,第108页。

羽,被封为"韩王"。刘邦正式称帝后,因韩王信封地属于战略要冲,故而将其迁徙到晋阳,令其防御匈奴。后韩王信因惧怕受到疑忌而投降匈奴,引兵攻汉,被汉将斩杀。而卢绾,则基本在楚汉战争中未建立尺寸之功。只因为他是刘邦的同乡,在刘邦"微"时曾全力追随并侍奉后者,深得其信任,得以"出入卧内",亲近程度超越萧曹。公元前 202 年,燕王臧荼谋反被诛,卢绾得以继任为燕王。但他在任期间亦同匈奴及汉朝叛入匈奴之将领私相交通,挟寇自重,终于被汉朝廷所疑忌,不得不遁入匈奴。故而,陆机《汉高祖功臣颂》贬抑二人为"跨功逾德,祚尔辉章。人之贪祸,宁为乱亡"。

整篇《汉高祖功臣颂》中,只有三个人的颂文段落出现"贬抑之语",约占所颂总人数的 9.68％;而"贬抑之语"仅有 80 字,占全篇字数比例约为 4.08％。然而,仅仅是这样微小的比例,仍然是不为《文心雕龙·颂赞》所见容的:"陆机积篇,惟《功臣》最显:其褒贬杂居,固末代之讹体也。"可见,在刘勰的心目中,颂体文学应以专力褒美为己任,容不得有丝毫的贬抑之辞,否则便会流于"讹体"了。刘勰持此论点,显然是将"诗经三颂"在内容及功能方面的范式作为标准,有意否定了后世颂体文学在当时所呈现的一些新的发展动向。

然而,从文体发展的角度来看,《文心雕龙·颂赞》的这种观点却有其偏颇之处。问题就在于,"颂"作为一种特定的文体,其最本质的任务乃在于"述形容"。根据前文所述,先秦时期类似国颂这样的散体颂以及各种卜颂、野颂,它们的本质任务难道不是在于"述形容"吗? 只是到了"诗经三颂"当中,在"述形容"的基础上着意强化了"美盛德"的内涵和功能,使得"颂"文体的内容及功用在一定程度上受到了限制。而上文援引的《剧秦美新》《汉高祖功臣颂》等颂文,或"褒贬互见",或"褒贬杂居",实际上突破了"诗经三颂"以来"美盛德"的观念束缚,从而能够从更为多元、更为广阔的视角来"述形容"。从这个意义上说,像《剧秦美新》《汉高祖功臣颂》等兼具褒贬的颂文,虽然是对"诗经三颂"以来"美盛德"观念的一种"反拨",但也可以视为是对先秦颂体文学单纯"述形容"这一功能的回归。当然,这也是文体发展的一种必然选择——当作家希望"颂"体文学承担起更多的表情达意之功能时,自然就要在一定程度上突破"义必纯美"的界限,从而与"诗经三颂"以来"美盛德"的正统观念产生牴牾。故而,虽然这种兼具褒贬的颂体作品不符合"诗经三颂"以来"义必纯美"的正统观念,但由于它能够从更为多元、更为广阔的视角来"述形容"，所以仍然应该被视为"颂"体文学的一种"别体"。从这里，也就引出了两个更深层次的问题，那就是："颂"体文学的"述形容"与"美盛德"这两种功能，究竟应以何者为重？究竟应以何者为标准来判断一部作品是否属于"颂"体文学？这两个问题是不易回答的。但本书认为，可以用折中的观点来调和二者之间的矛盾，即，在尊重"诗经三颂"以来所形成之历史传统的基础上，不妨将那些"述形容而美盛德"的作品称为"颂"体文学中的"正体"；而将那些"仅述形容而无意美盛德"或"兼具褒贬"的作品，称之为"别体"。这样一来便可以说，颂体文学是一种以"述形容"为根本，以"美盛德"为主流内容取向的文体形式。

4. 慕及仙佛——由"告神"扩展到"赞神"

众所周知，像"诗经三颂"这样的经典"颂"体作品，其目的并不在于赞颂祖先神灵，而是为了描述天子之德泽被四海的形容状貌，并且在祭祀时将以营造之功、稼穑丰登之功、军事胜利之武功为代表的王者之功绩昭告于祖先神明，以期通过娱神而获得福佑。可见像"诗经三颂"这样的经典"颂"体作品，其本质目的不是为了"颂神"，而是为了"告神""娱神"。

然而在后世的魏晋南北朝时期，随着道家谈玄之风大兴以及皈依佛门之风的盛行，许多士大夫都将自己的精神世界寄托于佛、道两家，并乐于用"颂"这种文体来表达自身对于释、道理论哲学及其偶像的崇拜之意和钦慕之情。于是，就产生了一批以"颂神""赞神"为目的，"慕及仙佛"的"颂"体文学作品。

其中，在"颂仙"方面具有代表性的作品要数陆云的《登遐颂》。与前文所举乃兄《汉高祖功臣颂》相似，陆云的《登遐颂》也是把对二十一位神仙的颂文纂集为一体，而形成的一篇体量庞大之"集成性"颂文。而这些"颂仙"之文，也在一定程度上实践了"颂"体文学"述形容"而"美盛德"的传统。不过所"述"所"美"者，不再是时王德泽被之四海的形容状貌，而是神仙了脱生死的飘逸之姿。按照道家的观点，"德"就是指事物借由普遍之"道"而获得的自身之本性，也就是指使一事物成为该事物的本原属性。故而，仙人的本原品性，也可称之为其自身之"德"。而"了脱生死"，则正是仙人的基本属性，也可以将其视为仙人"盛德"之所在。

先来看《登遐颂》中有关郊间人的段落："渊哉郊间，怀宝采薪。媚兹伯阳，常道是黉。俯翼遂周，携手入秦。遗物执一，妙世颐神。思我玄流，浩若无津。"①郊间人,为周宣王时仙人。据《神仙传》记载:"王真,字叔坚,上党人也。少为郡吏,年七十,乃好道,寻见仙经杂言,说郊间人者,周宣王时郊间采薪之人也,采薪而行歌曰:'巾金巾,入天门,呼长精,嗡玄泉,鸣天鼓,养泥丸。'时人莫能知,唯柱下史曰:'此是活国中人,其语秘矣,其人乃古之渔父也。何以知之?八百岁人,目瞳正方;千岁人,目理从。采薪者乃千岁之人也。'"《神仙传》下文又借道士之口说明,所谓"巾金巾,入天门,呼长精,嗡玄泉,鸣天鼓,养泥丸",就是吐纳胎息之法,而且仅是可以"驻年反白"的"浅近之术"②。

从以上所引《神仙传》记载可见,《登遐颂》中有关郊间人的段落实际大略叙述了郊间人的事迹,比如"怀宝采薪",述郊间人怀抱足以"活国中人"的秘术而以"采薪"之举行于世间;"媚兹伯阳",述郊间人的状貌为宣王时太史伯阳父所识别;"俯翼遂周,携手入秦",述郊间人遍览天下,而后来到后世秦国所在的周原故地点化镐京中人的事迹;"遗物执一,妙世颐神"述郊间人抛弃万千外物而专精于一门道术,从而能够在俗世中神妙地颐养精神之容状。最后,在遍述形容的基础上,美其"德"曰:"思我玄流,浩若无津。"此谓:郊间人之妙术在于"无形"和"有迹"之间,令人联想到道家玄门的万千妙术,也都像郊间人之术一样存在于有无之间,则益见其玄妙,则更令人感叹:"道家玄门万千妙术浩若无边,绝不似俗世之学问经术,有津渡门径可循啊!"

又如"颂"王子乔的段落:"王乔渊嘿,遂忘潜辉。遗形灵岳,顾景亡归。变彼有傅,与尔翻飞。承云倏忽,飘飘紫微。"③此段颂文同郊间人的颂文相似,也是"述形容"而后"美"仙人之德。"王乔渊嘿,遂忘潜辉"述王子乔作为周灵王太子渊默藏智的事迹。"遗形灵岳,顾景亡归",所述则为以下事迹:王子乔在缑岭成仙,而后托桓良转告家人:"七月七日待我于缑氏山巅。"至七日,家人见王子乔乘白鹤驻于缑氏山巅,只见其影,无法接近。王子乔举手相谢,数日乃去。"变彼有傅,与尔翻飞"述王子乔得道士浮丘公点化教导,终得飞升。"承云倏忽,飘飘紫微"则是美王子乔之"德"。原因在于紫微星(北极之星)乃是象征帝王之星。王子乔本为周灵王之太子,说

①〔晋〕陆云撰,黄葵点校《陆云集》,中华书局1988年版,第106页。
②〔晋〕葛洪撰《神仙传》,上海古籍出版社1990年版,第34—35页。
③《陆云集》,第106—107页。

他"飘飘紫微"，实际就是赞颂其能够舍弃人间王位的品质，并欣赏其终得身登仙界、自在无碍的智慧选择。此外，《登遐颂》中有关玄洛、九疑仙人、大胜山上女、李少君、梅福、张招、左元放、刘根、黄伯严、费长房、鬼谷子等人的颂文段落，其作意也与郊间人和王子乔之颂相似。

值得一提的是，这篇《登遐颂》中竟然还有孔子的颂文："孔丘大圣，配天弘道。风扇玄流，思探神宝。明发怀周，兴言谟老。灵魄有行，言观苍昊。清歌先试，丹书有造。"①将孔子视为神仙加以颂扬，这就凸显了玄风大炽的背景下，士人心态的复杂与茫然之感，与后世的"老子化胡"之说可谓异曲同工。

从上面的分析可见，类似《登遐颂》这样的神仙颂，在备述神仙"形容"事迹的基础上，美其"了脱生死""自在无碍"的本原品性，亦即美其"德"。在功能方面，它们已经完全改变了"诗经三颂"之"告神""娱神"的传统功能，而是以直接"赞神""颂神"为自身要旨之所在了。

除《登遐颂》这样的神仙颂文之外，在魏晋南北朝时期，颂佛之文也不乏佳作名篇。比如谢灵运的《和从弟惠连无量寿颂》：

> 法藏长王宫，怀道出国城。愿言四十八，弘誓拯群生。净土一何妙，来者皆清英。颓年欲安寄，乘化必晨征。②

同《登遐颂》相似，这篇《无量寿颂》仍然遵循了颂体文的本质特点，在"述形容"的基础上来美"佛之功德"。比如"法藏长王宫，怀道出国城"就是叙述无量寿佛得道之本末，以这种方式来"述形容"。无量寿佛即阿弥陀佛。在久远劫之前，他本为一国君主，只因闻听世自在王佛说法而了断六根，弃国出家为僧，号"法藏比丘"。于是，世自在王佛为法藏比丘讲述二百一十亿诸佛刹土之概况，并示现其情景。法藏比丘因此而得以修习二百一十亿诸佛刹土清净之行，发"国无恶道愿""不更恶道愿""身真金色愿"等"四十八愿"，终得圆满而取无上之正觉。以此看来，"法藏长王宫，怀道出国城。愿言四十八，弘誓拯群生"即述无量寿佛从出家至成佛的形容本末；"净土一何妙，来者皆清英"则歌颂无量寿佛之伟大圣德。无量寿佛之佛土为极乐世界，依佛之本愿，可接引众生往生其净土。"净土宗"即因此而创

---

① 《陆云集》，第107页。
② 〔晋〕谢灵运著，顾绍柏校注《谢灵运集校注》，中州古籍出版社1987年版，第311页。

派。故而，"净土一何妙，来者皆清英"一句实际是赞颂无量寿佛发愿接引众生、行方便之法的无上功德。至于最后的"颓年欲安寄，乘化好晨征"，则是说作者自己愿意晚年往生无量寿佛之极乐净土，这是从"身体力行"的角度印证无量寿佛宏愿之伟大、功德之殊胜。

从以上所援引的相关颂体作品来看，在魏晋南北朝时期，受释、道两教的影响，部分颂体作品不仅像其他颂体文一样放弃了"告神""娱神"的传统功能，而且转而为直接赞颂仙佛，成为以直接"赞神""颂神"为要旨的全新颂体作品了。

二、形式手法方面的流变

就形式方面而言，"三颂"后颂体文的流变大致表现在四言句式作为主流形式地位的确立。

1. 形式变化的表现

就形式而言，主要将讨论春秋以后颂体的句式及篇章结构等问题。通过前文的论述可知，在"诗经三颂"之前，存在着诸如《管子·国颂》这样的散体之"颂"，还存在着各类卜颂这样句式、韵律不尽规范的四言句式之"颂"。正是"诗经三颂"以其较为规整的句式和规律鲜明的韵律，对"颂"文体的形式进行了比较明确的规范。

然而，在"三颂"之后，散体的颂文并没有就此绝迹。试看以下几篇颂文。

秦代周青臣进颂：

> 他时秦地不过千里，赖陛下神灵明圣，平定海内，放逐蛮夷，日月所照，莫不宾服。以诸侯为郡县，人人自安乐，无战争之患，传之万世。自上古不及陛下威德。①

这是秦始皇三十四年，嬴政于咸阳宫置酒大宴群臣时仆射周青臣即兴所献。此颂被博士淳于越斥为"面谀"，从而引发了著名的"焚书坑儒"事件。但就此颂的形式来看，它仍然是散体之颂。

秦亡后，在西汉初期，散体之颂仍保有相当的数量。如董仲舒《山川

---

①《史记（点校本二十四史修订本）》，第 325 页。

颂》，虽夹杂有四言句式，但从全篇来看，仍为散体之颂；而王褒的《圣主得贤臣颂》，则基本上可以视为一篇长篇散体政论文。

除散体之颂外，骚体颂在西汉初期亦颇为流行。比如东方朔的《旱颂》、王褒的《甘泉宫颂》皆为骚体形式。

从现存的西汉颂文来看，只有汉末扬雄的《赵充国颂》以及刘向的《高祖颂》是严整的四言句式，但是后者仅存残篇。其他如扬雄的《剧秦美新》、王褒的《碧鸡颂》，亦多有较为规整的四言句式，但后者亦为残篇。

东汉前期，情况与西汉时略似。比如马融《广成颂》为赋体；傅毅《窦将军北征颂》为骚体；边韶《河激颂》、崔骃《四巡颂》为散体；史岑《出师颂》为规整的四言句式。上面这些作品，基本代表了东汉前期颂体作品在形式方面的概况。可见，具有规整四言句式的颂体作品在数量上仍不占优势。它与散体颂、骚体颂、赋体颂一样，只是颂体形式当中的一个种类而已。

然而，到了东汉后期，四言句式的颂却成长为颂体形式方面的主要种类了。比如郭正的《法真颂》、蔡邕的《陈留太守行县颂》《胡广黄琼颂》《五灵颂》《祖德颂（并序）》、张超的《尼父颂》《杨四公颂》、王粲的《太庙颂》《灵寿杖颂》、王升的《司隶校尉杨孟文石门颂》、无名氏的《稿长蔡湛颂》等均为规整的四言句式。其中，诸如蔡邕的《祖德颂（并序）》等一些作品带有前序。序为散体，而颂的正文则为规整的四言句式：

　　昔文王始受命，武王定祸乱，至于成王，太平乃洽，祥瑞毕降，夫岂后德熙隆，渐浸之所通也？是以《易》嘉"积善有余庆"，《诗》称"子孙其保之"。非特王道然也，贤人君子修仁履德者，亦其有焉。昔我列祖，暨于予考，世载孝友，重以明德，率礼莫违，是以灵祇，降之休瑞，兔扰驯以昭其仁，木连理以象其义，斯乃祖祢之遗灵，盛德之所贶也，岂是童蒙孤稚所克任哉！乃为颂曰：

　　穆穆我祖，世笃其仁。其德克明，惟懿惟醇。宣慈惠和，无竞伊人。岩岩我考，莅之以庄。增崇丕显，克构其堂。是用祚之，休征惟光。厥征伊何，于昭于今。园有甘棠，别干同心。坟有扰兔，宅我柏林。神不可诬，伪不可加。析薪之业，畏不克荷。矧贪灵贶，以为己华。惟予小子，岂不是欲。干有先功，匪荣伊辱。①

---

①〔汉〕蔡邕著，邓安生编《蔡邕集编年校注》，河北教育出版社 2002 年版，第 3 页。

相较于西汉时期不分序与正文,而将二者混为一体从而被《文心雕龙·颂赞》讥为"变为序引"的颂体文(如班固《窦将军北征颂》),类似蔡邕《祖德颂(并序)》这样的作品,其正文部分的规整四言句式,在形式方面仍然是具有较为典型的意义的。

而在同一时期,骚体颂、赋体颂、散体颂则业已式微。上述四言颂的作者,基本都活动于桓、灵、献三朝。而汉亡后的魏晋时期,四言颂仍然占有绝对的优势地位。比如曹植的《学宫颂》《孔子庙颂》《社颂》《皇太子生颂》《冬至献袜履颂》《玄俗颂》《母仪颂》《贤明颂》《宜男花颂》《柳颂》、王肃的《宗庙颂》、薛综的《凤颂》《麟颂》《驺虞颂》《白鹿颂》《赤乌颂》《白乌颂》、左棻的《武帝纳皇后颂》《德柔颂》《郁金颂》《菊花颂》、庾峻的《祖德颂(并序)》、傅玄的《魏德颂》等等,皆为四言颂,不可胜举。相对于同时期韦诞的《皇后亲蚕颂》、傅嘏的《皇初颂》、王沈的《辟雍颂》等散体颂来说,上述四言颂在数量上是具有绝对优势的。可以说,此期的四言颂已成为颂体文学的主流形式了。

2. 原因分析

四言颂成为颂体文学主流,与魏晋时期四言诗的复兴基本处于同一时期。那么,两者之间究竟有着何等关系呢?笔者认为,要研究四言何以成为颂体主流,就应该首先来看四言诗为何在魏晋时期复兴。

众所周知,魏晋时期曹氏父子、建安作家以及竹林七贤的嵇康等人,均创作了为数不少的优秀四言诗篇。在他们手中,四言诗得以复兴。而之后两晋的陆机、孙绰、陶渊明等人继其风尚,扬其余波,亦创作较多的四言诗篇。这使得四言诗在魏晋时期获得了如同"回光返照"般的短暂复兴。

对于这"回光返照"般的短暂复兴,还应该深入剖析其中的原因。本书认为,四言诗的复兴,与魏晋时期的政治格局及文人心态有着直接的关系。众所周知,东汉末年的大丧乱,使得西汉武帝时期以来建立起来的以儒家政治理论为基础的统治模式几乎濒于瓦解。从此,终魏晋南北朝之世,儒学也日益走向衰微。然而,儒家政治理论的实践在现实政治生活中所遭遇的尴尬状态,也必然给部分知识分子带来重建统治秩序的忧患感、紧迫感和使命感。反映到政治实践中,是曹操削平割据势力,统一北方,并提出"唯才是举"的口号来尝试扩大上层统治基础。曹丕实行"九品中正制",通过对士族的妥协来稳固统治基础(虽然汉末严酷的军事、政治现实迫使曹操从实用主义观点出发，采取了许多具有法家色彩的实践措施，但就其崇礼尚德、兴教厉俗、认同分封制等政治观念及实践来看，其思想内核仍然是儒家的）。反映到文学创作方面，一个重要的举措则是拟古创作大量四言诗，通过绍继风雅传统来彰显复兴儒家文学理想的决心和信念。

对于这一点，还可以援引曹丕《典论·论文》中的著名观点——"盖文章，经国之大业，不朽之盛事"来加以佐证。这一观点，一般被认为是发魏晋南北朝文学自觉意识之先声，这自然是不错的。但还需要考察为何在这一时期出现了如此倡导文学自觉的论点？从宏观角度来说，儒学的寖衰有利于文学摆脱以往的从属地位而获得更大的发展空间；从微观层面来说，提出这一观点，则又是曹丕本人对抗士族在政治实践中垄断地位的一项重要举措。众所周知，从东汉时期尤其是在王朝后期开始，士族阶层逐渐成形，并发展成为一股强大的政治力量。"汉代经学盛行，名师大儒，家学渊源，几代人父子相传，专治一经，成为专门之学。由学术的传承，转而在政治上也因此位居公卿，数代均任显宦，成为赫赫高门，并因此逐渐形成了世族。这种世族经过魏晋的发展壮大，到东晋迁居江南以后，其地位权势之高，可与皇权平起平坐。当时流传'王与马，共天下'的说法，就是指琅琊王氏家族在政治上，与皇室司马氏不分高下。这种情形与东晋相终始，虽然当权秉政的世族更替过数家，但其与皇权平等的格局却没有改变。以致在以桓温为代表的谯郡桓氏家族独揽政权时，孝武帝愤慨地说：'政由桓氏，祭则寡人。'皇帝只不过在祭祀典礼上起起作用，完全成了一个无实的名号，空洞的象征。士族的光焰掩盖了皇权，皇权自然不甘心屈居下风，所以二者之间的矛盾日益激烈。"[①]也从此时开始，直至唐代初期，南北方士族始终将经术视为家学渊源而自高（且不论他们对于儒家经术的理解往往陷于何等肤浅陋劣之地步），并以此作为攫取政治利益的理论依据。那么，作为宦官之后、出身寒门素族的曹丕虽然身登九五，但这一地位的取得与巩固，是在他实行九品中正制对士族势力进行妥协、拉拢的基础上而实现的。那么，在曹丕登基前后，士族政治势力在心理上的优越性是会对其造成一定的压迫感的。换言之，作为因出身于宦官曹腾之后而导致家世为士族所不齿的皇帝，曹丕在面对士族政治势力时，在心理上隐然处于一种劣势地位。

①刘跃进著，马燕鑫校补《〈玉台新咏〉史话》，国家图书馆出版社2015年版，第15页。

　　为了改变这种劣势地位,曹丕需要标榜文学(文章)来对抗士族所借以自高的经术。于是,在建安后期为魏国太子时,他便撰写了《典论·论文》,提出了"盖文章,经国之大业,不朽之盛事"的著名观点。

　　如果参考之前之后两位皇帝的举措,则更容易理解曹丕通过标榜文学来提高自身地位,从而扭转心理劣势的动机:

　　在曹丕之前,东汉光和二年,汉灵帝下诏开设鸿都门学,专门选取士族阶层所藐视的平民子弟入学,在校期间专力于学习辞赋、书画等文艺科目。鸿都门学的设立及其招生标准、所习科目的确立,就是为了同作为士族政治势力代表且凭借党锢之祸的惨烈遭遇而声望鹊起的太学相抗衡的。如范文澜、蔡美彪所著《中国通史》第二编第三章第二节就指出:"一七八年,汉灵帝立鸿都门学。这个皇帝亲自创办的太学里,讲究辞赋、小说、绘画、书法,意在用文学艺术来对抗太学的腐朽经学。"①由此可见,以素族的文学来对抗士族的经术,在东汉末年已经有其先例了。

　　而在曹丕之后,南朝梁元帝萧绎则采取了"偷换概念"的方式,通过推崇文学的地位来提升自身的心理优势。同曹丕一样,萧绎不仅出身于寒门素族,而且还因"眇一目"而遭到其妃徐昭佩"半面妆"的嘲弄,但除了"大怒而出"竟无计可施。这样一个先世寒微而又有着明显生理缺陷的萧绎,在其尚未登上帝座而为湘东王时,面对南朝士族的政治优势,他同样是颇感压力并自觉处于劣势地位的。因而,在其《金楼子·立言》中,就写下了这样一段话:

　　　　然而古人之学者有二,今人之学者有四。夫子门徒,转相师受,通圣人之经者,谓之儒。屈原、宋玉、枚乘、长卿之徒,止于辞赋,则谓之文。今之儒,博穷子史,但能识其事,不能通其理者,谓之学。至如不便为诗如阎纂,善为章奏如柏松,若此之流,泛谓之笔。吟咏风谣,流连哀思者,谓之文。而学者率多不便属辞,守其章句,迟于通变,质于心用。学者不能定礼乐之是非,辩经教之宗旨,徒能扬榷前言,抵掌多识。然而把源知流,亦足可贵。笔退则非谓成篇,进则不云取义,神其巧惠笔端而已。至如文者,维须绮縠纷披,宫徵靡曼,唇吻适会,情灵

---

①范文澜、蔡美彪著《中国通史》第二册,人民出版社 1994 年版,第 191 页。

摇荡,而古之文笔,今之文笔,其源又异。①

学人多以为"吟咏风谣,流连哀思者,谓之文"以及"绮縠纷披,宫徵靡曼,唇吻适会,情灵摇荡"等语体现了萧绎"文章观念"的进步性,即从形式层面的"韵语俪词"转而提升到了内容层面的"抒写性情"。然而,学人却较少注意到萧绎立论时的文化心态——实际上,萧绎是在消极评价当世儒学的基础上提出"文"这一概念的。亦即,上述这段文字表明古代的学者"通圣人之经",故而能被称为"儒";而当今的学者"但能识其事,不能通其理",故而只能降格被称为"学",且此类学者"多不便属辞,守其章句,迟于通变"。也就是说,在当世仅靠从"儒"蜕变而来的"学者","圣人之经"不惟"无人可通",而且也"无法可传"了。

那么,如何才能绍继圣人之经义呢?凭借"退则非谓成篇,进则不云取义,神其巧惠笔端而已"的"笔"者自然是不行的。隐然间,这一任务就落到了"文人"身上。如下文写道:"曹子建、陆士衡,皆文士也,观其辞致侧密,事语坚明,意匠有序,遗言无失。虽不以儒者命家,此亦悉通其义也。遍观文士,略尽知之。"②也就是说,这些先代的"文士","虽不以儒者命家",但还能"悉通其义",犹能胜过当今的"学"者。下文引"王仲任言:'夫说一经者为儒生,博古今者为通人,上书奏事者为文人,能精思著文连篇章为鸿儒,若刘向扬雄之列是也。盖儒生转通人,通人为文人,文人转鸿儒也。'"③在这里,萧绎出于抵御道德风险的考虑,自己不便直言,而引用了王充的话,实际出自《论衡·超奇》。王充认为:"通书千篇以上,万卷以下,弘畅雅闲,审定文读,而以教授为人师者,通人也。杼其义旨,损益其文句,而以上书奏记,或兴论立说,结连篇章者,文人、鸿儒也。"④意即,能够熟读经典、审定句读,堪为人师的人可称为"通人";能够发挥古书意思,灵活运用其中词句,提出自身见解和主张者为文人、鸿儒。《超奇》通篇主要就是围绕上述几句话为论点而展开的。但是,"文人"与"鸿儒"又有区别。王充举周长生的例子说明,"文人"基本上是在草奏公文案牍时提出一些见解和主张。而像扬雄、刘向、桓谭、周长生等人不仅能够草奏公文案牍,而且能

①〔梁〕萧绎撰,许逸民校笺《金楼子校笺》,中华书局 2011 年版,第 966 页。
②《金楼子校笺》,第 966 页。
③《金楼子校笺》,第 983 页。
④〔汉〕王充著,黄晖撰《论衡校释》,中华书局 1990 年版,第 606 页。

够著书立说，贯通古今一切或显大或幽微的事物，如此才能被称为"鸿儒"。可见，鸿儒的特点是，发挥古书意思，灵活运用其中词句，著书立说而提出自身的见解与主张。

那么，依照这个观点，则前文提到的曹植、陆机等负有雄才的高级文士显然可以称得上是"鸿儒"了；而"上书奏记"的文人，多起草无韵脚的公文，约略相当于当今的"笔"者；而当世由古儒蜕化而来的"学"者"不能定礼乐之是非，辩经教之宗旨，徒能扬榷前言，抵掌多识"，只能约略相当于此处"博古今"的"通人"。

虽然萧绎没有言明，但这段话暗含的意思是，在儒学衰微的背景下，需要由"鸿儒"这样的高级文士担当起古代"通圣人之经"的"儒"所担负的大任。而他所选择的先代高级文士如陆机等，又是主张"诗缘情而绮靡"的。"诗缘情而绮靡"，当然也可以被解读为发挥古书意思，灵活运用其中词句，著书立说而提出自身的见解与主张的"鸿儒"之所作为。在这里，萧绎引用了王充之语，其实已经将"著书立说"这种相对个性化且具变通性的创作方法（但所著之书、所立之说未必尽合儒家典籍），高高地列于儒生墨守经典的行为之上了。因而，鸿儒自然远胜一般儒生。但是，此"鸿儒"是否真正的儒生呢？在理解上却是有很大弹性的。在专制集权社会，大抵文人才士都要熟读儒家经典，即使发一些偏离六经的言论，也会点缀一些儒家经典的言辞或说法，也可以目之为活用经典了。比如陆机《文赋》在阐述文章之用时就说道"俯贻则于来叶，仰观象乎古人。济文武于将坠，宣风声于不泯"[1]。但是"诗缘情而绮靡"对于"济文武于将坠"又能发挥何种作用呢？这在汉魏六朝儒学寖微的背景下是无人细究的。故而，萧绎援引王充之语拈出"鸿儒"这个概念，在不知不觉中就实现了偷换概念之功用。"鸿儒"大可不必指饱学经典的硕儒，因为那可能被解读为"通人"。"鸿儒"转而却可以指如陆机、曹植般的高级文士，因为他们发挥古书意思，灵活运用其中词句，著书立说而提出自身的见解与主张。

那么，隐然之间，不就可以用"鸿儒""缘情而绮靡""绮縠纷披，宫徵靡曼，唇吻适会，情灵摇荡"的诗赋创作来取代往昔儒生传经布道的事业了吗？而且，这样的"鸿儒"之位，很可能就是留给萧绎自己的。

---

①〔晋〕陆机著，张少康集释《文赋集释》，人民文学出版社2002年版，第261页。

　　萧绎此番话其背后的动机可能是：借文学活动来对抗世家大族的文化话语权优势。众所周知，南北朝时期门阀制度大行其道。士族以儒家"经术"世代相传，掌握着主流的话语权。而南朝帝王却都出身于寒门素族，面对士族的文化优势他们内心是不安的。就像"党锢之祸"前后汉灵帝设立"鸿都门学"专门教习文学艺术来对抗太学生的儒家正统地位一样，自魏晋以来出身寒门的帝王及皇室成员也每每以标举"文学"来为自己争取新的话语权。于是便有了魏文帝《典论·论文》的"盖文章经国之大业，不朽之盛事"；又有了梁元帝萧绎在《金楼子·立言》中所倡导的"至如文者，维须绮縠纷披，宫徵靡曼，唇吻适会，情灵摇荡"。而在《立言》中，萧绎所说的由"儒"蜕化而来的"学"，则应该就是不点名地批判、贬低江南士族了。

　　但是，儒家的正统观念毕竟还处于至高无上的地位。故而，作为皇族的萧绎在说这番话时却也只能旁征博引，一弹三叹，拐弯抹角，欲言又止，显得支支吾吾，别有深意。这自然是抵御道德风险的考虑。

　　综上所述，出于自身争夺文化话语权的需要，萧绎在《金楼子·立言》中采取了一种含糊的口吻以及近似偷换概念的方法，暗示了希望用文学活动取代儒学活动的愿望。同时，也在贬低儒学及士族儒生的基础上，将儒家典籍及儒学活动排斥出了"文章"的范畴，为树立纯文学性质的"文章"概念进行了一次努力的尝试。

　　以上，本节援引汉灵帝及梁元帝的举措及言行，其实已经足以剖白出身寒族的魏文帝曹丕标榜文学（文章）来对抗士族所借以自高的经术之心理动机。那么，何种文学样式是最符合其心理动机，足以达到其目标呢？四言形式的诗篇就是一个良好的选择。《典论·论文》：

　　　　盖文章经国之大业，不朽之盛事。年寿有时而尽，荣乐止乎其身。二者必至之常期，未若文章之无穷。是以古之作者，寄身于翰墨，见意于篇籍，不假良史之辞，不托飞驰之势，而声名自传于后。故西伯幽而演易，周旦显而制礼，不以隐约而弗务，不以康乐而加思。①

　　从上面所引曹丕的言论可见，"西伯幽而演易，周旦显而制礼"这样古

————————
①《文选》，第 2271 页。

之圣人"不以隐约而弗务,不以康乐而加思",致力于写作"文章"(杂文学意义上的文章)之事迹,是备受推崇的。虽然,曹丕援引"西伯""周旦"的事迹是为了劝诫人们不要"贫贱则慑于饥寒,富贵则流于逸乐,遂营目前之务,而遗千载之功",但二者的"文章"能够"不假良史之辞,不托飞驰之势,而声名自传于后",必然有其原因。那就是,此类"文章"不仅从内容方面发幽显微,弘扬治道,而且形式古雅,金石不刊,故而从形式及内容两方面来说,都是足以传世之"文章"上品。

如此,则与二者"文章"大抵同一时期的《诗经》四言句式,不正是成"经国之大业,不朽之盛事"的良好创作形式吗?正是在这个意义上,曹丕创作了十首四言诗。其数量虽少于曹植,却略多于乃父曹操。那么,这样一来,曹操、曹丕、曹植"三曹"采取灵活的句法(多用双音词)创作大量具有革新意义的四言诗,使得四言诗这种行将衰亡的诗歌形式在他们手中又得到了复兴。其根本的心理动机,可能正在于通过复兴四言诗,来实现并展现自己在"文章"这种"经国之大业,不朽之盛事"方面的巨大成就,并同士族借以自高的经术相抗衡,以期在一定程度上扭转自身出身于寒门素族的心理劣势。

而从另一方面来说,三曹大力创作并复兴四言诗,也是意在通过绍继风雅传统来彰显自身复兴儒家文学理想的决心和信念。因为四言在两汉文人心目中始终是一种古雅典重、作为礼乐教化精神之载体的经典句式,哪怕它实际已经快要丧失生命力了。而三曹大力创作并复兴四言诗这种理想的、典重的诗歌形式,则在最大程度上彰显了自身继承并在当世弘扬儒家文学理想、绍继风雅、裨补教化的决心和信念。这样一来,也就能够更为有力地同士族借以自高的经术相颉颃,更为有利地为自身赢得一定的心理优势感。

而魏晋以后,玄风大盛。受玄风影响,嵇康、孙绰等玄学家也大力创作四言诗。这是因为,一方面玄学贵清虚,故崇尚"得意忘言"的精神意旨。那么典雅简古的四言诗无疑就是最好的选择,若以当时流行的五言诗谈玄,则较之四言易生"繁音促节"之感。另一方面,正如高华平在《玄学清谈与魏晋四言诗的复兴》一文中所谈及的那样,魏晋玄学家也追求一种"雅致""绝俗"之美。如何才能雅致、绝俗呢?返归四言就是最好的选择。因为,四言最古,在我国古代一片"释古""尚古"的氛围中,四言无疑是最"雅"

的；而且四言还最"正"①，《文心雕龙·明诗》："四言正体，雅润为本；五言流调，清丽居宗。"因而，本书认为，魏晋玄学家之所以选择四言诗作为谈玄的一种重要形式，其思想深处还是具有返归"雅正"以"绝俗"的用意。这是因为，虽然魏晋儒学寖衰，但儒家正统的礼乐雅正观念仍然在士人的内心深处占据支配地位。源于道家思想的谈玄之风虽然盛极一时，但终究并不居于社会思想意识形态的基础地位，玄学家内心也难免有一种"非正统而居主流"的尴尬之感，在心理层面也难免同前述的三曹七子一样，有一种潜在的心理劣势。而扭转这种心理劣势的一个绝佳方法，正是从形式上趋向简古雅正的四言句式——既然谈玄的内容无法改变，改变形式岂不是一种成本低、效用高的良好选择？因而，笔者认为，玄学家从内心深处甚至是潜意识中也是希望借助形式上对于《诗经》所开创的四言体来为诗歌谈玄的内容披上一层"雅正"之外衣的。况且，许多玄学家本身亦是儒生。如嵇康就是兼具儒道思想之长的玄学家。观其《声无哀乐论》，虽然表面看来"离经叛道"，似乎极尽对于名教的挑衅与蔑视之能事，但其论及"无声之乐"的段落，则与经典的儒家观念几乎别无二致。

故而可以说，魏晋玄学家与三曹七子等人崇尚四言体的动机虽然不同，但目的却相当一致，都是为了借四言形式的"雅正"特点，来提升作品的品格，以便扭转自身在文学创作方面面对正统士族儒家经术时与生俱来的一种心理劣势。

所以，正是素族文人及玄学文人求"雅正"、绝"流俗"的文风追求，促使魏晋之际的四言诗获得了如同"回光返照"一般的短暂复兴。

从中还可以总结出一点，也就是，越是在儒学寖衰的时代，往往它所倡导的一些文体观念就越能发挥出其不意的影响力。比如本书探讨的四言句式，它被出身寒族的诗人们用来提升作品的格调以对抗士族经术的影响力，这是四言"雅正"观念的正面影响力；而它被谈论老庄思想的玄学家用来提升作品的格调以对抗正统儒学观念的影响力，则从反面体现了四言"雅正"观念的影响力。也就是说，即使是用老庄玄风不断侵蚀儒学意识形态根基的玄学家，也仍乐于在作品中采用儒学所提倡的四言句式，以便使这种对于儒学意识形态根基的侵蚀看上去更加合理、合法。亦即，儒学所

---

① 高华平《玄学清谈与魏晋四言诗的复兴》，《中国社会科学》1993 年第 2 期。

尊崇的四言句式"雅正"观念，居然在其日益衰微的时代里，对于"敌对"的老庄"阵营"的思想家们仍然产生一种内在的号召力和影响力，这不正说明了四言句式"雅正"观念强韧的内在生命力及无处不在的影响力吗？

谈罢四言诗的复兴，再来看东汉晚期以来四言颂的复兴，问题就会迎刃而解了。为何在西汉武帝"罢黜百家，独尊儒术"的时代，四言颂并没有取代骚体颂、赋体颂、散体颂而占据主流地位？那是因为汉武帝时期是西汉王朝政治、经济、文化都达于巅峰状态的盛世时期。就像后世强大的盛唐帝国以其博大心胸，对于外来文化持"华戎兼采"的宽容态度一样，在强盛的汉武帝时代，对于骚体颂、赋体颂、散体颂的存在，一样是持"百花齐放"式的宽容态度的。然而，到了东汉晚期，状况却大不相同了。一方面，东汉晚期国力衰退，政治黑暗，汉武帝时代宽容磅礴的政治、文化气候已不复存在。另一方面，具体到儒学来说，由于宦官专权干政引发的两次"党锢之祸"，使得西汉武帝"独尊儒术"以来的儒学思想意识形态面临了一次空前的危机。就像前文论述四言诗复兴时所指出的那样——越是在儒学寝衰的时代，往往它所倡导的一些文体观念就越能发挥出其不意的影响力。那么，在"党锢之祸"前后士人之所以创作大量的四言颂，并使这一形式一跃而成为颂体的主流形式，原因就在于他们要用这种源自"诗经三颂"的"雅正"句式来"正本清源"，借此极力提振儒学所崇尚的"雅正"精神。这就好比在盛唐时代，统治者能够以宽容的心胸推行"华戎兼采"的文化政策；但在内忧外患的中唐时代，韩愈、柳宗元等古文家却极力标举"文以明道"的观念，发起"古文运动"来复兴儒家文学传统一样。可以说，"党锢之祸"前后士人创作大量四言颂的行为，与中唐时代韩愈、柳宗元等所发起的"古文运动"，是出于同一机杼的。

这也就更加印证了上述观点，越是在儒学寝衰的时代，往往它所倡导的一些文体观念就越能发挥出其不意的影响力。具体来说，唐代的"古文运动"是儒家正统的"文道观"绽放了强大的影响力；而东汉晚期四言颂的勃兴，则是"诗经三颂"所定型之四言句式所代表的"雅正"传统，在颂体文的创作领域绽放出了出其不意的影响力。

这样一来，东汉晚期四言颂的勃兴，与魏晋时期四言诗的短暂复兴，这两种文学现象之间并不是孤立的，而是有着内在联系的。即四言颂的勃兴与四言诗的复兴，都是在儒学寝衰的文化背景下，出于对儒家所崇奉的"雅正"文学观念之复归而产生的文学现象，两者出于同一机杼。从这个意义上来说，四言颂的勃兴与四言诗的复兴，实际上应该是一个相互促进、交相滋养的生动过程。

虽然东汉晚期四言颂与四言诗经历了近乎同步的勃兴，但两者的畛域还是比较严格的。具体来说，四言诗以言志为主，其题材可谓无意不可入，无事不可写。而四言颂则秉持"述形容"的基本功用，其题材范围仅限于描述某一事物之情状以及在此基础上的"美盛德"，却不能像四言诗那样直抒胸臆。因此，四言诗与四言颂虽然均采取四言句式，体制相近，但题材范围的差异却令两者在汉魏南北朝时期始终保持严格的畛域划分。

在四言诗短暂复兴之后，代表文学发展方向的五言体终于获得了绝对的主流地位，四言诗遂于晋宋之际无可避免地衰落了。但是，四言颂则不然。在东汉末年以后，四言颂却取得了颂体文学的主流地位。后世的颂文，大多数都是散体序文和规整四言句式颂辞正文的结合。散体序文交代作颂的事件背景，而规整四言句式的颂辞正文则作为颂体文的标志被"固定"下来了。为何四言诗短暂复兴后迅速衰落而四言颂却得以在勃兴之后以一种特定的形式取得了稳定的主流地位？这是因为，四言诗本是无事不可写，无意不可入的，出于表情达意的需要，它被五言诗彻底取代只是时间问题；而四言颂，承袭"诗经三颂"之"美盛德述形容"的传统，它引入序文之后具有更加自由的体制和相对固定的颂辞表达方式。因而，与魏晋四言诗的短暂复兴不同，东汉晚期四言颂勃兴之后，就作为一种主流的颂体形式得以"定型"了。

3. 后世颂体作品的新变

后世颂体作品在形式方面的新变，主要表现在两个方面，一是广泛运用比较成熟的双音词，二是大多引入了序。以下将就这两个方面予以论述：

（1）成熟双音词的广泛运用

虽然后世作品与"诗经三颂"一样使用较为规整的四言句式，但其中却也有些微妙的新变，这种新变，集中体现在双音词运用频率的增加。

众所周知，"诗经三颂"的时代，尚处于古代汉语发展的早期阶段，语言中的单音词占较大比例，运用的频率也远较双音词高。以《周颂》中的《清庙》和《维天之命》为例，即可大致窥见"诗经三颂"中单音词与复音词的运用频率。《周颂·清庙》：

　　　于穆清庙,肃雍显相。济济多士,秉文之德。对越在天,骏奔走在庙。不显不承,无射于人斯。①

　　这首《清庙》采用了较为规整的四言句式成篇,下面来逐句分析其中的单、复音词运用情况。

　　"于穆清庙。""于"为感叹词;"穆"即肃穆之意,为单音词;"清庙"可视为双音词。

　　"肃雍显相。""肃"即庄重之意,为单音词;"雍"即和顺之意,为单音词;"显相"勉强可视为双音词。"显"即光明之意,"相"为帮助之意,这里引申为诸侯助祭者。

　　"济济多士。""济济"为双音词,"多士"也可视为双音词。

　　"秉文之德。""秉"即秉持之意,为单音词;"文"指文王,为单音词;"之"为结构助词,为单音词;"德"即道德教化之意,为单音词;"文之德"是一个由单音词构成的三言词组。

　　"对越在天。""对"即答的意思,为单音词;"越"相当于于,介词,为单音词;"在天",代指在天之灵;"在"为介词,单音词;"天"亦为单音词;两个单音词组成的这个结构,勉强可以视为一个双音词,但仍然有着较强的介宾关系词组性质。

　　"骏奔走在庙。""骏"即疾速的意思,为单音词;"奔走"为双音词;"在庙"是由两个单音词组成的介宾关系词组。

　　"不显不承。""不"通"丕"。"不显""不承"为双音词。

　　"无射于人斯。""无射"即不厌的意思,为双音词;"于"为介词,单音词;"人"为单音词;"斯"为语气词,单音词。

　　从上面的分析来看,在这首《清庙》中,单音词的运用频率是很高的。而该诗运用的双音词,现代汉语多用"可以视为""勉强可以看作"等词组来形容。这是因为,《清庙》的创作年代属于单音词运用的起步期,所以双音词的运用并不尽规范。这表现在两个方面:其一,某些双音词遗留有浓重的词组性质,比如"在天"。这实际是以"在天"来代指祖先的"在天之灵"。然而,仅仅以一个介宾词组代指"在天之灵",相对于后世古文中比较成熟的双音词来说,自然是欠规范的。然而,在词句前的"越"字已经是一个介

────────────

①《十三经注疏(清嘉庆刊本)》,第 1257 页。

词了，那么又如何能将"在天"视为介宾词组呢？因而，只能勉强将其视为一个特定语境之下的双音词了。其二，某些双音词属于"三颂"语境下的特定组合，在后世基本上销声匿迹。比如"清庙"，意即清静的宗庙。然而，这个双音词仅仅出现在《周颂》之中，在后世古文中，这个词则作为指称《清庙》一诗的专有名词出现了。又如"显相"，"雝"即和顺之意；"相"，在这里指帮助祭祀者，即各国赶往宗周祭祀的诸侯。可见，"相"的用法，本身就是在特定语境下的特定用法。而"显相"这个"双音词"，在脱离本诗语境的后世古汉语中，也便销声匿迹了。

下面，再以《维天之命》为例：

> 维天之命，于穆不已。于乎不显，文王之德之纯。假以溢我，我其收之。骏惠我文王，曾孙笃之。[①]

"维天之命。""维"是句首发语词，单音词；"天之命"是由三个单音词组成的三言词组。

"于穆不已。""于"是感叹词，单音词；"穆"为美好之意，单音词；"不已"为双音词。

"于乎不显。""于乎"相当于后世的"呜呼"，双音词；"不显"，即丕显，意为非常光明。"丕显"为双音词，但在后世古汉语中极少运用。

"文王之德之纯。""文王"是专有名词，双音词；"之德之纯"，两个"之"皆为结构助词，单音词；"德""纯"亦皆单音词。

"假以溢我。""假"即"大"之意，单音词；"以"为连词，单音词；"溢"，为充满之意，单音词；"我"，单音词。

"我其收之。""我"，单音词；"其"为副词，单音词；"收之"，可视为一个动宾结构的双音词，但在后世古汉语中运用频率也是很低的。

"骏惠我文王。""骏惠"可视为一个双音词。"骏"，迅速之意，引申为"积极"；"惠"，顺从。但在后世古汉语中，"骏惠"这个双音词销声匿迹了，可见它也是在《维天之命》特定语境下的一个双音词。"我"，单音词；"文王"是专有名词，双音词。

"曾孙笃之。""曾孙"，双音词；"笃之"，可视为一个双音词。"笃"躬亲

---

① 《十三经注疏（清嘉庆刊本）》，第1258—1259页。

实践；"之"，代词，代指"笃"的对象。然而，"笃之"这样的双音词，离开《维天之命》的特定语境之后，基本上也在后世古汉语中销声匿迹了。

从上面的分析可见，虽然《维天之命》双音词的运用频率较《清庙》略高，但是这些双音词，大多也都是离开《维天之命》特定语境之后基本上在后世古汉语中声销迹灭，或运用频率很低的双音词，具有一种"临时搭配"的意味。而《维天之命》中为后世所习用的双音词，也基本都是"于乎"之类的感叹词或者"文王"之类的专有名词了。

总结上文对《清庙》和《维天之命》两首诗的分析，笔者认为，这两首诗的组织成篇，仍然以单音词的运用为基础、为范式。而双音词的运用，则尚处于不成熟的探索阶段。这两首诗作为"诗经三颂"中的代表作品，也可以代表"诗经三颂"单音词与双音词的运用情况。

而"诗经三颂"之后的历代颂文，却越来越多地使用了双音词。比如扬雄的《赵充国颂》："明灵惟宣，戎有先零。先零昌狂，侵汉西疆。汉命虎臣，惟后将军。整我六师，是讨是震。既临其域，谕以威德。有守矜功，谓之弗克。"[1]这是这篇颂文的前半部分。其中，"明灵""先零""昌狂""西疆""虎臣""将军""六师""其域""威德""有守""矜功""谓之""弗克"都是双音词，基本上达到了每句必有双音词的程度。而且，这些双音词又都是后世古汉语中所习用的成熟双音词，故而，这篇颂文语义晓畅，读来具有诗化的朗朗上口之感。

又如左棻《德柔颂》："邈邈德柔，越天之刚。神以知来，智以藏往。含纯溥生，允矣君子，展也大成。执德纯粹，岳峻川停。履行高厉，荡乎其平。敦兴圣道，率正不倾。令问不已，载路厥声。"[2]其中，"邈邈""德柔""知来""藏往""含纯""溥生""君子""大成""纯粹""岳峻""川停""履行""高厉""荡乎""其平""敦兴""圣道""率正""不倾""令问""不已""载路""厥声"，皆为双音词。而且，除"岳峻""川停"之外，又都是后世古汉语中所习用的成熟双音词。故而，这篇颂文虽然表面上看来严格遵循"诗经三颂"以来确立的四言句式，但读来却觉圆熟平实，晓畅通达，毫无艰涩之感。

与上文所引两篇后世颂文相比，今人读《清庙》《维天之命》，则不免略

---

①《扬雄集校注》，第 293 页。
②《全上古三代秦汉三国六朝文》，第 1534 页。

有如同"周《诰》殷《盘》"一样的佶屈聱牙之感。可见，应用较多的成熟双音词，是后世颂文语义趋向平易化的一个重要原因。就像三曹父子、嵇康、陶渊明等大力运用双音词写作四言诗一样，四言颂在形式方面的这种"暗中"之新变，也促使后世的中古颂体文学进一步走向成熟。

（2）序言的引入

实际上，对于后世颂体文学来说，引入序，不仅是形式上的新变，亦在一定程度上属于内容方面的新变。出于方便论述的考虑，现在将其放在本部分加以讨论。"诗经三颂"以后，尤其是东汉以来的诸多颂体作品都引入了序，比如蔡邕的《京兆樊惠渠颂》：

> 《洪范》八政一曰食，《周礼》九职一曰农，有生之本于是乎出，货殖财用于是乎在。九土上沃为大田多稼，然而地有堳埒，川有垫下，溉灌之便，形趋不至，明哲君子，创业农事，因高卑之宜，驱自行之势，以尽水利，而富国饶人，自古有焉。若夫西门起邺，郑国行秦，李冰在蜀，信臣治穰，皆此道也。阳陵县东，厥地衍陿，土气辛螫，嘉毂不植，草莱焦枯。而泾水长流，溉灌维首，编户齐氓，庸力不供。牧人之吏，谋不暇给，盖常兴役，犹不克成。

> 光和五年，京兆尹樊君讳陵字得云，勤恤民隐，悉心政事，苟有可以惠斯人者，无闻而不行焉。遂咨之郡吏，申于政府，金以为因其所利之事者，不可已者也。乃命方略大吏曲遂令五琼揣度计虑，揆程经用，以事上闻，副在三府。司农遂取财于豪富，借力于黎元，树柱累石，委薪积土，基趾功坚，体势强壮。折湍流，款旷陂，会之于新渠。流水门，通窨渎，洒之于畎亩。清流浸润，泥潦浮游。曩之卤田，化为甘壤，粳黍稼穑之所入，不可胜算。农民熙怡，悦豫且康，相与讴谈疆畔，斐然成章，谓之樊惠渠云尔。其歌曰：

> 我有长流，莫或网之。我有沟洫，莫或达之。田畴斥卤，莫修莫治。饥馑困瘁，莫恤莫思。乃有樊君，作人父母。□□□□，立我畎亩。黄潦膏凝，多稼茂止。惠乃无疆，如何勿喜。我壤既营，我疆斯成。泯泯我人，既富且盈。为酒为酿，烝畀祖灵，贻福惠君，寿考且宁。①

---

① 《全上古三代秦汉三国六朝文》，第 874 页。

众所周知,"诗经三颂"基本上都是祭祀仪式用诗(《鲁颂》除外),它所表现的内容是固定的,无须特别加以说明。然而,后世颂体作品在叙事、表情、达意等方面所面临的任务,要远比"诗经三颂"更为复杂多样。比如上面的这篇《京兆樊惠渠颂》。如果作者不引入序来对开浚"樊惠渠"的始末详加说明,则读者将无以知晓所颂"樊君"究竟有何事迹、有何道德、有何惠政值得歌颂。在这种情况下可以想见,四言句式的颂体正文必将流于内容贫乏、质木苍白之境地。而引入序之后,则读者可以预先了解"樊君"的惠政、品德及事迹,了知作颂之缘由。而后阅及颂体正文,则更易理解四言句式颂体正文"长于概括、简素古雅、文约义丰"等各方面的优长之处,也更容易体会到颂体文学的魅力所在。

可见,引入序,是后世颂体文学作品在面对远比"诗经三颂"更为复杂的写作任务时,出于完善自身叙事、表情、达意等各方面功能之考虑而做出的必然选择。序的引入,与颂体正文构成了整散结合之势,不仅在形式方面给人以耳目一新之感,而且有效地充实了作品的内容,丰富了颂体文学作品的表现功能。以此来看,二者确实是相得益彰的。这也是后世颂体文学在发展过程中的自然选择、必然选择。

第二节 "三颂"后赞体文的流变论

赞体文与颂体文不同,它并非像颂体文那样直接源自"诗经三颂"。在第一章第三节《"赞"文体考论》中,本书认同《文心雕龙·颂赞》所指出的赞"盖唱发之辞"的观点。也就是说,古人相见之时,需要司仪之人进行"歌唱"一样的介绍。在这个过程中,司仪之人"扬言以明事,嗟叹以助辞",从而实现"明也,助也"的功能。即使在今天,蒙古族、裕固族等少数民族的婚仪上,仍然存在着赞辞以及"唱"赞辞的司仪人员,发挥着上古以来"明也,助也"的仪式功能。故而笔者认为,将"赞"的起源定位于"唱发之辞",就能够从功能角度来揭示"赞"作为一种文体的起源。至于为何上古时期杂言之赞辞变成了后世规整的四言之赞辞,笔者亦做出推论,后世以标准四言句式韵文为特征的赞体文学,很可能就是起源于演唱《周颂》时的嗟叹之助辞。

那么,后世赞文最能体现"赞"这种文体的本色功用特点之作,当属东汉郑众的《婚礼谒文赞》：

> 雁候阴阳，待时乃举。冬南夏北，贵有其所。
>
> 粳米馥芬，婚礼之珍。
>
> 稷为天官。
>
> 卷柏药草，附生山颠。屈卷成性，终无自伸。
>
> 嘉禾为谷，班禄是宜。吐秀五七，乃名为嘉。
>
> 长命之缕，女工所为。
>
> 九子之墨，藏于松烟。本性长生，子孙图边。
>
> 金钱为质，所历长久。金取和明，钱用不止。
>
> 舍利为兽，廉而能谦。礼义乃食，口无讥愆。
>
> （鸳鸯鸟）雌雄相类，飞止相匹。女贞之树，
>
> 柯叶冬生，寒凉守节，险不能倾。①

　　在汉代，宾客参加婚礼都要馈送新人以各种具有象征意义的礼物，一般分为三十种名色，它们是：玄、𬚰、羊、雁、清酒、白酒、粳米、稷米、蒲、苇、卷柏、嘉禾、长命缕、胶、漆、五色丝、合欢铃、九子墨、金钱、禄得香草、凤凰、舍利兽、鸳鸯、受福兽、鱼、鹿、乌、九子妇、女贞、阳燧。这些礼物都有着各自的象征意义，比如苇象征妻子的柔韧；鸳鸯象征两性的和合；羊象征吉祥；雁象征着随阳，即妻子跟随丈夫；九子墨象征着多子多福……那么，要解读这些礼物背后的寓意，就需要"谒文"。比如"清酒降福，白酒欢之由，粳米养食，稷米粢盛，蒲众多性柔，苇柔韧之久，卷柏屈卷附生，嘉禾颂禄……金钱和明不止，禄得香草为吉祥……舍利兽廉而谦……受福兽体恭心慈……"②，即直接解释清酒等各种礼物的寓意。而与谒文一同使用的，还有相应的赞文，即"嘉禾为谷，班禄是宜。吐秀五七，乃名为嘉。……金钱为质，所历长久。金取和明，钱用不止。舍利为兽，廉而能谦。礼义乃食，口无讥愆"③。从功能方面来看，赞文是对谒文的发挥与总结，真正起到了"明也，助也"的作用。从句式方面来看，赞文明显要比谒文规整，更易表现出一种韵律感，也就更容易朗朗上口。可以想见，宾客每馈赠一件礼

---

① 《全上古三代秦汉三国六朝文》，第591—592页。

② 〔唐〕杜佑撰，王文锦等点校《通典》，中华书局1988年版，第1650页。

③ 《全上古三代秦汉三国六朝文》，第592页。

物,汉代婚礼的司仪人员就相应地以"嗟叹助辞"的方式"唱发"一篇赞文,同时也起到了引导宾客与主人、新人相见的作用。据此,郑众为民间婚礼所作的这篇《婚礼谒文赞》,可以视为表现"赞"文体功用的典范之作。至于其规整的四言句式,也可以视为深受《诗经》四言句式影响的结果。

当然,除了《婚礼谒文赞》这种具有典型意义的作品之外,其他的赞类作品也都在不同领域发挥了"明也,助也"的作用。秦汉以来,赞文体发生了裂变,分别朝着四个方向,各自发展:一为史赞或论赞;二为经赞;三为画赞或像赞;四为杂赞。

一、史赞

史赞,或曰论赞。依附于史书,起着约文总录、纪传后评、托赞褒贬等功能和作用,渐变为后世有韵或无韵的史论。《文心雕龙·颂赞》批评史赞曰:"及迁《史》固《书》,托赞褒贬;约文以总录,颂体以论辞,又纪传后评,亦同其名。"对这段话的理解,以张灯《〈文心雕龙·颂赞〉疑义辨析举隅》最为确当。该文认为,"托赞褒贬",是指《史记·太史公自序》中的"作"以及《汉书·叙传》中的"述"。因其多为四言,最似"颂"之体制,而且也正好是简要概括、评述诸本纪、世家、列传等所述人物事迹,亦即"约文以总录"[①]。笔者认为,刘勰之所以说这些"作"和"述"是"托赞",就是因为它们没有"赞"之名,而有"赞"之实。至于"褒贬",刘勰则并不认为不当。此句是承接前一句"相如属笔,始赞荆轲"而来。意即,最早的《荆轲赞》(已佚),是褒美荆轲的。到了司马迁和班固撰写史书,就开始袭用《荆轲赞》所开创的文体,而且变"褒美"为"褒贬互见",这是一种文体功用的嬗变。由于司马相如与司马迁处于同一时代,故而对于"赞"文体的这种功用观实际是出于不同作者撰写不同著作的实际需要而进行的选择,还谈不上"流变"。至于"又纪传后评,亦同其名",则是指《纪》《传》之后的说明性文字,《史记》为"太史公曰",《汉书》则称为"赞曰"。称"亦同其名",则是指这里的"纪传后评",是名副其实的"赞"。而"纪传后评",又往往多为散体,如《汉书·元帝纪》:"赞曰:臣外祖兄弟为元帝侍中。语臣曰元帝多材艺,善史书,鼓琴瑟,吹洞箫,自度曲,被歌声,分刌节度,穷极幼眇。少而好儒,及即位,征用儒生,委

---

①张灯《〈文心雕龙·颂赞〉疑义辨析举隅》,《贵州大学学报(社会科学版)》1992年第4期。

之以政,贡、薛、韦、匡迭为宰相。而上牵制文义,优游不断,孝宣之业衰焉。然宽弘尽下,出于恭俭,号令温雅,有古之风烈。"①这是一篇典型的散体史赞,而且"褒贬互见"。但刘勰认为这种赞"亦同其名",即与"赞"体的功用名实相副。而且接下来驳斥挚虞:"而仲洽《流别》,谬称为'述',失之远矣。"挚虞"谬称为'述'"之论辞今已不可得见。但从"赞"与"述"的词义辨析来看,"述"为陈说,贵详;而"赞"为助说以发明涵义,贵简。故而,在刘勰看来,挚虞将"迁《史》固《书》"的"赞曰"等称为"述"②,是原则性的错误。而从《文心雕龙·颂赞》以上的论述来看,刘勰认为只要其功用在于"明也,助也"之文体,无论是散体还是韵文,无论是专力褒美还是褒贬互见,原则上皆可称为"赞"。但是,笔者还想在这里岔开一笔,论及最后的"及景纯注《雅》,动植必赞,义兼美恶,亦犹颂之变耳"一句。"义兼美恶"与"褒贬互见"含义略同。但为何"迁《史》固《书》"的"约文总录""颂体论辞"之辞以及"纪传后评"可以被视为赞,而郭璞的《尔雅图赞》只能被视为"犹颂之变"呢? 本书认为,主要原因在于郭璞《尔雅图赞》热衷于赞"细物"。《尔雅》一书,所释之物几乎无所不包,涵括了天、地、宫、室、器、玩、鸟、兽、虫、鱼、树、木、花、果等自然及人文社会之种种事物。然而,《文心雕龙·颂赞》对于郭璞《尔雅图赞》的评语是"动植必赞"。也就是说,即使是动植物这些与人类生活关系不太密切的"细物",《尔雅图赞》也要用赞体加以说明。正如《文心雕龙·颂赞》释"颂"时对屈原《橘颂》"覃及细物"不以为然一样,在这里,刘勰对《尔雅图赞》的"动植必赞"不以为然,也是很容易理解的。

况且,这种对细物的赞还"义兼美恶",比如《太平御览》卷九四七所载《尔雅图赞·释虫·蚍蜉》一条:"蚍蜉琐劣,虫之不才。感阳而出,应雨讲台。物之无怀,自然知来。"③对于"琐劣""不才"的蚍蜉仍然用赞体来加以说明,这在如刘勰等正统的批评家看来就未免过分了。虽然刘勰对于赞体褒贬观念的要求不像对于颂体那样鲜明强烈,但将《尔雅图赞》这种"覃及细物"且"义兼美恶"的赞,归入"犹颂之变耳"的一类,也是容易理解的。

由上述分析可见,相较于颂文来说,刘勰对于赞体是否必称美其所描绘的对象,大抵是持较为宽容之态度。虽然《文心雕龙·颂赞》后文称"本

①《汉书》,第298—299页。

②刘师培《左庵文论·文心雕龙颂赞篇(下)》,《国文月刊》第10期,1941年7月。

③〔宋〕李昉等《太平御览》,中华书局1960年影印本,第4206页。

其为义,事生奖叹",但这是就"赞"的大抵用途,尤其是针对其在后世的大抵用途而言的。之所以这样论证,原因在于"赞"的本来功用在于"明也,助也"。而所"明"之事,则未必"生于奖叹"。

且来看《颂赞》此处所引的"伊陟赞于巫咸"。《史记·殷本纪》:"亳有祥,桑谷共生于朝,一暮大拱。帝太戊惧,问伊陟。伊陟曰:'臣闻妖不胜德,帝之政其有阙与? 帝其修德。'太戊从之,而祥桑枯死而去。伊陟赞言于巫咸。巫咸治王家有成,作《咸艾》,作《太戊》……殷复兴,诸侯归之,故称中宗。"裴骃集解:"孔安国曰:'赞,告也。'"①可见,此处的"赞",即"告",实为阐明之意。而伊陟告诉巫咸的内容,则是有好有坏的。坏的一方面是祥桑大拱,恐为妖灾;好的一面是帝太戊惧而修德,祥桑枯死。然而其根本用意还是在于将这好的一面告诉巫咸,以申明引以为戒、修德禳灾之道理。反观后代史赞,也是褒贬互见,有明治道之兴衰、申诫而为鉴的功能。与"伊陟赞于巫咸"是出于同一目的。故而,刘勰在《文心雕龙·颂赞》中对后代史赞的"褒贬互见"持宽容态度。

然而,他对像《尔雅图赞》这样"覃及细物"的品物之赞,则不再宽容其"义兼美恶"。原因在于这些品物之赞不具备上述明治道之兴衰、申诫而为鉴的教化功能,因而在刘勰看来,它们是"降及品物,炫辞作玩",即徒为文字游戏而已。

二、经赞

经赞,主要是汉儒诠释儒家经典时创作的,以解说和议论为主,起着辅助阐释经书作用的赞文。这里所说的"经书",是指《周易》《尚书》《诗经》《周礼》《仪礼》《礼记》《春秋》《论语》《孝经》等儒家经典。最早的经赞,当推孔子为注解《周易》而作的《易传》,即"十翼"②。

至汉代,群儒注经成为风尚。史载曾有郑玄的《书赞》《易赞》《易论》等传世。刘师培《文心雕龙讲录》:"东汉郑康成有《尚书赞》,叙尚书之源流;文亦散行,有类后世之序。"③针对郑玄的注,清代朱彝尊在《经义考》中言《书赞》已佚,现今仅存有后人的一些辑句,也就导致今天的学者难以对其

---

①《史记(点校本二十四史修订本)》,第 129—130 页。
②《十翼》即《易传》,是对《周易》(《易经》)的注释,共有十篇,因此又称《十翼》。
③刘师培著《中古文学论著三种》,辽宁教育出版社 1997 年版,第 149 页。

内容进行评述。但不容否认的是,汉代群儒注经之风尚,使得赞体文在成型期不可避免地受到注经的影响。

由于时代风尚的变迁,经赞一体在东汉以后就不多见了。刘师培《文心雕龙讲录》云:"若郑康成之《易赞》、《尚书赞》,东汉以后,无支流矣。"①经赞至此,基本断迹。到了唐朝,以孔颖达为代表的学人受诏撰五经义训凡百余篇,初时即名《义赞》,只是后来才受诏改为《正义》。即《新唐书·孔颖达传》所云:"初,颖达与颜师古、司马才章、王恭、王琰受诏撰《五经》义训凡百余篇,号《义赞》,诏改为《正义》。"②唐以后,遂无经赞之名,不再赘述。

在这里需要约略提及"经赞"的形式。现存最早的经赞——《周易》"十翼"有以四言句式为主的赞文,如《周易·系辞上传》第一章:

> 天尊地卑,乾坤定矣。卑高以陈,贵贱位矣。动静有常,刚柔断矣。
>
> 方以类聚,物以群分,吉凶生矣。在天成象,在地成形,变化见矣。
>
> 鼓之以雷霆,润之以风雨,日月运行,一寒一暑,乾道成男,坤道成女。乾知大始,坤作成物。乾以易知,坤以简能。
>
> 易则易知,简则易从。易知则有亲,易从则有功。有亲则可久,有功则可大。可久则贤人之德,可大则贤人之业。
>
> 易简,而天下矣之理;天下之理得,而成位乎其中矣。③

但亦有各种句式糅杂的散体形式,如《周易·系辞上传》第十一章:

> 子曰:"夫易何为者也? 夫易开物成务,冒天下之道,如斯而已者也。是故,圣人以通天下之志,以定天下之业,以断天下之疑。"
>
> 是故,蓍之德,圆而神;卦之德,方以知;六爻之义,易以贡。圣人以此洗心,退藏于密,吉凶与民同患。神以知来,知以藏往,其孰能与于此哉! 古之聪明睿知神武而不杀者夫?
>
> 是以,明于天之道,而察于民之故,是与神物以前民用。圣人以此斋戒,以神明其德夫!④

---

① 《中古文学论著三种》,第 152 页。
② 〔宋〕欧阳修、宋祁撰《新唐书》,中华书局 1975 年版,第 5644 页。
③ 《十三经注疏(清嘉庆刊本)》,第 156—157 页。
④ 《十三经注疏(清嘉庆刊本)》,第 168—169 页。

按刘师培《文心雕龙讲录》:"东汉郑康成有《尚书赞》,叙尚书之源流;文亦散行,有类后世之序。"可知,郑玄《尚书赞》亦当为像《周易·系辞上传》第十一章一样句式糅杂的散体形式。

又如原名《义赞》的《五经正义》,亦基本为散体形式。可知,经赞的形式较为自由,如《周易·系辞上传》第一章者,当是受《诗经》四言句式影响较深。而后世经赞,出于详细阐述经义的需要,则多采用散体形式了。

三、像赞

像赞,或曰画赞,是依附于(非附着在)图画而存在,起着阐明、辅助画面内涵或作画意义之作用。画赞或像赞,可能起源于上古时期。现存最早的赞辞是《尚书大传》中"乐正道赞"的赞辞。据学者研究,在当时,除乐官制或致赞辞外,还有祝官、史官等也可以在重大典事时主赞,这在《周礼》《史记》等书中可以找到依据。在《诗经》研究中,有学者主张《大雅》中的若干篇,如《大明》《皇矣》等"所谓史诗一类的作品实际上是祭祀时的图赞诗"[①],作者认为这些篇章都是祭祀祖先时,周王对宗庙壁图上祖先人物及其业绩所作的述赞之辞。这种观点本书表示赞同。另据《孔子家语·观周》记载:"孔子观乎明堂,睹四门墉,有尧舜之容、桀纣之像,而各有善恶之状、兴废之诫焉。"[②]可否认为"善恶之状、兴废之诫"即为后世所称的"赞"?笔者认为是可以这样理解的,而且这条记载也成为画赞的起源的一条证据。而且,赞中有无褒贬的问题,这条记载也比较清楚,善恶兴废各有训诫,那么,不妨认为,赞在萌芽阶段,由最初的赞辞发展而来,被画像吸收,起着辅助、阐明图画内容的功用。在远古赞辞时代,为了社会的交往、典事的肃正,赞是以赞美称颂为主要功能的,后来在画赞中,它一方面起着辅助说明的作用,另一方面,还是以赞美称颂为主要的功用。

至两汉时期,画像之风大盛,而画赞或像赞也进入了正式成型前的孕育期。比如西汉宣帝曾"法其容貌署其官爵姓名"[③],于未央宫麒麟阁中图画十一位功臣;东汉明帝亦曾于南宫云台图画前代功臣二十八人,号云台

---

① 李山《〈诗·大雅〉若干诗篇图赞说及由此发现的〈雅〉〈颂〉间部分对应》,《文学遗产》2000 年第 4 期。

② 〔三国魏〕王肃注《孔子家语》,上海古籍出版社 1990 年版,第 29 页。

③ 《资治通鉴》,第 888 页。

二十八将。为了说明画像中人物的身份、官爵、生平履历等情况，可能这些画像就配有起着辅助阐明画面内涵的文字。而这些文字，极有可能就是赞文。如蔡质《汉官典职》就记载："尚书奏事于明光殿，省中书皆以胡粉涂壁，紫青界之，画古烈士，重行书赞。"①而建于东汉中后期且保存至今的山东嘉祥武氏祠堂，其石室墙壁和屋顶均雕刻有栩栩如生的画像，内容为伏羲、女娲、祝融、神农，下面依次为列女、孝子、忠臣以及祥瑞之物事等，且多有丰富的榜题。这些榜题大致有两类：一类题写石像上的人物、车马、器物等的名称，或者标明人物的身份，或者注明所绘史事，这一种情况占多数；第二类数量少，但却被后人多所聚焦——此类画像多配以简洁的文字或介绍，或说明或评价画面的内容②，这些文字是以基本带韵的四言诗体写作，蕴含着丰富的信息。对于这类榜题，学术界视之为画赞或像赞，则是没有问题的。

曹植在建安十九年魏宫建成时作的《画赞》是现在所能看到的最早的画像赞，内容远至女娲、神农，近至周文、汉武，共三十一篇，基本是人物赞，语言形式上多为四言八句。其序文被绘画界视为当前所知最早的画论之一。其后有王广的《子贡画赞》、张胜的《桂阳先贤画赞》。两晋时期有十三篇，数量较多，如应亨的《应翊像赞序》，庾阐的《虞舜像赞（并序）》《二妃像赞》，傅玄的《古今画赞》，夏侯湛的《东方朔画赞（并序）》，陶潜的《扇上画赞》，郭璞的《尔雅图赞》《山海经图赞》，顾恺之的《画赞》，张骏的《山海经图赞》等。刘宋期间，殷景仁有《文殊像赞》，谢灵运有《和范光禄祇洹像赞（三首并序）》；梁代有沈约的《绣像赞》；后周有庾信的《自古圣帝名贤画赞》；隋有柳䛒的《徐则画像赞》；唐前尚有佚名的《会稽先贤像赞》等。以上画赞大致可以分为对象为人物的像赞和对象为事物的物赞。前者作品众多，如魏王广的《子贡画赞》、张胜的《桂阳先贤画赞》等；后者以傅玄的《古今画赞》，陶潜的《扇上画赞》，郭璞的《尔雅图赞》《山海经图赞》，顾恺之的《画赞》，张骏的《山海经图赞》等为代表，数量相对而言要少一些。

一般而言，画赞都具有言辞简洁的特点。常常用简短数语就将对象的形貌、个性和德行等方面概括出来，一般为六至十二句，最短者仅四句，于高度概括中追求精炼，多能给人以清晰和深刻的印象，当然生动形象的描

---

①〔汉〕蔡质《汉官典职》，见孙星衍叙录《汉官六种》，第 204 页。

②朱锡禄编著《武氏祠汉画像石》，山东美术出版社 1986 年版，第 103 页。

绘也是画赞常用的表现手法,如郭璞的《山海经图赞》等。和辞赋相比,或者和颂相比,就要短小得多,更不如史赞那样可以博雅弘辩,端绪丰赡,飞文济辞。其实也有篇幅长的,如夏侯湛《东方朔画赞(并序)》序文四百七十二字,正文四十八句,二百四十字:

> 大夫讳朔,字曼倩,平原厌次人也。魏建安中,分厌次以为乐陵郡,故又为郡人焉。事汉武帝,汉书具载其事。先生瑰玮博达,思周变通,以为浊世不可以富贵也,故薄游以取位;苟出不可以直道也,故颉颃以傲世。傲世不可以垂训也,故正谏以明节。明节不可以久安也,故诙谐以取容。洁其道而秽其迹,清其质而浊其文。弛张而不为邪,进退而不离群。若乃远心旷度,赡智宏材。倜傥博物,触类多能。合变以明算,幽赞以知来。自三坟、五典、八索、九丘,阴阳图纬之学,百家众流之论,周给敏捷之辩,支离覆逆之数,经脉药石之艺,射御书计之术,乃研精而究其理,不习而尽其功,经目而讽于口,过耳而暗于心。夫其明济开豁,包含弘大,陵轹卿相,嘲哂豪桀,笼罩靡前,跆籍贵势,出不休显,贱不忧戚,戏万乘若寮友,视俦列如草芥。雄节迈伦,高气盖世,可谓拔乎其萃,游方之外者已。谈者又以先生嘘吸冲和,吐故纳新;蝉蜕龙变,弃俗登仙;神交造化,灵为星辰。此又奇怪惚恍,不可备论者也。大人来守此国,仆自京都言归定省,睹先生之县邑,想先生之高风;徘徊路寝,见先生之遗像;逍遥城郭,观先生之祠宇。慨然有怀,乃作颂焉。其辞曰:

> 矫矫先生,肥遁居贞。退不终否,进亦避荣。临世濯足,希古振缨。涅而无滓,既浊能清。无滓伊何,高明克柔。能清伊何,视污若浮。乐在必行,处沦罔忧。跨世凌时,远蹈独游。瞻望往代,爰想遐踪。邈邈先生,其道犹龙。染迹朝隐,和而不同。栖迟下位,聊以从容。我来自东,言适兹邑。敬问墟坟,企伫原隰。墟墓徒存,精灵永戢。民思其轨,祠宇斯立。徘徊寺寝,遗像在图。周旋祠宇,庭序荒芜。榱栋倾落,草莱勿除。肃肃先生,岂焉是居。是居弗形,悠悠我情。昔在有德,罔不遗灵。天秩有礼,神监孔明。仿佛风尘,用垂颂声。[1]

---

① 《全上古三代秦汉三国六朝文》,第 1857 页。

全文气势饱满而文意俊逸，逐字逐画，荡漾成趣。此外陶渊明的《扇上画赞》四十八句，支遁的《释迦文佛像赞》六十二句，但这类画赞相对较少。

但是，上述画赞或像赞大多还是依附于图画本身而存在的，因而赞文缺乏独立性。然而，自唐以来，画赞却逐渐取得了独立的品格。请看下面这篇晚唐时期的敦煌邈真赞：

> 公字子悦，则太原府之贵派矣。汉元鼎年中，先系奉诏安边，遂为敦煌人也。窥聆英髦雄杰，必膺物而生姿；异骨奇模，挺半千而诞世。髫年别俊，业包吐凤之才；二八之临，顿获忠贞之节。安亲训俗，逍遥不舍于晨昏；匡国输劳，遐尔未辞于艰切。五制侍使，长捐纤隙之愆。独对皇朝，雅合元戎之恻。弱冠之际，主乡务而无差。成立之年，权军机而有则。仿设云龙之势，拒破楼兰；决胜伊吾之前，凶徒胆裂。东西奉使，无思路间之忧；南北输忠，擅播亚夫之勇。君亲惬美，每念膺贤之勋；锡冶鸿波，愿酬勋重之哲。仍加管内都营田使，兼擢右班之领。一从任位，清廉不侔于异常；恳守严条，薄洽甘汤而有仗。遂使三农秀实，万户有鼓腹之欢；嘉露无乖，一人获康宓之庆。是时府主曹公，德同尧帝，功臣变现有期；业蹈舜君，自降云仙辅及。前贤逝已，公庭亏都衙之荣；举郡铨升，孰莫迨芳兰之将。即委一州颢务，实惧鹊喧之名。三端早就于躬怀，六教常垂于众类。恒施要法，不愠镕铸之颜。赋税和平，当迹调风易俗。人伦谈善，内外无告怨之声。君臣赞美于一时，恪清预彰于古昔。龄当八九，风疾才率。四蛇不顺于斯晨，二鼠暗吞于宝体。每虑坏躯不久，变灭须臾。常思泡幻无停，如同水月。一朝云散，了知否泰有时。运斯将临，俄恐祭礼有乏。遇因凋瘵，以写生前。遣影家庭，丹青仿佛。俊以不材之器，谬当金石之言。频邈固辞，终不获免。其词曰：
>
> 间生奇杰，颖拔恢然。阀阅贵派，宗枝太原。松筠秉节，铁石心坚。文超北海，武极啼猿。横铺八阵，细柳同骈。韬钤苣职，忠孝联绵。临机有准，称美貂蝉。幼掌乡间，不染非钱。都权兵将，纳效累年。五制侍主，转任高迁。金王之世，奉命朝天。亲跻玉砌，对诏周圆。曹公之代，拣异多缘。委均流泽，溉遍千田。殊功已就，馨名盛传。都衙之列，当便对宣。一从受位，无觉无偏。三端晓迪，六艺俱悬。久岁执宪，不冒王僭。从心之载，风疾侵缠。知身虚假，幻体难

延。聚散有限,怖怯亏旋。乃召匠伯,预写生前。丹青绘像,留影同先。俊以孤陋,聊题鄙言。①

此赞名为《唐河西节度右马步都押衙银青光禄大夫检校国子祭酒兼御史大夫上柱国阎公生前写真赞》,作者灵俊。这篇赞序较为详细地叙述了主人公的门第、履历及政绩,因而可以视为一篇有关阎子悦的生平传记。虽然无法获得阎子悦的画像资料,但仍可以通过这篇邈真赞文而知悉其主要的人生事迹。

可见,此时的像赞业已发展到十分成熟的阶段,足以脱离画像而获得独立的品格了。且其中的赞辞,为规整的四言句式,富有韵律,可以视为对赞辞前序文的精炼概括和揄扬,不仅极尽对亡者褒赞之能事,而且切实地发挥了对于赞辞前序文的总结与阐发之功能。换言之,也就是在保有自身文体独立品格的前提下,仍然切实地发挥了辅助解析画像内涵的"明也,助也"的功用。

四、杂赞

杂赞,就是指上述史赞、经赞、画赞之外的赞文体,也就是自上古以来的"乐正重赞,盖唱发之辞也。及益赞于禹,伊陟赞于巫咸,并扬言以明事,嗟叹以助辞也"的这类赞。在《诗经》时代之后,此类赞文的发轫之作,首推司马相如《荆轲赞》,这是一篇赞人之赞,但已亡佚,故而无法览其原貌了。但据《文心雕龙·颂赞》的论述来看,这篇赞文应该是褒美荆轲的。不难看出,《文心雕龙·颂赞》所引的上古三"赞",都发挥了"扬言以明事"的功能,但其褒贬取向却是不同的。"乐正重赞",意在褒美舜帝禅位之功德;而"益赞于禹""伊陟赞于巫咸"则并无明确的褒贬取向,基本上是中性的"明也,助也"。但到了东汉时期,文人对于"赞"的观点却发生了变化。如刘熙的《释名·释典艺》:"称人之美曰赞,赞,纂也,纂集其美而叙之也。"②足以诠释这一创作观念的,则是东汉作家的一些赞人之作,比如蔡邕的《焦君赞》:

猗欤焦君,常此玄墨。衡门之下,栖迟偃息。泌之洋洋,乐以忘食。鹤鸣九皋,音亮帝侧。乃征乃用,将受衮职。昊天不吊,贤人遘

①张志勇著《敦煌邈真赞释译》,人民出版社2015年版,第208页。
②《释名疏证补》,第217页。

愿。不惟一老，并此四国。如何穹苍，不昭斯域。惜哉朝廷，丧此旧
德。恨兹学士，将何法则？①

此赞化用《诗经·陈风·衡门》及《诗经·小雅·鹤鸣》的成句及诗意，褒美
焦君作为隐士的高风亮节，并对其未及受衮职而逝去表示叹惋。

又如杨修《司空荀爽述赞》：

> 生应正性，体含中和，笃诚宣于初言，明允朗于始察。是以在童龀
> 而显奇，渐一纪则布名。须幼之可师，甘罗之少者，何以逾公之性量
> 乎？砥心《六经》，探索道奥，瞻乾坤而知阴阳之极，载而集之，独说十
> 万余言，士林景附，群英式慕，由毛羽之宗鹏鸾，众山之仰五岳也。昔
> 楚思叔敖而作歌，郑讴子产而兴叹，瞻望弗及，作词告思。词曰：
>
> > 爰在大汉，挺荀作贞。其德允明，诞发幼龄。行蠲体洁，如玉之
> > 莹。确乎其志，乃励乃清。遂陟司空，天子是毗。惟君之德，朋僚所
> > 咨。清水平土，茂哉是力。将混六合，绳以正直。散以礼乐，风以
> > 道德。②

此赞援引甘罗、公孙敖等前贤作为陪衬，盛赞荀爽的雅量、道德、干能及才
华，的确极尽褒美之能事。

那么，其中就有一个问题，何以在上古时期着眼于"明也，助也"的赞，
到了东汉时期就变成了专一的褒美之功能呢？笔者认为，这还是受到了
"诗经三颂"的影响。在第一章《"赞"文体考论》一节的结尾处，本书曾做出
推论，后世以标准四言句式韵文为特征的赞体文学，很可能就是起源于演
唱《周颂》时的嗟叹之助辞。如果这一推论符合当时的实际情况，那么，"诗
经三颂"，尤其是《周颂》是极尽歌颂褒美之能事的。则这种起源方式势必
将影响到赞作为一种文体的褒贬取向。也就是说，在"诗经三颂"的影响之
下，赞的功能，也就从最初的"明也，助也"转化为专力褒美了。而且，这种
观念也深刻地影响到了后世的一些画赞，比如前文所举的《唐河西节度右
马步都押衙银青光禄大夫检校国子祭酒兼御史大夫上柱国阎公生前写真
赞》，就是一篇"纂集其美而叙之"的专力褒美之赞文。

受这种观念影响，后来出现的咏物之赞，也暗寓对于所咏之物的褒美

---

① 《蔡邕集编年校注》，第 480 页。
② 《全上古三代秦汉三国六朝文》，第 758 页。

之意。比如现存最早的咏物赞——东汉末繁钦的《砚赞》：

> 顾寻斯砚，乃生翰墨。自昔颉皇，傅之罔极。或薄或厚，乃圆乃
> 方。方如地象，圆如天常。斑采散色，沤染豪芒。点黛文字，耀明典
> 章。施而不德，吐惠无疆。浸渍甘液，吸受流光。①

这篇赞文对砚的形状、色泽、质地、功用等做了描绘，而且采用"比类寓意"的手法，运用"施而不德，吐惠无疆。浸渍甘液，吸受流光"之句揭示了砚足以比德的美好特性。故而，这篇赞文虽然表面是在赞砚，实际则是在赞人，作为"文房四宝"的砚之主人。它利用对砚之美好特性的揭示，暗示了砚的主人也具有与之类似的高洁品质。

这种称美物德的赞文，更多地集中于各种祥瑞赞中，比如缪袭的《神芝赞（并序）》：

> 青龙元年五月庚辰，神芝产于长平之习阳，许昌典农中郎将蒋充
> 奉表以闻：其色丹紫，其质光耀，其长尺有八寸五分，其本围三寸有三
> 分；上别为三干，分为九枝，散为三十六茎；围率一寸九分，叶径二寸七
> 分。其干委绥，洪纤连属，有似珊瑚之形；其吐柯载叶，祥明蠲絜。考
> 图案谍，盖美乎所同于前代者矣。古《瑞命记》曰："王者慈仁则芝生，
> 采食之，则延年不终，与真人同。"又神农氏论芝云："山川云雨，五行四
> 时，阴阳昼夜之精，以生五色神芝，皆为圣王休祥焉。"自汉孝武显宗世
> 号隆盛，而元封永平所纪神芝，方斯蔑如也。且其枝干条茎，本末相
> 承，乃协于天官之数，非神明其孰为如此哉？推其类象，则蓂荚之植阶
> 庭，蓍蒲之生庖厨。视四灵矣，乃诏御府匮而藏之，且尽其形，遂以名
> 园，为之赞曰：
>
> > 帝德允臻，厨不难致。煌煌神芝，吐葩扬荣。曩披其图，今握其
> > 形。永章遐纪，载之颂声。②

此赞前有序文，首先交代神芝的产地、祥瑞发生的时间，而后细致描绘神芝的色泽、尺寸及形状，并引古《瑞命记》揭示神芝应仁政而生的特性。这样，既指明了"神芝"何以"神"，又揭示了"圣朝"何以"圣"。故而此赞表面褒美

---

① 《全上古三代秦汉三国六朝文》，第 978 页。
② 《全上古三代秦汉三国六朝文》，第 1266 页。

神芝,实则颂扬帝德。

　　当然,并非所有的咏物赞文都致力于赞颂所咏之物的品性,有些咏物赞还是较为本色地保持着赞文体"明也,助也"的特性。比如谢灵运的《维摩经十譬赞·聚沫泡合》:"水性本无泡,激流遂聚沫……愚俗骇变化,横复生欣怛。"①《维摩经十譬赞·影响合》:"影响顺形声,资物故生理,一旦挥霍去,何因得像似。"②受魏晋南朝五言诗勃兴之影响,《维摩经十譬赞》摒弃了常规的四言句式而采用了五言句式。它们所咏的"聚沫泡""影响"等物,实为《维摩经》借以说明三界空幻之物。故而,这种带有佛赞性质的咏物赞文,只能发挥赞体文"明也,助也"的特性来帮助阐明经文之譬喻,而不可能有任何褒美之含义。

　　此外,在形式方面,相较"诗经三颂",某些杂赞也表现出了一定的创新动向,这集中体现在序的引入这一方面。比如庾信的《鹤赞(并序)》:

　　　　武成二年春三月,双白鹤飞集上林园。大将郑伟布弋设置,并皆禽获。六翮已摧,双心俱怨,相顾哀鸣,孤雄先绝。孀妻向影,天子愍焉。信奏事阶墀,立使为赞:

　　　　　　九皋遥集,三山回归。华亭别泪,洛浦仙飞。不妨离缴,先遭见羁。笼摧月羽,弋碎霜衣。塞传余号,关承旧名。南游湘水,东入辽城。云飞欲舞,露落先鸣。六翮摧折,九门严闭。相顾哀鸣,肝心断绝。松上长悲,琴中永别。③

同本章前文论述颂体作品在形式方面的新变时援引《京兆樊惠渠颂》为例一样,如果作者在此赞中不引入序来对事件的始末、写作的缘由加以说明,则读者将无以知晓赞体正文的确切含义,难免产生误解。在这种情况下,后人阅读四言句式的赞体正文则容易产生莫名其妙之感。而引入序之后,读者可以预先了解"双鹤"的凄美情事以及两情的坚贞之处,怅然而生发出"问世间情为何物,直教人生死相许"的由衷感慨。在了知作赞缘由的基础上,而后阅及赞体正文,则更易理解四言句式正文"简素古雅、文约义丰"等各方面的优长之处,也更容易体会到赞体文学的魅力。

---

①《谢灵运集校注》,第 314 页。
②《谢灵运集校注》,第 315 页。
③〔北周〕庾信撰,〔清〕倪璠注,许逸民校点《庾子山集注》,中华书局 1980 年版,第 645—646 页。

可见,同颂体文学类似,引入序也是后世赞体文学作品在面对远比"诗经三颂"更为复杂的写作任务时,出于完善自身叙事、表情、达意等各方面功能之考虑而做出的自然选择。序的引入,与赞体正文构成了整散结合之势,不仅在形式方面给人以耳目一新之感,而且有效地充实了作品的内容,丰富了赞体文学作品的表现功能。以此来看,二者确实是相得益彰的。这也是后世赞体文学在发展过程中的必然选择。

此外,还有一个比较容易被忽视的问题需要提出并辨明:像前引繁钦《砚赞》、庾信《鹤赞》等作品,也具备"述形容"的功能,那么将其改为《砚颂》《鹤颂》是否可行呢? 笔者认为答案是否定的。因为上述作品虽然述了砚、鹤两事物的"形容",但并未能表现出"美盛德"的功用,因此从本质上来说并不符合颂体文的定义。以繁钦《砚赞》为例,其"浸渍甘液,吸受流光"之语只是意在描述砚的形状、色泽、质地、功用等性状,发挥的是赞体文"明也,助也"的功用而并未美砚之"德",所以作者无法将其作为《砚颂》来写作;再以庾信《鹤赞》为例,该赞通篇都是交代双鹤被擒的事件经过及其后果,属于典型的"明也,助也"之文而非美鹤之"德",故庾信也无法将其作为《鹤颂》来写作。因此,从《文心雕龙·颂赞》的定义来判定一篇作品到底应是颂文还是赞文,对于《砚赞》《鹤赞》这样的咏物赞仍然是完全适用的。

综上所述,"诗经三颂"对后世颂赞文学具有重要的历史意义,主要表现为四个方面:一、确立了后代颂赞文学以四言句式为主体的形式;二、确立了后代颂赞文学的内容取向;三、确立了对后代颂赞文学的批评规范;四、揭示了后世颂赞文学发展变化的轨迹。具体分析可详见笔者的论文《"诗经三颂"对后代颂赞的文体意义》①,在此不再赘述。

第三节　周秦刻石在颂文体发展中的历史地位

学术界在文学研究的对象方面长期面临着一些困扰,不管是对"文学家"的称谓,还是对"文学作品"的界定,不断有质疑的声音。对于这一问题,本书认为刘跃进先生的观点最为合适——"在中国古代,至少先秦两

---

① 张志勇《"诗经三颂"对后代颂赞的文体意义》,《诗经研究丛刊(第三十一辑)》,学苑出版社2017年版,第399—407页。

汉,文学的大宗是广义的'文'"①。那么,"各类优秀的文章体裁,理应进入文学史家的视野。《昭明文选》、《文心雕龙》是先唐两部最重要的文学选本和文学史论著,而他们所论及的作家、作品,当前古代文学史所关注的不过是其中一二类而已,作家也只是涉及极少部分"②。据此,"我们过去比较关注书面文字材料,新的时代要求我们更加注重相关的背景资料,音乐、绘画、舞蹈又将走到一起,构成一个全新形态的文学史。到那个时候,我们的文学史才算真正跨越一个台阶"③。所以,对于周秦之际的石鼓文和秦代李斯等所作的刻石文,其文学性的一面也不应忽视。特别是在颂文体的发展过程中,周秦刻石起到过不容忽视的承接、过渡作用。约略说来,石鼓文上承"诗经三颂",以《诗经》习用之语法句式,再现了周秦之际君主颂德告神的庄严场面,并从形式与内容两方面为秦帝国时期"刻石文"的出现奠定了基础;而李斯的刻石文,则鲜明地标举出"颂今王之盛德"的创作观念。它远绍《鲁颂》所开创的写作道路并扬其洪波,以充满自信的姿态开启了后世蔚为壮观的"颂今王"之创作格局。正是从以上两方面来说,笔者认为有必要专设一节,来探析周秦刻石在颂文体发展过程中的历史地位。

一、石鼓留颂,承先启后

刻石树碑以昭显先辈盛德,崇广帝王功绩,为古之成法,从这一角度来看,石鼓文也是刻石文,进一步划分的话,石鼓文应当属于颂体文一类。作为颂体的石鼓文,或者说石鼓诗,它在颂体文的发展历史中,具有不可忽视的地位和意义。首先,在石鼓文之前,流传下来的颂体文只有《诗经》中的某些篇章,在石鼓文之后,紧接着的是秦代的刻石文,所以石鼓文就有着承上启下的重要意义,同时,它继承了自《诗经》"颂诗"以来的整体性的文化传统,具有团结群体、沟通天人的精神特质,这为学人厘清先秦"颂"之含义提供了进一步的参考。其次,石鼓文在形制上继承了"颂诗"主要为四言一句的韵文形式,且语言特征也与《诗经》一脉相承,石鼓文与《诗经》起着相互印证的重要作用,尤其是对《诗经》中"颂"的篇章有印证作用。

---

①刘跃进《秦汉文学史研究的困境与出路》,《文学遗产》2003 年第 6 期。
②刘跃进《秦汉文学史研究的困境与出路》,《文学遗产》2003 年第 6 期。
③刘跃进《秦汉文学史研究的困境与出路》,《文学遗产》2003 年第 6 期。

石鼓文在唐初的山西陈仓被发现,指刻在十个形似鼓的石头上的古籀文四言诗。关于石鼓文的所属年代,目前一般认为是东周秦人所作。石鼓文以其独具神采的书风,向来为书法界所重视,杨沂孙、吴昌硕、王福庵等书法家都从中汲取营养。但是就石鼓文的内容来说,人们对它的关注还远远不够,尤其是站在文学的角度看,石鼓文在颂文体的演变中所扮演的历史角色和其所处的历史地位,是应该被加以详细探讨的。

石鼓文之外,保存较为完整的刻石有秦代刻石。《史记·秦始皇本纪》载:"二十八年,始皇东巡郡县,上邹峄山。立石,与鲁诸儒生,议刻石颂秦德议,封禅望祭山川之事。乃遂上泰山,立石,封,祠祀。"①秦代流传下来的刻石文主要出于丞相李斯之手,有峄山刻石、泰山刻石、琅琊台刻石、之罘东观刻石、东观刻石、碣石门刻石和会稽刻石凡七处。石鼓文虽与秦刻石分属不同的时代,且形制不同,但是值得注意的是,它们在"颂"的这一用途上都是一致的。南朝刘勰《文心雕龙》曰:"上古帝皇,纪号封禅,树石埤岳,故曰碑也。周穆纪迹于弇山之石,亦古碑之意也。……夫属碑之体,资乎史才。其序则传,其文则铭。标序盛德,必见清风之华;昭纪鸿懿,必见俊伟之烈……是以勒石赞勋者,入铭之域;树碑述已者,同诔之区焉。"②石、碑为一,暂不论刘勰将碑、诔、铭和封禅各划为一种文体是否合理正确,其所说的"标序盛德""昭纪鸿懿"确实揭示了古代统治阶层刻石的动机——颂。有论者指出:"刘勰说:'秦政刻文,爰颂其德'是讲秦刻石文在颂发展中的作用。其实,秦刻石文对多种文体的形成和发展都有影响,《文心雕龙》中提到的就有铭文,封禅文,碑文等。按文体划分,一般把秦刻石归之于铭文。"然而从原初作意的角度讲,本书认为将其归之于"颂文"更为合适。也就是说,秦之刻石就是"秦颂",是"由于特定的历史条件及嬴政求不朽的帝王心态而选择了刻石的形式"③。

上面提到的秦代的七处刻石,都是颂美秦统一天下的功绩。从内容来看,石鼓文作为颂诗也是毫无疑问的:第一鼓《西去陈仓(灵雨)》写周景王一行西去陈仓,架桥渡河,最后怀着欢乐的心情到达目的地;第二鼓《郊外祀天(避水)》写代表天子的大宗伯一行到郊外祭祀天地的情形;第三鼓《猎

---

①《史记(点校本二十四史修订本)》,第 311 页。

②《文心雕龙注》,第 214—215 页。

③郭宝军《中古颂文研究》,广西师范大学 2003 年硕士学位论文,第 11 页。

前释奠(吴人)》写虞人为田猎所做的准备工作——祖庙行祭；第四鼓《射猎鹿苑(车工)》按照时间顺序，先写射猎前准备车马的情况，再写射猎过程，其中士兵逐鹿的场面描写得尤为生动；第五鼓《猎归馈献(而师)》写了射猎完毕大捷收兵的热闹场面，以及在郊外献祭飨神的活动；第六鼓《高原捕雄(天虹)》写发现和猎捕群雄的情景；第七鼓《西学礼贤(銮车)》写大宗伯率领众人到西学祀贤及其具体场景；第八鼓《修道植树(乍原)》写修整道路种植树木的事件；第九鼓《日熊惊现(田车)》写官员出行打猎，对车马的华丽和打猎过程有详细描写；第十鼓《汧水捕鱼(汧殹)》写官员率渔人在汧水上捕鱼的情形①。十鼓所记无一例外都是群体事件，包括出行、祭祀、射猎、建设等社会活动。从这些活动中，尤其是从对这些活动的描写中，不难感受到这些活动在维系社会群体性的同时，也展现着人们对群体的认同之感和歌颂之情。如第一鼓最后的"其奔其敨，其攸其事"一句，写大家远途跋涉到达目的地之后欢欣鼓舞，击打着敨这种乐器，并在住所记录下此事，怀有一种感恩的"颂"的情状在里边；再如第二鼓中的"嘉树则里，天子永宁……公谓大来，余及如兹邑，害不余习"，以嘉树掩映起兴，祝愿天子永远安宁，并记录下主持祭祀的大宗伯所说的祝词：天地交合万物通达，天将降福泽于村落及众生，虔诚的祝愿里，满含着对天子及上天的赞颂之意。余皆类此，不一一列举。

作为颂体的石鼓文，或者说石鼓诗，它在颂体文的发展历史中，具有不可忽视的地位和作用。

首先，石鼓文有着承上启下的重要意义，同时，它继承了自《诗经》"颂诗"以来的整体性的文化传统，具有团结群体、沟通天人的精神特质，这为学人厘清先秦颂之含义提供了进一步的参考。何为"颂"？按《毛诗序》的说法是："颂者，美盛德之形容，以其成功告于神明者也。"②这是从颂的用途和意旨角度来说的。但是颂的含义并不仅仅止于此。正如有的论者指出："先秦时代，'颂'是一个语义内涵非常丰富的词汇，在沟通神明的核心意义之下，借助具体的语境烘托可以侧重表达多种意义如：诵读、仪容、赞颂神明的语言动作、与神明沟通的语言内容、祭祀的仪式展演、仪式上所使

---

①本文中关于石鼓文的命名、排序和释文，皆采用王美盛所著《石鼓文解读》一书，齐鲁书社2006年版，第5—25页。

②《十三经注疏(清嘉庆刊本)》，第568页。

用的特殊音乐、演奏这类特殊音乐所使用的特殊乐器等。这些都共同构成了'颂'的意义整体，因此其适用范围也非常广泛，可以说在上古，'颂'是广泛指集歌、乐、舞、语为一体的与沟通神明、歌美神明有关的文化行为。"①

考虑到先秦具体的文化背景，在"美盛德""告神明"的一系列活动中，歌和诵是不可少的，可见颂又具有音乐性。而"美盛德""告神明"都是很庄重严肃的事情，其所用乐用语必须有别于一般宴飨的情况，故而颂的语言又必须是庄重诚挚的，甚至带有敬畏和笃诚的味道。如第二鼓《郊外祀天（遮水）》：

> 遮水既瀞，遮导既平，遮行既止，嘉树则里，天子永宁。
>
> 日佳丙申，曠曠薪薪。遮其雾导，桀马既迪。敖夏康康，驾發盒黄。
>
> 左骖駸駸，右骖騤騤。馺戟以發，母不执惪。
>
> 糎輪霙霙，胡臭习习。公谓大来，余及如兹邑，害不余习？②

前五句说到郊外祭祀，看到了干净的河水、平整的道路和葱郁的树木，然后"天子永宁"一句点出此行的目的，是来祭祀的；第六至十一句说明时间，并详细记述堆柴、陈牺、备鼎等一系列准备工作；第十二至十五句形象地描述了牲品与柴草共燔的情景；最后五句写主祭的大宗伯向众人报告祭祀结果和祝愿：祭祀完成，天将降下福瑞。这首诗将整个祭祀过程，包括前期对景明的环境的渲染、对准备工作的陈述、对祭祀场面的描写，以及祭祀后的祝愿，都做了交代，于这些细节中显出当时祭祀活动的盛大和当时的人们对祭祀的重视，祭祀活动整体显得庄重肃穆。这种庄重的气氛，在第三鼓《猎前释奠（吴人）》中，通过对人们紧张的心理和行为的描写，表现得更为明显："吴人怜亟，朝夕敬惕。氍西氍北，勿宠勿代。"通过对石鼓文的具体分析，学人可以进一步感受先秦"颂"的文化形态。

其次，石鼓文在形制上继承了"颂诗"主要为四言一句的韵文形式，且语言特征也与《诗经》一脉相承。石鼓文与《诗经》起着相互印证的重要作用，尤其是对《诗经》中"颂"的篇章有印证作用。正如徐宝贵在《石鼓文整理研究》一书中所说："它在诗的形式上每句是四言，遣辞用韵，情调风格，

----

① 段立超《上古"颂类"文学精神及其体类特征》，东北师范大学 2007 年博士学位论文，第 40 页。
② 《石鼓文解读》，第 7 页。

都和《诗经》中先后时代的诗相吻合。这就足以证明:尽管《诗经》可能经过删改润色,但在基本上是原始资料。因此,我们对于《诗经》的文学价值和史料价值,便有了坚实的凭证。"①石鼓文的词汇,很大一部分与《诗经》是重合的,如下表所示:

词性/修辞	词汇	石鼓文	诗经
名词	鰋鲤	"鰋鲤处之"(《汧殹》)	"鱼丽于罶、鰋鲤"(《小雅·鱼丽》)
	柞棫	"柞棫其拔"(《乍源》)	"柞棫斯拔"(《大雅·皇矣》)
	田车	"田车孔安"(《田车》)	"田车既好"(《小雅·车攻》)
	麀鹿	"麀鹿雉兔"(《田车》)	"麀鹿麌麌"(《小雅·吉日》)
动词	孔安	"田车孔安"(《田车》)	"寝成孔安"(《商颂·殷武》)
	既同	"吾马既同"(《车工》)	"我马既同"(《小雅·车攻》)
重言	济济	"盈淢济济"(《灵雨》)	"载获济济"(《周颂·载芟》)
	汤汤	"徒驭汤汤"(《灵雨》)	"江汉汤汤"(《大雅·江汉》)

此外还有虚词、代词、介词等都多有相同之处,此不赘述。石鼓文中多次提到了祭祀和歌舞的场面,如"其奔其敔"[第一鼓《西去陈仓(灵雨)》],"告于大祝"[第三鼓《猎前释奠(吴人)》],"徒具肝来,射夫其写。小大具迪,煌煌来乐"[第五鼓《猎归馈献(而师)》],"青车翯行,其徒如章。塬隰阴阳,趋趋弄马"[第七鼓《西学礼贤(銮车)》],这是先秦文化行为中的代表之一,与"颂诗"中表现出来的是一致的,如《周颂·执竞》敲磬吹筦以祭祀武王,祈求降福:"磬筦将将,降福穰穰。"《周颂·丰年》准备酒醴祭祀祖先:"为酒为醴,烝畀祖妣。"《鲁颂·閟宫》写到祭祀完毕大家共飨时的情形:"牺尊将将,毛炰胾羹。笾豆大房,万舞洋洋。"

总之,从颂文体的角度来看,石鼓文承接《诗经》,尤其是其中的"颂诗"传统而来,在颂文体的发展历史中有着不可忽视的重要价值,历来人们对石鼓文的关注一方面集中在其作为书体的造型上,一方面集中在对其时代的考订和文本的释文上,而对于其在颂文体发展过程中的历史承担则未有论及,这是有待予以关注和继续探讨的。

---

① 徐宝贵《石鼓文整理研究》,中华书局 2008 年版,第 740 页。

二、秦政刻石，爰颂其德

刘勰云："秦政刻文，爰颂其德；汉之惠、景，亦有述容：沿世并作，相继于时矣。"讲的是秦刻石文在颂发展中的作用。当然，秦代刻石文对多种文体的形成和发展都有影响，比如《文心雕龙》中就提到铭文、封禅文、碑文等多体。按文体划分，一般把秦刻石归之于铭文。但是，秦刻石的内容、目的和意义就是颂秦。所以，这一特定历史条件下所形成的作品，一般被后人视为颂体而不是其他。

据《史记·秦始皇本纪》记载：二十六年统一六国，依廷尉李斯建议，分天下为三十六郡。为了"示强威，服海内"，多次巡游，且每到一处，辄刻石记功。流传下来的有：峄山刻石、泰山刻石、琅琊台刻石、之罘东观刻石、东观刻石、碣石门刻石、会稽刻石等。这些刻石内容都是颂扬秦嬴政统一中国的伟业。据李斯《议刻金石》云："古之帝者，地不过千里，诸侯各守其封域，或朝或否，相侵暴乱，残伐不止，犹刻金石，以自为纪。古之五帝、三王，知教不同，法度不明，假威鬼神，以欺远方，实不称名，故不久长。其身未殁，诸侯倍叛，法令不行。今皇帝并一海内，以为郡县，天下和平。昭明宗庙，体道行德，尊号大成。群臣相与诵皇帝功德，刻于金石，以为表经。"①刻石的目的很明白，理由很充分，"昭明宗庙，体道行德，尊号大成"，很是堂皇；"群臣相与诵皇帝功德，刻于金石，以为表经"，很是冠冕。且看一首《泰山刻石》：

> 皇帝临立，作制明法，臣下修饬。廿有六年，初并天下，罔不宾服。亲巡远黎，登兹泰山，周览东极。从臣思迹，本原事业，祗诵功德。治道运行，诸产得宜，皆有法式。大义箸明，陲于后嗣，顺承勿革。皇帝躬听，既平天下，不懈于治。夙兴夜寐，建设长利，专隆教诲。训经宣达，远近毕理，咸承圣志。贵贱分明，男女礼顺，慎遵职事。昭隔内外，靡不清净，施于后嗣。化及无穷，遵奉遗诏，永承重戒。②

刻石先交代了嬴政平定天下、东巡泰山的经过，然后对秦皇的功德进行歌颂，四言古体，描绘不多，简练肃正。

再看篇幅稍长的《会稽刻石》：

①《史记（点校本二十四史修订本）》，第316页。
②《全上古三代秦汉三国六朝文》，第122页。

　　　　皇帝休烈,平壹宇内,德惠修长。卅有七年,亲巡天下,周览远方。遂登会稽,宣省习俗,黔首齐庄。群臣诵功,本原事迹,追道高明。秦圣临国,始定刑名,显陈旧章。初平法式,审别职任,以立恒常。六王专倍,贪戾慠猛,率众自强。暴虐恣行,负力而骄,数动甲兵。阴通间使,以事合从,行为辟方。内饰诈谋,外来侵边,遂起祸殃。义威诛之,殄熄暴悖,乱贼灭亡。圣德广密,六合之中,被泽无疆。皇帝并宇,兼听万事,远近毕清。运理群物,考验事实,各载其名。贵贱并通,善否陈前,靡有隐情。饰省宣义,有子而嫁,倍死不贞。防隔内外,禁止淫泆,男女絜诚。夫为寄豭,杀之无罪,男秉义程。妻为逃嫁,子不得母,咸化廉清。大治濯俗,天下承风,蒙被休经。皆遵轨度,和安敦勉,莫不顺令。黔首修絜,人乐同则,嘉保泰平。后敬奉法,常治无极,舆车不倾。从臣诵烈,请刻此石,光陲休铭。①

这篇刻石和上篇相似,三句一韵,对秦始皇平定六国、一统天下的功绩给予大张旗鼓的颂赞。这两篇皆被司马迁收入到了《史记・秦始皇本纪》之中。王充《论衡・须颂》:"秦始皇东南游,升会稽山,李斯刻石,纪颂帝德,至琅琊亦然。秦无道之国,刻石文世,观读之者,见尧舜之美。由此言之,须颂明矣。"②关于秦朝留下的七篇刻石,其内容意义就不再述说,这里仅从文体的角度探讨一下。

　　这七篇刻石,虽没有冠名为颂,但后世均以颂体视之,而且直接影响了后世出现的巡狩颂。从形式上看,刻石多三句用韵(仅《琅邪台》特出,二句为韵),金石清音,肃正清简,想来颇与法家思想浓厚的主笔李斯有关。这种用韵在后世的颂作中很少见,较为明显的是唐代元结的《大唐中兴颂》,也为每三句用韵。它与"诗经三颂"在用韵上的差别之大,不由使人将之归到文的范畴。刘师培说:"秦之刻石与三代之颂不同。颂之音节虽无可考,然三代之诗皆可入乐,颂为诗之一体,必可被之管弦。秦刻石则恐皆不能谱入乐章。故三代而后,颂与诗分,此其大变迁也。"③这主要从能否入乐的角度来判定诗颂之分,也就是说,自秦刻石出现,颂体开始有两种分途,

---

　　①《全上古三代秦汉三国六朝文》,第122—123页。
　　②《论衡校释》,第855页。
　　③刘师培《左庵文论・文心雕龙颂赞篇(上)》,《国文月刊》第10期,1941年7月。

一为继续四言古体诗的旧式,二为韵散结合的新体式。后者在汉代被称之为颂赋或赋颂。可以说,颂就是这时从诗中独立出来,走向了文的路途,但讲究韵仍是其自觉的遵循。刘师培云:"三代之时,赋颂二体,皆诗之附庸;自兹而后,蔚为大国。汉魏之四言诗虽与颂近,而与文体中称诗不称为颂;《赵充国颂》等篇虽似四言诗,而于文体中称颂不称为诗,其区分盖起于三代后也。"①秦代尚有周青臣的《进颂》一文:"他时秦地不过千里,赖陛下神灵明圣,平定海内,放逐蛮夷,日月所照,莫不宾服。以诸侯为郡县,人人自安乐,无战争之患,传之万世,自上古不及陛下威德。"②内容上不必言说,其形式却与诗颂有别,全文并不押韵,虽多四言韵句,但夹杂五言、八言,有散文化的倾向,实开汉赋风气。后代与诗迥别,纯散文创作的不多,仅韩愈的《伯夷颂》最为突出。其他均是诗颂或骈颂两端。

如果再沿着刘师培的理路向下思索,汉乐府的部分篇什虽未有颂之名,但可被视为颂体,那么唐诗中的部分铙歌、郊庙歌辞、郊祀乐章等是不是可归入颂体?按照本章的主导观点来看,答案是倾向于肯定的,但因对这一问题尚未思索成熟,故未将此类作品纳入本次的研究中,待以后再做思考。

---

① 刘师培《左庵文论·文心雕龙颂赞篇(上)》,《国文月刊》第 10 期,1941 年 7 月。
② 《全上古三代秦汉三国六朝文》,第 123 页。

第三章　两汉颂赞

汉朝作为中国历史上第一个统一强盛的王朝,颂扬自然是这个时代文学的主旋律,而其主要文学样式除了众所周知的汉大赋以外,颂文学也有了很大程度的发展。颂体在西汉时已有多元化发展的趋势,发展到东汉,在内容上,汉颂不再严守三颂的"美圣德之形容,以其成功告于神明"的高庙典章,而是将题材扩充到功臣、山川、祥瑞、器物等诸多方面,凡人事可称道者,皆可入颂。在写作手法上,汉颂继承了"诗经三颂"的庄重典雅,大胆吸收楚辞骚体,使用"兮"字,并且汲取了当代汉赋的铺排渲染,沾染上了赋体辞章华丽的风气,在创作题材内容、艺术手法等方面都显示出时代独有的特点。可以认定,颂体在东汉时,已基本成熟、定型。

第一节　两汉颂文的内容

纵览所有的颂文学作品,在汉朝以前,"颂"有三种基本形态:一为颂诗,代表作为"诗经三颂";二为颂文,代表作为《离骚·橘颂》;三为秦刻石文。这三种形态在当时以及后世均被称之为"颂",而且也都对后来的"颂"产生了很大的影响。那么,对于颂文体的称谓,到底是"颂""颂诗""颂文"抑或"颂赋"呢?

其实,不管称颂为"颂诗""颂文"或者如两汉时的"颂赋",抓住的都是颂的外在的形式,那么不妨再看看颂的本质——"美盛德之形容,以其成功告于神明",这种"恭顺地与神明沟通"的文化心理一经形成,就已经确定了三千多年来的颂体创作的基本方向。所以,作为一种独立的文体,本文说讲之"颂",不再纠结于"颂诗"抑或是"颂文",而是泛指颂文体。按题材内容,两汉颂体可分为以下几个小类:

一、先祖

"诗经三颂"中追祀祖先的诗占有很大的比重,反映出了先民对祖先的敬畏与崇拜之情。汉颂中有一部分作品传承了"诗经三颂"中这一类型的题材,以"美圣德、告成功、祈神灵"为主要内容,如刘向的《高祖颂》、班固的《高祖颂》、傅毅的《显宗颂》、崔骃的《明帝颂》、蔡邕的《祖德颂(并序)》、王粲的《太庙颂》等,内容全为对祖先神灵的颂美。如刘向的《高祖颂》:

> 汉家本系,出自唐帝。降及于周,在秦作刘。涉魏而东,是为丰公。[①]

此文为四言古体,两句一韵,简洁凝练,朗朗上口,是对《周颂·清庙》《周颂·烈文》等篇的有意继承。同样的题材,到了东汉末年蔡邕的《祖德颂(并序)》(原文见前),写作风格就有了很大的变化,颂为四言古体,分别押"仁""人""庄""堂""光""林""华"等韵,比起刘向的《高祖颂》,在文采上更加注重遣词修饰,在典重中以求醇雅。

二、名臣

秦代以前,颂作歌颂的对象几乎都是列祖先皇,《诗经》中只有《鲁颂》所歌咏的对象是在位的鲁僖公。秦代时,颂文歌颂的对象是秦始皇。在两汉时期,颂作表现的对象逐渐扩大,出现了颂扬名臣(多指功臣、贤臣)的作品,如扬雄的《赵充国颂》、马融的《大将军西第颂》、班固的《安丰戴侯颂》《窦将军北征颂》、梁鸿的《安丘严平颂》、蔡邕的《陈留太守行县颂》《颍川太守王立义葬流民颂》《胡广黄琼颂》、阙名的《稿长蔡湛颂》等。现以扬雄的《赵充国颂》(原文见前)为例。赵充国病逝后,汉成帝派人给他画像追颂。《汉书·赵充国传》云:"初,充国以功德与霍光等列,画未央宫。成帝时,西羌尝有警,上思将帅之臣,追美充国,乃召黄门郎杨雄即充国图画而颂之。"[②]图画功臣名将陈列于宫,其目的多为祭祀之用,显然,《赵充国颂》为祭奠追念赵充国之作。

贤臣颂文所歌颂的对象主要是由士大夫阶层担任的文官,西汉没有流传下此类文章。现存的贤臣颂文,主要集中出现在东汉中后期,想来这与当时政治崩坏,而有识的士大夫奔走呼号以期挽救江河日下的形势密切相关。

---

① 《全上古三代秦汉三国六朝文》,第 335 页。
② 《汉书》,第 2994 页。

　　从安帝时起,衰世之相纷呈。政治黑暗,官官相护,百弊丛生,黎民流离。尤其是灾荒年景,更是怨声载道,民不聊生。正是在此种背景之下,正直士大夫如蔡邕、仇靖、张超等所作的一系列颂文,突出表达了士人们对清明政治的向往以及对民生疾苦的关怀。他们用笔礼赞清官贤臣,意欲在乱世中为各级官员树立一个典范,以维护正直士大夫的精神家园。贤官颂文中对为黎民百姓干一番实事的各级官吏进行了由衷的讴歌赞美,如蔡邕《京兆樊惠渠颂》(原文见前),讲的是作为东汉末年官员的一个缩影的樊陵,在担任京兆尹的时候,于京兆阳陵县修建了泾河渠,这条渠被百姓称为樊惠渠。这个水利工程井然有序,是东汉末年贪风日盛的情形下少有的一个造福百姓的工程。名士蔡邕在看到这个工程后对樊陵大加赞赏,称赞其改河修渠使得"黄潦膏凝,多稼茂止。……泯泯我人,既富且盈",将其比之为投巫治邺、兴修水渠的西门豹,以及在秦国修建河渠的郑国和主持修建都江堰的蜀郡太守李冰,祝福他"贻福惠君,寿考且宁"。

　　除此篇之外,仇靖《析里桥郙阁颂》、阙名的《西狭颂》都是歌颂了汉武都太守李翕重修析里桥郙阁栈道之事,将其比之为鲁班、大禹,对其为民造福的举措由衷地赞扬。《司隶校尉杨孟文石门颂》颂扬了司隶校尉杨孟文凿通石门之功绩,使"泽有所注,川有所通","君子安乐,庶士悦雍。商人咸喜,农夫永同"。少数清官的造福一方与整个东汉社会大量官吏的昏聩敛财形成了强烈的对比。因此,凡是为黎民百姓凿渠开地、修桥铺路等干一番实事的官吏,都得到了百姓衷心的拥护和爱戴。此类文章作者对其褒扬之词虽有夸张之处,但却与颂扬皇帝阿谀献媚的风格迥异,大大拓展了颂文的题材内容。

三、征伐

　　国之大事,在祀与戎。在汉代,将兵征伐,声势浩大。汉代是中国历史上第一个空前统一强盛的王朝。从汉高祖刘邦建立国家,到汉武帝开疆拓土,开创"汉武盛世",从刘秀称帝,光武中兴,再到曹丕篡汉,东汉灭亡。这期间,汉朝与边境少数民族之间的摩擦和武装冲突时有发生,征伐颂文就是极好的佐证。

　　现存征伐颂文五篇,多残篇,均集中于东汉。班固的《窦将军北征颂》、傅毅的《窦将军北征颂》、崔骃的《北征颂》,反映的是同一历史事件。《后汉书·和帝纪》:"永元元年……夏六月,车骑将军窦宪出鸡鹿塞,度辽将军邓鸿出稠阳塞,南单于出满夷谷,与北匈奴战于稽落山,大破之,追至私渠比鞮海。窦宪遂登燕然山,刻石勒功而还。"①又《后汉书·窦宪传》:"宪、秉遂登燕然山,去塞三千余里,刻石勒功,纪汉威德。"②这就是历史上著名的"燕然勒铭"。

史岑《出师颂》创作年代与上三篇相比较晚,反映的是汉王朝与西部羌族之间的战争。傅毅另有《西征颂》,残存四句,创作年代不可考。

以上两组颂文反映的事件虽不同,颂美的将领也不同,一为窦宪,一为邓骘,但却表现出共同的倾向:第一,写作方法上运用浓墨重彩的手法对所描写人物或事件进行铺陈渲染。如史岑的《出师颂》:

> 茫茫上天,降祚有汉。兆基开业,人神攸赞。五曜霄映,素灵夜叹。皇运来授,万宝增焕。历纪十二,天命中易。西戎不顺,东夷构逆。乃命上将,授以雄戟。桓桓上将,实天所启。允文允武,明诗悦礼。宪章百揆,为世作楷。昔在孟津,惟师尚父。素旄一麾,浑一区宇。苍生更始,朔风变楚。薄伐猃狁,至于太原。诗人歌之,犹叹其艰。况我将军,穷城极边。鼓无停响,旌不暂褰。泽沾遐荒,功铭鼎铉。我出我师,于彼西疆。天子饯我,路车乘黄。言念伯舅,恩深渭阳。介圭既削,裂壤酬勋。今我将军,启土上郡。传子传孙,显显令闻。③

它从汉代承天运而兴的十二纪开始赞起,写到在安帝时因"西戎不顺,东夷构逆。乃命上将,授以雄戟"。《后汉书·安帝纪》云:"永初元年……六月……壬戌,罢西域都护。先零种羌叛,断陇道,大为寇掠,遣车骑将军邓骘、征西校尉任尚讨之。"④然后文中对邓骘进行大肆赞扬,称赞其"桓桓上将,实天所启。允文允武,明诗悦礼。宪章百揆,为世作楷"。接下来,更将其与武王伐纣时的姜太公吕尚做对比:"昔在孟津,惟师尚父。素旄一麾,浑一区宇。苍生更始,朔风变楚。"然后写了出征皇帝送行等情况:"我出我

---

① 《后汉书》,第 168 页。
② 《后汉书》,第 814 页。
③ 《全上古三代秦汉三国六朝文》,第 744—745 页。
④ 《后汉书》,第 206—207 页。

师,于彼西疆。天子饯我,路车乘黄。言念伯舅,恩深渭阳。"最后又是对邓骘的祝祷:"介圭既削,裂壤酬勋。今我将军,启土上郡。传子传孙,显显令闻。"言辞大气有力。

第二,在文章内容上,不对战争作具体的描绘,没有战斗厮杀、尸横遍野和血肉横飞。史载和帝永元元年窦宪北征的那场战争,给匈奴以沉重打击,匈奴死伤无数,八十一个匈奴部落向汉朝投降。如此规模宏大、战果累累的大捷,傅毅的《窦将军北征颂》只用了"奋无前之严锋"和"蹈天山而遥降"这两句话来概括。班固的《窦将军北征颂》中描绘为"于是雷震九原,电曜高阙。金光镜野,武旗胃日。云黯长霓,鹿走黄碛。轻选四纵,所从莫敌。驰飙疾,踚蹊迹,探梗莽,采巇阤,断温禺,分尸逐。电激私渠,星流霰落,名王交手,稽颡请服。乃收其锋镞、干卤、甲胄,积象如丘阜,陈阅满广野,戴载连百两,散数累万亿。放获驱挈,揣城拔邑。擒鼓之介,民谷谣噪。响眎东夷,埃尘戎域"①,言辞有虎云之气,但较多是军威声势和气氛的渲染,少战斗血腥的场面。"有自己的胜利和敌人的失败,少残酷的厮杀和格斗;有凯旋和欢庆,无死亡和流血。从《诗经》时代就已显示的此类特点,成为征伐颂文的一个显著特色。"②

四、巡猎

刘汉帝国综合国力强盛,帝王有数次大规模的巡游,巡猎颂就是对其宏大壮阔巡游活动的反映。说到"巡猎颂",就不能不谈有关古代君王的巡狩之礼。传说古代帝王每隔五年要视察诸侯,即所谓的"唐虞天子五载一巡狩",周代也有"十有二年,王乃时巡"的说法。先秦时期帝王的巡游活动主要见于《尚书》《史记》等典籍,且多为传说。如《史记·五帝本纪》载黄帝曾"东至于海,登丸山,及岱宗。西至于空桐,登鸡头。南至于江,登熊、湘。北逐荤粥,合符釜山……"③《虞书·舜典》载舜"正月上日受终于文祖(尧)……岁二月,东巡狩,至于岱宗,柴,望秩于山川……五月,南巡狩,至于南岳,如岱礼。八月,西巡狩,至于西岳,如初。十有一月朔,巡狩至北

①《全上古三代秦汉三国六朝文》,第612页。
②《中古颂文研究》,第15页。
③《史记(点校本二十四史修订本)》,第7页。

岳,如西礼……五载一巡狩"①。先秦帝王巡狩的传说轶闻,开启了历代帝王巡游的先河。秦帝国建立后,始皇继承并发展了天子巡狩制度,五次巡游,耗时经年,并用刻石的办法来颂扬他登峰造极的成就。这些刻石,就是巡猎颂的前身。汉代皇帝亦是遵循古礼,多次巡游四方。

两汉巡猎颂现存七篇,有马融的《东巡颂》、班固的《东巡颂》《南巡颂》、崔骃的《四巡颂》(包含四篇)等,全部为东汉时期作品,集中于明帝、章帝、安帝三朝,且多为同题多人创作。在艺术上,此类颂文都注重气氛渲染、气势描绘,通过层层铺叙,使文章雍容典雅。以崔骃《四巡颂》中《东巡颂》为例:

> 伊汉中兴三叶,於皇维烈。允迪厥伦,缵王命。彻汉勋矩坤度以范物,规乾则以陶钧于是考上帝以质中,总列宿于北辰。开太微,敞紫庭,延儒林,以咨询岱岳之事。于时典司耆耇,载华抱实,迨尔而造曰:"盛乎大汉,既重雍而袭熙,世增其德,唯斯岳礼,久而不修。此神人之所庆幸,海内之所想思。颂有乔山之征,典有徂岳之巡。时迈其邦,民斯攸勤,不亦宜哉。"乃命太仆,训六驳,闲路马,戒师徒。于是乘舆,登天灵之威路,驾太一之象车。升九龙之华旗,建翠霓之旌旆。三军霆激,羽骑火烈,天动雷震,隐隐辚辚。躬东作之上务,始八正于南行,哀胡现元老,赏孝赏孝行之畯农。②

汉章帝刘炟元和三年(86)丙戌,"正月,崔骃作《北巡颂》。八月,作《西巡颂》。并有《上四巡颂表》。颂称汉德,为章帝赏识。然其时颇为困乏"③。颂文从一开始就对汉章帝的文德之功进行了颂扬,然后借掌管典制仪式的长老之口,表达了万民的呼吁,即希望汉皇能以巡游来威加海内,德显四方。接下来,以虚实结合的手法描写汉皇的巡游征程:"于是乘舆,登天灵之威路,驾太一之象车。升九龙之华旗,建翠霓之旌旆。三军霆激,羽骑火烈,天动雷震,隐隐辚辚。"车马旌旗目不暇接,鼓乐齐鸣震耳欲聋,极富想象力与感染力,与汉赋的铺排手法相类似。

---

①《十三经注疏(清嘉庆刊本)》,第 265—268 页。
②《全上古三代秦汉三国六朝文》,第 713 页。
③刘跃进著《秦汉文学编年史》,商务印书馆 2006 年版,第 430 页。

五、咏物

在《诗经·鲁颂·驹》的孕育下，屈原《橘颂》首开咏物颂之肇端，之后咏物颂在汉代有了新的发展，由纯粹为政治服务向生活化、个性化发展。但此时的咏物颂还未能脱离其与生俱来的功利性质，只是由政治功利性转为生活功利性，主用于解经、祝寿等，纯粹地抒发自身情感的作品几乎没有。现存文献以西汉董仲舒的《山川颂》首开其端：

> 山则龍嵸□崔，崔嵬嶻巍，久不崩阤，似夫仁人志士。孔子曰："山川神祇立，宝藏殖，器用资，曲直合，大者可以为宫室台榭，小者可以为舟舆浮溉。大者无不中，小者无不入。持斧则斫，折镰则艾。生人立，禽兽伏。死人入，多其功而不言，是以君子取譬也。"且积土成山，无损也，成其高，无害也，成其大，无亏也。小其上，泰其下，久长安，后世无有去就，俨然独处，唯山之意。《诗》云："节彼南山，惟石岩岩，赫赫师尹，民具尔瞻。"此之谓也。水则源泉混混沄沄，昼夜不竭，既似力者；盈科后行，既似持平者；循微赴下，不遗小间，既似察者；循溪谷不迷，或奏万里而必至，既似知者；障防山而能清净，既似知命者；不清而入，洁清而出，既似善化者；赴千仞之壑，入而不疑，既似勇者。物皆困于火，而水独胜之，既似武者。咸得之而生，失之而死，既似有德者。孔子在川上曰："逝者如斯夫，不舍昼夜。"此之谓也。[1]

本篇化用了《论语·雍也》"知者乐水，仁者乐山"的语意，从"仁""智"两方面相呼应地安排全篇的结构内容。在大量的引经据典、化用原意中又有自己完整的结构、章法。

此篇之后，汉代的咏物颂还有王褒的《甘泉宫颂》《碧鸡颂》、黄香的《天子冠颂》、崔骃的《杖颂》、王粲的《灵寿杖颂》等。以崔骃的《杖颂》为例：

> 植根荄于湘浦，承雷夏之洪泽。寓流云而诒我，合天生乎裁剥。用以为杖，饰以犀角。王母扶持，永保百福。寿如西老，子孙千亿。[2]

崔骃所颂杖为鸠杖，在汉朝被视为符瑞之物。《艺文类聚》引应劭《风俗通

---

①《全上古三代秦汉三国六朝文》，第258页。
②《全上古三代秦汉三国六朝文》，第714页。

义》曰："俗说高祖与项羽战，败于京索，遁丛薄中，羽追求之，时鸠正鸣其上，追者以鸟在无人，遂得脱。及即位，异此鸟，故作鸠杖以赐老者。"①可见，鸠杖是以符瑞吉祥、化险为夷的象征而赐予老者的。其文骚体与四言杂用，而且出现了"永保百福""子孙千亿"等祝祷词，保存了古颂的传统。

第二节　两汉颂文的特色

在汉代，颂文前出现了序文，一般用来对正文的内容进行补充说明，如介绍作者作颂的原因，或对所颂之事物做详细的描述，或发表作者自己的见解，这主要取决于创作题材的需要，如马融的《广成颂》说明自己作颂讽谏之意图，崔骃《四巡颂》的序引（《东巡颂》是四篇中唯一没有序的）用来交代巡狩的时间、行程及献颂动机。颂之序文可有韵，亦可无韵。崔瑗的《南阳文学颂》和蔡邕的《京兆樊惠渠颂》的序文要远长于正文。对此，刘勰有言："致美于序，而简约乎篇。"②这颂中有序，甚至序长颂短的情况被后人很好地采纳了，几乎成为后世通行的格式。颂之序文虽然丰富了颂文的内涵，增强了文学性，但若处理不好序与正文的关系，也会减弱颂文的艺术价值。刘师培认为："颂之正文既以叙事为主，序文仍叙事，则有叠床架屋之弊。"③在序文结束后，往往有"颂曰"或"其颂曰"等文字标识颂正文。

"诗经三颂"多以四言句式为主，间以杂言。句式简短，有对句、叠句，有韵或者无韵。汉代大部分颂文以四言为主，杂以五、七、六言，且产生了模仿楚辞体作的颂文，"兮"字多用于每句的中间，或上下句之中，如班固《窦将军北征颂》："亹亹将军，克广德心。光光神武，弘昭德音。超兮首天潜，眇兮与神参。"④仇靖《析里桥郙阁颂》："高山崔嵬兮，水流荡荡，地既堆确兮，与寇为邻。"⑤主要起句读作用，增强了诗歌的节奏感，当然有些也承担一定的语法功能。

颂起源于祭祀等祝祷活动，最初用于对"颂主告神"等祭祀仪式的叙

---

①《艺文类聚》，第 1599 页。
②《文心雕龙注》，第 157 页。
③刘师培著，陈引驰编校《刘师培中古文学论集》，中国社会科学出版社 1997 年版，第 152 页。
④《全上古三代秦汉三国六朝文》，第 612 页。
⑤《全上古三代秦汉三国六朝文》，第 906 页。

述。这种功用决定了颂"义必纯美"的语言风格。刘勰在《文心雕龙·颂赞》里说："原夫颂惟典雅,辞必清铄;敷写似赋,而不入华侈之区;敬慎如铭,而异乎规戒之域。揄扬以发藻,汪洋以树义。唯纤曲巧致,与情而变,其大体所底,如斯而已。"①道出了颂文要求内容典雅、辞藻浏亮而不夸饰的语言风格。

两汉颂文在艺术风格上与前代相比,表现出两种极为明显的倾向:一是赋入颂域,两汉颂文受时代精神之浸润,在结构和手法上均借用汉赋之作法,表现出明显的赋化倾向。如王褒《圣主得贤臣颂》、班固《窦将军北征颂》、马融《广成颂》等表现手法铺张扬厉,辞藻华美典丽,创作始终无法脱离赋的影响。两汉的主要文学样式是赋,很多颂的作者也是汉赋高手,一个时代的主流文学样式,必然会对其他文体产生影响,向其他文体渗透,这是自然而然、不可避免的。

赋入颂域最典型的例子是马融的《广成颂》:

> 臣闻昔命师于鞬橐,俒伯于灵台,或人嘉而称焉……于是周陕环渎,右彎三途,左概嵩岳,面据衡阴,箕背王屋,浸以波、溠,黉以縈、洛。金山、石林,殷起乎其中,峨峨砠砠,锵锵崖崖,隆穹盘回,崛崿错崔。神泉侧出,丹水涅池,怪石浮磬,耀煜乎其陂。其土毛则……其植物则……羽毛纷其髟鬛,扬金燹而拖玉瓖。屯田车于平原,播同徒于高冈。旐旜掺其如林,错五色以摛光……水禽鸿鹄,鸳鸯鸥鹥,鸧鸹鸨鹅,鹭雁鹔鹅,乃安斯寝……魴鲂鲟鳊,鳏鲤鲩鮹……②

《后汉书·马融传》:"是时邓太后临朝,骘兄弟辅政……融乃感激,以为文武之道,圣贤不坠,五才之用,无或可废。元初二年,上《广成颂》以讽谏。"③汉安帝时,邓太后临朝,邓骘兄弟执掌朝政,"以为文德可兴,武功宜废",遂寝蒐狩之礼(春猎为蒐,冬猎为狩,泛指狩猎)。马融不以为然,于元初二年上《广成颂》以谏,劝帝王复蒐狩之礼以振武功。文中极尽铺写之能事,以展现大汉之初帝王围猎时的盛举。其中有苑猎队伍出发时的壮观庞大,有狩猎勇士搏斗时的迅捷从容,有大获全胜时川谷的萧条静谧,有凯旋

---

①《文心雕龙注》,第158页。
②《全上古三代秦汉三国六朝文》,第569—570页。
③《后汉书》,第1954页。

后丝竹管弦相伴的轻松愉悦等等，不一而足。这种层层铺写、面面俱到的艺术手法与司马相如《子虚》《上林》、扬雄《羽猎》等赋作不无相似之处，所以挚虞在《文章流别论》中云："马融《广成》，《上林》之属，纯为今赋之体，而谓之颂，失之远矣。"①

《广成颂》可能是个极端的例子，但汉人写的颂，确有不少是受到了赋体铺陈的影响，有意识地加强了铺陈与夸饰。又如东方朔的《旱颂》：

> 维昊天之大旱，失精和之正理。遥望白云之鄞淳，瀚瞳瞳而亡止。阳风吸习而熇熇，群生闵懑而愁愦。陇亩枯槁而允布，壤石相聚而为害。农夫垂拱而无为，释其耰锄而下涕。悲坛畔之遭祸，痛皇天之靡济。②

在"旱"之主题下分别描绘了大旱之下白云、阳风、陇亩、壤石等的形态，最后写农夫愁苦含悲、无可奈何的神情，寄予了作者对民生的深切关怀与同情。

两汉颂文在艺术上的另一个特点是在语言、句式等方面对先秦经典如《诗经》《尚书》等原句的大量引用，刻意模仿上古时期古朴的语言风格。如扬雄为歌颂赵充国平羌功勋的《赵充国颂》（原文见前），全文四言共三十二句，多处语句出自《诗经》《尚书》，如"汉命虎臣，惟后将军"，《诗经·大雅·常武》中即有"进厥虎臣，阚如虓虎"之句；"整我六师，是讨是震"化用了《诗经·大雅·常武》中的"整我六师，以修我戎"和"如雷如霆，徐方震惊"之句；"赳赳桓桓，亦绍厥后"之句，出自《诗经·周南·兔罝》"赳赳武夫，公侯干城"和《尚书·周书·牧誓》"勖哉夫子！尚桓桓，如虎如貔，如熊如罴，于商郊"之句。两汉之时，先秦许多典籍已上升为"经"。颂文作法上须典雅的内部规范，使得颂文作者不约而同地将笔触伸到了先秦典籍之中。刘勰在《文心雕龙·颂赞》中说："若夫子云之表充国，孟坚之序戴侯，武仲之美显宗，史岑之述熹后，或拟《清庙》，或范《駉》《那》，虽浅深不同，详略各异，其褒德显容，典章一也。"③刘勰认为，这些颂文好就好在符合规范，即以经典为学习的典范。当然，我们还要认识到拟古的大量运用，使得作品难免

---

① 《全上古三代秦汉三国六朝文》，第 1905 页。
② 《全上古三代秦汉三国六朝文》，第 267 页。
③ 《文心雕龙注》，第 157 页。

晦涩枯燥,沉闷难读。

综上可知,颂至汉代,在内容上,不再被先秦特殊的内容所局限,颂的对象从帝王、圣祖、神灵,逐渐降及清官贤臣、武将文人,既有征伐,又有巡猎,甚至还有咏物言志。在形式上,突破了"诗经三颂"四言古诗的传统,师楚骚,加序文,学赋法,尚拟古。那么参照后世颂作,本书认为,颂在文体上的发展至两汉时已经成熟。

第三节　两汉赞文的内容

汉代是赞文发展的成形期,相较于先秦多为口头赞辞,汉代赞体主要以书面为主,形成了真正的赞体之文。但是很多赞文已经失传,严可均辑录的《全汉文》和《全后汉文》收录题名为"赞"的有十二篇,然蔡邕的《赤泉侯五世像赞》仅录来源,张衡的《南阳文学儒林书赞》唯有短序,文皆不存。另据张溥《汉魏六朝百三家集》本《蔡中郎集》,其中有一篇严氏未收之《琴赞》,但是人们对此文是否属于汉代尚有争议。如果暂不论及史赞,那么实际上此期流传下来的较为明确的赞文单篇只有十篇(包括有残缺者)。从流传下来的汉代赞文来看,它们可以分为人物赞、经赞、杂赞等品类,人物赞如蔡邕的《焦君赞》《太尉陈公赞》《议郎胡公夫人哀赞》、杨修的《司空荀爽述赞》、王粲的《正考父赞》和无名氏的《孔嵩赞》《资中古碑伏羲赞》,经赞如郑玄的《易赞》,杂赞如繁钦的《砚赞》和王粲的《反金人赞》。

秦汉以来,赞发生了第一次裂变,分别朝着四个方向,各自前行。一为史赞或论赞,依附于史书,起着约文总录、纪传后评、托赞褒贬等功能和作用,渐变为后世有韵或无韵的史论。二为画赞或像赞,依附于(非附着在)图画而存在,起着阐明、辅助画面的作用。三为经赞,主要是汉儒对儒家经典进行诠释时创作的,以解说和议论为主,起着辅助阐释经书的作用。四为杂赞的崛起。自上古的"乐正重赞,盖唱发之辞也。及益赞于禹,伊陟赞于巫咸,并风飏言以明事,嗟叹以助辞也"的这类赞,在西汉中后期,"相如属笔,始赞荆轲"之时,重新回归,并不断地与画赞分庭抗礼,逐渐壮大,在东汉中后期,又吸收了铭、箴等文体的营养因子,取得了独立的地位。其中史赞最早发展,同时画赞也在不断前行,经赞在汉以后,逐渐没落,其手段和方式则被佛赞等所借用并汲取。发展较晚的则是本为萌芽最早的杂赞。到东汉末,在文体自身和外部因素共同作用下,赞完成了史赞、画赞、经赞与杂赞的第一阶段的四类定型。

对于史赞、经赞,前文已有述说,这里不再重复,下面分别对两汉的画赞与杂赞做一述说。两汉的画像赞,严可均的《全上古三代秦汉三国六朝文》中只有个别存目,赞文已经不能见到。只有现存于山东嘉祥武氏祠堂系列画像石刻及题赞这一特例①。画像石刻是两汉时期特有的文物实体,为汉武帝后期出现,它们的功能是以古为鉴,扬善戒恶,给世人树立仁、义、礼、智的榜样。

武氏祠堂约建于东汉中后期,祠堂的石室墙壁和屋顶均雕刻有栩栩如生的画像,内容为伏羲、女娲、祝融、神农,下面依次为列女、孝子、忠臣以及祥瑞之物事等。许多石刻还有丰富的榜题,它们是画像的一部分,这些榜题大致有两类:一类题写石像上的人物、车马、器物等的名称,或者标明人物的身份,或者注明所绘史事,这一种情况占多数;第二类是数量少,但却被后人多所聚焦的一类——此类画像多配以简洁的文字,或介绍,或说明,或评价画面的内容,这些文字是以基本带韵的四言诗体写作,蕴含着丰富的信息。对于这类榜题,学术界视之为画赞或像赞,这是没有问题的。

先说帝王类的画像赞。祠堂画像第三幅为神农氏画像,画面为一人穿着紧窄短裤,两手操耒耜,似在教耕,图像左侧题赞为:"神农氏:因宜教田,辟土种谷,以振万民。"再如第七幅尧的画像,画面为一人冕服衣裳,面部右转,左手外伸,微微扬起,右手屈抱于胸前,似做欢迎状。左侧的题赞为:"帝尧放勋,其仁如天,其知如神,就之如日,望之如云。"再如第九幅禹像,画面为一人短服斗笠,右手执铧锹,左手前摆,头做回顾状,赞文为:"夏禹:长于地理,脉泉知阴。随时设防,退为肉刑。"②这些帝王中,唯一仅注名姓而无赞文的是最后一幅夏桀的图像,图中他身穿长袍,肩扛长刃弯戟,坐于两妇人肩上。可见刻画者对其暴虐丑行做无声鞭笞的意图。

对于以平民为对象的画赞,有丁兰刻木遵奉父(母)亲一事,位于西壁第四幅,图中左绘一木像,丁兰跪于前,妻子跪在一边。旁边的题赞曰:"丁

---

① 本处参考了郗文倩师姐的博士学位论文《中国古代文体功能研究——以汉代文体为中心》中的"第7章 汉代图画人物风尚与赞体的生成、流变",特此向师姐表示感谢。

② 《武氏祠汉画像石》,第103页。

兰:二亲终殁,立木为父,邻人假物,报乃借与。"再如祠堂后壁画像的孝子伯榆图,图中左边画一妇人执杖拄地,题"榆母",右有一人跪耸两肩,似俯首悲思涕泣,榜题赞文二行:"伯榆:[伤]亲年老,气力稍衰,苔之[不]痛,心怀楚悲。"① 再如榜题为"颜淑握火"的赞文为:"颜淑独处,飘风暴雨,妇人乞宿,升堂入户,燃蒸自烛,惧见意疑,未明蒸尽,搐苳续之。"② 画像石十一图,刻有"曾参杀人"图。在图左上角有赞云:"曾子质孝,以通神明,贯感神祇,著号来方,后世凯式,□□(以正)忱纲。"③ 画像第十三幅状老莱子的赞文为:"事亲至孝,衣服斑连。婴儿之态,令亲有欢。君子嘉之,孝莫大焉。"④ 从以上例子可以看出,这些赞文多是"对这些画面所蕴含的故事进行陈述描摹"。"像赞文或陈述人物事迹,或描摹说明画面故事,而对所绘人物操行品德很少进行评价,而只有少数几则赞文对中心人物发表评论。这种方式颇有几分'有图再现,不言自明;有史为证,不颂自宣'的意味。"⑤

史书中对汉代画赞的记载还有:汉宣帝图画十一功臣于未央宫,东汉时明帝图画前世功臣二十八将于南宫云台等。这些画像中都配有不同类型的文字,如汉宣帝表彰十一功臣的画像,"乃图画其人于麒麟阁,法其形貌,署其官爵姓名"⑥。这些画像除有介绍人物的姓名、官职等的文字外,是否还有赞文,现在已不得而知。但是下面的这条史料有作赞以配像的清楚记载:"(汉'明光殿省中'的画像)胡粉涂壁,紫青界之,画古烈士,重行书赞。"⑦

相对于两汉的画赞,还有"画颂"的提法。即为图像作颂,这里的图像,主要指过去功臣们的画像,而颂主要是颂扬、赞美他们的文字。这里的颂文和画赞一样,是依附于图像的(当然并不一定是在同种介质载体上)。西汉以来,颂的文体功能有所扩大。其中延伸出来的一个新功能就是——看图作颂。帝王为了表彰某人,使人为其画像以示褒奖,这在当时是较为流行的一种做法。这种为画像人物作颂,现知开始于西汉的扬雄,"初,充国

---

① 《武氏祠汉画像石》,第 107 页。
② 《武氏祠汉画像石》,第 120 页。
③ 《武氏祠汉画像石》,第 103 页。
④ 《武氏祠汉画像石》,第 104 页。
⑤ 《中国古代文体功能研究——以汉代文体为中心》,第 183 页。
⑥ 《汉书》,第 2468 页。
⑦ 〔宋〕王应麟撰,武秀城、赵庶洋校证《玉海艺文校证》,凤凰出版社 2013 年版,第 1096 页。

以功德与霍光等列,画未央宫。成帝时,西羌尝有警,上思将帅之臣,追美充国,乃召黄门郎杨雄即充国图画而颂之"①。"即充国图画而颂之"是说扬雄以图作颂,即《赵充国颂》。后来《文章缘起》云:"画像有颂,自扬雄颂赵充国始。斯则形容物类,名实相应。"②这类颂作,所起的功用其实和同期的画赞一样。又,据《汉书》记载,刘向在向汉成帝呈送《列女传》的同时,还呈送了《列女颂图》,并画为屏风。班婕妤失宠后,她的诗中曾谈到在宫内看《列女图》,东汉末蔡邕曾创作有《小列女图》。晋以后的人多把《列女颂》看成是附录于《列女图》的,理由是《列女颂》是在看图作文的风气下产生的,这样的说法还是合乎逻辑的。《列女颂》开启后来《华阳国志》中众多为女性图像作颂的先河。

杂赞方面,现有西汉时司马相如的《荆轲赞》,此应为第一篇杂赞,只是有目无文。东汉时,杂赞渐多,郑众有《婚礼谒文赞》,张衡有《南阳文学儒林书赞》,蔡邕有《焦君赞》《太尉陈公赞》《议郎胡公夫人哀赞》,杨修有《司空荀爽述赞》,王粲有《正考父赞》《反金人赞》,繁钦有《砚赞》,还有佚名的《资中古碑伏羲赞》《孔嵩赞》等。

这类赞继承上古赞辞的美誉、揄扬的特点,对所赞对象多褒美、称誉之词。如杨修的《司空荀爽述赞》(原文见前),赞前有序文,简要叙述大儒荀爽的生平,其儿童时期就已展露佼佼,且以神通甘罗对比,强调荀爽少年英才。又指出他的《六经》"探索道奥",著作有十万余言,"群英式慕",作者也"瞻望弗及,作词告思"。在正文中,作者沿循四言古体的路子,无藻饰之辞,古朴平实。再如端正严肃、质朴无华的蔡邕《焦君赞》(原文见前),已经具备了后世赞体的基本特征。《焦君赞》先对焦君的高节做了美誉,然后表达对失去一名优秀才士的惋惜。此篇亦被后人列为"哀赞"类。相对而言,蔡邕的这篇赞使用了一些修饰性的辞藻,如"玄墨""衡门""栖迟偃息""衮职"等;在"兴"的使用上,也比上篇在艺术效果上要好一些,如"泌之洋洋,乐以忘食。鹤鸣九皋,音亮帝侧",说得比较恰当、得体。

其实东汉时期应该还有较多的赞体文创作,据《玉海》卷六二的"汉三辅耆旧节士序,名德先贤赞"条下云:"《隋志》:'后汉光武,始诏南阳,撰作

---

①《汉书》,第2994页。

②〔梁〕任昉撰,〔明〕陈懋仁注《文章缘起注》,中华书局1985年版,第9页。

风俗,故沛、三辅有耆旧、节士之序,鲁、庐江有名德、先贤之赞。郡国之书,由此而作。鲁、沛、三辅,序赞并亡。'"[1]此外还有"汉河南尹壁赞""汉太学赞"等条目,可惜没有流传下来。现存最早的咏物赞,当为东汉末年繁钦的《砚赞》(原文见前),"点黛"指用毛笔书写。此赞对砚的形状、颜色、质地、功用等做了描绘,并拟人化,将之比德,"施而不德,吐惠无疆。浸渍甘液,吸受流光",赞其高洁的品性,语言顿挫,辞藻醇雅。繁钦另有《砚颂》一篇。

作为《全上古三代秦汉三国六朝文》中收录的最早的赞,郑众的《婚礼谒文赞》虽不完整,仅留存一些残句,但已经明显具备后世杂赞的诸多特征:讲究选字措辞,语言清典,浑厚庄重,风格古雅等。此赞首句讲到吉期的选择,"待时乃举",是为天命,又对婚礼中所用到的"粳米、稷、卷柏、嘉禾、长命缕、九子墨"等物什进行褒美,作品留有赞辞的口语特色,又全用四言,在形式上比较整齐和谐。

第四节　两汉赞文的叙述视角

汉代赞文多以第三人称的视角展开,间用第一人称,这种情况不同于先秦主要以第二人称为主的叙述视角。究其原因,在于赞体由先秦之赞辞发展为书面的赞文,不同的背景和需求造成了各自叙述视角有别:先秦赞辞是赞者面对着或假设面对着赞主和听众的称美之辞,这种具体环境下,赞辞就只适合以第二人称"你"("您")的视角展开;而到了汉代,称美的场景性和当下性逐渐弱化,赞辞由口头走向书面,叙述视角也就逐渐抛弃了第二人称而以第三人称为主,间用第一人称。

所谓叙述视角,指的是叙述语言中对故事内容进行观察和讲述的特定角度,不同的讲述角度,将会带来不同的叙述效果和意义。一般情况下叙述视角是针对小说一类而言,但在此处将概念放宽,将观察和讲述对象由故事扩大为一切对象,即不单可以指事件,也可以指人和物本身。很多情况下,人们只对故事的叙述视角进行探讨,发现不同的叙述视角会带来不一样的故事效果,而往往忽视了即使在介绍一个人、一件物品的时候,不一样的切入角度和程度也会带来不同的体验。

①《玉海艺文校证》,第 1402 页。

一、第一人称视角

就汉代赞体文而言，创作者们主要以第一或第三人称的视角，对赞主进行评价。以第一人称作赞的如蔡邕的《议郎胡公夫人哀赞》和王粲的《反金人赞》，在赞文中，"我"字表明了第一人称的叙述视角。《议郎胡公夫人哀赞》曰："严考殒没，我在龆年。"《反金人赞》曰："我能发纵，彼用远迹。"以第三人称作赞的如蔡邕《焦君赞》和《太尉陈公赞》、无名氏的《孔嵩赞》《资中古碑伏羲赞》，起句就表明了第三人称的全知叙述视角，《焦君赞》曰"猗欤焦君，常此玄墨"，《太尉陈公赞》曰"公在百里，有西产之惠"，直接称呼"君"和"公"；《孔嵩赞》曰"仲山通达"，《资中古碑伏羲赞》曰"伏羲苍精"，则是直接呼字称名。

叙述视角的不同，是由于具体作赞背景和要求不同。大凡以第一人称视角作赞，以人物赞为例，则赞主往往为作赞之人的亲朋故友，或者代赞主的亲友作追颂之言，这样做的好处是加深了作赞之人和赞主间的联系。正是有这一层关系在，作赞之人对赞主的追颂之言就显得更为情真意切，感人肺腑，相较于第三人称的视角，作赞之人不是单纯的叙述者，不是疏离在赞主生活之外的评判者，而是与赞主有交集的体验者。由此带来的效果，是作赞之人以我自身来说话，叙述和赞美显得更加可信，感情更为强烈。蔡邕《议郎胡公夫人哀赞》是以胡硕儿子胡颢的口吻为胡硕之妻赵氏写的赞，前有序，因为胡硕四十一岁就去世了，故曰"议郎早世"，《赞》曰：

> 愍予小子，夙罹孔艰。严考殒没，我在龆年。母氏鞠育，载矜载怜。殷斯勤斯，慈爱备存。匪惟骄之，范我轨度。教诲严肃，昭示好恶。俾我克类，畏威忌怒。用免咎悔，践继先祖。即爵其土，二将是临。与帝剖符，守于济阴。夫人寝疾，荣此宠休。疾用欢痪，翌日斯瘳。将征将迈，从养陶丘。景命徂逝，不愍少留。疾大渐以危亟兮，精微微而浸衰。逼王职于宪典兮，子孙忽以替违。目不临此气绝兮，手不亲夫含饭。陈衣衾而不省兮，合缏棺而不见。昔予考之即世兮，安宅兆于旧邦。依存意以奉亡兮，迁灵枢而同来。考妣痛以惨兮离乖，神枢集而移兮孤情怛增哀。黄垆密而无间兮，出入阒其无门。舁枢在兹兮，不知魂景之所存。悼孤衷之不遂兮，思情憭以伤肝。幽情沦于

后坤兮,精衰达于昊干。①

这篇赞文以第一人称口吻,开篇直言"我"对于母亲的离去感到万分痛苦,回想幼时丧父,是在母亲的怜爱与抚育中长大的,母亲勤恳慈爱,对"我"更是关怀备至,教"我"明理守敬、畏威忌怒,后来"我"得官离家,母亲染疾得以返家侍奉,幸而痊愈,于是"我"再度远行,母亲在陶丘修养,最终难逃天命,独留"我"在人世间常怀悲痛。这篇赞文的句子比较特殊,前十四句四言结体,后十一句借用骚体形式来抒发自己与母亲天人永隔的追悔与悲痛之情,情致深婉,令人动容。且赞文前后句子错落分明,情绪由短促端直,渐变到情婉蕴藉,在同类文体中比较鲜见。当然,更要强调的是,此赞也可以按照第三人称视角来写,并且如果要求与作赞者身份相符的话,以第三人称来叙述似乎更妥帖一些。但是蔡邕选择了以第一人称来写作,究其原因,大略有二:第一,因为胡颢父子与蔡邕相熟,胡颢极可能拜托蔡邕而代作此赞;第二,即使胡颢没有拜托,由于蔡邕相当了解胡颢的境况,对其处境有很深的感受,故而不可抑止地以胡颢的口吻作了此赞,既表现了胡颢母亲的勤劳坚韧和慈爱明理,也表现了胡颢对先母的赞颂追思。在此之外,于创作者而言,蔡邕的拟代,也体现了蔡邕对胡颢感同身受的关心和对其母的敬佩,而想要同时达到这样的表现效果,用第三人称的叙述角度是无法办到的。

再如王粲的《反金人赞》,其中"金人"为用典,出自刘向《说苑·敬慎》曰:"孔子之周,观于太庙。右陛之前有金人焉,三缄其口,而铭其背曰……"②山东曲阜周公庙有一块《金人铭》碑,碑文上除了《金人铭》的铭文之外,还提到了《说苑》所载孔子当年观看"金人铭背"的情况。据学者考证,《金人铭》碑文即为《黄帝铭》六篇之一,强调少言慎言,韬光养晦,属于道家的思想。据此可初步判断从汉末一直到晋代,《金人铭》并非鲜见,因为西晋孙楚写有一篇《反金人铭》,而从内容上看,孙楚反对人们不问世事,三缄其口,而倡导社会责任感,这正与"反"《金人铭》之意相合。西晋去东汉不远,王粲创作《反金人赞》,当也是感《金人铭》而发。《反金人赞》曰:

> 君子亮直,行不柔辟。友贱不耻,诲焉是益。我能发纵,彼用远迹。

---

①《蔡邕集编年校注》,第385—386页。
②王天海、杨秀岚译注《说苑》,中华书局2019年版,第540页。

一言之赐，过乎玙璧。末世不敦，义与兹易。而言匪忠，退有其谪。[①]

这篇赞文是在赞扬君子诚实正直，不会去做阴险邪僻之事，不以友人地位卑下为耻，以敢于发言教诲为益事，若是让"我"掌握指挥调度之权，具有君子品格的人都不用隐其踪迹、远离尘世了，献上一句有用的言辞比美玉还要珍贵，末世混乱，更宜广发言论，若是言语不够忠诚就应遭受惩罚。此赞直接以"我"的视角阐发观点，特别是"君子亮直，行不柔僻"，要求君子正道直行，不能优柔避世，这一点与孙楚在《反金人铭》中所阐述的观点是一致的。

二、第三人称视角

以第三人称视角即全知视角展开叙述的赞文在汉代比较普遍，目前留存下来的汉代赞体文中，以第三人称视角展开的有蔡邕的《焦君赞》和《太尉陈公赞》、无名氏的《孔嵩赞》《资中古碑伏羲赞》。第三人称视角的好处，即在于不受时间和空间的限制，能够根据作者自己的意愿，任意选取赞主的相关情况进行叙述或论述。如蔡邕《焦君赞》（原文见前），选取了赞主焦君"乐以忘食""音亮帝侧""贤人遘慝"几个点来组织赞文："乐以忘食"是说焦君具有贤者风范，内心自得；"音亮帝侧"与"贤人遘慝"则构成了一个戏剧性的转折——既然焦君之贤上达天听，按理说应该为朝廷所用，发挥贤者的作用，但是最后的结果却是士不遇。这种戏剧性（或者说悲剧性）的转折，用第一人称视角是无法叙述的，只能用第三人称视角。赞文最后感叹焦君士不遇于朝廷，朝廷不得士，既表达了对焦君之贤的赞赏，也表达了自己对朝廷失去一名贤者的叹息。再如《太尉陈公赞》：

> 公在百里，有西产之惠。赐命方伯，分陕余庆。余庆伊何，兆民其观。少者是怀，老者是安。纲纪文王，文王用平。东督京华，京华用清。乃登三事，三事攸宁。契稷之佐，具于尧庭。今则由古，于穆诞成。[②]

这一篇起句统领全文，其后都是直叙陈公之"惠"的各种表现：在陈公的治

①《王粲集》，第 38 页。
②《蔡邕集编年校注》，第 299 页。

下,少者归顺,老者安泰;施行文王之纲纪使得天下太平,东督国都时则一片清明景象,统管三事也是秩序井然;文末对陈公进行了高度的评价,赞叹他为治世之良臣,可高居唐尧之庭,从现今可以推及先前,陈公的诞生就是一件十分美好的事情。这样的叙述完全是站在旁观者的角度,显得平实冷静,公允稳重。《孔嵩赞》和《资中古碑伏羲赞》可能是残文,传世各有四句,《孔嵩赞》曰:"仲山通达,卷舒无方,屈身斯役,挺秀含芳。"《资中古碑伏羲赞》曰:"伏羲苍精,初造工业。画卦结绳,以理海内。"对照《焦君赞》和《太尉陈公赞》,不难发现以第三人称视角写作的赞体文一般都是在起句点明赞主,或称其姓氏,如"焦君",或以尊称代之,如称"公"。《孔嵩赞》和《资中古碑伏羲赞》的四句也符合这种情况,直接称"伏羲""仲山"。由此,即使这两篇赞文并不完整,但至少可以推断存世的这几句应当是篇中起首的几句。《砚赞》虽是对砚台的赞美,但也是采用的第三人称视角,在写法上也与人物赞相类,如起句就点出赞的对象:"顾寻斯砚,乃生翰墨",其后则介绍了砚的形制、作用,表达了赞文作者对它的称誉。郑玄的《易赞》虽多议论之语,但是也如上述,直陈对象,发明观点。

汉代赞文,尤其是人物赞中的这种以第三人称视角为主,间有第一人称视角的情况,明显不同于先秦赞体以第二人称视角为主的特点。在分析这种差异之前,有一个问题需要辨明,即,何为赞体?中国古代文学的传统尤重文体之区分,早在魏晋南北朝时期,曹丕就在《典论·论文》中列文学之四科八体,陆机《文赋》又将文体分为十类,其后则有萧统编辑《文选》,将文体分为三十八类,再之后出现了理论性和系统性都大大增强的论文著作,如挚虞的《文章流别论》、刘勰的《文心雕龙》等。这些,一方面反映出古人对文章体类加以区分的自觉,一方面也反映出一些潜在的问题,比如在有的文类如封禅等的划分上就存在着不少争议。如刘跃进先生说:"文体的分类也是一个比较麻烦的问题。可以依据功能上划分,比如说实用性文体或非实用性文体;也可以参照接收对象上划分,譬如发布对象,或自上而下,或自下而上,或平辈之间;也可以从不同的应用场合来区分,甚至还可以从发布的不同方式来确定。这是因为,不同的时代,对于各种文体的要求和重视程度是颇多差异的。"①正是由于不同时代、不同背景下对文体的

---

① 刘跃进《〈独断〉与秦汉文体研究》,《文学遗产》2002 年第 5 期。

重视和关注程度不同,人们在划分文体上就有不同的意见。赞文就存在着这样的争议。

三、是赞美为主还是议论为主?

对赞文的争议主要集中在它是赞美为主还是议论为主的文体。前者如汉末刘熙在《释名·释典艺》中说:"称人之美曰赞,赞,纂也,纂集其美而叙之也。"明代吴讷《文章辨体序说》亦曰:"按赞者,赞美之辞。"[①]后者如刘勰《文心雕龙·颂赞》曰:"赞者,明也,助也。"结合具体作品来看,赞美和议论是不可能完全分开的,如汉代蔡邕的《焦君赞》,先不吝笔墨大力夸奖了赞主,最后写道:"如何穹苍,不昭斯惑。惜哉朝廷,丧兹旧德。恨伊学士,将何法则。"对赞主不见容于朝表示了惋惜之情,这种既带有感情色彩又兼具议论性质的语言,正与对赞主进行赞美的本意是分不开的。再者,由于时代变化,赞体文也并非一成不变,其由先秦最开始的服务宫廷礼仪扩展为对人物、事件和器物的赞美称颂并带有阐释道理的倾向,由重口语转为以书面语为主,说明赞体是有变化的。到了汉代,赞文就发展成为以赞美为主的文体,由于赞美这一行为本身就包含着作赞之人的情感、价值取向,所以在赞美的同时,又不时地呈现出带有情感、价值判断的议论的特点。

四、不同的背景和需求使得叙述视角有别

明白从先秦到汉代的时代之不同,赞体文写作特点不同,因而导致人们对赞体文的理解也不尽相同,学者就能更好地理解"为何汉代赞体与先秦赞体具有不完全一致的叙述视角"这一问题了。究其原因,在于赞体由先秦之赞辞发展为书面的赞文,不同的背景和需求造成了各自叙述视角有别。有论者指出:

> 先秦是中国古代各种文体蕴育的时期,赞体文的发展也不例外,在先秦时期尚处于萌芽期。综观赞体文发展的历史,按刘勰的"原始以表末",赞体文的起源最早当是赞辞,我在《〈文选〉赞体文起源考辩》中对赞辞的界定是:"'讚辞'是指赞者在引荐宾客时向主人所说的称

①〔明〕吴讷、徐师曾著,于北山、罗根泽校点《文章辨体序说　文体明辨序说》,人民文学出版社1962年版,第47页。

美之言，或在祭祀中赞者在唱礼时说的称颂之语，简称为'讚'。"①

　　先秦赞体文的形态是"赞辞"，而赞辞是赞者面对着或假设面对着赞主和听众当面说的称美之辞。在这种具体环境下，赞辞就只能以第二人称"你"（"您"）的视角展开，如《尚书·大禹谟》记载伯益对大禹的赞辞："惟德动天，无远弗届。满招损，谦受益。时乃天道。"似乎这篇赞辞既可以视为第三人称视角，也可以视作第二人称视角，但是笔者注意到起句并没有代词来指代赞主，与汉代第三人称视角为主的赞体文起句就点明赞颂对象是不同的。究其原因，当是此赞主要为口头之辞，或是当着大禹的面，或是在其他人面前做祷祝之辞，在这样的情境之下，大家都知道赞主是谁，赞辞就无需再点明赞主了。所以，这篇赞辞的叙述视角应该是第二人称。

　　到了汉代，称美的场景性和当下性逐渐弱化，赞辞由口头走向书面，叙述视角也就逐渐抛弃了第二人称而以第三人称为主，间用第一人称。

_____

①《先唐赞体文研究》，第 7 页。

第四章　魏晋南北朝颂赞

之所以将魏晋南北朝与隋放在一起来讲，是因为自颂、赞文学于汉代在文体上成熟定型以后，在魏晋南北朝至隋(220—618)这几近四百年的时间段里，在各种政治气候和文化氛围的笼罩下，崇尚老庄玄理的言论或言谈的玄言风气盛行，使得颂、赞文学在内容和形式上开始出现了一些新的变化，如出现了汉译佛经时文化、语言上的交融借鉴，也出现了靡丽宫体诗中的芳林园之甘露等。下面依次分述。

第一节　魏晋南北朝颂赞文的时代背景

每一个作品的产生都是作者在所处时代的特定背景下，根据自己独特的生活感受和体验创作出来的。换言之，每一个作品都会或多或少地打上时代和社会的烙印。如果抛开特定的写作背景来解读文本，就会无法理解作者的本意，无法还原作品的旨要，从而会影响对文本的准确把握。那么，学人对于颂、赞文本的解读就不能离开对时代背景的解析。

一、经济与哲学、宗教层面

六朝经济是在汉末经济废墟上，并主要结合江南地区特定的自然条件和比较稳定的社会基础发展起来的。其经济状况不仅体现在经济发展形势上，而且表现在经济结构形态上。不仅给文学发展提供了雄厚的物质基础，而且影响并促成了颂、赞文学新形态的形成。我国南、北方人民经过长期磨合与相互推助，共同构筑起六朝颂、赞文学的经济基础。

哲学与颂、赞文学虽同以经济为物质基础，但在某些特定的历史时期，哲学对颂、赞文学的影响比经济对颂、赞文学的影响更明显、更直接。在六朝的社会大变革、大动荡这一历史背景下，玄学思想不仅影响着诗歌、辞赋等文体的发展，也影响了颂、赞文体的发展。士人们不仅仅继续对传统题材中的圣德、贤臣进行颂、赞，还出现了新的变化，即歌颂高士、隐士，美赞神仙、自然,以此来回避如此残酷的社会现实,暂时获得精神世界的满足。

佛教虽然在两汉之际就已传入我国,但一直没有取得独立的地位和广阔的发展空间。开始是神仙、方术的附庸;后来是魏晋玄学的附庸;延及东晋,随着玄学的蜕变,佛教才终于从附庸地位一跃而起,成为与玄学分庭抗礼的社会思潮,并逐渐在中国本土文化土壤中扎下根基、蔓延开来,被社会各阶层所广泛认同和接受。南北朝时期,佛教的发展较为迅速,一时成为社会思想的主导和主流,其影响波及、渗透到包括文学在内的方方面面。在这一时期,有关佛教题材的颂、赞文学开始不断涌现,上至帝王,下至文士,都有相关的颂、赞作品出现,这在以前是没有的,所以说六朝兴佛也影响着颂、赞文学的发展。

二、社会心理层面

六朝时的社会心理对颂、赞文学的审美影响也不容小觑。东汉政权的瓦解所造成的一个重要后果,便是君权系统对文化控制权的失落。自秦统一中国以来,历代统治者精心营造的"政统"与"道统"合一的局面被打破了。但六朝时期,高门士族知识分子是社会精神文化的主要承担者,所以文化话语权并未像春秋战国时那样落到平民知识分子的手中,而是到了贵族化的士族阶层手中。同时,"社会的急剧动荡,使整个国家迅速陷入一种无秩序的混乱状态。传统的信念早已失去维系人心的力量。汉帝国已濒临崩溃的边缘。世乱年荒,生命不保。那些'终日驱车走,不见所问津'的下层诗人,真正体验了人生的悲苦、绝望。他们似乎有那么多的愁情要向世人倾诉,有那么多的反省要向后人交待"①。所以,六朝士人阶层中弥漫着的是这样两种流行的思潮:

一是人生如寄、生命匆促的感伤。它固然受自古以来所形成的人生短促的文学主题的影响,但主要还是源自汉末魏晋以来动荡社会中所形成的朝不保夕的惜生情结。《尸子》云:"老莱子曰:'人生天地之间,寄也。'"②《淮南子·精神训》云:"生,寄也;死,归也。"③产生于东汉末年的《古诗十九首》,可以算作此类文学创作的滥觞:"人生天地间,忽如远行客""人生寄

①刘跃进著《门阀士族与文学总集》,世界图书出版西安有限公司2014年版,第7页。
②《尸子》,光绪纪元夏月湖北崇文书局本,下卷第6页。
③张双棣撰《淮南子校释(增订本)》,北京大学出版社2013年版,第775页。

一世,奄忽若飘尘""人生忽如寄,寿无金石固"。谢安《与支遁书》云:"人生如寄耳,顷风流得意之事,殆为都尽。"①既然人生如寄,还是泰然处之吧。《梁书·徐勉传》所引徐勉《答客喻》"人居其间,譬诸逆旅,生寄死归,著于通论,是以深识之士,悠尔忘怀"②,可谓道出了六朝人心底的哀音。

二是生命短促、宇宙无穷的浩叹。对死生、时空的咏叹,几乎成为汉魏六朝文学的时代主题。这是人的生命意识萌发后产生的感伤情绪,是一种清醒的人生态度,同样显示了人自身的发展。孔融《杂诗》云:"人生有何常,但患年岁著。"一代枭雄曹操,横槊赋诗时,也是腔调苍凉:"对酒当歌,人生几何?譬如朝露,去日苦多。"曹植《送应氏》云:"天地无终极,人生如朝霜。"陆机《大暮赋序》云:"夫死生是得失之大者,故乐莫甚焉,哀莫深焉。"③到六朝,这种生命意识和宇宙意识仍然大量存在。如孙绰《兰亭集后序》有云:"耀灵纵辔,急景西迈,乐与时去,悲亦系之。往复推移,新故相换,今日之迹,明复陈矣。原诗人之致兴,谅歌咏之有由。"④鲍照《伤逝赋》也说:"寒往暑来而不穷,哀极乐反而有终。"⑤到了六朝末尾的陈代,江总还在《岁暮还宅》诗中追问和哀歌:"长绳岂系日?浊酒倾一杯。"⑥这是整整一个时代的悲音。

在这样的社会思想影响下,以士族文人为主体的六朝文化,其明显的特征是先以出世的老庄之学为主导,后又与同样崇尚虚无的佛学合流,接着又渐被佛学占据主导地位。如此一来,神学目的论和谶纬宿命论的出现,使得繁琐经学对于人、对于人之才性的压制与禁锢消弭殆尽,人们开始用一种新的宇宙观、哲学观、人生观和价值观,观察、体认世界,对宇宙、自然和生命本身都充满了强烈的愿望和企求。于是有的适情任性,有的忧生惜死,有的及时行乐,有的风流潇洒,故其审美倾向多表现为冲虚飘逸,在审美趣味上以"清""高""淡""远""飘逸""空灵""闲放""自然"等为基本价值范畴,所呈现的是一个远离尘世的精神境界。再加上文学终于从经学的附庸关系中挣脱出来,获得了自身的独立地位和发展空间,使得文学活动

---

① 《全上古三代秦汉三国六朝文》,第 1938 页。
② 〔唐〕姚思廉撰《梁书》,中华书局 1973 年版,第 386 页。
③ 《陆机集》,第 26 页。
④ 《全上古三代秦汉三国六朝文》,第 1808 页。
⑤ 〔南朝宋〕鲍照著,钱仲联校《鲍参军集注》,上海古籍出版社 1980 年版,第 10 页。
⑥ 《艺文类聚》,第 1144 页。

异常活跃，文学观念出现重大转变，文学创作受到极大重视，文学批评理论空前繁荣，文学题材有多方面的开拓，文学形式经历了复杂的演变。

由此可见六朝颂、赞文学的继承与新变，有着深广的社会、文化背景和原因，是历史与文学合力作用的结果。六朝的社会经济、政治、思想意识等各个方面都在一定程度上影响着颂、赞文学的发展和形态。

颂、赞文学新的变化是：一方面是重个性、重抒情、重艺术，具有求异求变的创作倾向；另一方面则展现出偏重华丽精美的美学风貌和悲哀感伤的抒情基调。下面依次论述。

第二节　魏晋南北朝颂文的新变

六朝时期，颂文学在传统题材上有了新的变化，已经不仅仅局限在神明、圣德、明君、贤臣高士等这些传统题材领域，而是出现了重个性、重抒情的神仙、隐逸、咏物、符瑞颂、颂佛等新的内容。由于佛颂不在本章研究之列，所以本章不涉及佛颂的内容。

一、神仙隐逸颂悄然兴起

这里的神仙隐逸颂不是汉时的以美誉前代隐士为主题的颂，而是指作者突破了汉代作品中仅对隐士人格进行简单赞美的颂，而为其注入更为丰富内容与意蕴的新变之颂，写出了新政治气候下的不安、惊惧、矛盾、辗转和希冀，甚至是自娱自乐中的无奈和自嘲。这类颂以曹植的《玄俗颂》、李充的《九贤颂》、牵秀的《老子颂》《彭祖颂》《王乔赤松颂》、潘岳的《许由颂》、陆云的《登遐颂》等为代表。

在这些颂中，以陆云的《登遐颂》规模最为宏大。颂作中陆云为郊间人、王子乔、玄洛、孔仲尼、九疑仙人、大胜山上女、李少君、梅福、招左、元放、刘根、黄伯严、费长房、何女子、焦生、鲜卑务尘、韩众、夷门子、林阳子、任作子等圣仙高唱颂歌，如对王子乔的描写："王乔渊嘿，遂忘潜辉。遗形灵岳，顾景亡归。变彼有傅，与尔翻飞。承云倏忽，飘摇紫微。"对九疑仙人的描写："茫茫九疑，登晖太素。有汉登闻，神具尔顾。发彼灵丘，聿来载步。贻我则歌，永扬遐祚。"

众所周知，魏晋两朝的哲学思潮表现为玄学思潮。所谓玄学，就是用道家的老庄思想糅合儒家经义而形成的一种哲学思潮。南朝宋文帝元嘉十五年(438)，于学官立老、庄之学，称"玄学"。所谓"玄"，就是深奥、神秘的意思，语出《老子》第一章："玄之又玄，众妙之门。"所以用"玄"指道家之学。《颜氏家训·勉学》云："何晏、王弼，祖述玄宗……《庄》《老》《周易》，总谓《三玄》。"①玄学即以研究《老子》《庄子》和《周易》这"三玄"为基本内容，一般通过清谈的方式，加以推究、发挥，从而探究宇宙和人生的本原。由于东汉后期的政治社会大动荡，这一惨淡的现实着实让士人们倍感苦闷、彷徨，心中正统的价值观在渐次溃毁，对人生、命运的不安和惊惧，甚至是绝望，使得他们要么委曲求全，要么走向山林川泽，穷栖茹菽，不管是身体的还是心灵的，他们在辗转和希冀中，将目光转向了神仙和隐士，梦想自己也能和他们一样高蹈世外。再如牟秀的《彭祖颂》和《王乔赤松颂》：

彭祖颂

於休彭公，应运特生。穷神知化，妙物通灵。挹之不冲，满之不盈。韬光隐曜，混沌玄清。确乎其操，邈乎其度。含真荡秽，离俗遗务。托神玄妙，游心泰素。享年七百，宝降其祚。惠我无疆，伦道作故。②

王乔赤松颂

妙哉松乔，禀此殊姿。含精握气，灵德是绥。藏器华圃，俯首腾飞。齐迹风云，超远姿微。乃翔灵坟，鸟像人声。低徊旧土，眷此平生。惠而不谅，凋我素形。神仪既陨，翻飞而征。遨游八维，跨腾九冥。应庆罔极，与道虚盈。③

此二颂借人物和山水景物表现的不仅是玄学人生观和生活情趣，也不单是高人世外的逍遥福祚，它们影射的其实是现实的苦闷和窒息，在华彩的辞章中，给人的感觉分明是游离、追慕以及不满的潜流。彭祖，名篯字铿，又称彭铿，是先秦道家先驱之一。一般认为彭祖生于四川彭山，封于江苏徐州彭城，子孙以国为氏。在历史传说中，彭祖应为尧舜时人，有"长年八百，绵寿永世""非寿终也，非死明矣"等传说。清人孔广森在注《列子·力命》

---

①王利器撰《颜氏家训集解(增补本)》，中华书局 1993 年版，第 186—187 页。
②《全上古三代秦汉三国六朝文》，第 1946 页。
③《全上古三代秦汉三国六朝文》，第 1946 页。

"彭祖之智不出尧舜之上而寿八百"之句时说："彭祖者，彭姓之祖也……大彭历事虞夏，于商为伯，武丁之世灭之，故曰彭祖八百岁，谓彭国八百年而亡，非实箓不死也。"①《庄子·逍遥游》有云："上古有大椿者，以八千岁为春，八千岁为秋，此大年也。而彭祖乃今以久特闻，众人匹之。不亦悲乎！"②《庄子·刻意》曾把他作为导引养形之人的代表。屈原的《楚辞·天问》中还记载："彭铿斟雉帝何飨？受寿永多，夫何求长？"③意思是他善于食疗，所以寿元悠长。《彭祖颂》是在颂扬应运而生的彭祖能够穷尽自然之理，具有通灵禀赋却不炫耀，"挹之不冲，满之不盈"引言于曹植《髑髅赋》，此处用以形容彭祖十分谦退，在一片混沌的天地间隐匿自身才华，保持着刚强的节操和邈远的气度，以自己纯真的本性洗涤世间污秽、摒弃世间俗务，寄托深奥微妙的游思于宇宙万物，天降帝位于其身，在位期间运祚绵长，自创先例，福泽万民，家国安康。其中，"七百"典出《左传·宣公三年》："成王定鼎于郏鄏，卜世三十，卜年七百，天所命也。"④此后，"七百"便用作对于封建王朝运祚绵长的祝颂。

王乔为柏人（今河北隆尧柏人城）县令数年，后弃官在宣务山修炼道术。王乔出名主要是因为他乘鹤仙去的神奇经历及其行气吐纳之术，以至于被后世修炼家奉为圭臬。赤松即赤松子，我国神话传说中的上古仙人。《上清太极隐注玉经宝诀》："劫始以来，赤松子、王乔、羡门、轩辕、尹子，并受五千文隐注秘诀，勤行大道，上为真人之长者，寔要注之妙矣。"⑤相传赤松子为神农时雨师，能入火自焚，随风雨而上下，还曾教神农氏祛病延年。《淮南子·齐俗训》和《列仙传》对他都有详细的记载。《楚辞·远游》："闻赤松之清尘兮，愿承风乎遗则。"⑥《韩非子·解老》："赤松得之与天地统。"⑦这篇《王乔赤松颂》所称颂的对象是有着非凡资质且秉持灵气的仙人赤松子和王子乔，他们胸怀才学，居住于瑶华圃，俯首腾飞，境界高远，姿态超脱，飞于灵坟之上但仍旧徘徊留恋故土，原来的神貌在此处受损，于是

---

① 杨伯峻撰《列子集释》，中华书局 2012 年版，第 183 页。
② 陈鼓应注译《庄子今注今译》上册，商务印书馆 2007 年版，第 15 页。
③ 黄灵庚疏证《楚辞章句疏证》，中华书局 2007 年版，第 1234—1237 页。
④《春秋左传注（修订本）》，第 734 页。
⑤《道藏》第 6 册，文物出版社、上海书店出版社、天津古籍出版社 1988 年版，第 646 页。
⑥《楚辞章句疏证》，第 1747—1749 页。
⑦ 周勋初修订《韩非子校注（修订本）》，凤凰出版社 2009 年版，第 163 页。

选择翻飞远行,遨游在四方和四隅,腾跃于九天与九泉,自在无极,与道并生。史传牵秀本人博辩有文才,性豪侠,弱冠得美名。他以善于养气的仙人和隐士为题,表达了自己高洁的志向和激浊扬清的人生追求。

在我国传统文化里,一般认为"隐士"是指那些有才能、有德行、能做官,但又因某种原因而不出来做官的人。历史上的隐士,在三代之际,便有许由、巢父、卞随、务光等人,他们大多"视富贵如浮云",薄视帝王,敝屣功名,所谓"天子不能臣,诸侯不能友""遁世不见知而无闷",他们的学问、道德、人品,都有着超人的成就,历来受到大众的礼敬景仰。《论语·季氏》引孔子言:"隐居以求其志,行义以达其道。吾闻其语矣,未见其人也。"①其中"隐居"一词的意思,与今天现代汉语的理解相近。司马迁作《史记》,专门为隐士立传,如世家中的《吴太伯世家》,写到:"(吴王寿梦)二十五年,王寿梦卒。寿梦有子四人,长曰诸樊,次曰馀祭,次曰馀眛,次曰季札。季札贤,而寿梦欲立之,季札让不可,于是乃立长子诸樊,摄行事当国。王诸樊元年,诸樊已除丧,让位季札。季札谢曰:'曹宣公之卒也,诸侯与曹人不义曹君,将立子臧,子臧去之,以成曹君,君子曰"能守节矣"。君义嗣,谁敢干君!有国,非吾节也。札虽不材,愿附于子臧之义。'吴人固立季札,季札弃其室而耕,乃舍之。"②季札认为当国君不是他应有之节。他想学习子臧那样的义举,于是抛弃了家室财产去当农民,吴国只好放弃了让他当国君的打算。司马迁在《伯夷列传》的大量论赞之中,夹叙了伯夷、叔齐的简短事迹。他们先是拒绝接受王位,让国出逃;武王伐纣的时候,又以仁义叩马而谏;等到天下宗周之后,又耻食周粟,采薇而食,作歌明志,于是饿死在首阳山上。作者极力颂扬他们积仁洁行、清风高节的崇高品格,抒发了作者的诸多感慨。司马迁在借《伯夷列传》发挥他的历史哲学与人生的议论,这些文字远比他的自序要更进一层。所谓"天子不得臣,诸侯不得友",这样一来,在我国传统文化中,隐士不仅仅是一种身份的象征,还是一种文化价值的体现。晋宋间处士王叔之,在《遂隐论》中云:"夫全朴之道,万物一气,三极湛然,天人无际,岂有朝野之别,隐显之端哉?则夫隐于已失者也。平原既开,风流散漫,故隐者所以全其真素,养其浩然之气也。"③这实在是被动

---

①《十三经注疏(清嘉庆刊本)》,第5479—5480页。
②《史记(点校本二十四史修订本)》,第1751页。
③《全上古三代秦汉三国六朝文》,第2746页。

的养生,无奈的选择。

这类颂中还有晋刘伶的《酒德颂》颇值得一提。此颂与前代的颂有着很大的不同,而《文选》收于颂类。颂云:

> 有大人先生,以天地为一朝,万期为须臾,日月为扃牖,八荒为庭衢。行无辙迹,居无室庐。幕天席地,纵意所如,止则操卮执瓢,动则挈榼提壶,唯酒是务,焉知其余。有贵介公子,缙绅处士,闻吾风声,议其所以。乃奋袂攘襟,怒目切齿。陈说礼法,是非锋起。先生于是方捧罂承槽,衔杯漱醪。奋髯箕踞,枕曲藉糟!无思无虑,其乐陶陶。兀尔而醉,慌尔(《文选》作豁尔)而醒,静听不闻雷霆之声,熟视不见太山之形,不觉寒暑之切肌,利欲之感情。俯观万物之扰扰,如江汉之载浮萍。二豪侍侧,焉如蜾蠃之与螟蛉。①

此颂为借题发挥之作。刘伶借颂酒德,反映魏晋时期的道教服食、养生文化。孙少华认为,"刘伶好酒,并非'托己保身'或'不遵礼法',而是对魏晋时期道教服食、养生文化的反映。刘伶好酒、服药,皆与其修炼'隐沦'之术有关。《酒德颂》除了具有深刻的道教神仙思想,还有儒家思想的渊源"②。文中的大人先生,虽为虚构,实为作者自身。刘伶外出时,总让人"荷锸而随",随时准备醉死,便挖坑而埋。他的理想境界是:"右手持酒杯,左手持蟹螯,拍浮酒船中,便足了一生矣。"③刘伶不以文章传世,仅此一篇,足以使他千古留名。雪泥鸿爪,令人想见云中酒仙的超妙身影。"但在晋代,士人心中对儒、道肯定皆有接受,并且有其不同于后人的思想协调方式。本此,将《酒德颂》简单地理解为明哲保身、托己保身或不遵礼法之作,可能与实情不符。"④南朝颜延之有《五君咏》感怀竹林诸贤,其《刘参军》云:"刘伶善闭关,怀情灭闻见。鼓钟不足欢,荣色岂能眩。韬精日沈饮,谁知非荒宴。颂酒虽短章,深衷自此见。"⑤可见《酒德颂》对盖棺刘伶的酒坛美名着实功劳不小。此作出现之后,便有后人续作,如上面提到的王叔之就有《续

---

①《全上古三代秦汉三国六朝文》,第 1835 页。
②孙少华《刘伶〈酒德颂〉及其与道教服饵、饮酒之关系》,《求是学刊》2011 年第 4 期。
③〔唐〕房玄龄等撰《晋书》,中华书局 1974 年版,第 1381 页。
④孙少华《刘伶〈酒德颂〉及其与道教服饵、饮酒之关系》,《求是学刊》2011 年第 4 期。
⑤逯钦立辑校《先秦汉魏晋南北朝诗》,中华书局 1983 年版,第 1235 页。

刘伯伦酒德颂》传世,可惜仅有残文:"有酒则饮清含醇,无酒则餐糟□□。"①

这类颂作,是为乱世之中的淡音雅调,既为玄言,亦是应理。作者们的顺俗与超俗的徘徊、重情与忘情的彷徨等,都在雅词丽句中暗流奔涌。

二、咏物之颂竞次绽放

魏晋南北朝隋期间,咏物题材类的颂作,和前代相比,数量上几乎多出两倍,而且是不断出现。如三国时期曹植有《宜男花颂》《柳颂》,两晋时期有左棻的《芍药花颂》《郁金颂》《菊花颂》、成公绥的《菊颂》、王讃的《梨树颂(并序)》、辛萧的《芍药花颂》《菊花颂》《燕颂》,刘宋时期有颜延之的《赤槿颂》《碧芙蓉颂》,梁代有江淹的《草木颂十五首(并序)》等等。

可以看出,这段时期颂的题材有明显的扩充,所反映的对象涵盖了从日常生活器具到花草树木乃至鸟类等生灵的世间万物。当然其间有着在当时被认为祥瑞的事物。这些事物,在作家的笔下,用颂的形式表现时,多聚焦在对象的实用价值上,或依前代颂的传统,将之比附于"德"上。如左棻的《郁金颂》(原文见前)和《菊花颂》:"英英丽质,禀气灵和。春茂翠叶,秋耀金华。"左九嫔对郁金香的描绘,抓住它的"珍""香"之特点,以"殊域"和"酷烈"修饰,之后比附淑德,美赞不已。对于菊花,抓住"丽质"进行刻画,写出了它的"灵""翠"和"金"的气质,这样描绘,形神兼备。

相比之下,江淹的《草木颂十五首(并序)》的角度又是一变,不仅注意形神,而且,更注意在颂美对象的"劳魂"上下功夫,同时,对草木的比拟,已从"比德"向"怡情"迈出了那么一步,如:

金　荆

江南之山,叠障连天。既抱紫霞,亦漱绛烟。金荆嘉树,涵露宅仙,婍节讵及,幽意谁传。

豫　章

伊南有材,匪桂匪椒。下贯金壤,上笼赤霄。盘薄广结,捎瑟曾乔。七年乃识,非日终朝。

---

①《全上古三代秦汉三国六朝文》,第 2747 页。

杉

铜梓旧丽，松栝称奇。焉如兹品，独秀青崖。群木敛望，杂草不窥。长入烟氛，永参鸾螭。

杨 梅

宝跨荔枝，芳轶木兰。怀蕊挺实，涵英糅丹。镜日绣鏊，焰霞绮恋。为我羽翼，委君玉盘。

木 莲

迸采泉鏊，腾光渊丘。緗丽碧巘，红艳桂洲。山人结侣，灵俗共游。时至不采，为子淹留。①

江淹创作此颂正值被贬吴兴时期，作者借对草木形神兼备的描绘来"怡情"、排忧，赞颂草木的同时也表现了自己高洁的品格和访仙问道的逸趣，以此来缓解自己生活和仕途上的苦闷。《金荆颂》赞颂生长于烟霞缭绕的江南之山上高耸云霄的金荆，有着美好的节操，可作仙人之宅；《豫章颂》讲南方有嘉木，与桂、椒之类不同，植根于"金壤"，巍峨于"赤霄"，根深叶盛，体大参天，然"七年辨材"，非朝夕能识；《杉颂》写杉木独立于青山之上，矗立于烟霭云雾之间，受群木仰望，与传说中的仙人坐骑"鸾""螭"为伴；《杨梅颂》颂扬杨梅比荔枝珍贵，比木兰美好，蕊花怀秀，枝干挺直，四周环绕绮丽似锦的云霞，本为良材，却委居于月亮之上；《木莲颂》写木莲出于泉水和山谷之中，在深丘里光华四溢，为青山镶嵌上浅黄的色调，给桂洲添上一抹红艳，与隐士为伴，与仙人和凡人共游，游者看到木莲花开也不舍得摘下，但却愿意为它逗留。仔细品味这些颂作，会发现作者诗人一般的眼光，对每一种草木的描绘，都突出了颂作对象的"质"和"性"，视野开阔，文采荡漾。同时，作者将客体的成长拟人化，借此以陶冶个人情操。咏物颂和咏物诗一样，必须有物，没有物就称不起咏物。但只简单写物不行，还要有人的思想情感做其灵魂。没有深刻的思想内容，写的物就会苍白无力。古人说咏物要做到"不即不离"，就是说既不停留在事物的表面（不滞于物），又要切合所咏之物的特点（曲尽其妙），情中有物，物中有情，情物交融，才是咏物应有的境界。刘熙载在《艺概》中说："昔人词咏古咏

---

① 《江淹集校注》，第57—61页。

物,隐然只是咏怀,盖其中有我在也。"①以江淹的《草木颂》为例,无论是杨梅还是木莲,既有对所咏之物外形特点的吟咏,也是对其神韵、品格的高度概括,再联系左棻的《郁金颂》和《菊花颂》等,这些咏物颂在整体构思上,既有正面的吟诵,也有侧面烘托的手法;不仅有拟人、比喻,也有双关、借代等修辞手法,写出了所颂之物的独特气质和神韵,塑造了一个完整可感的形象。

三、符瑞之颂开始涌现

本期的颂作有着一个很大的特点,就是符瑞颂作开始大量涌现。由于南北朝时期改朝换代频繁,帝王为了加强舆论统治,比托祥瑞就成了较好的工具。而以祥瑞来进行颂文创作,应运而生,应需而临。

符瑞又称瑞应、休征,是吉祥的征兆,特指帝王受命的征兆。符瑞的产生有着深厚的中国文化传统背景。据《宋书·符瑞志上》所云:"夫龙飞九五,配天光宅,有受命之符,天人之应。《易》曰:'河出《图》,洛出《书》,而圣人则之。'符瑞之义大矣。"②可见符瑞征兆由来甚久。又《管子·水地》云:"是以人主贵之,藏以为宝,剖以为符瑞。"③可见征兆的对象为帝王,司马相如的《封禅文》有:"符瑞臻兹,犹以为薄,不敢道封禅。"④自董仲舒的所有自然现象可以显示人世灾祥的天人感应理论问世,天和人同类相通,相互感应,不仅天能干预人事,而且人亦能感应上天的说法逐渐在民众的心里扎下了根。宋代周辉《清波杂志》卷一:"其间所纪符瑞,如冰泮复凝,红光如火,云覆华盖,其类不一。"⑤闻一多在《龙凤》中明确指出:"所以我们记忆中的龙凤,只是帝王与后妃的符瑞。"⑥精辟地指出了符瑞的对象和专域。早在两汉时,就有歌颂祥瑞的《神雀颂》多篇,但一字未能留存。"汉明帝刘庄永平十七年(74)甲戌"下"二月,班固作《神雀颂》。同时作者贾逵、杨终,傅毅、侯讽等",又"傅毅在永平中于平陵习章句,作《迪志诗》。傅毅

---

①〔清〕刘熙载撰《艺概》,上海古籍出版社 1978 年版,第 118 页。

②〔梁〕沈约《宋书》,中华书局 1974 年版,第 759 页。

③《管子校注》,第 815 页。

④〔西汉〕司马相如著,金国永校注《司马相如集校注》,上海古籍出版社 1993 年版,第 180 页。

⑤〔宋〕周辉撰《清波杂志》,《丛书集成新编》第 84 册,台北新文丰出版公司 1984 年版,第 336 页。

⑥孙党伯、袁謇正主编《闻一多全集·神话编》,湖北人民出版社 1993 年版,第 160 页。

编有《神雀颂》一卷"①。三国何晏有《瑞颂》,云:"故灵符频繁,众瑞仍章。通政辰修,玉烛告祥。和风播烈,景星扬光。应龙游于华泽,凤鸟鸣于高冈。麒麟依于圃籍,魁虎类于坰疆。鹿之麌麌,载素其色。雉之朝雊,亦白其服。交交黄鸟,信我中雷。侯侯嘉苗,吐颖田畴。"②何晏在颂中将星辰、玉烛、和风、景星(指德星、瑞星。古谓多显现于有道之国)、龙凤、黄鸟、田苗等物象视为祥瑞。之后尚有薛综的《麟颂》《凤颂》《驺虞》《白鹿颂》《赤乌颂》《白乌颂》、挚虞的《连理颂》、张协的《白鸠颂》、张浚的《白兔颂》、湛方生的《木连理颂》、李暠的《麒麟颂》、何承天的《白鸠颂》、沈演之的《嘉禾颂》《白鸠颂》、许善心的《神雀颂(并序)》等等。

四、佛事渗入带来的新变

汉魏西晋是佛教的输入初传期。随着佛教的兴起,最高统治者弘扬佛法是出于自身利益的需要,而利益需要则是意识形态历史选择的内在驱动力。更进一步还可发现,佛学和庄学一样,在消弭人的意志力与进取心、缓和利益冲突和阶级矛盾方面,有着特殊的功能;其因果报应和轮回转世之说,比老庄更具蛊惑力。

佛事活动开始影响着颂的创作。首先是颂的内容表现上,一些佛教徒在学习西域传来的佛教经文之时,将佛法活动用颂作表达出来,以期表达对佛事的礼重。如赵正的《出家更名颂》、释慧远的《襄阳丈六金像颂(并序)》,还有一些才士文人在出入寺院,与释僧交往或研究学习佛经时所作的颂,如萧纲的《玄圃园讲颂》《菩提树颂》、谢灵运的《和从弟惠连无量寿颂》、沈约的《千佛颂》、鲍照的《佛影颂》等。其他还有一些表达石窟或造像活动的颂,如晋代彭城王纮的《上言宜敕作乐贤堂佛像颂》、后魏《季洪演造像颂》、北齐《朱昙思造塔颂》《洛阳合邑诸人造像颂》《邑义造丈八大像颂》等。

原本比较单纯的社会心理也呈现出多元化的态势。文学是人学,是情感之学,心灵之学,心态之学。心态变了,文学的趣味、格调、品位、境界等自然都跟着发生变化,并在作品中得到充分的反映。这些佛事题材的颂一

---

①《秦汉文学编年史》,第 404 页。
②《全上古三代秦汉三国六朝文》,第 1275 页。

方面表现出了佛教的价值观,如王融的《净住子颂》三十一篇,全为对佛法的诠释与颂赞。其中的《涤除三业篇颂》《克责身心篇颂》《诃诘四大篇颂》《三界内苦篇颂》《十种惭愧篇颂》等尤为典型。另一方面,还表现出新题材对旧文体的拓宽,甚至较大地推动了颂的发展,颂的表现空间的扩大是不容置疑的。

五、颂文篇幅有继续增长的趋势

以上是从题材内容的一面对颂做了简单的述说,下文再从形式上对此期的颂做更直观一些的解析。首先要指出的是颂的长篇序文与短制正文的不同特征。自两汉时起,一些作者在创作时,就有重序轻颂的倾向,如上文已经指出的崔瑗的《南阳文学颂》和蔡邕的《京兆樊惠渠颂》,它们的序文要远长于正文。到了魏晋南北朝隋时期,颂作篇幅有继续增长的趋势。据统计,高允的《征士颂》有一千八百多字,唐瑾的《华岳颂》有八百多字,鲍照的《河清颂》有一千五百八十七字,王融的《净住子颂》有两千零六十四字,萧纲《大法颂》有两千六百八十言,《南郊颂》有两千二百五十字,《菩提树颂》有九百九十字,其他如陆云的《盛德颂》、潘正叔的《释奠颂》也都有一千多字。篇幅的增长不仅仅表现在正文上,更多的是表现在前面的序文上,《南郊颂》的序文有一千七百六十九字左右,不可谓不长。这些序文在字数增长的同时,文采也渐趋华美繁缛,加以此期四声八病之说的提出,对声韵的探索也已取得了不小的实绩。这不仅增强了艺术形式的美感,也强化了颂的艺术表达效果。

六、序文有骈俪化的唯美倾向

此期文、笔分野已经坐实,序文骈俪化的唯美倾向的追求也就顺理成章了。可以说序文在句式上的骈散变化,较之正文,更富蕴味。如鲍照的《河清颂(并序)》中的:

　　……自我皇宋之承天命也,仰符应龙之精,俯协河龟之灵,君图帝宝,粲烂瑰英。固以业光曩代,事华前德矣。圣上天飞践极,迄兹二十有四载。道化周流,玄泽汪秽。地平天成,含生阜熙;文同轨通,表里厘福。曜德中区,黎庶知让;观英遐外,夷貊怀惠。恤勤秩礼,散露台之金;舒国振民,倾钜桥之粟。约违迫胁,奢去泰甚。燕无留饮,畋不盘乐。物色异人,优游鲠直。显靡失心,幽无怨魄。精照日月,事洞天情。故不劳杖斧之臣,号令不严而自肃;无辱凤举之使,灵怪不召而自彰。万里神行,飙尘不起。农商野庐,边城偃柝。冀马南金,填委内府;驯象西爵,充罗外圉。阿纨纂组之饶,衣覆宗国;鱼盐杞梓之利,傍赡荒遐。士民殷富,繁轶五陵;宫宇宏丽,崇冠三川。同闬有盈,歌吹无绝。朱轮叠辙,华冕重肩。岂徒世无穷人,民获休息,朝呼韩、罢酤铁而已哉!是以嘉祥累仍,福应尤盛。青丘之狐,丹穴之鸟,栖阿阁,游禁园;金芝九茎,木禾六秀,铜池发,膏宵腴。宜以谒荐郊庙,和协律吕,烟霏雾集,不可胜纪。然而圣上犹昧旦凤兴,若有望而未至;闳规远图,如有追而莫及。神明之贶,推而弗居也。是以琬碑镠检,盛典芜而不治;朝神省方,大化抑而未许。崇文协律之士,蕴儛颂于外;坐朝陪宴之臣,怀揄扬于内。三灵仁眷,九壤注心,既有日矣。

岁宫乾维,月遭苍陆,长河巨济,异源同清,澄波万壑,洁澜千里。斯诚旷世伟观,昭启皇明者也。语曰:"影从表,瑞从德。"此其效焉。宣尼称"凤鸟不至,河不出图",传曰:"俟河……"[1]

此序语言华美,讲究对仗,声韵和谐。刘世林言:"应该提及的是他(鲍照)洋洋千余言的《河清颂(并序)》为统治者歌功颂德的思想内容虽不可取,而其引据文物典故,上有天文星象,下有人文地理,辞彩壮丽,气体恢宏,六朝人罕有其匹。"[2]这正是此期颂体追求唯美化的具体体现。

通过以上对颂的梳理,本书认为,先秦到西汉时期,是颂体意识已经明确的时期,颂的创作,主要依据文体的功用价值来体现。自东汉始,颂的文体意识逐渐成熟并定型。自三国到隋末这近四百年间,颂更是从庙堂典制走向了平民阶层,同时由于对玄学、佛经等的借鉴和融入,颂的题材内容不断扩大。一方面是呈现出重个性、重抒情、重艺术,具有求异求变精神的创作倾向;另一方面是偏重华丽精美的美学风貌和悲哀感伤的抒情基调。这样一来颂文体的功能性不是在削弱,而是在不断地拓展。上至帝王将相,下至平民百姓,都可使用这一文体,为他人提供审美对象,或者纯粹自我愉悦。同时由于颂的创作随着时代的风尚走向骈俪,声韵的和谐与字句的对

①《鲍参军集注》,第 95—96 页。
②刘世林著《鲍照》,春风文艺出版社 1999 年版,第 102 页。

仗也开始在颂作中不断被强化,这些使得颂的文学性日益突出、唯美化的追求不断增强,颂也终成为审美价值较高的美文学。

研究汉魏时期颂圣诗文创作表现突出的原因,除了可着眼于其时代政治文化与颂圣诗文创作的关系外,还需从颂圣诗文发展史的通变关系入手,这主要有两个基本角度:从颂圣诗文本身来看其在这一时期的发展变化;从汉魏文学观来透视颂圣诗文。而经研究发现,颂圣诗文虽受"诗经三颂"的影响,但亦不可忽略其与当时文学观之间的联系,具体表现在以下三个维度:一、经学传统与作家的群体性意识;二、颂圣诗文对辞采的追求和史述赋写的重视;三、文学观念的转变与颂圣诗文之新变。详细论述参见笔者论文《颂圣诗文与汉魏文学观》①,在此不再赘述。

第三节 魏晋南北朝赞文的繁丽

六朝时由于政治、经济、文化以及宗教等时代风尚的转变,特别是玄谈风气的不断濡染、佛经释文的相继浸润,赞的内容题材也和颂文一样在不断丰富,赞的对象也在不断扩展,同时文辞趋向繁丽,择言雅畅,亦多辩论玄理,序文也朝向骈偶发展,甚至有趋文的倾向,虽流于烦冗,仍乐此不疲。这种情况下,肩负双重功能——辅助、阐明与揄扬、赞美——的赞文学走向了成熟。这段时期,赞又一次发生了分途,一种是完全成为佛事法相、道家符箓的经赞;再一种就是对象为帝王将相以及社会生活的画赞或杂赞。

一、凸显辅助说明的画赞

曹植在建安十九年魏宫建成时作的《画赞》为现在所能看到的最早的画像赞,内容远至女娲、神农,近至周文、汉武,共实施以三十一篇,基本是人物赞,语言形式上多为四言八句。其序文被绘画界视为当前所知最早的画论之一。其后有王广的《子贡画赞》、张胜的《桂阳先贤画赞》。两晋时期有一十三篇,数量较多,如应亨的《应翙像赞序》、庾阐的《虞舜像赞(并序)》《二妃像赞》、傅玄的《古今画赞》、夏侯湛的《东方朔画赞(并序)》、陶潜的《扇上画赞》、郭璞的《尔雅图赞》《山海经图赞》、顾恺之的《画赞》、张骏的

---

①张志勇、申慧萍《颂圣诗文与汉魏文学观》,《文艺评论》2015年第3期。

《山海经图赞》等。刘宋期间，殷景仁有《文殊像赞》，谢灵运有《和范光禄祇洹像赞（三首并序）》；梁代有沈约的《绣像赞》，刘孝威的《辟厌青牛画赞》；后周有庾信的《自古圣帝名贤画赞》；隋有柳䛒的《徐则画像赞》；唐前尚有佚名的《会稽先贤像赞》等。以上画赞大致可以分为对象为人物的像赞和对象为事物的物赞。前者如魏王广的《子贡画赞》、张胜的《桂阳先贤画赞》等，为数众多；后者如傅玄的《古今画赞》、陶潜的《扇上画赞》、郭璞的《尔雅图赞》《山海经图赞》、顾恺之的《画赞》、张骏的《山海经图赞》等，数量相对而言要少一些。

一般而言，画赞都具有言辞简洁的特点。常常用简短数语就将对象的形貌、个性和德行等方面概括出来，一般为六至十二句，最短者仅四句，于高度概括中追求精炼，多能给人以清晰和深刻的印象，当然生动形象的描绘也是画赞常用的表现手法，如郭璞的《山海经图赞》等。和辞赋相比，或者和颂相比，画赞就要短小得多，更不如史赞那样可以博雅弘辩，端绪丰赡，飞文济辞。其实也有篇幅长的，如前文所引夏侯湛《东方朔画赞》，以及陶渊明的《扇上画赞》、支遁的《释迦文佛像赞》，只是这类画赞相对较少。

笔者认为，画赞是画与诗相互影响、融合的产物，画是写赞的基础，赞是画面的延伸，接受者在观赏与阅读后，对欣赏对象会有一个形象的（画作者的指向）、准确的（赞作者的指向）理解与把握。当然画赞的出现，从艺术的角度出发，还不仅仅是诗、画交融的问题，其更大的意义在于使诗、书、画三者融为一体成为可能。所以画赞的出现，无论对绘画还是文学，甚至对于书法，都有着很大的意义。

二、有意追求骈俪的杂赞

六朝的杂赞创作异常丰富。从题材内容上看，有祥瑞赞、山水景物赞等。从语言形式上看，多为四言古体，但也有五言诗体创作的出现。此外杂赞与画赞一样，受时代风尚的影响，有对骈俪的有意追求，双声对举多有出现。下面具体来谈。

此期的符瑞祥福类的赞主要有：三国缪袭的《神芝赞（并序）》、万震的《南州异物志赞》（贝、犀、象），南朝宋孝武帝的《清暑殿薿嘉禾赞》、江夏王义恭的《华林四瑞桐树甘露赞》等。

这类赞吸收了符瑞颂的特点，将自然界中可以被附托的对象进行竭力

地装潢、镀金,比类天命,赐福帝王和百姓,如缪袭的《神芝赞(并序)》:

> 青龙元年五月庚辰,神芝产于长平之习阳,许昌典农中郎将蒋充
> 奉表以闻:其色丹紫,其质光耀,其长尺有八寸五分,其本围三寸有三
> 分;上别为三干,分为九枝,散为三十六茎;围则一寸九分,叶径二寸七
> 分。其干委绥,洪纤连属,有似珊瑚之形;其吐柯载叶,祥明蠲絜。考
> 图案谍,盖美乎所同于前代者矣。古《瑞命记》曰:"王者慈仁则芝生,
> 采食之,则延年不终,与真人同。"又神农氏论芝云:"山川云雨,五行四
> 时,阴阳昼夜之精,以生五色神芝,皆为圣王休祥焉。"自汉孝武显宗世
> 号隆盛,而元封永平所纪神芝,方斯蔑如也。且其枝干条茎,本末相
> 承,乃协于天官之数,非神明其孰能如此哉? 推其类象,则蓂荚之植阶
> 庭,蓲蒲之生庖厨。视四灵矣,乃诏御府匮而藏之,且尽其形,遂以名
> 园,为之赞曰:
>
> > 帝德允臻,厨不难致。煌煌神芝,吐葩扬荣。曩披其图,今握其
> > 形。永章遐纪,载之颂声。[1]

序文中首先交代神芝产生的时间、地点、何人上表等情况,然后细致描绘神
芝的大小尺寸,详名其"神"的特质,接下来援引古《瑞命记》中的记载予以
类比,指出神芝出现能带来隆盛,而且还说明了祥瑞只在圣主盛世时出现。
正文为四言古体,押"声"韵,语言古朴,稍带修饰,以"帝德""扬荣"为着眼
点,表面上是对神芝的美赞,而实际是对圣德的美誉。

　　作为文人笔下的符瑞赞是这样,那么出于帝王之手的符瑞赞该是什么
样子呢? 再来看宋孝武帝的《清暑殿蓂嘉禾赞》:"维殷粤周,有穗表祯。祥
乎合矣,超瑞高蓂。非原非泽,乃瑞乃灵。庶藉天贶,广兹化清。"[2]语言醇
雅,字句精粹,辞藻华美。而另一篇出自江夏王刘义恭的《华林四瑞桐树甘
露赞》相对而言就要逊色一些,仅为:"远延凤翙,遥集鸾步,惠润何广,沾我
萌庶。"[3]前两句为赞梧桐,后两句是赞甘露,文辞简单直白,不够醇雅。

　　这段时间的杂赞以山水景物赞数量为最多,可能这也与时代风尚相
关。这段时间咏物诗赋正在兴盛,山水景物文学正大放异彩,谢灵运、谢

---

① 《全上古三代秦汉三国六朝文》,第 1266 页。
② 《全上古三代秦汉三国六朝文》,第 2475 页。
③ 《全上古三代秦汉三国六朝文》,第 2504 页。

胱、颜延之等人的天才创作,对文学创作带来的冲击是有目共睹的。那么,在赞文体上有所体现应该是很正常的现象。戴逵的《闲游赞》典型地概括了六朝人的山水意识及其审美态度,足资延赏与参考:

> 昔神人在上,辅其天理。知溟海之禽,不以笼樊服养;栎散之质,不以斧斤致用。故能树之于广汉,栖之于江湖;载之以大兽,覆之以玄风。使夫淳朴之心,静一之性,咸得就山泽,乐闲旷……逮于台尚,莫不有以保其太和,肆其天真者也。且夫岩岭高则云霞之气鲜,林薮深则萧瑟之音清,其可以藻玄莹素,疵其浩然者舍是焉……然如山林之客,非徒逃人患,避争斗,谅所以翼顺资和,涤除机心,容养淳淑,而自适者尔。况物莫不以适为得,以足为至。彼闲游者,奚往而不适,奚待而不足!故荫映岩流之际,偃息琴书之侧,寄心松竹,取乐鱼鸟,则淡泊之愿,于是毕矣。①

自然山水从观照对象成为审美契机,审美所需要的精神状态和思维方式基本一致,人与自然水乳交融。其他聚焦在山水上的赞作有:何承天的《天赞》《地赞》,庾肃之、戴逵各有《山赞》,庾肃之、殷仲堪、顾恺之、戴逵、孔宁子、昙无谶都各有《水赞》,庾肃之、羊孚、谢惠连、沈约都各有《雪赞》,张华有《地理赞》等。

聚焦在动植物方面的有:昭明太子的《蝉赞》,庾信的《鹤赞》,万震的《〈南州异物志〉赞》,庾肃之、谢惠连各有《松赞》,戴逵有《松竹赞》,谢庄有《竹赞》,卞承之的《乐社树赞》《甘蔗赞》,宋孝武帝的《梨花赞》《孤桐赞》,王微的《茯苓赞》《桃饴赞》《黄连赞》,孔璠之的《艾赞》,谢惠连的《仙人草赞》,颜延之的《蜀葵赞》,颜测的《栀子赞》,王叔之的《柑橘赞》,江总《花赞》等。

聚焦在用具器物等方面的有:嵇康、王珣、殷仲堪、戴逵各有《琴赞》,戴逵的《酒赞》,支昙谛、江总各有《灯赞》,卞承之的《沟井赞》《无患枕赞》,卞范之的《杖赞》《无患枕赞》,王叔之的《舟赞》《筅赞》,江淹的《铜剑赞(并序)》,江总《香赞》《幡赞》等。

山水方面,写山的当中,庾肃之的《山赞》抓住的是山的风云气象,戴逵的《山赞》抓住的是山的洪秀嵯峨。同题两篇,虽主旨在于"仁者乐山",但

---

①《全上古三代秦汉三国六朝文》,第2250页。

各有精彩,如庾肃之《山赞》:"悬岩沓嶪,神明攸居。官府风云,怀吐川渠。昆闻天竦,五岳云停;飞峰紫蔚,辰秀太清。"①戴逵的《山赞》:"蔚矣名山,亭亭洪秀。并基二仪,峣焦云构。嵯峨积阻,寥笼虚岫。轻霞下拂,神泉旁漱。曰仁奚乐,惟兹比寿。"②

以水为表现对象的赞体文,如殷仲堪、戴逵和顾恺之等人的作品基本都是从"道"的视野对水进行观照,从形、气、性、神、质等角度,突出水的清澜、柔和、风澜等特征,如:

水　赞

殷仲堪

大象无形,气以分粗。淡淡冲津,质有虽虚。清澜可濑,明激弗渝。孰能怀之,泛然靡拘。③

水　赞

戴　逵

水德淡中,泉玄内镜。至柔好卑,和协道性。止鉴标贵,上善兴咏。爰有幽人,拥轮来映。④

水　赞

顾恺之

湛湛若凝,开神以质。乘风擅澜,妙齐得一。⑤

三篇之中,以戴逵之作最佳,有蕴藉,有起伏。殷仲堪和顾恺之的作品虽一繁一简,但走向了玄言,有机巧,无神妙。倒不如孔宁子的《水赞》来得自然:

澄鉴无虚,积之成川。湍飞莹谷,激石泠然。⑥

此作虽也导向玄言,但有兴趣,有内容,不觉无味。

其他类别的赞中,殷仲堪和戴逵的《琴赞》也玄言味浓,蕴藉不足,有些

①《全上古三代秦汉三国六朝文》,第1682页。
②《全上古三代秦汉三国六朝文》,第2249页。
③《全上古三代秦汉三国六朝文》,第2203页。
④《全上古三代秦汉三国六朝文》,第2249页。
⑤《全上古三代秦汉三国六朝文》,第2236页。
⑥《全上古三代秦汉三国六朝文》,第2587页。

单调呆板,此不多言。相对而言,颜延之的《蜀葵赞》和庾信的《鹤赞》较有韵味,质量颇佳。如颜延之《蜀葵赞》：

> 井维降精,岷络升灵。物微气丽,夫草之英。沦艳众葩,冠冕群英。类麻能直,方葵不倾。①

蜀葵又称一丈红、熟季花、胡葵等,可做中药材,清热解毒。在端阳时节,古人除食用黄豆芽、黄鱼、黄鳝、黄瓜和饮用雄黄酒外,还在家中插蜀葵、蒲蓬等物,以驱鬼、避邪。人们还取蜀葵的叶片研汁,揩抹于竹纸上,稍干后用石压平,制成葵笺。唐代许远曾制此笺,并分赠给白居易、元稹等人,彼此作诗唱和。传说此纸色绿光滑,今人却无此雅兴了。颜延之在《蜀葵赞》中,将蜀葵比作草中之英,花中之冠冕,似麻,但茎直,如葵花(太阳花),但不会倾倒转动,这里突出的是蜀葵的质性。

再如庾信的《鹤赞》：

> 武成二年春三月,双白鹤飞集上林园。大将郑伟布弋设置,并皆禽获。六翮已摧,双心俱怨,相顾哀鸣。孤雄先绝,孀妻向影,天子愍焉。信奏事阶墀,立使为赞：
>
> 九皋遥集,三山回归。华亭别泪,洛浦仙飞。不防离缴,先遭见羁。笼摧月羽,弋碎霜衣。塞传余号,关承旧名。南游湘水,东入辽城。云飞欲舞,露落先鸣。六翮摧折,九门严闭。相顾哀鸣,肝心断绝。松上长悲,琴中永别。②

庾信在序言中交代了写赞的缘由：双鹤被擒,雄死雌孀,天子心愍,庾信作赞。赞中想象双鹤的双飞比翼,万里翔翔,"云飞欲舞,露落先鸣",是何其优美！不料突遭摧折,留下单影茕茕,"相顾哀鸣,肝心断绝",俯仰之间,又是何其悲哀！"松上长悲,琴中永别",真是阃阁思存,遐路隔绝,更是伤痛万端！全赞乐悲相照,终为情凄意切,零悴纤结。

此赞是对传统赞体的"肆意"突破。以诗写赞,并不奇怪,但以悲为赞,实在令人诧异,然欣赏之后,又颇觉回味无穷。美赞的指向并没有远离,远离的只是司空见惯的歌颂和圆满。这里以悲为赞,赞的是贞,是真,是性

---

①《全上古三代秦汉三国六朝文》,第2640页。
②《庾子山集注》,第645—646页。

情，是生活。不管是否联系庾信的个人遭际，仅以赞论赞，也让人怅然不释。这种以悲入赞的写法，虽前无古人，但却开启了后人邈真赞的大幕。唐代时出现的为亡人写赞，以及唐中期以后，以敦煌地区为中心为丧主写邈真赞的兴盛，想来，应该不是无端突然出现的。

三、表达钦仰和倾慕的人物赞

魏晋南北朝期间，人赞也颇兴盛。这当与两汉魏晋时期著史之风有关，而且私人传记一直成习，此风尚翰墨史赞传赞，实也染指独立于史论、画赞之外的杂赞，时俗浸润，不为画虎。这段时间内，人物赞的范围广泛，上至神仙、五帝、圣贤名臣，下及列女、隐逸等各色人物。神仙帝王类如，伏羲、神农、黄帝、尧、舜、禹、商汤、周文王、周武王、汉高祖、汉文帝、汉武帝等；圣贤名臣类如，孔子、颜回、宰我、子贡、管仲、鲍叔、韩信、东方朔、诸葛亮、周瑜等；隐逸类如，老子、庄子、荣启期、王子乔等；列女类如，舜之二妃、孟母、班婕妤等，林林总总，人数众多，合计七十余篇人物赞（含有目无文、佛释）。其中，据不完全统计，黄帝、老子、孔子、左丘明、王子乔、荣启期各两赞；庄子、颜回各四赞，可见人们对此类人物的由衷眷爱。这些人物在长期的反复描述下，竟成为我国传统文化中的常态性、概念性、标志性的符号象征。下面分别详说。

三国时期，阮籍有《老子赞》，但流于清谈无实。杨戏有《季汉辅臣赞》，连同序言，一千六百七十余字，人物为刘备手下的文武将士，如诸葛亮、刘备、关羽、张飞、马超、费祎等人。全四言古体，多四句、六句。语言整齐，遣词朴实，顿挫有致。

两晋时期，人物赞盛集，作者众多，赞的对象更为丰富。据《全晋文》，以左棻的列女赞较为突出，她在赞中多表现女性的妇德，如《班婕妤赞》"恂恂班女，恭让谦虚。辞辇进贤，辩祝理诬。形图丹青，名侔樊虞"，以此突出班氏"恭让谦虚"之美德；《孟轲母赞》"邹母善导，三徙成教。邻止庠序，俎豆是效。断织激子，广以坟奥。聪达知礼，敷述圣道"，突出的是孟母的"善导"和"聪达知礼"；《齐义继母赞》"圣教玄化，礼贵信诚。至哉继母，行合典经。不遗宿诺，义割私情。表德来裔，垂则后生"，突出的是齐义继母的"礼贵信诚"和"不遗宿诺，义割私情。"

孙楚和夏侯湛的人物赞较多，分别为七篇和九篇，其中，他们各有颜回赞：

颜回赞

孙　楚

束身励行，宗事圣道。钻仰孜孜，视予犹考。①

颜子赞

夏侯湛

　知彰知微，体深研机。明象介石，量同圣师。探赜阐滞，在言靡遗。仰诸惟高，瞻之攸希。②

颜回是孔子最得意之弟子。他尊重老师，以德行著称。自汉代起，颜回被列为七十二贤之首，孔门十哲之首，有时祭孔时独以颜回配享。此后历代统治者不断追加谥号，如唐太宗尊之为"先师"，唐玄宗尊之为"兖公"，宋真宗加封为"兖国公"，元文宗又尊为"兖国复圣公"，明嘉靖九年改称"复圣"。山东曲阜还有"复圣庙"。可见历代人们对他的爱戴。孙楚的赞突出的是"宗事圣道"，夏侯湛的赞角度为"研机""探赜"。后来戴逵也有《颜回赞》，但却陷入清谈玄风之中："神道天绝，理非语象。不有伊人，谁怜谁仰？际尽一时，照无二朗。契彼玄迹，冥若影响。"③内容上看似容量很大，但不仅无彩，更是无趣。

　两晋人物赞中，相对而言，陆云的《荣启期赞》写得比较好：

　荣启期者，周时人也。值衰世之季末，当王道颓凌，遂隐居穷处，遗物求己。溯怀玄妙之门，求意希微之域。天子不得而臣，诸侯不得而友。行年九十，被裘鼓琴而歌。孔子过之，问曰："先生何乐？"答曰："吾乐甚多。天生万物，唯人为贵，吾得为人矣，是一乐也。以男为贵，吾又得为男，是二乐也。或皆不免于襁褓，而吾行年九十，是三乐也。夫贫者，士之常也，死，固命之终也。居常待终，当何忧乎？"孔子听其音，为之三日悲。常被裘带索，行吟于路，曰："吾著裘者何求？带索者何索？"遂放志一丘，灭景榛薮，居真思乐之林，利涉忘忧之沼，以卒其天年。荣华溢世，不足以盈其心；万物兼陈，不足以易其乐。绝景云霄

---

① 《全上古三代秦汉三国六朝文》，第 1803 页。
② 《全上古三代秦汉三国六朝文》，第 1856 页。
③ 《全上古三代秦汉三国六朝文》，第 2250 页。

之表,濯志北溟之津,岂非天真至素、体正含和者哉! 友人有图其象者,命为之赞。其辞曰:

> 芒芒至道,天启德心。自昔逸民,遁志山林。邈矣先生,如龙之潜。夷明收察,灭迹在阴。傲世求己,遗物自钦。景遁琼辉,响和绝音。恋彼丘园,研道之微。思乐寒泉,薄采春蕨。鸣弦清泛,抚节高徽。有圣戾止,永言伤悲。天造草昧,负道实嘉。於铄先生,既体斯和。熊罴作祥,黄发皤皤。耽此三乐,遗彼世华。翼翼彼路,行吟以游。的的黻冕,陋我轻裘。永脱乱世,受言一丘。媚兹常道,聊以忘忧。①

荣启期为春秋时隐士,传说曾行于郕之郊野,与孔子遇,并语孔子,自言得三乐:为人,为男子,又行年九十。后世多以之为知足自乐之典。严格地说,本赞应归为画像赞,但赞中,作者写的是人,而不是人像,也看不出画像对此赞的任何影响,故放在此处论述。此赞前有序文,交代了荣启期的时代背景、生平际遇、与孔子的对答,然后写作者的思考和感怀,并为之作赞。赞文四言三十六句,四次换韵,注重辞藻,议论为主,醇雅顿挫,健俊质实,对荣启期的自足自乐的志向追求表达了钦仰和倾慕。

南北朝隋时期,范泰、傅亮、常景、辛德源的人物赞多有佳作。如范泰的《吴季子札赞》、常景的《王褒赞》《严君平赞》、辛德源的《姜肱赞》《东晋庾统、朱明、张臣尉三人赞》均为佳作。他们的人物赞,不仅突出赞主的个性,更突出赞主的神韵和风采,如常景的:

王褒赞

> 王子挺秀质,逸气干青云。明珠既绝俗,白鹄信惊群。才世苟不合,遇否途自分。空枉碧鸡命,徒献金马文。

严君平赞

> 严公体沈静,立志明霜雪。味道综微言,端著演妙说。才屈罗仲口,位结李强舌。素尚迈金贞,清标陵玉澈。②

这两篇赞为五言诗体。对王褒的赞中,以"挺秀质"和"逸气干青云"起笔,

---

① 《陆云集》,第2055页。
② 《全上古三代秦汉三国六朝文》,第3674页。

即为不凡。"明珠既绝俗,白鹄信惊群"是对他才华的赞美。最后"空枉碧鸡命,徒献金马文",说的是汉宣帝听信方士之言,要王褒回益州去祭祀传闻之中的"金马碧鸡之宝",不料王褒竟途中染病,未得医治即死于旅途的故事。对西汉道家学者、思想家严君平的赞则以"体沈静"和"立志明"起笔,突出了赞主的个性,接下来的几句写出了严君平清奇的节操,"演妙说""罗仲口""李强舌"以及"清标陵玉澈"等在对比中刻画出了严遵的风韵神采。

六朝士人不断地从哲学层面了解、思考人类自身,这是六朝文学走向人的自我发现的原初动力。这些人物赞在六朝的文学活动中,就如同莲生淤泥,异常蓬勃清新绚烂,而其清芬之气则是人性的幽微、人情的温暖和人智的光芒。

四、被汉化了的佛赞

佛教在东汉时传入我国,但得到广泛传播是在魏晋南北朝时期。这个时期特殊的社会、文化环境以及统治阶层的信仰和利用,尤其是梁武帝,他曾多次舍身入佛的行为等,都使佛教得以蓬勃地发展。袁行霈先生言:"佛教已经为魏晋南北朝文学营造了一种新的文化氛围和文化土壤。"①可以说,魏晋南北朝时期佛教的兴盛繁荣,不仅促进了佛经在汉译中的学习、融汇,甚至推动了中华民族的语言和声韵的创新,也促使中国古代文学中开始出现大量的佛教人物赞。

两晋时期,以王齐之的佛赞出现最早,主要有《萨陀波仑赞》《萨陀波仑入山求法赞》《萨陀波仑始悟欲供养大师赞》《昙无竭菩萨赞》等五首,皆四言八句,然后为支遁的《文殊师利赞》《弥勒赞》《善思菩萨赞》《月光童子赞》等一十六首、殷景仁的《文殊师利赞(并序)》、范泰的《佛赞》、释慧远的《昙无竭菩萨赞》、支昙谛的《灯赞》、沈约的《千佛赞》《绣像赞》《弥勒赞》等,隋代有智顗的《唱法华经题赞引》《听无量寿竟赞》、释彦琮的《法纯像赞序》等。这些赞中,谢灵运的《维摩经十譬赞》在袁行霈主编的《中国文学史》中被作为文人与佛教关系密切的例证。黑格尔曾经说:"虔诚态度是教众崇

---

①袁行霈主编《中国文学史》(第二卷),高等教育出版社 1999 年版,第 17 页。

拜最纯粹最内在最主体的形式。"①他们的佛、菩萨像赞或赞,无一例外都是赞德美善的。

综上所述,赞自起源直到西汉,并无真正意义上的作品传世,直到东汉,从现存的《武梁祠石像画赞》中学人才能对那个时间的赞有一些初步的了解。三国魏晋南北朝隋时期,赞文体得到了极大的发展:题材内容方面表现为对象的丰富、视野的拓展;艺术特色方面表现为质实与醇雅、古朴与藻饰并存的百花齐放局面;在语言声韵、韵散结合等方面,也是各具形态——四言、五言、杂言,或八句或十句,甚至骈骚相间,齐头并进,双声词对举、句末押韵、全文一韵、文中转韵等情况也是各领风骚。

刘师培在讲两晋文章异于前代时,综合《文心雕龙》各篇所说,曾提出下面的看法:"晋文异于汉、魏者,用字平易,一也;偶语益增,二也;论序益繁,三也。"②从这三条来看,都是沿着汉魏以来文章的发展方向而发展的。"用字平易""偶语益增"这两点,尤为明显。刘氏说是"异于汉、魏",其实汉末魏初之文已开此端,只是超越汉魏而已,将之放到赞文体的发展中,也一样适用。

晋前之赞,字词多简,晋之后,则文辞多繁丽,择言多雅畅,亦多辩论玄理,虽流于烦冗,仍乐此不疲。到了南北朝隋期间,赞的发展更加多样。总的特征是多有趋文的倾向,序文向骈偶发展。"文变染乎世情",任何时候都不例外。

---

①(德)黑格尔著,朱光潜译《美学》(第一卷),商务印书馆 1996 年版,第 132 页。
②刘师培撰《中国中古文学史讲义》,上海古籍出版社 2006 年版,第 53 页。

第五章　宗教颂赞

魏晋南北朝是佛、道两教迅速发展的时期,宗教译经活动对颂、赞文体的创新发展起到了重要的推动作用。众所周知,汉传佛经是由梵文经卷译出,而魏晋南北朝则是佛徒译经的高潮期,也是佛经偈颂、赞呗等文体的发轫期。佛经中的偈颂、赞呗曾对这一时期文学生态环境的构建发挥了重要作用。它首先作用于中国本土宗教——道教,催生了道教经文中大量的颂(诵)、赞和偈颂等颂、赞文体。进而,佛、道经文颂、赞的盛行又间接地引导了永明体的发轫。所以,本书专门开辟一章,来剖析佛、道两教经文与颂、赞之间的关系及其对魏晋南北朝时期文学生态环境构建所发挥的功用。

第一节　佛教颂体文的渊源

中国古代的佛教颂、赞,最初起源于译经活动。以东汉初年摄摩腾、竺法兰翻译第一部汉传佛经——《佛说四十二章经》为滥觞,佛经汉译在之后各个历史时期可谓"江山代有才人出",译为古代汉语的佛教经典也随之逐渐流为大观。

我国唐前佛教经律论中的颂体文,最初源于译经活动。它的原型,就是梵文佛经中的韵文。如南朝梁代僧人慧皎在《高僧传·晋长安鸠摩罗什》中称:

> 天竺国俗,甚重文制。其宫商体韵,以入弦为善。凡觐国王,必有赞德。见佛之仪,以歌叹为贵。经中偈颂,皆其式也。[1]

这里提到的"偈颂",其梵文写作"Gatha"或"Geya",是指古印度佛经当中所包含的各类韵文形态之总称。其名称源自古印度佛教徒所提出的佛典分类法则——"三分教""九分教"和"十二分教"。

---

[1] 〔梁〕释慧皎撰,汤用彤校注,汤一玄整理《高僧传》,中华书局 1992 年版,第 53 页。

　　众所周知,释迦牟尼佛涅槃之后,印度佛教各部、派先后发生了多达六次的结集活动。这些结集活动当中一项十分重要的任务就是对释迦牟尼佛所传授的一切"言教"进行分类。最原始的分类方法是"三分教",即把释迦牟尼佛所传授的"言教"分成"契经""祇夜"和"记别"这三种类别形式。其中,"契经"是指散文式的"长行"佛教经文;"祇夜"梵文写作"Geya"①,汉语义译为"重颂"或"应颂"。玄奘所译《阿毗达摩大毗婆沙论》卷一二六释"应颂"为:

> 　　应颂云何,谓诸经中,依前散说契经文句,后结为颂而讽诵之,即结集文、结集品等。②

由此可见,与"应颂"等同的"祇夜",就是指在佛经结束之处,采用韵文形式来概括复诵散体长行的"契经"部分之要旨的那一部分内容。因其主要功能是概括复述长行经文之要旨,故又称为"长行颂"。而"记别"则是指释迦牟尼佛对其弟子圆寂后往生何处、未来成佛因果以及圆满后修得何等果位的预言。

　　"三分教"体系出现之后,印度佛教小乘部、派又提出了"九分教"的类别体系,将释迦牟尼佛所传授的"言教"分成"修多罗""伽陀""伊帝日多伽""阇陀伽""阿浮陀达摩""尼陀那""阿波陀那""奢夜"和"优婆提舍"这九种类别形式。其中,"修多罗"相当于前述之"契经";"伽陀"即前述"Gatha",是指"孤起颂"或称"讽颂"。与前述"祇夜"("长行颂")不同的是,"伽陀"并不概括复述"长行"经文之要义,而是用韵文的形式来特别阐发散体长行"修多罗"("契经")当中未能涉及的内容。因其独立于"修多罗"之外,所以称为"孤起颂"。"奢夜"即前所述"祇夜",其含义此处不再赘言。

　　至于"十二分教",则是佛教结集末期大乘教派所演化出的最为完备之"言教"分类体系。它将释迦牟尼佛所传"言教"分成"契经""祇夜""记别""讽颂""自说""因缘""譬喻""本事""本生""方广""未曾有法"和"论议"这十二种品类。其中"契经""祇夜"与前文所述概念相同,自是毋庸赘述;"讽颂"即前文的"伽陀"。"十二分教"较之"三分教"和"九分教",只增加了"自说"和"方广"两种新的类别。其中"自说"音译为"优陀那"。比如印度大乘

　　①《佛学大辞典》,第 1689 页中。
　　②《佛藏》第 41 册,上海书店出版社 2011 年版,第 231 页。

佛教中观派创始人龙树（世谓"龙树菩萨"）在《大智度论》中指出：

> 优陀那者，名有法佛必应说而无有问者，佛略开问端。如佛在舍婆提、毗舍佉堂上阴地经行，自说优陀那，所谓"无我、无我所，是事善哉"！①

由此可见，"优陀那"是感兴之语，是指佛陀或佛弟子未经他人请求而自己感兴说出来的教义内容。值得注意的是，上述"十二分教"中的"优陀那"即"自说"，虽然并未严格限制其形式体裁，但却是经常以韵文的面貌来呈现的。比如玄奘所译《阿毗达摩大毗婆沙论》卷一二六所引释迦牟尼佛见野象王作"优陀那"云：

> 象王居旷野，放畅心无忧，智士处闲林，逍遥志恬寂。②

释迦牟尼佛见一对年老力衰之夫妇又作"优陀那"云：

> 少不修梵行，丧失圣财宝，今如二老鹤，共守一枯池。③

上面两首"优陀那"，并非玄奘牵强附会，硬是以汉语韵文的形式来翻译梵文佛经中的"优陀那"。而是因为"优陀那"本就以梵语韵文的形式来表现，故玄奘才得以将其译为汉语韵文的形式。故"优陀那"在佛经中就是佛陀以韵文的形式来即兴说法之内容。但"优陀那"并不像"祇夜""伽陀"那样作为佛经韵文的主流而出现，而是属于佛经韵文当中的少数品种。

因此，从上述"九分教""十二分教"的分类方法来看，佛经中的韵文又在"三分教"中的"祇夜"之外另立了"伽陀""优陀那"两类，共同构成了相对完备的佛经韵文体系。但在这三种佛教韵文中，"祇夜"和"伽陀"又是最为常见的两种。由于"祇夜"和"伽陀"的梵文首字母都是"g"，于是采取音译法，根据该字母的发音将佛教中的"祇夜"和"伽陀"两种韵文通译为"偈"。比如隋朝僧人吉藏就在其所著《百论疏》中解释了汉传佛教中"偈"的由来：

> 所言偈者，外国称为祇夜，亦云竭夜，今略其烦故但云偈，此土翻之句也颂也。有人言，偈是此门之名，训之为竭，以其明义竭尽故称

---

①《佛藏》第 35 册，第 383 页。
②《佛藏》第 41 册，第 232 页。
③《佛藏》第 41 册，第 232 页。

为偈。①

在这里,吉藏直言汉传佛教为求简明,将"祇夜"一词译为"偈"。不过吉藏又指出这是"土翻之句",意思是对梵文词汇"Geya"不加意译而单纯机械地予以音译的做法。在吉藏看来,若不用"土翻"之法,对"Geya"进行意译的话,那么它就对应于汉语当中的"颂"。

而在吉藏之前,三国之际月氏籍人支谦在其所译《法句经序》中也就已将"偈"和"颂"结合在一起予以解读:

> 偈者结语,犹诗颂也。是佛见事而作,非一时言。各有本末,布在众经。②

这说明,在支谦看来,"偈"就类似于汉语中的"颂",故将"偈""颂"两字并称为"偈颂"。而且支谦认为,梵文佛经中的"偈颂"一般出现在佛经结尾处,其体制颇类似《诗经》中的颂诗。按支谦先祖本月氏人,较汉人更先接触佛教典籍,他对于梵文佛经中"偈"的认识应是相当贴近这种文体在梵文中的本原面貌。所以,支谦视"偈"为"颂"的解释,应该具有相当的可信度。而近四百年之后,上文所提到的吉藏,作为汉传佛教三论宗的创始人,其对于"偈"的认识也具有一定权威性。而他在《百疏论》中将"偈"释义为"颂",与数百年前的支谦遥相呼应,进一步证明了佛教之"偈"类似于汉语之"颂"这个观点是可信的。

虽然吉藏将"祇夜"意译为"颂",且将"偈""颂"并称,但也有汉传佛教徒对此提出不同意见。比如初唐高僧窥基在其《妙法莲华经玄赞》中指出:

> 梵云伽陀,此翻为颂。颂者,美也,歌也。颂中文句,极美丽故,歌颂之故。③

由此可见,在窥基看来,梵文佛经中的"伽陀"意译为"颂",而非"祇夜"。而且窥基的说法并非孤证,甚至在一些古印度梵文佛教典籍中,还存在僧侣将"伽陀""祇夜"混为一谈的现象。比如玄奘所译《瑜伽师地论》为古印度僧人无著所著,卷二五云:

---

①《大正新修大藏经》第42册,中国台湾佛陀教育基金会出版部1990年版,第238页。
②〔梁〕释僧祐撰,苏晋仁、萧炼子点校《出三藏记集》,中华书局1995年版,第272页。
③《中华大藏经》第100册,中华书局1996年版,第376页。

> 云何应颂，谓于中间，或于最后，宣说伽陀，或复宣说未了义经，是
> 名应颂。①

此后，无著又在该书卷八一中写道："应颂者，谓长行后宣说伽陀，又略标所
说不了义经。"②在这里，无著所说的"未了义经"，是指佛法真义尚未充分
说尽、还欠完整的经。可见，无著认为"伽陀"而非"祇夜"才应视为"颂"。
上引窥基之说，应是源自无著。

　　当然，也有佛教徒采取折中的态度，将"伽陀"和"祇夜"并称为"偈"，间
接说明了"伽陀"和"祇夜"兼具"颂"的性质。比如龙树在其《大智度论》中
做了如下的论述：

> 诸经中偈，名祇夜；
>
> 一切偈名祇夜。六句、三句、五句，句多少不定，亦名祇夜，亦名
> 伽陀。③

从《大智度论》的以上论述可见，龙树是将"祇夜"和"伽陀"一并视为"偈"
的。按支谦、吉藏所言，"偈"对应于中国古代文学中的"颂"，则"祇夜"和
"伽陀"这两种韵文翻译而来的汉语韵文，可以并行不悖地称为"偈颂"了。

　　由于并称为"偈"的"祇夜"和"伽陀"本身体制有别，所以吉藏又在其
《百论疏》中将"偈颂"分成了"通偈"和"别偈"两类：

> 偈有二种，一者通偈二者别偈。言别偈者，谓四言五言六言七言，
> 皆以四句而成，目之为偈，谓别偈也。二者通偈谓首卢偈，释道安云：
> "盖是胡人数经法也，莫问长行与偈但令三十二字满即便名偈，谓通
> 偈也。"④

吉藏在这里所说的"通偈"，就是"伽陀"，"别偈"就是"祇夜"。玄奘《大唐西
域记·醯罗山等地》：

> 是如来在昔为闻半颂之法，于此舍身命焉。⑤

---

①《佛藏》第 36 册，第 374 页。
②《佛藏》第 37 册，第 5 页。
③《佛藏》第 35 册，第 383 页。
④《大正新修大藏经》第 42 册，第 238 页。
⑤《永乐北藏》第 151 册，线装书局 2000 年版，第 627 页。

玄奘自注"闻半颂之法"为：

> 旧曰偈，梵文略也。或曰偈陀，梵音讹也。今从正音，宜云伽陀者
> 此言颂，颂三十二言。①

玄奘精通梵文，译经无数，他指出"伽陀"为颂，"三十二言"，是可信的。既如此，则"伽陀"应为吉藏所说的"通偈"。之所以称之为"通偈"，应是因"伽陀"孤起，并不需要概括某一长行经文的内涵，故适用于一切经文之中。需要注意的是，"伽陀"的"三十二言""三十二字"并非指汉字，而是说一首"伽陀"必须包含梵语的三十二个音节。

"伽陀"已明，则"别偈"就是"祇夜"。之所以将其称为"别偈"，当是由于"祇夜"需要概括某一篇经文要旨，需对应特定经文而设，不能通用于各经之中，故称"别偈"。从上引吉藏《百疏论》的论述可以看出，"别偈"即"祇夜"，体制较为自由，只要四句结体即可。

无论是"别偈"还是"通偈"，它们都是汉传佛教僧侣所创作之"偈颂（简称偈）"的原型。"别偈"和"通偈"正是借助佛教译经活动走进了中国文学，最终创造出了丰富多彩的宗教颂、赞文体形式。

第二节　佛教赞体文的渊源

与"祇夜""伽陀"相似，古印度梵语文学也包括各种形式的颂赞文体。这里所说的"颂赞"，与本书通用的颂、赞意义有所差别。古印度佛教"颂赞"，其梵语名称为"stotra"，音译为"戍怛罗"，本意为"赞叹"性的韵文文体。言"赞叹"，就是指佛教徒用韵文的形式来歌颂佛、菩萨的功德。由此可见，之所以将"stotra"即"戍怛罗"翻译为"赞"，就是取"赞美"之意，并非"赞"字"见也"之本义，也非《文心雕龙·颂赞》所指出的赞文"明也，助也"之本义，而是取"赞"字"称颂，赞美"的后起义。之所以取此后起义项，是因为梵语"赞叹"之韵文被引入汉地，已在东汉之后，尤盛于魏晋南北朝时期。此时"赞"字"见也"之本义已不甚彰明，而"称颂，赞美"之义更为人所熟知且常用。故而，佛教译经者很自然地就将本意为"赞叹"的赞颂佛、菩

---

① 《永乐北藏》第 151 册，第 627 页。

萨功德之梵语韵文"stotra"意译为"赞"文了。

　　而在本书这一部分之所以将"stotra"称为"颂赞",是因为它和佛教梵语文学中的"伽陀""祇夜"等"偈颂",本就存在千丝万缕的联系。比如,古印度佛教僧侣摩咥里制吒尊者(音译"母儿")曾作《一百五十赞》歌颂佛之功德。之后,古印度大乘佛教瑜伽行派论师、新因明说创始人陈那(Dignāga,世谓"陈那菩萨"),在摩咥里制吒《一百五十赞》的每首"stotra"之前都添加一段"伽陀"来予以应和,形成了"偈颂"与"戍怛罗"相映生辉的体式,称为"杂赞三百颂"。唐代僧人义净在《南海寄归内法传·三十二赞咏之礼》中曾对此记述为:

　　　　传云:昔佛在时,佛因亲领徒众人间游行。时有莺鸟,见佛相好俨若金山,乃于林内发和雅音如似赞咏。佛乃顾诸弟子曰:"此鸟见我欢喜,不觉哀鸣。缘斯福故,我没代后,获得人身,名摩咥哩制吒,广为称叹赞我实德也。"其人(摩咥里制吒)初依外道出家,事大自在天。既是所尊,具申赞咏。后乃见所记名,翻心奉佛染衣出俗,广兴赞叹。悔前非之已往,遵胜辙于将来。自悲不遇大师,但逢遗像遂抽盛藻,仰符授记赞佛功德。初造四百赞,次造一百五十赞。总陈六度明佛世尊所有胜德……陈那菩萨亲自为和,每于颂初各加其一,名为杂赞,颂有三百。又鹿苑名僧号释迦提婆,复于陈那颂前,各加一颂,名糅杂赞,总有四百五十颂。但有制作之流,皆以为龟镜矣。[1]

　　义净在这里记述摩咥里制吒尊者前世为莺鸟,因见佛庄严之相欢喜鸣唱,故得转生为人,入佛教中,作《四百赞》《一百五十赞》来歌颂佛陀的"布施、持戒、忍辱、精进、禅定和智慧"这"六度"之功德。陈那在摩咥里制吒《一百五十赞》的每一条赞叹文(stotra)之前加入颂("通偈",即"伽陀"),称为糅合了颂的赞文,故称"杂赞三百颂"。而后来释迦提婆又对陈那"杂赞三百颂"之中的每一篇颂文(伽陀)各加一篇颂文(伽陀),形成了每一篇赞叹文对应两篇颂文(伽陀)的形式,称为"糅杂赞四百五十颂"。

　　从义净《南海寄归内法传·三十二赞咏之礼》以上的记述来看,在古印度赞叹文与"偈颂"(伽陀)之间的关系非常紧密,两者往往联系在一起创

────────

[1]《永乐北藏》第148册,第319—320页。

作,共同构成赞叹佛、菩萨功德的一组韵文。

而赞叹文与"偈颂"(伽陀)之间这种类似共生性的关系,又是由古印度参拜佛、菩萨塑像的日常仪式所决定的。义净《南海寄归内法传·三十二赞咏之礼》记述古印度佛教徒日常拜佛仪式为:

> 即如西方(古代印度),制底畔睇及常途礼敬。每于晡后或昏黄时,大众出门绕塔三匝,香花具设并悉蹲踞。令其能者作哀雅声,明彻雄朗赞大师德,或十颂或二十颂,次第还入寺中至常集处。既其坐定,令一经师升师子座读诵少经。具师子座在上座头,量处其宜亦不高大。所诵之经多诵三启,乃是尊者马鸣之所集置。初可十颂许,取经意而赞叹三尊。次述正经,是佛亲说。读诵既了,更陈十余颂。论回向发愿,节段三开,故云三启。经了之时,大众皆云苏婆师多。苏即是妙,婆师多是语,意欲赞经是微妙语。或云娑婆度,义曰善哉……至如那烂陀寺……差一能唱导师,每至晡西巡行礼赞。净人童子持杂香花引前而去,院院悉过,殿殿皆礼。每礼拜时高声赞叹,三颂五颂响皆遍彻。迄乎日暮方始言周,此唱导师恒受寺家别料供养。或复独对香台,则只坐而心赞……且如礼佛之时云,叹佛相好者,即合直声长赞。或十颂二十颂,斯其法也。又如来等偈,元是赞佛。良以音韵稍长,意义难显。或可因斋静夜大众凄然,令一能者诵一百五十赞及四百赞并余别赞,斯成佳也。然而西国礼敬,盛传赞叹。[①]

义净在这里所说的"制底畔睇",即敬拜佛塔之义。因此,上述引文描绘的是印度佛教徒在敬拜佛塔、礼拜尊像的过程中所行颂、赞的情况。从这段引文中可见,古印度佛教徒在"绕塔三匝"之后,首先做的仪式活动就是"赞大师德",意即赞叹塔下所葬高僧墓主生前的各种功德。而且是"或十颂或二十颂",由此可知"赞大师德"的过程中夹杂着"偈颂"(伽陀),是以"stotra"和"伽陀"交替并用的方式来进行的。

绕塔礼拜归至寺中坐定后,开始宣讲加入公元1世纪古印度高僧马鸣(世谓"马鸣菩萨")偈赞的《三启经》。《三启经》本名《佛说无常经》,为古印度佛教结集以来的重要经典。因马鸣在《佛说无常经》前后添加了宣讲无

---

① 《永乐北藏》第148册,第317—319页。

常之义、发愿回向功德的偈赞,将每一段经文展衍为偈赞一经文一偈赞的三段形式,称作"三启"。所以古印度佛教徒便将《佛说无常经》俗称为《三启经》。可见,从入寺甫一坐定的讲经仪式开始,就已经融入了偈赞的内容,即引文中述"佛亲说"的"正经"之前的"初可十颂许,取经意而赞叹三尊",以及述"佛亲说"的"正经"之后的"更陈十余颂。论回向发愿"。待《三启经》宣讲完毕,大众纷纷赞叹"苏婆师多",即称赞《三启经》为"微妙语",感叹"善哉"。

而在那烂陀寺中,每到黄昏即由导师引领大众到各殿宇礼佛。礼拜时"高声赞叹,三颂五颂响皆遍彻"。可见那烂陀寺中僧众礼佛也是将"stotra"和"伽陀"融合在一起进行的。哪怕是独自面对香台坐定时,大众还要"坐而心赞"。可见"stotra"在古印度佛教仪式活动中浸淫之深。

而且僧俗大众在日常礼佛时,见佛像庄严美好,就要"直声长赞",多至"十颂二十颂"。又有赞佛的《如来》等呗赞,但包含音节单词较多,内涵不够显明。所以大众多在夜静时,宣讲摩咥里制吒通俗易懂的《四百赞》《一百五十赞》以及其他各种赞叹佛、菩萨功德的"stotra"来辅助领会经义。由于古印度礼佛活动中偈赞盛行,故义净将这种状况归结为"西国礼敬,盛传赞叹"。也正因"盛传赞叹",故僧侣热衷于撰写、传播"stotra"赞叹文。如马鸣所做《佛所行赞》、佚名僧侣所做《七佛梵赞》(又称《七胜者赞》《七佛赞呗伽陀》)等,相继成为古印度佛教"stotra"类赞叹韵文的经典之作,流传甚广,影响甚大。

第三节　佛经翻译中的偈颂与赞文

"偈"本是梵语文学体式,它进入中国古代文学当中而发展为宗教颂赞,必然依赖译经活动这一渠道。故本节首先从佛经翻译这一视角切入,来展示古印度佛教"偈"颂和赞叹文"stotra"转化为中国古代宗教颂赞的一般情况。

中国古代的佛教译经,滥觞于摄摩腾、竺法兰所译《佛说四十二章经》。该经实际是古印度诸经卷中佛陀说法各段落的纂集,其各章所集条目杂见于《中阿含经》《杂阿含经》《长阿含经》《增一阿含经》等古印度佛教经卷。也正因如此,作为一部佛陀讲法的经抄,《佛说四十二章经》仅纂集佛陀讲法所述要义，并不涉及"伽陀""祇夜"等偈颂以及"stotra"类的赞叹韵文。而到了东汉晚期乃至三国之际，汉传佛教的译经活动变得越来越频繁，所译古印度佛教经典种类日多，体制日繁，因此古印度佛教偈颂以及"stotra"类赞叹韵文也随之被越来越多地翻译成汉语，成了最早的佛教颂赞文体。

一、佛经翻译中的偈颂

在东汉末年以来的译经活动中，支谶、支谦堪为执牛耳者。支谶全名支娄迦谶，本西域月氏（贵霜帝国）人。东汉桓帝末年支谶为向东土弘传佛法来到洛阳，从事讲法及译经等活动。在桓帝永康至灵帝中平的十几年间，支谶将《道行般若经》《般舟三昧经》《阿閦佛国经》《首楞严三昧经》《宝积经》《阿阇世王经》《兜沙经》等多部大乘佛教经典转译为汉语，也将一部分梵文偈颂带入了古代汉语的文学殿堂，初步展示了佛教偈颂的艺术光彩。比如支谶所译《般舟三昧经·行品》：

> 心者不知心，有心不见心。心起想则痴，无想是泥洹。是法无坚固，常立在于念。以解见空者，一切无想念。①

这是佛告颰陀和菩萨时所说的"偈言"，属于对《般舟三昧经·行品》主体经文要义的归纳总结，故属于"别偈"（祇夜）。这首译自"祇夜"的偈颂采用五言翻译结体，这是因为东汉末年以五言创作的汉乐府民歌以及文人诗均已成熟，为便于传播、接受，支谶采取五言体式来翻译这首阐述"心（观念意识）"和"涅槃""空"等概念之间关系的"别偈"，这是比较容易理解的。

然而值得注意的是，支谶所译佛经中还出现了许多七言偈颂以及少数六言偈颂。比如《般舟三昧经·譬喻品》：

> 三千大千之国土，满中珍宝用布施，设使不闻是经像，其功德福为薄少。若有菩萨求众德，当讲奉行是三昧，疾信讽诵此经法，其功德福无有量。如一佛国尘世界，皆破坏碎以为尘。彼诸佛土过是数，满中珍宝用布施。其有受持是世尊，四句之义为人说，是三昧者诸佛慧，得闻功德叵比喻。何况有人自讲说，受持讽诵念须臾，转加增进奉行者，其功德福无有量。假使一切皆为佛，圣智清净慧第一，皆于亿劫过其

---

①《佛藏》第 10 册，第 598 页。

数,讲说一偈之功德。至于泥洹赞咏福,无数亿劫悉叹颂。不能尽究其功德,于是三昧一偈事……①

《般舟三昧经·四事品》:

譬如有人眼清净,于夜中半而起观,仰见星宿无数千,昼日思念皆识知。菩萨如是得三昧,见无央数百千佛,皆识念知于诸佛,则为众会说世雄。譬如今我觉眼明,清净无垢见世间,佛子菩萨眼若此,三昧普达见世尊……②

上述两首偈颂同样是佛告飚陀和菩萨时所言的"别偈"(祇夜),意在劝导飚陀和菩萨要持守"奢摩他、三摩钵提、禅那"这"三昧"以止息杂念、平静心神,从而最终归于超脱、圆融、寂静之涅槃圆满境地。唯此偈颂以七言成篇,对比东汉末年的文人及民间诗歌作品来看,七言都是罕见的。

就文人作品来看,七言诗最早出现于汉武帝与群臣集句所作的《柏梁诗》,之后数百年间鲜有七言作品问世,只有张衡《四愁诗》、王逸《琴思楚歌》等体制较为特殊的少数七言诗篇点缀于文坛之上,直至曹丕《燕歌行》始有相对成熟的七言诗与《柏梁诗》遥相呼应。至于乐府诗,其中七言作品亦非主流。来自民间的七言乐府源自楚辞,初见于西汉李延年改制的《薤露》《蒿里》等挽歌。另外,七言句在《武溪深》《廉叔度歌》等两汉民谣中也间有所见,但并非通篇七言,常与三言句相杂。至于《景星》等虽列于《乐府诗集》内,但它们是汉代贵族文士仿楚辞民歌之作,四言与七言相杂,也并非典型的七言诗体。

而支谶翻译的这两首七言偈颂,在《般舟三昧经》中绝非孤例,类似的体制在该经其他各品中也是大量存在的。这些七言偈颂采取了两汉文人诗与乐府民歌都不常见的七言体式,这是颇值得思考的。

除七言偈颂外,支谶所译《般舟三昧经》中还存在六言偈颂。比如该经《四事品》:

常信乐于佛法,受诵是道德化。精进行解深法,立具足等慈哀。当普说佛经卷,广分布道法教。慎无得贪供养,无所著得是法。在不

---

① 《佛藏》第 10 册,第 600 页。
② 《佛藏》第 10 册,第 599 页。

正瞋恚兴,意善解使离欲。常乐定三昧禅,谨慎行得是法。当念佛本功德,天金色百福相……黄金色无秽漏,疾逮得是道尊。坚固敬常以前,听是法无乱心。常舍离懈怠行,得三昧疾不久。无恚害向他人,当行哀得慈法。普救护功德地,得三昧疾不久。常恭敬于法师,当奉事如世尊。无得惜是经法,得三昧疾不久。慎无得疑斯经,佛赞是正道化。一切佛所歌叹,得三昧疾不久。①

这首偈颂同样是佛告颰陀和菩萨时所言的"别偈"(祇夜),目的仍是劝导颰陀和菩萨要持守"三昧"以求寂静而归于涅槃圆满。但其所采用的六言句式则更为特殊。在两汉文学中,六言诗相对于七言诗来说更为罕见。文人诗中只有梁鸿《适吴诗》等少数作品采用六言;乐府民歌中也只有《满歌行》等少数几首采取六言体式构建其中某一章节,而不存在通篇全为六言的乐府民歌作品。

综上对比来看,支谶所翻译的佛经偈颂当中,采用五言体式者固然占过半之多数,但采用七言、六言体式者所占比例也几乎可与五言偈颂相颉颃。与此相对比的是,支谶所处时代的文人诗和乐府民歌以五言为主,而颂赞更是以四言为主。无论是参考文人诗、乐府民歌还是文人颂赞,支谶都没有理由译出大量的七言、六言体式偈颂。那么,支谶译经既然出现如此多的七言、六言偈颂,只能说明他并没有过多地参考当时的文人诗、乐府民歌以及文人颂赞,而是尽量本着忠实于梵文佛经原著的原则,采用他认为得当的句法、体式来翻译梵文偈颂。也就是说,支谶翻译佛经偈颂基本上是空无依傍、自创一式。这从支谶所翻译的偈颂语句也能看出端倪。比如上引"设使不闻是像经,其功德福为薄少""菩萨如是得三昧,见无央数百千佛""常信乐于佛法,受诵是道德化""黄金色无秽漏,疾逮得是道尊"等句,只能说是在七言或六言体式范围之内勉强符合了古代汉语语法规范,尚有牵强凑泊之感。这是因为梵文与汉语本是语法结构差异较大的两种文字,支谶在对古汉语现学现用的情况下,选择他认为合适的类韵文句法体式,来尽可能忠实地再现梵文佛经偈颂的内涵意旨,已属相当不易。对支谶所译偈颂所存语法瑕疵,论者自不必过分呵责。但从上述偈颂这些牵强凑泊乃至语法瑕疵之处,也可以看出像支谶这样"筚路蓝缕"的第一批译

---

① 《佛藏》第 10 册,第 598 页。

经家，在翻译佛经偈颂时是自开一路、自创一式的。

支谶导夫先路之后，东汉末年爆发了延至三国的惨烈战乱。残酷的社会现实迫使各阶层人士都渴望得到精神层面的救拔和支撑，于是佛教在中国社会得到了更为广泛的传播，也由此掀起了中国佛教史上的第一次译经高潮。这时，支谦继承支谶的衣钵，成了三国之际又一位译经大师。

支谦先世也是西域月氏人，其祖父于东汉灵帝时率数百族人迁居中原，传至支谦，已至三国时代。支谦受业于支谶门人支亮，为支谶再传弟子。在三国时期，支谦已南渡迁居吴地。吴国在魏、蜀、吴三国中相对比较安定，且吴大帝孙权委任支谦为"博士"，视其为智囊，这为他从容译经提供了十分友好的环境。故支谦绍继其师祖支谶的译经事业，在三十年间发奋努力，将《大阿弥陀经》《维摩诘经》《大明度无极经》《大般泥洹经》《佛说须摩提长者经》《太子瑞应本起经》《法句经》等共计八十八部凡一百一十八卷古印度佛教经典转译为汉语，极为有力地推动了佛教经典在当时汉地的传播与接受。

支谦所译佛经经典种属既多，内容益繁，梵文偈颂也随之更为广泛地被转译为汉语表达的佛教偈颂。但与支谶不同的是，支谦对古汉语的掌握、运用要更为娴熟。与支谶初到中原即开始译经不同，支谦译经时其家族定居中土已历三代，他对汉语的运用程度哪怕是与当时文士比肩也不遑多让。所以，支谦所译佛经偈颂体制、句式较支谶译作都显得更加规整。以支谦所译《佛说须摩提长者经》偈颂为例：

> 无常计有常，不净计有净。实苦而言乐，无我计有我。众生生死中，深着于倒见。千万亿劫中，不知生死本。若有人能解，真实大法者。能知此非常，最为大苦本。若人见垢浊，断除三毒本。必能得成就，无上之大法。[①]

这首偈颂属于宣说"未了经义"的"伽陀"，表现佛告知大众在六道之中随识流转的种种妄见。它首先揭示了众生将"无常"视为"有常"、将"脏秽"视为"洁净"的"颠倒妄想"，进而指出众生谬误的实质在于将"无我"当作了"有我"，从而与佛教"三法印"背道而驰，故身在苦中而不觉其苦，反以苦趣为

---

①《佛藏》第25册，第637页。

乐趣。接下来偈颂又指出，断除"贪嗔痴"三毒，也就是断除"识"之根本，才能避免随识流转，也才能了却生死，脱离三界六道，成就无上佛法。从句法体式来看，支谦翻译的这首偈颂是整齐的五言句式；而从语法结构来看，这首偈颂每句结构严整规范，含义明白晓畅，因此支谦转译的这首偈颂已非生涩的五言句式，而是成熟的五言句式了。

而且，支谦所译部分偈颂除了具备规整的句法外，还表现出了较为鲜明的文学性。比如《太子瑞应本起经》中的这一段：

> 比丘何求坐树下，乐于林薮毒兽间。云起可畏杳冥冥，天魔围绕不以惊。古有真道佛所行，恬惔为上除不明。其城最胜法满藏，吾求斯座快魔王。汝当作王转金轮，七宝自至典四方。所受五欲最无比，斯处无道起入宫。吾观欲盛吞火同，弃国如唾无所贪。得王亦有老死忧，去此无利勿妄谈。何安坐林而大语，委国财位守空闲。不见我兴四部兵，象马步兵亿八千……①

这段偈颂为七言，其句法结构较之支谶所译偈颂更为规整，显示了支谦所译七言偈颂已达到成熟、规范之境地。而且，支谦所译偈颂与支谶所译同类作品相比较，其文学性更为鲜明。理由是：其一，支谦这首偈颂韵脚更加鲜明。比如"惊""行""明"相押；"藏""王""方"相押；"宫""铜"相押；"贪""谈""闲""千"相押。而此前支谶所译偈颂，无论是五言还是七言，都没有明显的韵脚和押韵规律可循。因此，在熟练运用汉语的支谦手中，偈颂变得更具韵文特征了。其二，支谦这首偈颂描写更加生动形象。此前支谶所译偈颂多拘泥于宣讲抽象的佛教法理。而支谦这首偈颂中的"云起窈冥冥""欲盛吞火铜""作王转金轮""七宝自至"更具视觉冲击力，也更易调动读者的生活经验从而促使其在头脑中补充、还原出一幅形象的场景画面，因此更具生动形象之特点。所以，综上所论可认为，各类梵文偈颂的转译在支谦手中已经趋于成熟，也为后世偈颂的翻译确立了一定的范式。

而之后两晋、南北朝时期的偈颂翻译，在支谦确立之范式基础上，重点转向运用五言句式来进行转译表达。比如东晋高僧法显重译的《大般泥洹经》中的偈颂：

---

① 《佛藏》第 24 册，第 307 页。

　　不知三宝者，何名知归依？依义尚不了，云何知佛性？若以归依佛，是为最吉安。复有何因缘，而复归依法。归依于法者，是为自心想。复有何因缘，而归于众僧。不信归依佛，决定真实者。三宝如来性，何由能悉知。云何未知义，而生豫计想。佛法比丘僧，三宝之梯隥。犹如不怀妊，而作生子想。如是思惟者，但增其惑乱。如人寻空响，离真优婆塞。当勤求方便，大乘决定义。如来随顺说，令汝除疑网。①

这是佛为迦叶尊者所说的偈言，意在纠正此前迦叶所作偈言中的错误：

　　我今归三宝，甚深如来性。自身如来藏，佛法僧是三。如是归依者，是名最上依。②

在这里佛与迦叶尊者所作的这两首偈颂，都属于宣说"未了义经"，因此它们都是从梵文佛经中的"伽陀"转译而来。以上两首偈颂相互问答呼应，紧密承接，意在明确通晓"佛法僧"三宝之内涵对于大乘佛教修行的重要意义。从偈颂的行文布局来看，其五言句式规范严整，逻辑清晰连贯，说理明白晓畅，且善于运用比喻等修辞方法来增进生动形象之表达效果。由此可见，法显依循支谦确立的偈颂转译范式，将梵文偈颂的翻译推进到了"应译尽译，无事不可译"的自如地步。

　　法显之外，东晋南朝的其他僧徒的译经活动，也多用五言句式来转译梵文偈颂。比如南朝刘宋时期古印度来华僧侣求那跋陀罗所译《杂阿含经·诸流经》中的偈颂：

　　彼天子说偈问佛：何法度诸流，以何度大海。云何舍离苦，云何得清净？

　　尔时，世尊说偈答言：正住度诸流，不放逸度海。精进能断苦，智慧得清净。③

这两首偈颂短小精悍，说理针针见血，直指本质，将"信""不放逸""精进"三种意志品质以及"智慧"对于佛教徒信仰和修行的重要意义说得直接明了，

①《佛藏》第 14 册，第 253 页。
②《佛藏》第 14 册，第 253 页。
③《佛藏》第 23 册，第 227 页。

堪称唐前佛颂中的经典。

又如东晋时期古印度来华僧侣佛驮跋陀罗所译《大方等如来藏经》中的偈颂:

> 我昔未曾睹,神变若今日,见佛百千亿,坐彼莲花藏。各放无数光,弥覆一切刹,离垢诸导师,庄严诸世界。莲华忽萎变,莫不生厌恶,今以何因缘,而现此神化。我观恒沙佛,及无量神变,未曾见如今,愿为分别说。①

这是佛于莲花座中变现千万亿光明法身形象后,金刚慧菩萨赞叹礼敬所作偈颂。该颂不仅五言句式工整严谨,而且在语言应用方面也显得纯熟自然,描绘佛变现无数光明法身的场景的庄严宏大,令人读之如在目前,心生敬意。和上引求那跋陀罗所译偈颂一样,佛驮跋陀罗翻译的这首《大方等如来藏经》偈颂也充分展示了东晋南朝时期梵文偈颂转译所取得的较高成就。

以上,本节通过列举支谶、支谦等人的翻译作品,展现了魏晋南北朝时期佛经偈颂转译的一般状况。从列举的案例可知,支谶、支谦等译经家所译偈颂都是发挥辅助阐发、宣说佛经经义之功用的。那为何前文所述支谦、吉藏、窥基、玄奘等名僧一致要把佛经中的这类本名"偈"的文体称为"颂"而不是诗、赋、铭、箴等其他文体呢?笔者认为,这还要归结于颂体文本来的功能,即"美盛德而述形容"。此类转译自佛经梵语韵文的"偈"文辅助阐发、宣说佛经经义,可以说是述经义之"形容"。而且如鸠摩罗什所说,此类阐发经义的梵语"偈"文又是以"歌叹"的方式来展开,其阐发经义的本质是为了赞美佛陀以及佛法,那么它又天然具有"美盛德"的意旨。既述经义之"形容",又赞美佛陀之盛德,则"偈"除了被命名为"颂",也没有什么其他的文体更合适了。所以,正是从"美盛德而述形容"的角度出发,本为梵语韵文的"偈"被转译成汉语后,就被称为"颂"或"偈颂"了。

二、佛经翻译中的赞文

和"伽陀""祇夜"等偈颂相似,梵文佛经中的赞叹文也随着转译活动转

---

①《永乐北藏》第 47 册,第 510—511 页。

化成了汉语佛教文学中最初的赞文。在本部分,就以十六国时期北凉昙无谶所译《佛所行赞》为例,来展示唐前佛经翻译活动中的赞叹文转译情况。

《佛所行赞》为1世纪古印度高僧马鸣所作,以赞叹文和偈颂相结合的形式来阐述释迦牟尼佛从蓝毗尼园诞生到圆寂后八分舍利的一生事迹,共计二十八品十七章,在古印度佛教史上堪称一部史诗性的著作。

《佛所行赞》在古印度流传四百余年后,中天竺僧侣昙无谶游历到达十六国末期的北凉国。在国主沮渠蒙逊的宠遇之下,昙无谶在北凉国羁留十余年期间翻译了《悲华经》《菩萨地持经》《优婆塞戒经》《佛本行经》《金光明经》等十一部一百一十二卷佛经典籍,其中也包括马鸣的《佛所行赞》。

从句法体式上来看,昙无谶所译《佛所行赞》也是采用规整的五言句式写就,比如《佛所行赞·生品》共五百零四行两千五百二十字,皆采用严整的五言句式写成:

> 甘蔗之苗裔,释迦无胜王。净财德纯备,故名曰净饭。群生乐瞻仰,犹如初生月。王如天帝释,夫人犹舍脂。执志安如地,心净若莲花。假譬名摩耶,其实无伦比。于彼象天后,降神而处胎。母悉离忧患,不生幻伪心……菩萨出兴世,功德风所飘。普皆大震动,如风鼓浪舟。栴檀细末香,众宝莲花藏。风吹随空流,缤纷而乱坠。天衣从空下,触身生妙乐。日月如常度,光耀倍增明。世界诸火光,无薪自炎炽。净水清凉井,前后自然生。中宫婇女众,怪叹未曾有。竞赴而饮浴,皆起安乐想。无量部多天,乐法悉云集。于蓝毗尼园,遍满林树间。奇特众妙花,非时而敷荣。……夫人抱太子,周匝礼天神。然后升宝舆,婇女众随侍。王与诸臣民,一切俱导从。犹如天帝释,诸天众围绕。如摩醯首罗,忽生六面子。设种种众具,供给及请福。今王生太子,设众具亦然。毗沙门天王,生那罗鸠婆。一切诸天众,皆悉大欢喜。王今生太子,迦毗罗卫国。一切诸人民,欢喜亦如是。①

此长篇赞叹文开篇即揭示释迦太子的显贵家世——“甘蔗之苗裔”。这是指释迦太子的父亲净饭王之远祖,本为刹帝利种姓国王。他让位于弟弟而出家随一位姓氏为“瞿昙”的婆罗门尊者学道,因以“瞿昙”尊者之姓氏为自

---

①《永乐北藏》第130册,第1—9页。

己的第二姓氏，被国人称为"小瞿昙菩萨"。"小瞿昙菩萨"身体的一部分化为甘蔗，此甘蔗又复开裂生出男女各一，相为婚姻，繁衍后世，遂为释迦族之起源。故《佛所行赞·生品》称释迦一族为"甘蔗之苗裔"。接下来，赞文又交代释迦太子父王得"净饭"名号之由来。即，因此国王"净财"（正命之财，非杀、盗斜途得来之财）与纯正之德行齐备，故名"净饭"。接下来，帝释天主释迦提桓因陀罗与阿修罗王公主舍脂来比拟净饭王及佛母摩耶夫人，并以净莲花来比喻佛母纯洁的心境。从中可以看出，《佛所行赞》不仅善于用典，而且长于譬喻，丰富的修辞手段更凸显了这首长篇佛赞与古印度史诗相似的浓郁艺术色彩。而从另一角度来看，这实际又是借助用典和譬喻之名，行赞叹释迦太子高贵世系之实。这比喊口号式的"大赞特赞"要更显"赞之有物"。

《佛所行赞·生品》的中段意在描述释迦太子降生之际的情景。之所以称"菩萨出兴世"，是因释迦太子成佛前已具菩萨果位。据《太子瑞应本起经》，现在贤劫前九十一劫中，释迦牟尼佛前身名为"儒童"，已证菩萨果位，得定光如来授记。故于现在贤劫中以菩萨身投生蓝毗尼园，成佛住世，弃家修行，广开方便法门，普度众生。在这里"栴檀细末香，众宝莲花藏。风吹随空流，缤纷而乱坠……日月如常度，光耀倍增明。世界诸火光，无薪自炎炽"。这两处描写显得细致生动，将一幅光明四照、庄严七宝、祥花降瑞的殊胜场面展现无遗，又是以场面描写为表层依托而对佛之降生极尽礼敬赞叹之能事。

接下来，《佛所行赞·生品》又借婆罗门尊者之口赞释迦太子威仪：

> 人生于世间，唯求殊胜子。王今如满月，应生大欢喜。今生奇特子，必光显宗族。安心自欣庆，莫生余疑虑。灵祥集家国，从今转休盛。所生殊胜子，必为世间救。惟此上士身，金色妙光明。如是殊胜相，必成等正觉。若习乐世间，必作转轮王。普为大地主，勇猛正法治。王领四天下，统御一切王。犹如世光明，日光为最胜。若处于山林，专心求解脱。成就实智慧，普照于世间。譬如须弥山，普为诸山王。众宝金为最，众流海为最。诸宿月为最，诸明日为最。①

　　由于释迦太子降生"不由常道"，故净饭王及摩耶夫人不知此子是吉是凶，心中惊怖。有婆罗门尊者知悉，遂诣王宫赞叹太子非凡圣德与各种威仪。这段赞叹连用多种譬喻来赞美释迦太子将来要成就的无上佛道，比如以削平世间各国、一统天下的"转轮王"，来比喻释迦佛法将如"转轮"这种兵器一般，扫除世间一切外道邪见，使天下众生发心皈依；复以太阳光辉比喻佛法将普照世间，为众生带来光明与智慧；最后，又连用排比句式来进行譬喻，以"须弥山为众山之首""黄金为众宝之珍""大海为水流之汇""月亮为星宿之主""太阳为光明之最"来比喻释迦佛法乃世法所稀，即一切世间法（世界万事万物）中所罕见的无上佛道，必将普照万方，成诸法之宗。

　　所以，综上来看，《佛所行赞·生品》虽以叙事为主，又于其中夹杂生动的描写，但无论是叙事还是描写，都是为"赞叹"释迦太子服务的。这也正是《佛所行赞》作为一篇赞叹文的本色所在。

　　在《生品》之后，《佛所行赞》又依次展开《处宫品》《厌患品》《离欲品》《出城品》《车匿还品》《入苦行林品》《合宫忧悲品》《推求太子品》《瓶沙王诣太子品》《答瓶沙王品》《阿罗蓝郁头蓝品》《破魔品》《阿惟三菩提品》《转法轮品》《瓶沙王诸弟子品》《大弟子出家品》《化给孤独品》《父子相见品》《受只桓精舍品》《守财醉象调伏品》《庵摩罗女见佛品》《神力住寿品》《离车辞别品》《涅槃品》《大般涅槃品》《叹涅槃品》《分舍利品》二十七品内容，皆采用与《生品》相同的规整五言句式，顺次叙述释迦牟尼佛一世生平。而在上述诸品中，亦随处可见大量"赞叹"之语。

　　比如《瓶沙王诣太子品》：

　　　　昔闻释氏种，奇特殊胜子。神慧超世表，应王领八方。今出家在此，众人悉奉迎。王闻心惊喜，形留神已驰。敕使者速还，伺候进趣宜。奉教密随从，瞻察所施为。澄静端目视，庠步显真仪。入里行乞食，为诸乞士光。敛形心不乱，好恶靡不安。精粗随所得，持钵归闲林。食讫漱清流，乐静安白山。青林别高崖，丹华殖其间。孔雀等众鸟，翻飞而乱鸣。法服助鲜明，如日照扶桑。使见安住彼，次第具上闻。王闻心驰敬，即敕严驾行。天冠佩花服，师子王游步。简择诸宿重，安静审谛士。导从百千众，云腾升白山。见菩萨严仪，寂静诸情根。端坐山岩室，如月丽青天。妙色净端严，犹若法化身。虔心肃然发，恭步渐亲近。犹如天帝释，诣摩醯首罗。敛容执礼仪，敬问彼和安。①

瓶沙王(频婆娑罗)是和释迦太子同时代的摩揭陀国王,据传与释迦太子存在着疏远的亲戚关系,曾规劝太子不要出家。《瓶沙王诣太子品》讲述刚刚出家的释迦太子来到摩揭陀国首都王舍城(五山城),因仪态非凡,受到王舍城居民的围观赞叹。百姓的围观惊动了高楼上的瓶沙王,后者遂向围观赞叹的众百姓询问究竟。于是百姓"恭跪王楼下,具白所见闻",说出了上述引文中的赞叹之语:"昔闻释氏种,殊特殊胜子。神慧超世表,应王领八方。今出家在此,众人悉奉迎。"借百姓之口说出的这段赞叹之语,类似一个总领性的引子,引出了瓶沙王派遣随从暗中侦查释迦太子的行踪。于是又自随从的视角对太子进行了第二番赞叹:"澄静端目视,庠步显真仪……法服助鲜明,如日照扶桑。"意即,释迦太子端庄宁静,步态安详,持钵化缘,气定神闲,即便夹杂在众多乞人当中也是神采照人。待化缘完毕,释迦太子出城行至野外山崖花丛之间,更像是日耀原野,令人叹为观止。随从的汇报引发了瓶沙王莫大的兴趣,于是他率众官亲趋山林会见释迦太子,赞文又从瓶沙王的视角对太子进行了第三番赞叹:"见菩萨严仪,寂静诸情根。端坐山岩室,如月丽青天。妙色净端严,犹若法化身。"意即,释迦太子端坐岩洞,六根俱净,庄严华妙,若明月悬空,清辉弥望,令人见而生超凡脱俗之意。于是瓶沙王不由得"恭步亲近",对释迦太子进行种种问候与劝导。

　　在这一段中,作者分别从王舍城居民、瓶沙王随从以及瓶沙王本人的视角切入,采取描写的手法对释迦太子的端严仪容进行了三次赞叹,好比《老残游记》中描写的王小玉说书一样"节节高起,愈险愈奇",正可谓层层蓄势,一唱三叹,手法巧妙而又极尽礼敬赞叹之能事。

　　以上所举诸例,多是从描写的角度赞叹释迦太子端严妙相。除此之外,《佛所行赞》还从佛教法理的角度对佛陀进行赞叹,比如《大般涅槃品》：

　　　　譬如燃明灯,何能令无光。佛道真实义,缘爱生世间。爱灭则寂静,因灭故果亡。本谓我异身,不见无作者。今闻佛正教,世间无有我。诸法因缘生,无有自在故。因缘生故苦,因缘灭亦然。观世因缘

①《永乐北藏》第130册,第58页。

生,则灭于断见。缘离世间灭,则离于常见。悉舍本所见,深见佛正
法。宿命种善因,闻法能即悟。已得善寂灭,清凉无尽处。心开信增
广,仰瞻如来卧。不忍观如来,舍世般涅槃。[①]

此段赞叹之语出自释迦佛最后一位弟子须跋陀罗尊者之口。须跋陀罗本
为婆罗门,因闻佛将灭度,故匆忙赶来面佛求法。此前,在他刚受到佛陀大
弟子阿难陀接待时,已说出一段赞叹之语:

> 我闻如来道,厥义深难测。世间无上觉,第一调御师。今欲般涅
> 槃,难复可再遇。难见见者难,犹如镜中月。我今欲奉见,无上善导
> 师。为求免众苦,度生死彼岸。佛日欲潜光,愿令我暂见![②]

在这里,须跋陀罗将佛誉为"世间无上觉,第一调御师""无上善导师",将佛
法誉为"厥义深难测",这还是直接赞叹。而在受佛接见并闻听佛宣讲"八
正道"之后,须跋陀罗从法理的深度明确了自己之所以毕生修行却未能了
却生死的症结,乃在于未能断除"爱",因此无法从根本上断除贪、恚、痴等
"见"和"识",故而还要随"见""识"而流转,无法超脱轮回。在了知并破除
了阻碍自己修行之路的这一最后障碍之后,须跋陀罗由衷地感慨佛法之深
邃圆融,故从法理的角度发出了上述的"譬如燃明灯,何能令无光……不忍
观如来,舍世般涅槃"这段赞叹。这其实是从"爱""因缘""断见"(仅以感官
把握现量境世界)和"常见"(认为有永恒不变之"我")的关系这个角度来体
认"诸行无常、诸法无我"的佛法基本思想,因而发出了"悉舍本所见,深见
佛正法""心开信增广"的由衷赞叹。在这赞叹过后,须跋陀罗即因破除了
最后阻碍他的"常见",得证阿罗汉果位而走向了"涅槃寂静",在释迦佛涅
槃之前,自己先行涅槃圆寂了。

从以上所举《生品》《瓶沙王诣太子品》《大般涅槃品》的多个案例来看,
昙无谶所译《佛所行赞》依托严整的五言句式,在叙事、描写之间,采取用
典、譬喻等多种手法,"随物赋形"地融入了大量的赞叹内容,基本上做到了
"能赞尽赞""无事不可赞"。这充分展示了转译为汉语的赞叹文独具一格
的文学魅力,也标志着佛教赞文作为赞文体的一个分支,已然规范且成
熟了。

---

①《永乐北藏》第 130 册,第 144 页。
②《永乐北藏》第 130 册,第 142—143 页。

　　而 stotra 这样的梵语韵文之所以在翻译成汉语后被称为"赞"，则并非取《文心雕龙·颂赞》所言"明也，助也"之本义，而是主要以后起之义"赞叹"为主要依据，将 stotra 这样的梵语韵文命名为"赞"文或"偈赞"。然而，根据本节引昙无谶的翻译案例来看，在赞叹佛陀庄严殊胜之余，像《佛所行赞》这样的 stotra 也在一定程度上发挥了对于佛陀事迹"明也，助也"之作用。故而综合来看，来华僧侣及汉传僧侣之所以把梵文 stotra 转译为汉语之后定名为"赞"或"偈赞"，是出于赞体文"明也，助也"这一本质功能以及"赞叹""赞美"的后起功能之双重考虑。其中，又以对赞体文"赞叹""赞美"的后起功能之考虑为主。

第四节　中土僧侣创制的佛教题材颂赞文体

　　东汉末年以来，佛经翻译活动的盛行推动了梵文偈颂、赞叹文大量被转译为汉语佛教颂、赞的趋势，这也为中国本土文人的颂、赞创作提供了新的方向。于是，在佛教颂、赞的引领和感召之下，从三国时代开始，中土僧侣（包括自印度、西域来华而在华从事译经及汉语文学创作的僧侣）及文人创作的佛教题材颂、赞就陆续登上了文学舞台。而导夫先路的则是陈思王曹植的"鱼山梵呗"。所以，本节就从梵呗说开去，力图展示三国两晋南北朝时期文人创作佛教题材颂、赞的大体风貌。

一、梵呗之起

　　梵呗，起自古印度梵语咏经活动。南朝梁僧慧皎《高僧传·经师总论》：

　　　　然天竺方俗，凡是歌咏法言，皆称为呗。至于此土，咏经则称为转读，歌赞则号为梵呗。昔诸天赞呗，皆以韵入弦管。五众既与俗违，故宜以声曲为妙。原夫梵呗之起，亦兆自陈思。始著《太子颂》及《睒颂》等，因为之制声。吐纳抑扬，并法神授。今之皇皇顾惟，盖其风烈也。[1]

从慧皎这段论述来看，古印度以梵语"歌咏法言"，统称为"呗"。这也比较

容易理解,考本章前文所引义净《南海寄归内法传·三十二赞咏之礼》的记载来看,在古印度佛事活动中,佛经与偈赞的咏唱早已融为一体而被共同咏唱,古印度佛教徒并不认为有严格分辨两者之必要,所以只要是咏唱与佛法有关的文字内容,都统称为"呗"。

但古印度经赞并咏的方式传入中原后,可能是受儒家经、传、疏、注等观念的影响,此类"歌咏法言"之"呗"被分成了两种:其一是"咏经",其二是"歌赞"。

所谓"咏经",即采取旋律化的抑扬声调来演唱佛经,称为"转读"或"转经"。慧皎《高僧传·序录》:

> 其转读宣唱,虽源出非远,然而应机悟俗,实有偏功。故齐、宋杂记,咸条列秀者。今之所取,必其制用超绝,及有一分通感,乃编之传末。[1]

这里所说的"转读""宣唱",即《高僧传》所列高僧弘法"德业十例"之二。而此"十例"分别是:

> 一曰译经,二曰义解,三曰神异,四曰习禅,五曰明律,六曰遗身,七曰诵经,八曰兴福,九曰经师,十曰唱导。[2]

上述"转读"就是这里所说的"经师","宣唱"即此处"唱导"。从《高僧传》所记来看,"唱导"和"宣唱"之"唱",实应为"倡"之通假,其主要内容是宣明诸佛法号,讲演三世因果,因与论题无关,故本书在这里不予赘述。而"经师"即"转读",才是真正的"唱"。《高僧传·经师总论》曰:

> 夫篇章之作,盖欲申畅怀抱,褒述情志。咏歌之作,欲使言味流靡,辞韵相属。故《诗序》云:情动于中,而形于言,言之不足,故咏歌之也。然东国之歌也,则结韵以成咏;西方之赞也,则作偈以和声。虽复歌赞为殊,而并以协谐钟律,符靡宫商,方乃奥妙。故奏歌于金石,则谓之以为乐;赞法于管弦,则称之以为呗。
>
> 夫圣人制乐,其德四焉:感天地,通神明,安万民,成性类。如听呗,亦其利有五:身体不疲,不忘所忆,心不懈倦,音声不坏,诸天欢喜。

---

① 《高僧传》,第 525 页。
② 《高僧传》,第 524 页。

是以般遮弦歌于石室,请开甘露之初门,净居舞颂于双林,奉报一化之恩德。其间随时赞咏,亦在处成音。至如亿耳细声于宵夜,提婆扬响于梵宫。或令无相之旨,奏于篪笛之上;或使本行之音,宣乎竽瑟之下。并皆抑扬通感,佛所称赞。故《咸池》《韶》《武》,无以匹其工,《激楚》《梁尘》,无以较其妙。

自大教东流,乃译文者众,而传声盖寡。良由梵音重复,汉语单奇。若用梵音以咏汉语,则声繁而偈迫;若用汉曲以咏梵文,则韵短而辞长。是故金言有译,梵响无授。

始有魏陈思王曹植,深爱声律,属意经音。既通般遮之瑞响,又感鱼山之神制。于是删治《瑞应本起》,以为学者之宗。传声则三千有余,在契则四十有二。[①]

从上述引文来看,“经师”(即“转读”)和音乐关系至为密切。引文除直言“咏歌”“钟律”“宫商”“管弦”均为古代音乐常用词汇之外,所举典故如“般遮弦歌于石室”“净居舞颂于双林”“亿耳细声于宵夜”“提婆扬响于梵宫”也都是和音乐直接相关的佛教典故。“般遮弦歌于石室”,是指帝释天伎乐般遮下至佛入定所居石室,弹琴作歌,请佛上天界为大梵天王说法;“净居舞颂于双林”,是指佛于双林涅槃之后,曾受佛度化的天人乐神乾闼婆王“善爱”,至佛前边歌边舞,颂佛功德;“亿耳细声于宵夜”,是指“亿耳”罗汉未证果位时,曾与佛在夜间共同坐禅,奉佛命吟唱《波罗延经》,其声清越微妙,受佛赞赏;“提婆扬响于梵宫”是指迦那提婆尊者(世称提婆菩萨),曾于摩揭陀国波吒厘子城边寺院击钟而与外道辩论获胜之事。

所以,综合以上引文来看,慧皎之所以将“诵经”与“经师”分列,是因为两者有着本质区别。前者是念诵经文而不引长咏唱,其目的在于自修;后者是对佛经引长发声,进行“转读”式的咏唱,其目的在于“应机悟俗”,即面对俗家信众演唱佛经而加强对于后者的感召力,促其皈依佛教。

上述引文不仅阐述“咏经”,而且也在解读“歌赞”即“梵呗”。“梵呗”是梵文“梵摩”(Brahman)和“呗匿”(婆陟,pa-thaka)的合称。其中,“梵摩”是“清净、离欲”之义,“呗匿”是指赞叹性的歌咏。唐释道世《法苑珠林·呗赞篇》:

---

① 《高僧传》,第 507 页。

夫褒述之志，寄在咏歌之文。咏歌之文，依乎声响。故咏歌巧则褒述之志申，声响妙则咏歌之文畅。言辞待声，相资之理也。寻西方之有呗，犹东国之有赞。赞者，从文以结章；呗者，短偈以流颂。比其事义，名异实同。是故经言：以微妙音声，歌赞于佛德，斯之谓也。[1]

从《法苑珠林》以上的论述来看，"歌咏"与"赞叹佛德"，正是构成"呗"的两大要素。因此，"梵呗"也被称为"赞呗""歌赞"。这也能和前文所引慧皎《高僧传·晋长安鸠摩罗什》、义净《南海寄归内法传·三十二赞咏之礼》的记载相互印证。而且，释道世在《法苑珠林》中已将"呗"视为"短偈以流颂"。也就是说，在释道世这样的僧侣看来，梵呗和偈颂实际已是同一概念。而且，"西方之有呗，犹东国之有赞"，故在释道世看来，梵呗包括赞和偈颂这两大类型，甚至其分野并不是十分清晰。这也难怪，从前文引《南海寄归内法传·三十二赞咏之礼》等文献来看，古印度礼佛、诵经等活动中，偈颂和赞叹文本就是密切融合的共生关系。当它们被翻译成为汉语后，偈颂和赞的分野自然也并不会十分清晰。所以，符合实际的看法应是，汉化的"梵呗"是指偈赞，它既包括偈颂，也包括赞文。

由于古印度无论是偈颂还是赞叹文，都与音乐密切相关，所以慧皎在《高僧传》中将汉语"赞呗"的创始人锁定为"深爱声律，属意经音"而又工诗善文的陈思王曹植。

据传公元 230 年（三国魏明帝太和四年），辗转迁封于山东东阿的曹植（时为东阿王，后改封陈王）为排解不见用于当时的忧闷之情，于到境的次年登览鱼山。因闻空中传来美妙之梵曲乐调，遂依据佛教《太子瑞应本起经》作《太子颂》，借此叙述释迦太子舍国出家、证得无上殊胜果位的毅然之壮举。由于创制于鱼山的《太子颂》将中国颂文体与印度音乐曲调熔为一炉，开创了一种全新的音乐文学体制，故后世梵呗皆以鱼山为宗，号为"鱼山梵呗"。

曹植作《太子颂》一事最早见于南朝齐梁之际沙门僧祐所著《出三藏记集》。其书卷一二《法苑杂缘原始集》包含《陈思王感鱼山梵声制呗记》篇目，惜乎全文已佚，无由睹其始末。

南朝齐、梁两代去三国魏太和年间已历三百年左右，而曹植创制《太子

---

[1]〔唐〕释道世撰，周叔迦、苏晋仁校注《法苑珠林校注》，中华书局 2003 年版，第 1165 页。

颂》《睒颂》等梵呗之事，究竟是僧祐、慧皎等沙门依据确凿之文献如实记录，还是他们伪托曹植之名而编撰其事，鉴于年代久远且《太子颂》《睒颂》文本均已亡佚，目前已难详为考索。然而，《睒颂》所本之"睒子本生"故事（出自古印度史诗《罗摩衍那》）在佛教盛行的公元 6 世纪突然盛行于中国，且在数百年后演化为宣传儒教纲常伦理的"郯子鹿乳奉亲"故事。从这个现象来看，南朝沙门为迎合中国本土文化精神，托曹植之名推广、弘扬梵呗这一新生音乐文体的嫌疑要更大些。原因在于，曹植所处的东汉末至三国时期尚属佛教传入中国初期，梵音乐调与中国本土字声的融合程度更大可能是无法达到足以创制梵呗的水平。彼时经学家孙炎（约与曹植同时代）刚刚创制反切注音法，曹植是否已掌握该方法，是否足以据此推动汉字音声与梵音曲调的有机融合，这是值得怀疑的。

但无论如何，依曹植名义创制的汉语梵呗此后便盛行于寺院佛事活动中，且被部分文士用以写作，因此衍为大宗，流播千古。以至于梵呗传承至今遍布大江南北各地寺院，成了佛教文学的代表品类。其代表品种仍是梵呗诞生地——东阿的"鱼山梵呗"（又称"鱼山呗"），今已名列国家级非物质文化遗产。

二、僧侣创作的偈颂与赞文

魏晋以来，中土僧侣日繁，佛事日盛，对偈颂和赞文的需求也日益增加。在这一背景下，中土僧侣（包括自印度、西域来华而在华从事译经及汉语文学创作的僧侣）在翻译佛经之余，也开始独立创作偈颂与赞文。受历史条件所限，他们的偈赞创作活动被集中地记载于梁僧慧皎的《高僧传·经师总论》当中。除此之外，还有一些中土僧侣的偈赞作品被收录于各类史、集、类书当中。故本部分首先讨论慧皎《高僧传·经师总论》所载僧侣偈颂，然后旁及其他各类史、集、类书当中的僧侣偈颂，最后论述魏晋南北朝时期中土僧侣的佛教题材赞文创作。

（一）慧皎《高僧传·经师总论》中的偈颂及作者

自佛教偈颂、赞文以"梵呗"的形式在三国时期出现后，最初流行于僧侣、寺院之中。与曹植同时代的吴地译经家支谦《赞菩萨连句梵呗三契》，就是慧皎《高僧传·经师总论》中所说的"其后居士支谦，亦传梵呗三契"，但已"湮没而不存"。然而齐梁间僧祐《出三藏记集·支谦传》的记载：

又依《无量寿》《中本起经》，制赞菩萨连句梵呗三契，注《了本生死经》，皆行于世。[①]

据此可知，支谦是依《无量寿经》《中本起经》等佛经典籍而创作梵呗偈赞三章。而三国两晋时期，佛教徒像支谦这样依经创作偈赞的情况应是很普遍的。比如据《高僧传·经师总论》，支谦之后又有康僧会等人创制梵呗：

唯康僧会所造《泥洹》梵呗，于今尚传，即《敬谒》一契，文出双卷《泥洹》，故曰《泥洹》呗也。爰至晋世，有高座法师初传觅历。今之行地印文，即其法也。篙公所造六言，即《大慈哀愍》一契。于今时有作者，近有西凉州呗，源出关右，而流于晋阳，今之面如满月是也。凡此诸曲并制出名师，后人继作多所讹漏。或时沙弥小儿互相传授，畴昔成规殆无遗一。[②]

康僧会与支谦同为三国时人，于公元247年从中亚康居国来到吴国首都建业。在建业转译《六度集经》《阿难念弥陀经》等多部佛教经典，与支谦同为译经大家。康僧会根据"双卷《泥洹》"而制梵呗，又称"《泥洹》梵呗"，是描述释迦佛涅槃情景的偈赞作品。所谓"泥洹"，即"涅槃"的另一种译法。慧皎认为《泥洹》梵呗中包含"《敬谒》一契"，可能与东晋《般泥洹经》中的如下偈颂存在密切关系：

敬谒法王来，心正道力安。最胜号为佛，名显若雪山。譬华净无疑，得喜如近香。方身观无厌，光若露耀明。唯佛智高妙，明盛无瑕尘。愿奉清信戒，自归于三尊。[③]

此《般泥洹经》体制为两卷，译者不详，只知为东晋译著。因其载有以"敬谒"起首的偈颂，因此它可能与慧皎所指、康僧会所本的"双卷《泥洹》"出自同一梵语佛经底本。也就是说，康僧会可能根据前人所译《般泥洹经》创作了包含"《敬谒》一契"的梵呗，但其所本之《般泥洹经》译作已佚。后东晋时有人重译《般泥洹经》，在译其中的"敬谒法王来"这一段偈颂时，可能

---

①《出三藏记集》，第517页。

②《高僧传》，第509页。

③《佛藏》第14册，第191页。

就参考了,甚至是照录了之前康僧会"《泥洹》梵呗"的内容。因此,上引东晋《般泥洹经》中这段"敬谒法王来"的偈颂,很可能与康僧会"《泥洹》梵呗"中的某一节非常接近。虽然康僧会"《泥洹》梵呗"在慧皎的时代尚在流传,但它最终也和支谦《赞菩萨连句梵呗三契》一样,湮没在历史的长河中了。

康僧会之后,西晋时又有"高座法师"创制"高声梵呗",并将其传授给弟子法号"觅历"者。按此"高座法师"应为西晋末年来华西域僧人帛尸梨密多罗。帛尸梨密多罗在两晋之交翻译《佛说大灌顶神咒经》《佛说大孔雀王神咒经》等多部佛教经典,据《高僧传·晋建康建初寺帛尸梨蜜》:

> 帛尸梨蜜多罗,此云吉友,西域人,时人呼为高座……俄而颜遇害,密往省其孤。对坐作胡呗三契,梵响凌云。次诵咒数千言,声音高畅颜容不变……又授弟子觅历高声梵呗传响于今。晋咸康中卒。春秋八十余。诸公闻之痛惜流涕。桓宣武每云少见高座,称其精神著出当年……高座心造峰极。交俊以神。风领朗越过之远矣……乃于冢处起寺。陈郡谢琨赞成其业。追旌往事。仍曰高座寺也。①

从上面这段记载来看,时人包括桓温普遍称呼帛尸梨密多罗为"高座",而帛尸梨密多罗死后葬"高座寺",其所授弟子为"觅历"。可知此"高座法师"即帛尸梨密多罗无疑。

而且从这段记载也可看出,"高座法师"传授的"梵呗"是"高声梵呗",且曾有"梵响凌云"的"胡呗三契"传世。慧皎认为其作品与"行地印文"密切相关。今传三国曹魏白延所译《佛说须赖经》中有偈颂包含"行地印文"字样:

> 智行过百劫,智盛施无量。智戒摄身口,当礼无上圣。人忍无所犯,精进人力强。仁开定慧门,当礼三界雄。明断淫怒痴,已尽灭无瑕。自得复授彼,当礼天人师。慧观除三爱,不贪世间荣。恬惔无忧畏,当礼是法王。魔天进三女,道意不为倾。无著不可污,当礼是至清。奇相三十二,众好自严。八声无不闻,当礼天中天。行地印文现,无畏威远震。齿齐肩间回,当礼释中神。我赞十力王,檀独欢喜诚。自归佛得福,愿后如世尊。②

---

①《高僧传》,第29—31页。
②《永乐北藏》第22册,第727页。

这是帝释天乐伎般遮与众天人向佛以及包括须赖在内的佛弟子大菩萨敬献的偈颂赞歌。所谓"行地印文",是佛三十二殊胜相之一,即佛行走时,足去地四寸而现印文。慧皎称"今之行地印文,即其法也",只能说明像《佛说须赖经·智行过百劫》这样的偈颂,是采用帛尸梨密多罗所创"高声梵呗"之法来演唱的。至于是不是帛尸梨密多罗所作的"胡呗三契",慧皎的论述则并未言明。考虑到帛尸梨密多罗是在周颛被王敦杀害后"密往省其孤"而即兴创作"胡呗三契",其"胡呗"中若有"行地印文"字样不太契合当时情境,故本书认为,上引《佛说须赖经·智行过百劫》这样的偈颂只是采用帛尸梨密多罗"高声梵呗"之法来演唱,而与其本人的偈颂作品无关。

按《高僧传·经师总论》,帛尸梨密多罗之后,东晋时月支国来华僧人支昙籥又创制了六言梵呗《大慈哀愍》。对此,《高僧传·经师》是这样记载的:

> 支昙籥,本月支人,寓居建业。少出家,清苦蔬食,憩吴虎丘山。晋孝武初,敕请出都,止建初寺。孝武从受五戒,敬以师礼。籥特禀妙声,善于转读。尝梦天神授其声法,觉因裁制新声,梵响清靡,四飞却转,反折还弄。虽复东阿先变,康会后造,始终循环,未有如籥之妙。后进传写,莫匪其法。所制六言梵呗,传响于今。[1]

可见支昙籥是因梦而得创制、演唱梵呗之法。僧祐《出三藏记集·法苑杂缘原始集目录序》有"《药练梦感梵音六言呗记》第十二,呗出《超日明经》"的记载。按《佛说超日明三昧经》中有如下偈颂:

> 大慈哀愍群生,为阴盖盲冥者。开无目使视瞻,化未闻以道明。处世间如虚空,若莲花不着水。心清净超于彼,稽首礼无上尊。观法本无所有,如野马水月形。影响化幻芭蕉,晓三界亦如是。从无量难计劫,积功德不可数……众上佛七宝华,在虚空成华盖。光普照十方国,群黎集受法诲。圣尊德喻须弥,智慧光超日月。所敷演不可逾,故稽首大圣雄。[2]

这是普明菩萨"长跪叉手以偈赞佛"之作。将慧皎《高僧传·经师》和僧祐《出三藏记集·法苑杂缘原始集目录序》互参,可推知"药练"即"支昙籥"的

---

① 《高僧传》,第 498 页。
② 《佛藏》第 18 册,第 779 页。

另一种译法。那么,《佛说超日明三昧经》这首"大慈哀愍群黎"的偈颂和《高僧传·经师》所提到的支昙籥所作《大慈哀愍》六言梵呗究竟是何关系,就是一个颇值得注意的问题。按《佛说超日明三昧经》为西晋聂承远所译,在支昙籥前早行于世。设若《佛说超日明三昧经》的这首"大慈哀愍群黎"偈颂本为六言,那么支昙籥再仿此作六言梵呗,岂不会有东施效颦、画蛇添足之嫌?

释道世《法苑珠林·呗赞篇》也曾引用首句为"大慈哀愍群生"的偈颂,并进行评述:

> 大慈哀愍群生,为阴盖盲冥者。开无目使视睇,化未闻以道明。处世界如虚空,犹莲华不着水。心清净超于彼,稽首礼无上尊。述曰:汉地流行,好为删略。所以处众作呗,多为半偈。故《毗尼母论》云:"不得作半呗,得突吉罗罪。"然此梵呗,文词未审,依如西方出何典诰,答但圣开作呗,依经赞偈,取用无妨。然关内、关外、吴蜀呗词,各随所好,呗赞多种。但汉梵既殊,音韵不可互用。①

值得注意的是,像释道世这样博学多闻的僧侣佛学家,竟然表示其所引的"大慈哀愍群生"偈颂"文词未审,依如西方出何典诰"。如果在释道世的时代,"大慈哀愍群生"偈颂已成为《佛说超日明三昧经》的固定组成部分,那么释道世就没有理由称这首偈颂"文词未审,依如西方出何典诰"。所以,释道世在《法苑珠林·呗赞篇》中对"大慈哀愍群生"偈颂所做的评述,只能说明晚至唐代,该偈颂尚未成为《佛说超日明三昧经》的固定组成部分。故而,参照《高僧传·经师》和《出三藏记集·法苑杂缘原始集目录序》的记述,可以推知今本《佛说超日明三昧经》中的这首"大慈哀愍群黎"偈颂并非聂承远原作,而是东晋支昙籥"梦感"而作的。

至于支昙籥所作六言偈颂如何羼入《佛说超日明三昧经》,《法苑珠林·呗赞篇》也提供了线索,即"汉地流行,好为删略。所以处众作呗,多为半偈"。这里的"处众",是佛教所言菩萨技能之一。佛教辞书《大明三藏法数》:

> 处众无畏者,谓菩萨处大众会,善说法要,随他问难,悉能酬答,而

---

① 《法苑珠林校注》,第 1170—1171 页。

无所畏也。①

　　意即，菩萨在大众（包括僧俗两众）聚会之中，要善于宣讲经义要旨来为大众解疑释惑，无论大众如何发问，菩萨都能对答如流，此即"处众无畏"。

　　支昙籥虽非菩萨，但其"处众"的技巧应是十分高超的。《高僧传》将其列入"经师"一类，说明他善于"应机悟俗"，也就是善于"处众"。支昙籥的"处众"之法，一是"特禀妙声"，"转读"经文；二是"裁制新声"，创作梵呗。也就是说，他是运用"转读"和梵呗来"应机悟俗"，向俗家信众弘扬佛法的。

　　而且，像支昙籥这样"处众作呗"的情形，在从魏晋至唐代是"汉地流行"的。因为流行极广，"关内、关外、吴蜀"等各地对"呗词"进行"各随所好"的"删略"，因此造成了"呗赞多种"的现象。也就是说，在支昙籥等经师创作了像《大慈哀愍》这样的梵呗之后，这些梵呗在各地广为流行。各地信众根据自己的好恶对此类梵呗进行删减，导致同一首梵呗出现了多个流传版本。

　　根据上文的推理来看，支昙籥所作《大慈哀愍》六言梵呗的某一个版本，应是在唐代流传甚广，颇受信众欢迎、传诵。由于该梵呗本就是支昙籥依《佛说超日明三昧经》的内容所作，所以在唐以后的流传过程中，它遂代替了《佛说超日明三昧经》中聂承远所译的原偈颂，成了该经的组成部分。今本《佛说超日明三昧经》共包含偈颂二十二首，只有《大慈哀愍》一偈为六言，其余二十一首都是五言偈颂。这也可作为上述推理的一个小小旁证。

　　根据上文有关支昙籥《大慈哀愍》六言梵呗的推理，像支昙籥这样的"经师"依某部佛经而作偈颂以"应机悟俗"，进而所作梵呗又因广为流传而羼入佛经，代替佛经原有偈颂的现象，在佛教文学发展史上应是并不少见的。这也从一个侧面表征了汉地僧侣依经制作的偈颂在中国佛教文学发展史上的地位。

　　除了支谦、康僧会、帛尸梨密多罗、支昙籥这样有名有姓的梵呗作者外，中土也有许多梵呗出自无名无姓者之手。比如《高僧传·经师总论》即载有"于今时有作者，近有西凉州呗，源出关右，而流于晋阳，今之面如满月是也"②。这里所说的"西凉州呗"，是慧皎写作《高僧传》的时代里流传在

━━━━━━━━━━━━━━

①〔明〕一如等集注《大明三藏法数》，《永乐北藏》第 182 册，第 701 页。

②《高僧传》，第 509 页。

北方的偈颂，但慧皎却不能详其作者。这说明，像"西凉州呗"这样的偈颂，在其传播时代就已难考索其作者了，或者出于僧侣口耳相传的集体创作也未可知。

以上多首梵呗及作者，皆出自慧皎《高僧传·经师总论》。除此之外，魏晋南北朝时期尚有一些其他偈颂及作者为《高僧传·经师》所未载，接下来予以简单论述。

（二）《高僧传·经师总论》之外的偈颂及其作者

慧皎《高僧传·经师总论》收录的作者虽属魏晋南朝时代的高僧大德，收录的梵呗作品虽属当时名作，但毕竟数量有限，对唐前佛教偈颂及其作者不免有所遗漏。故本部分将对《高僧传·经师总论》未能收录的魏晋南北朝时期的偈颂及其作者进行论述。

本部分论及的偈颂，其区别于《高僧传·经师总论》所录偈颂作品之特点在于，它们并不依托任何佛经，而是由僧侣独立创作的。也正因如此，这类独立创作的偈颂体制大多较为短小。比如十六国时期前秦赵正所作《出家更名颂》：

> 佛生何以晚，泥洹一何早。归命释迦文，今来投大道。[①]

这首《出家更名颂》见载于梁慧皎《高僧传·晋长安昙摩难提》。赵正为前秦黄门侍郎、武威太守，"因关中佛法之盛，乃愿欲出家，坚惜而未许，及坚死后，方遂其志，更名道整。因作颂曰：'佛生何以晚，泥洹一何早。归命释迦文，今来投大道。'后遁迹商洛山，专精经律"。

由此可见，赵正是在出家得法号"道整"之际写下了这首《出家更名颂》。此颂通俗易懂，直言佛在现世之时很短，早在赵正出生前八百多年就已涅槃灭度，故赵正深以不能见佛亲聆训诲而为憾事。今国家已乱，天下无主，阻碍赵正出家的因素已荡然无存，所以他用"归命释迦文，今来投大道"十个字，直抒胸臆地唱出了自己深埋数十年的心声。

稍后于赵正，十六国后秦时期西域来华僧人、译经家鸠摩罗什创作了《赠沙门法和颂》：

> 心山育明德，流熏万由延。哀鸾孤桐上，清音彻九天。[②]

---

① 《高僧传》，第 35 页。
② 《高僧传》，第 53 页。

鸠摩罗什这首颂文见载于慧皎《高僧传·晋长安鸠摩罗什》。与赵正《出家更名颂》的明白如话不同,鸠摩罗什这首《赠沙门法和颂》用典较多,内涵深隐,值得细加分析。

颂文开头处即拈出"心山",典出《佛说除盖障菩萨所问经》:

> 心如虚空具无边智。心如大海深无涯底。心如须弥山王坚固不动。心如莲华离诸染著。心如妙宝极善清净。心如真金精炼莹洁。①

《华严经》有偈颂云:"若人欲了知,三世一切佛,应观法界性,一切唯心造";"心如工画师,能画诸世间,五蕴悉从生,无法而不造"。中土僧侣信众将这两首偈颂的要旨归纳为"三界唯心,万法唯识"。意谓欲界、色界、无色界一切现象,皆由自心之观念即"识"转化变现而来。心即"藏识海"也,三界万事万物皆是由"心"这片"藏识海"中所生的波浪——各种"识"变现出来的,此即"三界唯心"之说。而"万法唯识"是对"三界唯心"的进一步补充,即三界一切现象都是观念变现,本为虚幻,并非真实。

心既为"藏识海",那它缘何能够藏得了各种观念?原因在于凡夫自心皆被"色、受、想、行、识"这"五蕴"障蔽。所谓"五蕴",又称"五阴",即像树荫一般遮蔽本性之意。由于"五蕴"遮蔽本性,导致"无明",因而凡夫心中生出"贪、嗔、痴、慢、疑"等各种观念,进而引发"杀、盗、淫、妄、酒"等种种邪行。所以,佛教的修行就是要破除"五蕴"对本性的障蔽,也就是破除《佛说除盖障菩萨所问经》中所说的"盖障",才能够破除"无明"的状态,复见清净无我的本性。如何破除"五蕴"之"盖障"? 就应像《佛说除盖障菩萨所问经》中所说的那样:"心如须弥山王坚固不动。"意即僧侣入定,心应如须弥山般坚固不动,方能避免"随识流转",不被"三界万法"即各种现象所迷惑。如此持之以恒,即可逐渐破除"五蕴"中"色"的"盖障"。"色"既破除,则"受、想、行、识"也会像"皮之不存毛将焉附"一样失去发挥作用的基础,它们对本性的"盖障"也会迎刃而解。那么,凡夫即可明心见性,觉悟成佛。鸠摩罗什在颂中所称"明德"即指此。按"德"即事物之本性,佛教认为人之本性即破除无明之后所得之"明心见性"的清净本心,故鸠摩罗什将这清净本心称为"明德"。这也就是鸠摩罗什在颂中首先称"心山育明德"的原因

① 《中华大藏经》,第68册,中华书局1993年版,第309页。

所在。

接下来的"流熏万由延"，大致相当于"流芳万里"的意思。"由延"即古印度里程单位"由旬"的别称。一由旬为一头公牛一日所行距离，约相当于11.2千米。"流熏万由延"，是指"心山"所育"明心见性"之"明德"流芳万里。

第三句"哀鸾孤桐上"，可切入的解释角度多种多样。其中比较契合鸠摩罗什身份的解读，是首先应该将"哀鸾"这一典故的出处归向佛教经文。与鸠摩罗什同时期身处后秦的竺佛念所译《最胜问菩萨十住除垢断结经》：

> 真正之土，设在人间众德具足，相好八十声如哀鸾，亦若梵天所说微妙不怀绮饰。①

"哀鸾"一词是中土典故，对应古印度梵文中的极乐世界神鸟——迦陵频伽鸟。此鸟发声柔婉美妙，常被佛经用来比喻佛陀"八十种好"之一的"音韵美妙如深谷响"。如《大般若波罗蜜多经》：

> 世尊梵音，辞韵和雅，随众多少，无不等闻，其声洪震，犹如天鼓，发言婉约，如频伽音。②

这里即是用迦陵频伽鸟的声音来比喻佛陀音质的婉约特性。然而迦陵频伽鸟音译成汉语的话实在不易为众人所理解，故译经家用古汉语中的"哀鸾"来变通地指代迦陵频伽鸟。所以，上引《最胜问菩萨十住除垢断结经》中的这段话，就是用"哀鸾"来比喻佛陀"八十种好"当中的"音韵美妙如深谷响"。至于"哀鸾"之后的"孤桐"，则是中国常用典故，代指古琴这一乐器。所以，"哀鸾孤桐上"应是指美好的音声。联系上下文，在举出这首《赠沙门法和颂》之前，《高僧传·晋长安鸠摩罗什》先行阐述了如下一段情况：

> 初沙门僧叡，才识高明，常随什传写。什每为叡论西方辞体，商略同异，云："天竺国俗，甚重文制。其宫商体韵，以入弦为善。凡觐国王，必有赞德。见佛之仪，以歌叹为贵。经中偈颂，皆其式也。但改梵为秦，失其藻蔚，虽得大意，殊隔文体。有似嚼饭与人，非徒失味，乃令

---

①《中华大藏经》第20册，中华书局1986年版，第921页。
②《永乐北藏》第10册，第388页。

呕秽也。"①

从这段记述当中，可知鸠摩罗什对佛经的翻译状况很不满意，认为译成汉语的佛经只保留了梵文的大意，但却失去了梵语的辞藻文采，尤其是丧失了梵文偈颂的音乐性。这就好比拾人牙慧，不仅丧失了食物应有的鲜美口感，甚至让人感到其精华尽去，令人嫌憎。由此可见，鸠摩罗什深以无法译出梵文佛经偈颂的音乐性、旋律感为其憾事。所以，他必然将完美彰显梵文佛经偈颂音乐感的理想翻译模式寄托在后生僧侣身上。也正因此，《高僧传·晋长安鸠摩罗什》在"乃令呕秽也"之后，紧接着录入了《赠沙门法和颂》：

> 什尝作颂赠沙门法和云："心山育明德，流薰万由延。哀鸾孤桐上，清音彻九天。"凡为十偈，辞喻皆尔。②

在叙述了鸠摩罗什对佛经偈颂翻译的深切不满之后，《高僧传》紧接着描述鸠摩罗什作颂赠法和的事件，这前后应该是存在联系的。这首《赠沙门法和颂》中，"心山育明德"是鸠摩罗什对法和的期许、勉励，那么"哀鸾孤桐上，清音彻九天"也应是他对法和的期许、勉励。即，鸠摩罗什对佛经偈颂翻译现状不满，故期许、勉励法和要"哀鸾孤桐上，清音彻九天"。意即，鸠摩罗什希望法和完成自己未竟的事业，翻译出可配古琴伴奏弹唱且如迦陵频伽鸟叫声一般真正表现出梵语声调旋律感的汉文佛经偈颂来。

而且，上述引文末还称鸠摩罗什"凡为十偈，辞喻皆尔"。这说明其他九首偈颂与《赠沙门法和颂》的内涵、旨趣相似，这更能表明鸠摩罗什对译出梵文偈颂音乐性的期待之深切，也就更能看出鸠摩罗什对法和的期许、勉励之殷切。

除了以上赵正和鸠摩罗什的两首颂文，禅宗初祖菩提达摩在这一时期还作有一首别具一格的《真性颂》：

> 始终常妙极，真离性情缘。理空望照寂，身至净明圆。③

这首《真性颂》见载于南宋桑世昌所撰《回文类聚》一书，且桑世昌于该

---

① 《高僧传》，第53页。
② 《高僧传》，第53页。
③ 〔南宋〕桑世昌《回文类聚》，《景印文渊阁四库全书》第1351册，第823页。

颂下注为"回环读之成四十首"。确实,如将该颂断句读为"圆始终常妙,极真离性情。缘理空望照,寂身至净明"等其他多种形式也并无不可。考虑到十六国前秦时将领窦滔之妻苏蕙有回文长诗《璇玑图》,且南朝时期砚台、铜镜、酒盘等圆形器具底面所刻铭文已有环读、对角读两种释读法,故菩提达摩作为北魏时来华印度僧人,仿照当时流行的回文诗、铭样式而作此回文《真性颂》,应是具有一定可信度的。

　　从内容来看,菩提达摩这首《真性颂》表达的是禅宗"明心见性"的主张。该颂文在后世一般被刻在圆形墨砚底部以示"真性无穷"之意。比如明代《方氏墨谱》第 395 式载编者方于鲁于 1601 年所制墨砚样式,即以此《真性颂》环刻于砚底,且附有说明文字:"达摩西来,不立文字,直指人心,见性成佛。独有《真性》一颂,虽二十字,回环读之,成四十首计八百字。每首用韵,四至俱通,以表真性,无有穷尽也。"

　　《真性颂》以外,在佛教信众当中还流传有题名为菩提达摩所作的《夜坐偈》《悟心偈》等偈颂,但其颇不类中古文字,是否后人伪托之作值得怀疑,故本书在这里并不对其进行解读。

　　以上赵正、鸠摩罗什、菩提达摩的三首颂文体制都非常短小,而此期僧侣所作偈颂中也有篇幅较长者,即东晋名僧慧远的《晋襄阳丈六金像颂》:

> 堂堂天师,明明远度。陵迈群萃,超然先悟。慧在恬虚,妙不以数。感时而兴,应世成务。金颜映发,奇相晖布。肃肃灵仪,峨峨神步。茫茫造物,玄运冥驰。伟哉释迦,与化推移!静也渊默,动也天随。绵绵远御,亹亹长縻。反宗无像,光潜影离。仰慕千载,是拟是仪。①

根据《法苑珠林》卷一三、《广弘明集》卷一五等书记载,晋孝武帝宁康元年(373),名僧释道安在襄阳建檀溪寺,后又得凉州刺史杨弘忠献铜万斤。根据慧远所作五百余字的《晋襄阳丈六金像颂序》可知,在得万斤铜之后,道安"魂交寝梦,而情悟于中,遂命门人铸而像焉"。即,在慧远等道安门人弟子的共同参与下,在宁康三年(375)四月初八日,始开工铸造高一丈六尺的释迦牟尼佛金铜像,并于次年(376)冬天落成。于是,慧远作为造像者之

---

① 《全上古三代秦汉三国六朝文》,第 2402 页。

一,创作了这篇《晋襄阳丈六金像颂》以颂佛德,兼记其事。

值得注意的是,慧远此颂虽然颂扬佛陀威仪容德,但却具备浓郁的中国文化特色,这是与此前佛经转译之偈颂截然不同的。比如开始处的"堂堂天师",即出自中国古代经典。《素问·上古天真论》:

> 昔在黄帝,生而神灵,弱而能言,幼而徇齐,长而敦敏,成而登天。乃问于天师曰:余闻上古之人,春秋皆度百岁,而动作不衰;今时之人,年半百而动作皆衰者。时世异耶? 人将失之耶? 岐伯对曰:上古之人,其知道者,法于阴阳,和于术数,食饮有节,起居有常,不妄作劳,故能形与神俱,而尽终其天年,度百岁乃去。①

在这里,黄帝视岐伯为"天师"。清代医家张隐庵在《黄帝经世素问合编》中对此予以解释:

> 天师,尊称岐伯也。天者,谓能修其天真;师乃先知先觉也。言道者,上帝之所贵,师所以传道而设教,故称谓曰天师。②

可见,中国古代典籍所谓"天师",即先行觉察"天之道"(宇宙规律)之人,可引导众人遵道而行,故为大众之师。而慧远在这里用"堂堂天师"来称谓佛陀,正是因佛陀洞彻三界万法之规律,将其总结为"诸行无常,诸法无我,涅槃寂静"这"三法印",足以指导众生摆脱烦恼,渡达彼岸,故慧远称佛陀为"天师"。其他如"伟哉释迦,与化推移"也和陶渊明"纵浪大化中,不喜亦不惧"有异曲同工之妙。限于篇幅,这里就不再展开论述了。

与慧远《晋襄阳丈六金像颂》相似,南朝宋时外国僧人佉呿题赠张奴之颂也是一篇篇幅较长的四言颂:

> 悠悠世事,或滋损益。使欲尘神,横生悦怿。惟此哲人,渊觉先见。思形浮沫,瞩影遄电。累踬声华,蒐丑章弁。视色悟空,玩物伤变。舍纷绝有,断习除恋。青条曲荫,白茅以荐。依畦啜麻,邻崖饮涆。慧定计照,妙真曰眷。慈悲有增,深想无倦。③

这首颂见载于《高僧传·宋京师杯度》。佉呿挂褡于刘宋首都建康的

---

① 《中国医学大成》,上海科学技术出版社1990年版,第1—2页。
② 《中国医学大成》,第2页。
③ 《高僧传》,第381页。

长干寺,遇奇人张奴。交谈中,张奴首先题槐树作歌云：

> 濛濛大象内,照曜实显彰。何事迷昏子,纵惑自招映。乐所少人
> 往,苦道若翻囊。不有松柏操,何用拟风霜。闲预紫烟表,长歌出昊
> 苍。澄灵无色外,应见有缘乡。岁曜毗汉后,辰丽辅殷王。伊余非二
> 仙,晦迹于九方。亦见流俗子,触眼致酸伤。略谣观有念,宁日尽
> 矜章。①

张奴为道人,所作"题槐树之歌"与魏晋南北朝之诗无异。其内容大抵是宣
扬道教清静无为、崇尚自然、长生久视、返朴归真等理念。诗中列举了两位
神仙,其中"岁曜毗汉后"之"岁曜"指东方朔,《汉武故事》称东方朔一家"化
去"之后,西王母使者告汉武帝云："朔是岁星(木星)精,下游人中,以观天
下,非陛下臣也。""辰丽辅殷王"中的"辰丽"指傅说,《庄子·大宗师》称傅
说死后升天化为"天策星"。此星在东方苍龙七宿之尾,犹如附丽,故称"辰
丽"。在列举两位仙人后,张奴又说"伊余非二仙,晦迹于九方",这表明他
是将佉呿和自己等而观之,并不存在崇道贬佛之意。尤其值得注意的是,
其"澄灵无色外,应见有缘乡",将"缘""色"等佛教术语引入道教诗章,表征
了此期佛、道理念相互融合的趋势。

对应张奴的题诗,佉呿也在同一棵槐树上题写了上引这篇四言颂来宣
扬佛教法理。其中,"悠悠世事……横生悦怪"四句是描述众生无量劫来轮
回不已,因无明而被"五蕴"遮蔽本性,执幻为真、执苦为乐的颠倒情状。其
中,"使欲尘神"是引入了中国文化中的"欲"这一概念来指代佛教的"五
蕴",以"尘"来指代佛教的"遮蔽、障盖",用"神"这一中国文化特有概念来
指代佛教的"本性,清净本心",这同样表征了此期中国文化与佛教法理互
渗交融的趋势。

至于"惟此哲人……邻崖饮洴"等句,则是略述释迦太子出家苦修终得
金身果位的历程。其表达的主要佛法理念是"色"(物质)如浮沫所聚,本自
虚空,终归幻灭。最后的"慧定计照……深想无倦"四句,则是归纳总结佛
教的"戒、定、慧"这"三无漏学"是摆脱烦恼缠缚,渡达彼岸、终获解脱的唯
一途径。

---

① 《高僧传》,第381页。

以上,本节对《高僧传·经师总论》之外的偈颂做了简单的梳理和诠释。这些偈颂并非像《高僧传·经师总论》提及的作品那样"依经"而作,它们是僧侣独立创作的。本节梳理的这五首僧侣独立创作的偈颂存在一个有趣的现象,即五言偈颂体制短小,皆是北方僧人创作;四言偈颂篇幅较长,皆是南方僧人创作。考虑到在魏晋南北朝时期南方封建王朝一直被视为"华夏正统",南方僧人创作四言偈颂应是有绍继东汉以来四言颂创作传统之意,本质上还是意在复古。而北方僧人创作体制短小的五言偈颂也比较容易理解。北方文化衰落,僧侣在创作偈颂时相对来说缺乏中国传统文学的范本作为参照,因此只能参照佛经偈颂转译普遍采用的五言体式,来创作短小精悍的五言偈颂了。所以,魏晋南北朝时期南北僧侣独立创作偈颂的体式差异,应是南北方不同的文化生态环境造成的。

(三)僧侣所作佛教题材赞文

与颂文相比,魏晋南北朝时期僧侣独立创作的佛教题材赞文,其数量要明显更多一些。主要作品计有:

东晋支遁赞文十七篇,分别是《释迦文佛像赞》《阿弥陀佛像赞》《文殊像赞》《竺法护像赞》《于法兰像赞》《于道邃像赞》《文殊师利赞》《弥勒赞》《维摩诘赞》《善思菩萨赞》《不二入菩萨法作菩萨赞》《首闻菩萨赞》《不昫菩萨赞》《善宿菩萨赞》《善多菩萨赞》《首立菩萨赞》《月光童子赞》。以上赞文见载于唐释道宣《广弘明集》、南朝梁释慧皎《高僧传》、北宋释延一《广清凉传》等书。

南朝梁僧人释慧皎赞文十篇。慧皎在其《高僧传》中,将汉魏至南朝历代僧人弘扬佛法之"德业"分为"译经""义解""神异""习禅""明律""遗身""诵经""兴福""经师""唱导"十例(十类)。在对每一类别的僧侣弘法事迹记述完毕后,慧皎都要作"论"进行归纳评述,并在"论"后作"赞"以为概括阐扬。故对应《高僧传》"德业十例",慧皎也在《高僧传》中撰赞十篇。

此外,东晋慧远《昙无竭菩萨赞》一篇,见载于清严可均辑《全晋文》。东晋支昙谛《灯赞》一篇,见载于明梅鼎祚编《释文纪》。

从以上统计的赞文篇目来看,支遁和慧皎所撰赞文构成了魏晋南北朝时期僧侣所作佛教题材赞文的主体。限于篇幅,本节不可能对上述二十九篇赞文一一加以分析,故在这里仅选取代表性的篇章予以评述。

首先来看支遁所作赞文。支遁俗家姓关,先世本中原陈留人。幼年遭永嘉之乱流寓江南,二十五岁出家,建支山寺。从支遁的履历可以看出,他与支谶、支谦等月氏来华僧侣、遗裔不同,是土生土长的中原汉人。但在创作赞文的体式方面,支遁在一定程度上继承了支谦所开创的佛经偈赞转译范式,即主要以五言句式来创作赞文。比如上文所列《文殊师利赞》《弥勒赞》《维摩诘赞》《善思菩萨赞》《不二入菩萨法作菩萨赞》《首闻菩萨赞》《不眴菩萨赞》《善宿菩萨赞》《善多菩萨赞》《首立菩萨赞》《月光童子赞》这十一首赞文都是以五言句式写成,占支遁现存赞文总数的 64.7%。

支遁采用五言句式创作的赞文,其数量虽多,体制却相对短小。比如《维摩诘赞》：

> 维摩体神性,陵化昭机庭。无可无不可,流浪入形名。民动则我疾,人恬我气平。恬动岂形影,形影应机情。玄韵乘十哲,颉顽傲四英。忘期遇濡首,叠叠赞死生。①

维摩诘是大乘佛教著名的居士,因相传在家证得菩萨果位,故世称“维摩菩萨”“无垢称菩萨”。

支遁这首《维摩诘赞》共十二句,采用玄言的笔法,依托《维摩诘所说经》的内容来概括介绍、展示维摩诘居士的主要成就。其中,“维摩体神性……流浪入形名”四句,是总体概括了维摩诘居士的生平行迹及其主要的法理思想。比如“陵化昭机庭”,即言维摩诘虽居住在繁华的毗耶离大城,娶妻生子,坐拥无量资财,而且游诸四衢,往来酒肆淫舍,但其心能“居家不著三界”,所做世间法诸行无非救世度人。所以从修行的境界来说,在家修行的维摩诘居士比出家修行的声闻缘觉要高出许多,故支遁称其为“陵化”。即,在车水马龙、大庭广众的世俗生活中,维摩诘“处境不染”,境界已然超越于出家僧侣之上。“无可无不可,流浪入形名”则是借魏晋玄学家常举的“名实之辨”来阐述维摩诘居士秉持的主要法理思想——不二法门。所谓“不二法门”,是指摒弃事物中相对立的“有无、好坏、善恶、脏净”等各种两极属性,也就得以摒弃日常各种观念即各种“识见”,最终认同于“诸法空相”后达到“于一切法无言无说,无示无识,离诸问答”的境界,就是走向涅槃寂静、终竟解脱的必由之路。既然维摩诘居士秉持“不二法门”理

---

① 《全上古三代秦汉三国六朝文》,第 2370 页。

念,故中国玄学中的"名实之辨"对他来说已是"无可无不可",不成其为问题,所以,维摩诘对于中国哲学的"名实之辨"可以从心所欲而不逾矩,"名实之辨"无法对其造成约束,故支遁称维摩诘"流浪入形名"。

中间的"民动则我疾……形影应机情"四句,是概括《维摩诘所说经》中的"维摩示疾"典故。维摩诘病卧于床,并非真病,而是"以方便现身有疾"。也就是说,像他日常游诸四衢,往来官府、学堂、酒肆、淫舍一样,是以"示疾"为由头,诱使大众前来探病。而维摩诘便借此为大众说法,来"饶益众生"。因此,维摩诘的"示疾"实属佛教所说的"开方便法门"。所以支遁将"维摩示疾"称为"民动则我疾"。接下来"恬动岂形影,形影应机情",是借用魏晋玄学常用的"形神""形影"之辨主题,来进一步阐述维摩诘"示疾"的根本动机,即他开与不开"示疾"这样的方便法门都不是必然的,而是根据大众对佛法的态度和情势"应机"而设,方能充分彰显"方便"二字所包含的卓越智慧以及维摩诘作为菩萨救度众生的慈悲之心。

最后的"玄韵乘十哲……亹亹赞死生"四句,是对《维摩诘所说经·弟子品》和《维摩诘所说经·菩萨品》的概括。在《弟子品》中,佛陀曾依次询问十大声闻弟子,即舍利弗、大目犍连、迦叶、须菩提、富楼那弥多罗尼子、摩诃迦旃延、阿那律、优波离、罗睺罗和阿难尊者,是否可去维摩诘家问疾?十大弟子表示因此前修行过程中皆受过维摩诘训导,因此他们对佛法的见识均在维摩诘之下,故不敢应承问疾之命。此即支遁颂中的"玄韵乘十哲"。十大弟子不敢承命,佛陀接着又依次问座下四位菩萨,即弥勒菩萨、光严童子、持世菩萨和长者子善德,是否可去维摩诘家问疾?四位菩萨亦表示维摩诘对佛法的认识在自己之上,故同样不敢应命问疾。这就是支遁颂中的"颉顽傲四英"。最后,只有文殊师利菩萨承佛陀之命前往毗耶离大城问疾,并通过与维摩诘的交相辩论彻底地昭示了"不二法门"的内涵。文殊菩萨意译为"濡首",故支遁称"忘期遇濡首",意谓文殊菩萨与维摩诘为阐明"不二法门"的佛理而交相论辩,机锋互斗,已不在意时间长短。最后一句"亹亹赞死生",可以说是用维摩诘所宣讲的"不二法门"理念来解读玄学家常论及的"死生"问题,也是从佛理的角度对庄子"等死生"的观念进行了重新解读,具有鲜明的"引佛入玄"之特征。

通过上面的分析可见,《维摩诘赞》可以说是采用魏晋玄言的笔法对《维摩诘所说经》的内涵要旨进行了解读。不仅发挥了赞体文"明也,助也"

的作用，而且运用佛教法理对中国传统文化命题进行了重新解读，这也在一定程度上拓展了赞体文的功能。

虽然像《维摩诘赞》这样的十一首菩萨赞是采用五言句式写成，但支遁的另外六首像赞却都是采用四言句式写就的。比如这首《竺法护像赞》：

> 护公澄寂，道德渊美，微吟穹谷，枯泉澈水。邈矣护公，天挺弘懿，濯足流沙，领拔玄致。①

这首《竺法护像赞》见载于《高僧传·晋长安竺昙摩罗刹》，是一首题名僧竺法护画像之赞文。该赞以古朴的四言句式揄扬竺法护之德行，并采用典型事例来证明竺法护道德之"渊美"。这一典型事例就是"微吟穹谷，枯泉澈水"。据《高僧传·晋长安竺昙摩罗刹》的记载，西晋武帝末年，竺法护隐居深山。山中有一泓清泉，竺法护遂仰赖此泉供给洗漱日用之需。忽有一天伐木者污染了水岸，泉遂枯竭。竺法护慨叹："人没有道德就会令清泉断流，泉水如果彻底枯竭，我只好移居别处了。"言讫泉水忽然复生，奔涌如初。慧皎认为这种神异现象是竺法护的精诚感动上天所致。而支遁这首《竺法护像赞》就选择了这个神异事例为证，用以阐明赞文揄扬竺法护德行这一主旨，有效地达成了"明也，助也"之目的。

以上所举五言、四言赞文篇幅都比较短小。除此之外，支遁还有长篇四言画像赞文传世，《阿弥陀佛像赞》就是其中的代表之作：

> 王猷外鬈，神道内绥。皇矣正觉，寔兼宗师。泰定轸曜，黄中秀姿。恬智交泯，三达玄夷。启境金方，缅路悠迟。迁彼神化，悟感应机。五度砥操，六慧研微。空有同状，玄门洞闿。咏歌济济，精义顺神。玄肆洋洋，三乘诜诜。藏往摹故，知来惟新。二才埶降，朗滞由人。造化营域，云构峨峨。紫馆辰峙，华宇星罗。玉闱通方，金墉启阿。景倾朝日，艳蔚晨霞。神堤回互，九源曾深。浪无筌忘，鳞罕饵淫。泽不司虞，骇翼怀林。有客驱徒，两埋机心。甘露敦洽，兰蕙助声。化随云浓，俗与风清。葳蕤霄散，灵飚扫英。琼林喈响，八音文成。珉瑶沈粲，芙蕖晞阳。流澄其洁，蕊播其香。潜爽冥华，载扬来翔。孕景中菡，结灵幽芳。类诸风化，妙兼于长。万轨一变，同规

---

①《高僧传》，第 23 页。

坐忘。①

这篇《阿弥陀佛像赞》同样是一篇玄言笔法、佛教题材的画像赞。此赞前有近五百字的序言,略述佛经所言阿弥陀佛净土佛国极乐世界"男女各化育于莲花之中,无有胎孕之秽也。馆宇宫殿,悉以七宝,皆自然悬构,制非人匠。苑囿池沼,蔚有奇荣"的盛景,而后倡导众生"讽诵阿弥陀经,誓生彼国"。为了达到这个目的,支遁因"咏言不足",撰写了这篇《阿弥陀佛像赞》来描述、说明净土极乐世界的盛况,以激发大众仰慕净土、精进修行之决心。但是,支遁在序言的最后并未用"乃为赞曰"这样的字眼,而是说"遂复系以微颂"。这说明,在支遁的意识中,颂、赞文体的界限并不分明,赞文可以被当成颂体来写作。

虽然《阿弥陀佛像赞》是用玄言写成,但它确实是一篇充分发挥了赞文"明也,助也"这一本原功能的力作。极乐世界净土,大众是从未见过的,所以支遁在《阿弥陀佛像赞》中对极乐世界盛景极尽铺陈描写之能事,把一幅恬和华妙的佛国净土画卷展现在了读者面前。且看:"造化营域,云构峨峨。紫馆辰峙,华宇星罗",是指极乐净土繁华富丽、星罗棋布的宫室殿宇,皆非人力建造,而是自然天成,造化营就;"玉闺通方,金墉启阿",很显然支遁在想象中将魏晋洛阳金墉城作为原型,来描绘极乐世界雄伟的城门;"景倾朝日,艳蔚晨霞",这是描绘极乐世界佛光普照、云蒸霞蔚的盛景;"神堤回互,九源曾深。浪无筌忘,鳞罕饵淫",以上四句描述想象世界中的极乐净土水域,之间堤坝回环,水源丰沛,河湖深广,随波滟滟,网罟灭踪,锦鳞畅游,鱼翔浅底,不贪饵料;"甘露敦洽,兰蕙助声""葳蕊霄散,灵飚扫英"两句,是指极乐净土祥瑞纷纭,落英缤纷,清风徐来,随落随扫;"化随云浓,俗与风清""琼林喈响,八音文成"此四句是言极乐净土人民众生欣然接受教化,风俗清净淳朴,文物彬彬,俨然一幅礼乐之邦的盛况;"珉瑶沈粲,芙蕖晞阳。流澄其洁,蕊播其香",这四句是指极乐净土遍布七宝砌成的水池,在朝阳金光映照下,池中莲花明洁秀发,流芳四境,为净土众生提供了美妙的"化育"之所;"潜爽冥华,载扬来翔。孕景中莚,结灵幽芳",此四句则是指三界发心生阿弥陀佛极乐净土者,或出家为僧,或大修功德,或意念佛号,待尽形寿后皆得阿弥陀佛接引,往生净土佛国,以童子体貌孕于莲花之

---

①《全上古三代秦汉三国六朝文》,第 2369 页。

中，自由无碍，为诸乐事。

以上，本节对支遁《阿弥陀佛像赞》中描绘的佛国净土盛景的词句进行了简单分析。从中可见，这些词句对极乐净土方方面面的情况进行了生动形象的展示，非常有效地发挥了赞体文"明也"的作用。在"明"极乐世界之美、之乐以后，支遁此作自然也就能激发信众对于往生极乐净土的"无上菩提之心"，因而对于佛教的传播也发挥了特殊的"助也"之功用。因此，支遁这篇《阿弥陀佛像赞》是借助赞体文"明也"之功效，达到了激发大众信仰、促进佛教传播的特殊的"助也"之目的。

支遁之外，魏晋南北朝时期另一位多产的赞文僧侣作家是慧皎。他在《高僧传》中为十类传主各撰一赞，故《高僧传》包含十篇赞文。这些赞文，颇类似于史传当中的"传赞"，只不过其所赞的对象并非史传人物，而是僧侣。这些"传赞"，通过阐述传主僧侣的功绩发挥赞体文"明也"的功能，同时也自然而然地寄寓了对于传主的赞扬之意。比如"译经"一例的赞文就是其中典范：

> 频婆掩唱，叠教攸陈。五乘竞转，八万弥纶。周星曜魄，汉梦通神。腾兰谶什，殉道来臻。慈云徙荫，慧水传津。俾夫季末，方树洪因。①

"译经"一例在《高僧传》中占据了三卷的篇幅，为东汉以来的摄摩腾、竺法兰、安世高、支娄迦谶、竺法护、康僧会、鸠摩罗什、帛尸梨密多罗等三十五位翻译梵文佛经的高僧立了正传，并在正传中附见其他三十位相关僧侣的小传。这篇"译经"传赞，除了总结性地概括说明三十五位传主僧人译经之功绩外，还表现了对其功绩的叹赏之意。

首句"频婆掩唱，叠教攸陈"，开门见山就对传主翻译的海量经文进行了说明、介绍。"频婆"，即梵文词汇"频婆罗"的简称，是指"百千千万亿"的意思。"掩唱"，代指含有偈赞、可以唱导的佛经。所以，"频婆掩唱"就是指无量无数的佛经，故首二句即是说：正因三十五位传主将无量无数的佛经翻译成了汉语，深沉伟大的佛教才得以在汉地流播开来。"五乘竞转，八万弥纶"仍是承前两句进一步阐发佛教流传之盛况。"五乘"即"声闻、缘觉、

---

①《高僧传》，第143页。

菩萨"三承再加"天、人"两乘。佛教认为这五类众生皆有可能闻佛法而觉悟，故以"五乘"并称。"八万"即"八万四千法藏"。故此两句是说八万四千法藏赖三十五位传主的转译之功而得以彰明，"五乘"众生闻法并得救度。"周星曜魄，汉梦通神"两句中，"周星"即"岁星"，是指东方朔答汉武帝所问"劫灰"典故，这是与佛教相关的概念第一次引入中国宫廷；"汉梦通神"则是指汉明帝梦金人而引入佛法的史实。故"周星曜魄，汉梦通神"即是阐述佛教进入中国之始因。"腾兰谶什，殉道来臻"则是指摄摩腾、竺法兰、支娄迦谶、鸠摩罗什等传主为追求佛法弘传，相继东行译经布道。"慈云徙荫，慧水传津"是指三十五位传主秉持大悲慈心，通过译经弘扬佛法，犹如洒下智慧之水，祛除众生"五蕴"对其本性的遮盖。"俾夫季末，方树洪因"，是指在未来的末法时期，三十五位传主所译佛经将为救度众生开创伟大的因缘。

　　通过以上分析可见，慧皎《高僧传》中的传赞通过阐述传主各种功绩，非常本色地发挥了赞体文"明也，助也"的功能。但由于慧皎本身即是僧侣，故其传赞也是以正面褒奖为基调，所以在"明也，助也"当中又自然而然地寄寓了对于传主的赞扬之意。故慧皎《高僧传》中的传赞并非述而不作，而是意在褒美，这是其特色所在。

　　最后，在魏晋南北朝的僧侣赞文中，东晋支昙谛的《灯赞》是一篇别开生面的咏物赞：

> 既明远理，亦弘近教。千灯同辉，百枝并曜。飞烟清夜，流光洞照。见形悦景，悟旨测妙。[①]

该赞虽是阐述灯火照明祛暗之功能，但实际是以"灯火"比喻佛陀及佛法。意谓佛陀用佛法祛除"五蕴"对众生本性的障盖，就像人间灯火祛除黑暗，照彻光明一样。因此，支昙谛《灯赞》虽然篇幅短小，却是一篇意在言外、含义隽永的咏物赞文之佳作。

　　以上，本节对魏晋南北朝时期的僧侣所作佛教题材赞文进行了简单的诠释和梳理。通过分析可见，此期僧侣所作佛教题材赞文基本上是按照中国传统赞体文的理念和写法来创作，所以非常充分地发挥了赞文"明也，助

---

①《全上古三代秦汉三国六朝文》，第 2425 页。

也"的本色功能。但是,由于撰写这些赞文的作者本身就是抱有虔诚佛教信仰的僧侣,所以他们又在自己所作的赞文当中倾注了深厚的宗教感情。这也使得此类佛教题材赞文在遂行"明也,助也"基本功能的同时,也在字里行间自然而然地流露出了褒美之意,此即魏晋南北朝时期的僧侣所作佛教题材赞文之特色。

第五节　世俗文士创作的佛教题材颂文与赞文

魏晋南北朝属于中国历史上的大分裂时期。此期战乱频仍,民众深觉现世苦痛,遂纷纷转向宗教寻求心灵慰藉,因而佛教在魏晋以后大行于世,信众日夥。而且,由于儒教寖微,世道混乱,即使是身为上层封建统治阶级一员的文士也不免自感缺乏精神支柱,所以他们也纷纷倾向于认知佛理、信仰佛教以获得精神上的慰藉与支持。与此相应,魏晋南北朝时期的世俗文士也创作了一定数量的佛教题材颂文与赞文,在本节中将分别予以归纳阐述:

一、世俗文士创作的佛教题材颂文

魏晋南北朝时期,由于佛教大行,许多身居高位的封建文人也都或多或少地受到了佛教信仰的濡染。他们也将对佛教的信仰以及所知的法理引入文学创作,留下了若干佛教题材颂文。此类颂文今尚存者有:东晋庾阐的《乐贤堂颂》、南朝宋谢灵运的《无量寿佛颂》、南朝宋鲍照的《佛影颂》、南朝齐王融的《净住子颂》三十一篇、南朝梁简文帝萧纲的《大法颂》和《菩提树颂》、北齐佚名的《洛阳合邑诸人造像铭颂》《邑义造丈八大像颂》。

相比佛教僧侣,魏晋南北朝时期的世俗文士在佛教题材颂文创作方面,表现出了两项创举,其一是拓展了此类颂文的题材范围,比如引入了对于佛堂庙宇以及佛教圣物的摹写;其二是世俗文士的佛教题材颂文表现出了更为明显的诗化倾向。以下,本节拟从上述两种倾向切入,来对魏晋南北朝时期世俗文士的佛教题材颂文进行观照:

首先来看世俗文士对于佛教主题颂文题材范围的拓展。本书上一节梳理了魏晋南北朝时期僧侣所作佛教题材颂文,从中可见此类颂文多为僧侣依佛经而作。少数几首僧侣独立创作的颂文,也以阐释佛教法理为主。

只有慧远《晋襄阳丈六金像颂》属于造像颂。而魏晋南北朝时期世俗文士所作颂文，在题材范围上较之僧侣作品有了明显的拓展。

比如东晋庾阐的《乐贤堂颂》就是一篇以佛堂庙宇为题材的作品：

> 峨峨隆构，炭炭其峻。阶延白屋，寝登髦俊。神心所寄，莫往非顺。灵图表象，平敷玉润。游虬一壑，栖鸾一丛。川澄华沼，树拂椅桐。林有晨风，翮有西雍。高观回云，疏飙倚窗。洋洋帝猷，恢恢天造。思乐云基，克配祖考。仰瞻昆丘，俯怀明圣。元珠虽朗，离人莫映。清风徘徊，微言绝咏。有邈高构，永廓灵命。①

庾阐是累世簪缨的高级士族，其颂文描写的对象——乐贤堂是东晋皇家殿堂。根据《乐贤堂颂》前序言以及《太平御览》等书记载，乐贤堂存有晋明帝因"雅好佛道"而"手摹"之"灵像"，也就是晋明帝亲手所画佛像。王敦之乱被平定后，彭城王司马纮上书晋成帝请求：乐贤堂存有先帝所画佛像，经王敦乱后此堂犹存，实为堂中佛像保佑所致，应由皇帝下旨令群臣创作颂文加以纪念。但宰相蔡谟以佛教系夷狄之俗为由坚决反对，故此议"遂寝"。但庾阐却在皇帝碍于众议无法下旨的情况下，以私人名义写作了这篇《乐贤堂颂》，可见其对于佛教仰慕之深。

乐贤堂虽是晋明帝做太子时所建皇家殿堂，但由于佛画像之争，在庾阐这样遵信佛教的士大夫眼里，它显然具备了佛堂庙宇的性质，因此本书将《乐贤堂颂》归于佛教殿宇颂。《乐贤堂颂》围绕堂内所藏"灵图表象"，以较大篇幅描绘乐贤堂内外景物，本不足称奇。只有最后一句"有邈高构，永廓灵命"颇值得注意。此句表明，在庾阐这样的高级士族看来，佛教已有护佑封建王朝"天命"的权威功能。故庾阐希望乐贤堂永固，帮助晋王朝拓展天命，赢得绵长国祚。因此，《乐贤堂颂》不仅拓展了佛教主题颂文的题材范围，而且昭示了东晋时某些高级士族对佛教的信仰上升到了政治高度，这是颇值得关注与思考的。

庾阐的《乐贤堂颂》以佛堂为创作对象，而鲍照的《佛影颂》则是一篇画像颂：

> 形生丽怪，神照潭寂。验幽以明，考心者迹。六尘烦苦，五道绵

---

① 《全上古三代秦汉三国六朝文》，第 1680 页。

剧。乃炳舟梁，爰悟沦溺。色丹貌缋，留相琼石。金光绝见，玉毫遗规。俾昏作朗，效顺去逆。①

此颂大约作于439—440年鲍照任临川王刘义庆幕僚期间。时刘义庆任江州刺史，"奉养沙门"，与辖境内庐山名僧慧远往来密切。慧远曾绘《佛影图》，鲍照应是在观此《佛影图》后写作这篇《佛影颂》的。从内容来看，《佛影颂》成功地发挥了颂体文"容也""美盛德而述形容也"的作用。该颂不仅用"色丹貌缋，留相琼石。金光绝见，玉毫遗规"述《佛影图》本身的"形容"，而且还以"神照潭寂"来述佛陀精神之"形容"，以"验幽以明，考心者迹"来述佛陀法力之"形容"。同时还用"六尘烦苦，五道绵剧。乃炳舟梁，爰悟沦溺"概括阐明佛教教义；用"俾昏作朗，效顺去逆"彰显佛法教化人心的功效。于是，在"述形容"的同时也在字里行间流露出了浓厚的"美盛德"之意味。故而，鲍照这篇《佛影颂》是在充分继承中国颂体文传统的基础上，拓展了魏晋以来佛教主题颂文的题材范围，这是具有典范意义的。

除了描绘佛堂、佛画之外，世俗文士还把描写的对象扩展到了佛教圣物，比如梁简文帝萧纲的《菩提树颂》：

> 绵史载观，灵篇眇镜；宝册葳蕤，帝图掩映。鸟纪称祥，龙书表庆；九州布德，五弦作咏。蒸哉至矣，有梁启圣。功覆终古，业高受命。金轮降道，玉衡齐政；无思不服，有德斯盛。一乘运出，五眼清净。禀识康歌，昆虫得性。舜厨灵莲，尧庭神荚。岂如道树，覆润弘浃。靡密垂光，芬芳委垒；时动百华，仁开千叶。现彼法身，图兹瑞牒；海度六舟，城安四摄。惠泽四播，淳风普叶；休明智境，清朗法泉。百神嗟仰，千佛称传；荣光动照，玉烛调年。菩提永立，波若长宣；穆穆明后，万寿如天。②

菩提树本是佛教非常重要的圣物，因为释迦牟尼佛就是在菩提树下证得如来果位的。根据此颂前序文可知，萧纲作《菩提树颂》是因乃父梁武帝萧衍"广设道场，大弘妙法"之际人工搭建了仿真菩提树景观，故时为晋安王的萧纲作此颂，不仅是美佛陀之德，更是美其父之德。因此，这首颂前半部分是在述其父萧衍治下梁朝安和祥瑞之"形容"，而后半部分则是描述人

---

① 《全上古三代秦汉三国六朝文》，第2694—2695页。
② 《全上古三代秦汉三国六朝文》，第3024页。

工搭建的菩提树景观模型之"形容"。故萧纲《菩提树颂》是一篇具有明显"美盛德"之目的性的佛教题材颂文。

说罢世俗文士作品对佛教主题颂文题材范围的拓展,再来看世俗文士佛教题材颂文所表现出的诗化倾向。在这一方面,本节拟主要分析谢灵运和王融两人的作品。谢灵运传世颂文为《无量寿佛颂》:

> 法藏长王宫,怀道出国城。愿言四十八,弘誓拯群生。净土一何妙,来者皆菁英。颜年安可寄,乘化好晨征。[1]

谢灵运此颂一名《净土咏》,所颂对象"无量寿佛"即世俗所称"阿弥陀佛"。根据《佛说无量寿经》等佛教典籍的记载,阿弥陀佛成佛前为法藏菩萨。在久远劫前法藏还未出家成道时,曾为大国君主,号"世饶王"。此王得"世间自在王如来"讲法之后,欢喜踊跃,于是捐弃王位,舍国随如来出家,号为"法藏比丘"。故谢灵运此颂首称"法藏长王宫,怀道出国城"。"愿言四十八,弘誓拯群生",即言法藏比丘得"世间自在王如来"展现十方二百一十亿诸佛世界功德与国土。此二百一十亿佛国土中既有净土,又有秽土。于是法藏比丘发愿将来得道后要建立"第一庄严净土",接引十方信众往生。此后,法藏比丘即用五劫的漫长时间思惟摄取庄严佛土清净之行,发"国无恶道愿""不更恶道愿""身真金色愿"等"四十八愿",最终于十劫之前证得果位,建立西方极乐净土世界,自此可以接引十方众生当中坚信佛法、为大功德之"菁英"往生此"一何妙"的净土。最后的"颜年安可寄,乘化好晨征",即是谢灵运感慨"岁无金石固",希望尽早向化(佛法教化)皈依,精进勤修,以便形寿耗尽之际,蒙阿弥陀佛接引,一时上升极乐净土。

谢灵运这篇《无量寿佛颂》打破了此前以四言创作颂体文的惯例,转而采取五言句式创作佛教题材颂文,应当是有其内在原因的。如前文所述,自支谦以来,五言句式已成为佛经偈颂翻译的主体形式。不仅如此,魏晋南北朝僧侣依经所作偈颂以及独立创作之佛教主题偈颂,也多有采用五言句式者。而谢灵运曾参与《大方广佛华严经》《大般涅槃经》等佛教经典汉译本的润改工作,而且编有梵汉字典《十四音训叙》,故其对于汉译佛经当中的五言偈颂的是耳熟能详的。那么,在汉译佛经五言偈颂的影响下,谢

---

①《全上古三代秦汉三国六朝文》,第 2617 页。

灵运创作佛教主题颂文时摒弃传统的四言句式颂体，转而采用佛经偈颂常见的五言句式来布局谋篇，也是不难理解的。但如此操作导致的结果，就是颂与五言诗的畛域变得模糊了。这篇《无量寿佛颂》之所以别名《净土咏》，就是因为该颂在某些场合被当作五言诗来看待，故得此五言诗化的别名。

谢灵运的五言佛颂，在南北朝时期并非孤例。与之相似，南朝齐王融的《净住子颂》三十一篇，也表现出了较为明显的诗化倾向。所谓"净住子"，是南齐竟陵王萧子良撰写的一本书，共计二十卷，主要是借用儒家纲常伦理来阐述佛教修行要旨。王融身为"竟陵八友"之一，自然要对萧子良《净住子》大加揄扬，于是针对该书中三十一篇内容逐一作颂来进行阐发，就有了三十一篇《净住子颂》。

此三十一篇《净住子颂》见载于《艺文类聚》《全齐文》等书。其中，《皇觉辨德篇颂》《开物归信篇颂》《涤除三业篇颂》《修理六根篇颂》《生老病死篇颂》《克责身心篇颂》《检覆三业篇颂》《诃诘四大篇颂》《出家顺善篇颂》《在家从恶篇颂》十篇颂文为四言颂。

《沈冥地狱篇颂》《出家怀道篇颂》《在家怀善篇颂》《三界内苦篇颂》《出三界外乐篇颂》《断绝疑惑篇颂》《十种惭愧篇颂》《极大惭愧篇颂》《善友奖劝篇颂》《戒法摄心篇颂》十篇颂文为五言颂。

《自庆毕故止新篇颂》《大忍恶对篇颂》《缘境无碍篇颂》《一志努力篇颂》《礼舍利宝塔篇颂》《敬重正法篇颂》《奉养僧田篇颂》《劝请增进篇颂》《随喜万善篇颂》《回向佛道篇颂》《发愿庄严篇颂》十一篇颂文为七言颂。

一系列颂文中既有四言，又有五言，复有七言，这是非常罕见的。而且，从《净住子颂》中四言颂、五言颂各十篇，而七言颂十一篇这一情况来看，王融对这一系列颂文所用句式的布局规划，应该是有意为之的。也就是说，王融有意要在三十一篇系列颂文之内，穷尽四言、五言、七言等常用的句式。以下分别对《净住子颂》中四言颂、五言颂、七言颂的代表作进行简要分析。

首先来看《开物归信篇颂》：

> 生浮命舛，识阇情违。业云结影，慧日潜晖。逶迤修道，极夜无归。
> 登山小鲁，泛海难沂。参珉见璧，辨砾知玑。迷其未远，匪正何依。①

---

①《全上古三代秦汉三国六朝文》，第 2861 页。

这篇四言颂活用"孔子登东山而小鲁""观于海者难为水"等儒学典故来诠释众生发"无上菩提之心"皈依佛门的必要性。此颂以标准四言句式写成，与本书之前相关章节分析的四言颂文区别不大。唯其活用典故颇可一观。

再来看《在家怀善篇颂》：

> 处尘贵不染，被褐重怀珠。美玉曜幽石，曾兰挺丛刍。四氏不为侣，三界岂能渝。谅兹亲爱染，宁以财利拘。烦流舍智宝，榛路坦夷途。万物竟何匹，烈火树红趺。①

这是一篇典型的五言颂文，但也存在明显的诗化倾向。比如"美玉曜幽石，曾兰挺丛刍。四氏不为侣，三界岂能渝"四句，可分析为两组对仗句。"烦流舍智宝，榛路坦夷途"亦可分析为工稳的对仗句。考虑到齐梁之际正是近体诗孕育时期，作为"竟陵八友"之一的王融是把齐梁体诗的对仗手法引入了颂文创作。这也昭示了像《在家怀善篇颂》等五言颂文鲜明的诗化倾向。

最后看《净住子颂》当中的七言颂《劝请增进篇颂》：

> 俟河之清逢圣朝，灵智俯接一其遥。白日驰光不流照，葵藿微志徒倾翘。遍盈空有尽三界，绵塞宇宙罄八辽。德光业远升至觉，寂寞常住独能超。煎灼欲火思云露，沈汩使水望舟桥。弘慈广度昔有誓，法轮道御且徐镳。②

这篇七言颂文中"白日驰光不流照，葵藿微志徒倾翘。遍盈空有尽三界，绵塞宇宙罄八辽"四句，可分析为两组工稳的对仗句；"煎灼欲火思云露，沈汩使水望舟桥"两句，亦皆可分析为工稳的对仗句。因此，《净住子颂》中七言颂的创作同样体现了齐梁体诗手法的运用，因而此类七言颂文同样表现出了明显的诗化倾向。

二、世俗文士创作的佛教题材赞文

魏晋南北朝时期，倾向于佛教信仰的世俗文士们在写作佛教主题颂文之余，也创作了一些佛教题材的赞文。此类赞文今尚存世者尚有：东晋王

①《全上古三代秦汉三国六朝文》，第2861页。
②《全上古三代秦汉三国六朝文》，第2863页。

齐之的《萨陀波仑赞》《萨陀波仑入山求法赞》《萨陀波仑始悟欲供养大师赞》《诸佛赞》、东晋殷景仁的《文殊像赞》、东晋孙绰的《康僧会赞》、南朝宋沈约的《千佛赞》和《弥勒赞》、南朝宋谢灵运的《和范光禄祇洹像赞》以及《维摩经十譬赞》八篇、南朝宋范泰的《佛赞》、南朝陈江总的《花赞》《灯赞》《香赞》。此外，另有范泰《祇洹塔内赞》已佚，今仅存目。

与僧侣创作的佛教主题赞文相比，王齐之、殷景仁、孙绰、沈约等人创作的赞体文在题材范围和写作手法方面都是十分相似的，因此这里就不再展开论述。除此之外，值得关注的是这一时期文士的佛教题材赞文已出现了类似"筹答唱和"的新现象，这集中体现在谢灵运和范泰两人的赞文创作中。

谢灵运与范泰皆出身高级士族，同朝为官，因性情相契，结为密友。宋少帝景平二年(424)，徐羡之、檀道济等发动政变，废少帝刘义符为营阳王，旋即将其杀害。二人遂立宋武帝刘裕第三子刘义隆为帝，是为宋文帝。范泰与政变首脑徐羡之不睦，为求免祸，遂于首都建康城中建祇洹寺，冀求佛祖眷顾护佑。在建寺过程中，范泰寄书隐居在会稽郡始宁县山中的谢灵运，向其展示自己创作的《祇洹塔内赞》，并求灵运和作。于是谢灵运写下三篇赞文来应和，分别是：

佛　赞

　　惟此大觉，因心则灵。垢尽智照，数极慧明。三达非我，一援群生。理阻心行，道绝形声。①

菩萨赞

　　若人仰宗，发性遗虑。以定养慧，和理斯附。爰初四等，终然十住。涉求至矣，在外皆去。②

缘觉声闻合赞

　　厌苦情多，兼物志少。如彼化城，权可得宝。诱以涅槃，救尔生老。肇元三车，翻乘一道。③

范泰《祇洹塔内赞》今已佚，而谢灵运应和之作《佛赞》《菩萨赞》《缘觉声闻

---

①《全上古三代秦汉三国六朝文》，第2617页。
②《全上古三代秦汉三国六朝文》，第2617页。
③《全上古三代秦汉三国六朝文》，第2617页。

合赞》采用四言句式,大抵阐释佛、菩萨、缘觉、声闻这佛教四圣各自的果位标准、修行方法等。就内容与形式来说,这三赞与本书之前章节中所述僧侣赞文并无本质区别,故不再予以分析。此处列出上述赞文,意在证明南北朝时期已出现"筹答唱和"性质的赞文创作。

当然,在范泰和谢灵运的交往过程中,"筹答唱和"性质的赞文创作还不止上述一例。在作上述三赞的同一年,范泰还曾寄送给谢灵运一首《佛赞》:

> 精粗事阻,始末理通。舍事就理,即朗祛蒙。惟此灵觉,因心则崇。四等极物,六度在躬。明发储寝,孰是化初。夕灭双树,岂还本无。渺渺远神,遥遥安和。愿言来期,免兹沦胥。①

从题材内容和写作手法来看,范泰这首《佛赞》与之前论述过的僧侣赞文亦无本质区别。然而,该赞在刚刚说过释迦太子"明发储寝"出家求法之后,紧接着就说到了"夕灭双树"的涅槃灭度,略微令人感到有些突然。联系到当年发生了宋少帝被废杀事件,这里的"夕灭双树"也似乎是对此事有所影射的。而在赞文最后,范泰写道"愿言来期,免兹沦胥",也是借"众生修行摆脱轮回"这一基本理念来隐喻"希望未来免除杀身之祸"的忧虑和祝祷。

接到范泰这首隐含忧患的《佛赞》之后,谢灵运写作了《维摩经十譬赞》八篇予以应和。这八篇《维摩经十譬赞》源于《维摩诘所说经·方便品》。在该品中,维摩诘居士运用"身如聚沫""身如泡""身如焰""身如芭蕉""身如幻""身如梦""身如影""身如响""身如浮云""身如电"十个比喻,向前来探病的"国王、大臣、长者、居士、婆罗门及诸王子并余官属"等数千人众解说世间万象的虚幻不实。谢灵运即以此十譬喻为原型,写作《聚沫泡合》《焰》《芭蕉》《幻》《梦》《影响合》《浮云》《电》这八篇五言赞文,组成《维摩经十譬赞》以慰范泰的忧患之思。限于篇幅,本节不可能对这八篇赞文一一展开分析,故兹仅举《聚沫泡合》一篇加以论述:

> 水性本无泡,激流遂聚沫。即异成貌状,消散归虚壑。君子识根本,安事劳与夺? 愚俗骇变化,横复生欣怛。②

此赞前四句明确佛教对世界"色""空"概念的体认:宇宙本相就如自在而静

---

① 《全上古三代秦汉三国六朝文》,第 2518 页。
② 《全上古三代秦汉三国六朝文》,第 2617 页。

止的水，它是"自在"而"虚空"的。宇宙中的物质对三界众生来说本是既有既无的，以人的观念不可思议，只能以"不二法门""离诸问答""离诸判断"方得正见。但由于众生具有因无明而产生的"识见"观念，对这具备"色空"二象性的宇宙本相造成了影响。其结果就是宇宙本相因众生观念而发生了相应变化，从"色空"二象本应具备的无限可能性，迅速地"坍缩"成了唯一一种存在状态，就是众生所能感受到的三界物质状态。这就好比本是"自在"的净水因受激流冲击而产生聚集的泡沫一样。宇宙本相就像"自在"的净水，众生的"识见"观念就像激流，众生所感受到的三界物质状态就像聚集的泡沫。这也正是佛教认为人身由四大"假合"、三界万象借由众生"感得"的原因所在。

在前四句发挥"明也，助也"的作用，阐明了佛教对宇宙、世界之基本认识的基础上，后面四句则借题发挥，对范泰的忧思进行安慰。意即，你我熟读佛法，既有见识，能认识宇宙世界本性，又何必在乎浮生躯体性命的利害呢？所以只有俗众才会随着事态变化而或忧或喜，而你我则应超然世外，无忧无惧。

根据以上的分析可见，在谢灵运手中，以佛教为题材所创作的五言赞文，在赞体文本有的"明也，助也"这一功能之外，还增益了"酬答交际""表意言志""劝导勉励"之功能，堪称对赞体文题材与功用的有力拓展。

第六节　道教颂赞对佛教颂赞的借鉴

道教是中国的本土宗教，其《太平经》《老子想尔注》等早期经典尚质黜文，故初无颂、赞。虽然《太平经》提到过"颂声"："令天下俱得诵读正文，如此天气得矣，太平到矣，上平气来矣，颂声作矣，万物长安矣，百姓无言矣，邪文悉自去矣。"①但这里的"颂声作矣"是指歌颂之声，而非颂体之文。所以，最初的道教经典是不含颂文的。

一、道经颂文对佛经偈颂的借鉴

及至东晋六朝时期，经过以葛洪、陆静修为代表的道士努力纂集，以

---

① 王明编《太平经合校》，中华书局1960年版，第192页。

《三洞真经》为代表的道教典籍初具规模,其文学性也明显得到强化,而颂、赞等文体也频繁地出现在了道典之中。而这一变化,虽属道教文学自身演进之必然结果,但佛经颂、赞文体的传译则对其发挥了明显的助推作用。首先来看《正统道藏·三洞赞颂灵章》中的《丹灵三炁君颂》:

> 绛云翠玉虚,灵风披太微。辽辽六炁降,眇眇吐灵辉。乘我日中影,披辔顺天回。朱童披灵夜,洞阳炼落晖。玉章度促年,灵歌五神开。长浪无绝景,一念入九围。亿劫超幽期,华命不雕衰。飞天披重关,南宫朗凶机。朱陵定绛籍,神备使形飞。七祖上生天,福德高巍巍。轮转空洞魂,出我九玄扉。夜景披朝阳,飘飘乘运归。[①]

此颂原载于《太上诸天灵书度命妙经》。该经虽然作者不详,但其经名已被南朝初期道士陆修静所撰《三洞经书目录》收录,故推测当为东晋末至南朝初期作品。在《太上诸天灵书度命妙经》中,《丹灵三炁君颂》是以《南方三气丹天灵书度命玉章》的名目出现的,为“朱陵上宫诸真人玉女恒所歌诵,以固泥丸,安脑营神,保命留气,自然之章”。而到了《三洞赞颂灵章》中,《南方三气丹天灵书度命玉章》就成了《丹灵三炁君颂》,可见道经中的“章”与“颂”可视为同一类文体。

论罢出处,再来看这篇《丹灵三炁君颂》的手法特征。从内容来看,这篇颂文首先描绘天宫景观,树立道教徒心中至高无上的理想境界。从“朱童披灵夜”转入对道教徒“内景”修行的描述。至“飞天披重关”后又转为对道教徒修成之际羽化飞天,上升“朱陵”神仙洞府这一美好愿景的描绘。从句式上来看,此颂采用五言句式,与佛经偈颂相似。且有“亿劫超幽期”之句,表明佛教“劫”的概念已被引入道经之中。这正如《隋书·经籍志》所述:

> 道经者,云有元始天尊,生于太元之先,禀自然之气,冲虚凝远,莫知其极。所以说天地沦坏,劫数终尽,略与佛经同。[②]

当然,仅凭“五言句式”和“劫”字,还不足以断定像《丹灵三炁君颂》这样的道经颂文是模仿佛经偈颂而作。那么,这里再将佛经与道经当中两段高度相似的颂文加以对比,答案就会变得更清晰一些:

①《道藏》第 5 册,第 780 页。
②〔唐〕魏徵、令狐德棻撰《隋书》,中华书局 1973 年版,第 1091 页。

第一段是《太上说转轮五道宿命因缘经》中的颂文:

> 太上语诸仙曰:"施一得万倍,言岂虚也。"道乃颂曰:"贤者好布施,天神自扶将。施一得万倍,安乐寿命长。今日施善人,其福不可量。皆当得仙道,度脱诸十方。"①

第二段是南朝宋印度来华僧人求那跋陀罗所译《佛说轮转五道罪福报应经》中的颂文:

> 佛语阿难:"夫人作福,譬如此树。本种一核,稍稍渐大。收子无限,施一得倍万,言不虚也。"佛时颂曰:"贤者好布施,天神自扶将。施一得万倍,安乐寿命长。今日大布施,其福不可量。皆当得佛道,度脱于十方。"②

对比以上引文可见,两首颂文几乎完全一致,只是个别字句略有改动。这是道经抄袭了佛经,还是佛经抄袭了道经呢? 且来看《太上说转轮五道宿命因缘经》开篇的语句:

> 尔时,太上老君在迦维罗卫国精舍中,与诸天仙、地仙、仙童、玉女等一千二百五十人俱。九月长斋,一时讫,竟从神舍中出,往到舍卫国祇树下给孤独园。③

"迦维罗卫国""给孤独园"都是佛经常用的处所,《太上说转轮五道宿命因缘经》将太上老君安置在这些古印度处所当中,为"诸天仙、地仙、仙童、玉女等一千二百五十人"讲道,是抄袭《佛说轮转五道罪福报应经》所致。后者开篇即道:

> 闻如是,一时佛在迦维罗卫国释氏精舍,与千二百五十比丘俱。九月本斋,一时毕竟。佛从禅室出,往至舍卫国祇树给孤独园。④

对比上述两段经文的开篇内容,很明显《太上说转轮五道宿命因缘经》是道教徒利用"老子化胡"的说法为依托,将《佛说轮转五道罪福报应经》通篇加以抄袭篡改而成的。所以,《太上说转轮五道宿命因缘经》中的颂文,也是

①张继禹主编《中华道藏》,华夏出版社2004年版,第152页。
②《永乐北藏》第66册,第609页。
③《中华道藏》第6册,第150页。
④《永乐北藏》第66册,第608页。

对《佛说轮转五道罪福报应经》偈颂的抄袭篡改，这是显而易见的。

如果说《太上说转轮五道宿命因缘经》颂文对《佛说轮转五道罪福报应经》偈颂的抄袭，尚属道经通篇抄袭佛经的个例，那么下面两篇道经颂文的词句则更能揭示具有普遍性的问题。其一是《正统道藏·太平部·无上秘要》中的《渊通元洞天颂》：

> 元洞皓明，太白上精。金仙黄母，号曰素灵。右侠月女，左带扶生。七元吐光，日童掷铃。威振渊通，焕赫奔星。总归万方，受度仙庭。歪不绕死，梵行生生。金阙积简，上有劫名。功满升度，月宫谏形。欲得羽衣，当妙朱婴。朱婴相度，简入华青。五帝携别，降致飞辂。七祖同欢，俱登上清。①

《无上秘要》是北周武帝宇文邕在灭齐后纂集魏晋以来道教经典而成的一部重要的道教类书，所以上述《渊通元洞天颂》出自唐前是无异议的。这篇道教颂文内容仍是表现道教徒从修行到飞升的历程，其中充斥着诸如"金仙""黄母"等各类道教名词术语。然而，在这一连串的道教术语中，却出现了本为佛教所独有的"梵行"一词，这充分说明了道教颂文对佛教偈颂的模仿与因袭。

无独有偶，《无上飞天法轮转八难上品玉章颂》也出现了本为佛经经卷所独有的"法轮"字样：

> 仰观八门，轮转罪田，受诸苦恼，形魂不闲。先无诚业，终身八难。无量罪门，一生一死，十恶往还，于是冥冥，受诸沉沦。飞天大赦，普转法转，高上八观，洞开玉城。七宝宫台，乘运相迎，云明焕照，十方大庭。金容绝妙，双光自生，策龙驾凤，游憩玉京。宝林罗列，身中光明，三罗自解，八难齐并。②

《无上飞天法轮转八难上品玉章颂》出自《太上洞玄灵宝诚业本行上品妙经》。该经为陆修静《三洞经书目录》所收录，故推测它也是东晋末至南朝初期诞生的道教经文。该颂题目及内容当中的"法轮"，是古印度佛经用以形容佛法威德的专有词汇。"法轮"一词的原型是古印度兵器——转轮，它

①《道藏》第 25 册，第 94 页。
②《道藏》第 6 册，第 165—166 页。

为圆形轮状,周环为刃,作战时像标枪一样投掷出去,可用环刃杀伤敌人。因其在印度人眼中威力巨大,所以古印度靠武力统一诸国的国王,经常被称为"转轮王"。而佛教徒认为佛法威力巨大无比,能碾摧一切烦恼、惑业、邪见,就像"转轮王"碾摧诸国统一天下一样,所以,佛教徒就将佛陀之法称为"法轮"了。比如,释迦牟尼佛在鹿野苑三次为五贤良弟子讲法开示"苦、集、灭、道"这"四圣谛",从此开启向人间传法之路,即被称为"初转法轮"。而《太上洞玄灵宝诚业本行上品妙经》被称为"群经之首,万法之宗"。就在这部"万法之宗"的颂文里,却出现了佛教所独有的"法轮"字样,足可见佛教经文和偈颂对道教经卷、颂文的影响之深刻。

此外,道教经典不仅借鉴了偈颂文体,而且还随之继承了某些常用的解明经义之譬喻,亦可见此期佛经偈颂文体盛行对于道典写作之影响。比如,约成书于南北朝时期的《太上老君戒经》中的《诵经颂》云"乐法以为妻,爱经如珠玉",其直接脱胎于稍前鸠摩罗什所译佛教《维摩诘经·佛道品》中的偈颂"法喜以为妻,慈悲心为女"。由此可见,受佛经偈颂的推动,唐前道典颂、赞文体已呈现高度发达且归于合流的景象。

借助以上所举的几个例子,不难看出魏晋南北朝时期道家经典数量的急速扩张,是建立在大量借鉴甚至抄袭佛经基础之上的。而道经中大量的颂文,也是仿照佛经偈颂而作。这充分表现了梵文转译之佛经偈颂对中国本土道教经典中颂文写作的深刻影响。

二、道经赞文对佛经偈赞的借鉴

和颂文的情况相似,魏晋南北朝时期道经当中的赞文,也多是模仿佛经偈赞而写就的。其基本标志之一就是,此期一些道经当中的赞文被称为"偈赞"。比如《洞真太上八道命籍经》:

> 读《智慧经》及偈赞,先闭目,叩齿三,咽液三,存三素元君在金华宫,如婴儿状,而咏文也。①

《洞真太上八道命籍经》一般被认为是南北朝时编撰的道教经卷。这部经典要求信徒熟读《洞真太上说智慧消魔真经》和相关偈赞,而且还提示了咏

①《道藏》第33册,第516页。

唱经文和偈赞的方法要领：闭目、叩齿、咽唾液，存思"紫素元君、黄素元君、白素元君"三位女神于人体"内景"体系当中的"金华雌一洞房宫"（头中两眉连线中点向内深五寸处），像婴儿一样无杂识干扰，方可咏唱经文和偈赞。

值得注意的是，"偈"来自梵文词汇"Gatha"和"Geya"的音译，道教并无吟诵梵文之传统，但其道经中赞文却被称为"偈赞"。这只能说明一个原因，即道教徒模仿佛经偈赞而创作了道经偈赞。

而道经中也确实包含一些名为"偈"字的赞文。比如《洞真太上素灵洞元大有妙经》之中的《太帝君偈大有妙赞》：

> 翳翳元化初，眇眇晨霞散。太寂空玄上，寥朗二仪判。凝精抱空胎，结化孕灵观。含真颐神内，倏欻启冥旦。始悟忧促龄，运交返天汉。萧萧咏步虚，旋行礼玉京。稽首归太无，乘风散灵香。俯仰帝皇堂，飘飘随虚翔。妙唱发奇音，吟咏太真章。流度四大界，十天量无央。阆台发幽夜，神烛吐奇光。炜晔玉林华，熠烁曜琼堂。虚生自然烟，蓊郁御玄纲。群真披霄赞，宝盖顺风昂。飞步咏空歌，神唱化道长。郁郁大化隆，济济兹道兴。积学随日感，功满入大乘。福庆加一切，七祖咸得升。整驾凌太华，回辔绝霄馆。灵风鼓空洞，香花乘烟散。萧萧礼虚堂，诜诜步玄汉。朗咏启幽袊，拔度宿根难。五苦应时解，流芳注陶灌。玄阙峙云纲，飞霞翼灵舆。提携无迹真，窈窕入太虚。乘空诵玉篇，萧条咏羽书。广念无不普，一切庆有余。①

这篇赞文出自道家经典《洞真太上素灵洞元大有妙经》。该经被视为早期上清派"三奇宝文"之一，普遍被认为是东晋南朝时期的作品。故该经中的这篇《太帝君偈大有妙赞》也属于唐前道教赞文。此赞虽然描写道教徒想象中的天界宫观，但其题目中的"偈"字，却表明它其实是道教徒模仿佛经偈赞而写作的。意即，东晋南朝时期的道教徒不仅仿照汉译佛经偈赞常用的五言句式创作了道经的五言赞文，而且把佛经特有的"偈"字也照抄了过来。这与前引《洞真太上八道命籍经》中的"偈赞"构成了紧密的呼应，从而也使得此类道经偈赞成为道教徒模仿佛经创作赞体文的明证。

---

① 《中华道藏》第 1 册，第 129 页。

　　值得注意的是，上引《太帝君偈大有妙赞》还与《洞真太上道君元丹上经》中的《太帝君偈赞》以及《太上九真明科》中的《太帝君赞》字数完全相同，内容也基本一致。具体来说，《太帝君偈赞》只是对《太帝君偈大有妙赞》略加改动而成。两相对比，前者是将后者当中的"翳翳元化初"转换成"翳翳无化初"；把"凝精抱空胎"变换成了"凝精抱玄胎"；将"萧萧咏步虚，旋行礼玉京"转换成了"萧萧步虚游，旋行礼玉皇"；把"飘飘随虚翔"转变成了"飘飏随虚翔"；将"流度四大界"变换成了"流广四大界"；把"熠烁曜琼堂"转换成了"熠烁耀琼堂"；将"流芳注陶灌"变换成了"流芳注淘灌"。

　　类似的，《太帝君赞》也是对《太帝君偈大有妙赞》略加改动而成。两相对比，前者是将后者当中的"眇眇晨霞散"转换成"眇眇晨露散"；把"结化孕灵观"变换成了"结化孕虚观"；将"含真颐神内"转换成了"含精颐神内"；把"萧萧咏步虚"转变成了"萧萧步虚游"；将"炜晔玉林华，熠烁曜琼堂"变换成了"璀璨玉林华，熠烁耀琼堂"；把"熠烁曜琼堂"转换成了"熠烁耀琼堂"；将"济济兹道兴"变换成了"济济滋道兴"；把"福庆加一切"转变成了"福庆逮一切"；将"整驾凌太华"变换成了"整驾陵太华"；把"萧萧礼虚堂"变换成了"萧萧礼灵堂"；将"朗咏启幽衿"转换成了"朗咏启幽襟"。

　　除此之外，《洞真太上素灵洞元大有妙经》《洞真太上道君元丹上经》两经之《太微天帝君诵》亦与《太上九真明科》之《太微帝君赞》字数全同，内容也大体一致。限于篇幅，此处不再一一详加列举了。

　　根据《道藏》的介绍，《洞真太上素灵洞元大有妙经》"约出于东晋南朝"，而《洞真太上道君元丹上经》和《太上九真明科》都是"约出于东晋南朝，是摘录《大有妙经》而成"。这表明，在东晋南朝这段道教经典的草创期，道经的扩充方式之一就是摘录和抄袭。而仿自佛经偈颂、偈赞的道经偈颂、偈赞，也凭借这种摘录和抄袭的行为而广泛散播于早期道教经典之中。这也成了佛经偈颂、偈赞体制在道经中获得广泛接受与模仿的一个重要原因。

　　综上所述，我国道教早期经典中的颂、赞文体，就是由佛经中的偈颂、偈赞文体转化而来的。然而，这并不意味着道经中的颂、赞就是对佛经偈颂、偈赞的完全被动模仿。实际上，中国早期道经的颂、赞在编排体制上也还表现出了一定的创新之处，接下来将结合具体案例，进行讨论。

三、道教经文赞颂在体例方面的创新

唐前时期中国早期道经颂、赞文体在体例上的创新,主要表现在出现了"赞中含颂"的编排体制,促使颂、赞这两种文体的结合变得更加紧密,二者之间的畛域也变得更为模糊了。

比如,出自《正统道藏·洞玄部·赞颂类》的《太上洞玄灵宝智慧礼赞》就是一首"赞中含颂"的作品。《太上洞玄灵宝智慧礼赞》一般被认为出自南北朝时期的道教徒之手。它共由四部分组成,分别是:主体部分《智意礼赞八首》《土简颂》一篇,并附录《降真》科仪一章、《谢神》科仪一章。其中,《智意礼赞八首》和《土简颂》都是采用五言创作,形制颇类诗章。而《降真》《谢神》两科仪的主体部分也是采用五言句式写就,呈现出了句式体制近乎"整齐划一"的风貌。比如《智意礼赞八首》之一:

> 太上玄虚宗,弘道尊其经。俯仰以得仙,历劫无数龄。巍巍太真德,寂寂因无生。霄景结空构,乘虚自然征。日月为炳灼,安和乐未央。①

这段赞文采用整齐的五言十句写成。赞文中既有"太上""无""太真""虚"等道教概念,又存在像"劫"这样借鉴自佛教经典的概念,仍体现出了此期道经"援佛入道"的特征。佛、道概念在赞文中荟萃的结果,是要表达"安和乐未央",即"同化于大道其乐无穷"的意思。因此,《智意礼赞八首》之一虽然援引佛经概念入道经,但本质上还是"道法为体,佛语为用",是为了表现道教的理念与宗旨而服务的。

《智意礼赞八首》之中的其他作品与上面分析的这首赞文都非常相似,这里不再一一加以解读。而在这八首《智意礼赞》之后,还出现了一篇《土简颂》作为《太上洞玄灵宝智慧礼赞》的组成部分,构成了"赞中含颂"的特殊体例,这是同期佛经所未曾出现过的现象。

来看《土简颂》:

> 焕烂启幽期,障蔽日月光。玄阴不解夜,四众并恭恭。灵运自应图,倏欻朗太空。灵书八会字,五音合成章。至真开大宥,落落诸天

明。妙哉龙汉道，八会结成形。焕烂飞空内，流光三界庭。神图启灵
会，玉书丹简名。祈真登紫岳，告命诣灵山。玉女扬梵响，金童奏紫
烟。书名通九府，列字上三天。永享无期寿，刻成金华仙。①

土简，属于道教"投简"科仪活动中所用法器——文简当中的一种。文
简一般是采用洁白的槿木板制成，并在木板上书写祈求消罪赐福的告神文
句。在投简仪式上，这些文简和玉璧、金龙绑扎在一起，或被置于山，或被
埋于地，或被投于水。比如在今天国家级道教科仪活动"投龙仪式"中，投
于山巅的文简称为"山简"，用以奏告天官上元大帝，祈求赐福；埋于地下的
文简称为"土简"，用以奏告地官中元大帝，祈求赦罪；投于水中的文简称为
"水简"，用以奏告水官下元大帝，祈求解厄。而这篇《土简颂》，就是专门描
写文简当中埋于地下之"土简"的一篇颂文。从文意来看，《土简颂》完美地
达到了述土简之"形容"这一目的。"焕烂启幽期，障蔽日月光"即指明了土
简的用法是埋在地下。"灵书八会字，五音合成章"，是指土简背面书写有
祈求消罪赐福的告神文句。"焕烂飞空内，流光三界庭"，即言土简告神之
精诚感动上苍，三界诸仙神皆体会到了投简人的精诚之意。"永享无期寿，
刻成金华仙"，则是祝祷投简精诚感动上仙之后，得天师真传，修成登仙而
去。可以说，《土简颂》采用整齐的五言句式把土简这一法物的用途和功能
描述得清清楚楚，完美地完成了颂体文"述形容"的任务。而在"述形容"之
外，"至真开大宥，落落诸天明。妙哉龙汉道，八会结成形""玉女扬梵响，金
童奏紫烟。书名通九府，列字上三天"等词句，也由衷地表达了对于仙界三
天的赞美之情，因此也流露出了道教颂文特有的"美盛德"之宗教感情。

在之前论述佛经翻译之颂、赞文体时，本书已约略提及佛经偈颂、偈赞
翻译中在一定程度上趋同的现象。即"偈"这样的梵语韵文之所以被称为
"颂"，不仅是因为它能述经义之"形容"，而且还表现了对佛陀以及佛法的
赞美。而"stotra"这样的梵语韵文之所以在翻译成汉语后被称为"赞"，则
主要是以"赞"的后起之义"赞叹"为主要依据，重在表现此类文体对于佛陀
的赞叹、赞美之属性，同时兼顾它们对于佛陀事迹"明也，助也"之功能。所
以，佛经转译之颂、赞在功能上逐渐趋同，往往可笼统地用"偈赞"一词来代
表佛经中的颂、赞类文体。而在本节上引《太上洞玄灵宝智慧礼赞》"赞中

①《道藏》第 11 册，第 151 页。

含颂"的现象,表明颂、赞文体的区别在道经中变得更加模糊,在一定程度上颂可以被作为赞来使用,而赞也可以被作为颂来看待,颂、赞在一定程度上呈现出了"合流"的态势。

第七节　宗教类颂赞文与文学生态之关系

在本章的前六节当中,笔者对佛经翻译中诞生的颂赞、汉地僧侣创作的颂赞以及世俗文士所作颂赞、道经颂赞这四类作品进行了初步的展示和分析。上述四大类型的颂、赞作品,大致可以揭示唐前宗教题材颂、赞文体的主体风貌以及它们发展、演化的基本路径。而本章前六节所列举、分析的四大类颂、赞作品都是诞生于魏晋南北朝时期的中国本土,因此必然也与此期中国本土的文学生态环境之间存在种种互动关系。

魏晋南北朝时期的文学生态环境,其总的表现是儒学寖衰,佛老蕃滋,文学逐步走向自觉。根据袁行霈先生的论述,此期中国古代文学走向自觉的表现则在于:其一,文学从广义的学术中分化出来,成了一个独立门类;其二,文学评论对各种文体进行了细分,对各种文体的体裁、风格特点进行了明确的阐释;其三,创作中表现出了对于文学审美特性的自觉追求。虽然魏晋文学自觉说在近年来受到了来自"汉代文学自觉说"的挑战,但它并没有被颠覆。这说明,魏晋文学自觉说在相当程度上反映了此期中国文学演进之特点与规律,其基本论点仍是客观、合理的。

在这样一个"文学自觉"的宏观"生态背景"之下,与宗教题材颂、赞关系较为紧密的文学现象则要数"五言诗的崛起"和"四言颂赞"的繁荣。因为古印度梵文颂、赞是韵文,所以必然将五言诗这种韵文与之相联系;宗教题材的颂、赞本质上还是颂、赞文体,故又必须将魏晋南北朝时期颂、赞文体的创作情况与之相联系。故而,"五言诗的崛起"和"四言颂赞"的繁荣,就构成了此期宗教题材颂、赞作品所处的微观"文学生态环境"。

具体来说,中国古代的五言诗至东汉《古诗十九首》已基本成熟,此后的魏晋南北朝时期代替没落的四言诗,成了此期中国古代诗歌创作的主流形态。而且在南朝的齐、梁之际,出现了"四声八病"为代表的五言诗歌创作声律规范以及践行此类规范的"永明体"诗,为之后唐代近体诗的繁兴打好了必要的基础。而与五言诗崛起相对应的是,东汉末以来四言颂、赞一直占据主导地位，直到南朝后期才出现了若干五言颂、赞。由此可见，诗歌创作中占据主导地位的五言体式与颂、赞创作中占据主导地位的四言体式，构成了较为鲜明的对比。而本章所讨论的宗教题材颂、赞，与上述两种现象之间又都存在着微妙的联系。

一、五言诗的崛起和四言颂、赞的盛行

毋庸置疑，宗教题材颂、赞是魏晋南北朝时期五言诗崛起这一现象的受益者。纵观本章之前各小节所列举的颂、赞作品，无论是佛经翻译的偈颂偈赞、僧侣独立创作的颂赞，还是世俗文士所作佛教题材颂赞以及道经颂赞，五言体式都在其中占据了相当大的比例，成了此类作品创作的主流形态。据孙尚勇等学者统计，汉魏六朝时期，佛经中的五言偈颂数量达10764首之多，远超四言、六言等其他形式。而在以《三洞真经》为代表的唐前道典中，五言颂亦占据绝大比例，并直接启发了与之相似的大量步虚辞、神仙歌的出现。由此可见，佛、道两教经典的颂、赞文体顺应了此期五言骤兴的潮流，发挥了推波助澜的作用。究其原因，当是与魏晋南北朝时期五言诗的崛起存在直接的联系。

魏晋时期，五言诗在东汉以来初步成熟的基础上，逐渐取代四言诗成为诗歌创作的主流，在整个社会层面获得了广泛的认同与接受，绽放出了夺目的艺术光彩，展示出了强大的生命力。而此期宗教题材颂、赞广泛采用五言句式创作，从根本上来说是为了顺应五言诗崛起的潮流，凭借类似诗歌的五言句式来博得灵、俗两届信众更为深刻的认同与更加广泛的接受。

然而，魏晋南北朝时期宗教题材颂、赞既然乘上了五言诗崛起这股东风，它就必然与此期四言颂赞的盛行这一趋势相背离。本书第二章曾论述了魏晋南北朝时期四言颂勃兴的现象，并且指出四言句式也是此期赞体文创作的主流形式。而魏晋南北朝时期的宗教题材颂、赞虽然也包含有部分四言作品，但五言句式却是其创作的主流形态，这是与此期非宗教题材颂、赞的主流创作趋势相背离的。究其原因，这是由于宗教题材颂、赞源出佛经翻译活动。因此，像支谶、支谦等早期佛经译者无需过多考虑中国本土颂、赞文体的传统范式，而是采取了最有利于颂、赞传播与接受的五言句式来传译佛经偈颂、偈赞，于是便形成了魏晋以来佛经颂、赞以五言为主的创

作范式。

而且,随着佛经偈颂、偈赞的传播,僧侣独立创作的颂、赞,世俗文士颂、赞以及道经模仿的颂、赞,均采取五言作为主流句式,这对此期非宗教题材的四言颂、赞反而构成了一定的挑战。比如,像谢灵运《无量寿佛颂》《维摩经十譬赞》这样的诗化的五言颂、赞出现在南朝初期,对四言为主的颂、赞文体创作态势构成了初步的反拨,可谓道夫先路。而北魏常景的《王褒赞》《严君平赞》呼应于后,在非宗教题材的颂、赞作品中也开始采取诗化的五言句式,则也在一定程度上表明了五言句式对四言颂、赞作品的挑战与冲击之态势了。更何况王融《净住子颂》三十一首分别以四言、五言和七言句式来展开创作,这就更将对四言颂、赞主体地位的挑战提升到了表面化的程度。

当然,上述五言颂、赞对于四言颂、赞的挑战和冲击,都伴随着颂、赞句式的诗化倾向。这似乎提示了魏晋南北朝时期宗教题材颂、赞创作对于五言诗影响的被动接受。然而,除了接受五言诗的影响之外,此期的宗教题材颂、赞还对五言诗的发展演化发挥过积极的推动作用,下文尝试对这一点予以解析。

二、"悉昙"的拼读规则与"四声八病"的发现

"四声八病"是南朝齐梁之际由沈约、周颙、王融等知名文士提出的一套五言诗声律创作规范,对于"永明体"的形成以及唐代近体诗的诞生与繁荣,都发挥了积极而又深远的推动作用。对于"四声八病"的渊源所自,已有陈寅恪等人将其归因于东晋南朝时期佛经"转读(咏经)"活动的诱导,复有杜书瀛等学者认为四声的发现与佛教活动无关,它实际根植于沈约、周颙等学者对汉语声调和音韵规律的自觉体认与把握。而以饶宗颐为代表的一派学者,则将"四声八病"与梵文的"悉昙"联系起来,认为梵文的拼写与读、唱方法对汉语诗歌的创作构成了积极影响,从而推动了"四声八病"的发现与提出。而本部分则将从颂、赞创作的角度,对"悉昙",颂、赞与"四声八病"之间的关系加以探讨。

(一)"悉昙"的拼读规则

"悉昙"是对古代梵文字母及其拼读规则的称谓。古印度初级梵语教科书名为《悉昙章》,它将梵文字母分为十二个元音韵母(称为"摩多"或"声

势")与三十五个辅音声母(称为"纽"或"体文""体语"),系统地介绍了梵文声母和韵母的拼读规则。《佛说大般泥洹经·文字品》则提出了"初十四音名为字本"的说法,并列举了五十个梵文韵母和声母各自的意义。然而,对于"初十四音"究竟是哪十四音,则未予指明。

正因《佛说大般泥洹经》对"初十四音"未予指明,故谢灵运在向高僧慧叡求教后,撰写了第一部解读梵文字母拼读规则的工具书——《十四音训叙》。然而遗憾的是,该书已湮灭在历史的长河中,今人已无缘得见谢灵运对于梵文"初十四音"以及诸多声母、韵母拼读规则的见解了。

虽然《十四音训叙》已佚,但"悉昙"的拼读规则却保留在了《悉昙字记》《悉昙三书》等中文文献以及《悉昙藏》这样的日语文献当中。要言之,其拼读规则的基本框架也是像英语一样以各元音搭配各辅音而组成各种单词。比如,若依隋僧慧远(非东晋僧慧远)《大般涅槃经义记》,以十二个元音韵母与三十四个辅音声母轮番搭配,共可得四百零八个音节;若依智广《悉昙字记》,则是用十二个元音韵母与三十五个辅音声母轮番搭配,共可得四百二十个音节。可见,在历史上"悉昙"究竟有多少个元音和辅音以及这些元、辅音共可拼读成多少个基本音节,已是歧见纷纭。当然,"悉昙"的拼读规则也并非本部分论述的焦点,在这里列举慧远和智广的拼读方法,只是为了展现古梵文拼读规则的基本框架。

而在这个元音韵母和辅音声母两相搭配的基本框架之下,字母拼读过程中发音的轻重、长短对于最终的辨义具有重要的意义。且看僧祐在《出三藏记集·胡汉译经文字音义同异记》中的论述:

> 至于梵音为语,单复无恒,或一字以摄众理,或数言而成一义。寻《大涅槃经》列字五十,总释众义十有四音,名为字本。观其发语裁音,宛转相资,成舌根唇末,以长短为异。且胡字一音不得成语,必余言足句,然后义成。译人传意,岂不艰哉。又梵书制文,有半字满字。所以名半字者,义未具足,故字体半偏,犹汉文"月"字,亏其傍也。所以名满字者,理既究竟,故字体圆满,犹汉文"日"字,盈其形也。故半字恶义,以譬烦恼;满字善义,以譬常住。又半字为体,如汉文"言"字;满字为体,如汉文"诸"字。以"者"配"言",方成"诸"字。"诸"字两合,即满之例也;"言"字单立,即"半"之类也。半字虽单,为字根本,缘有半字,得成满字。譬凡夫始于无明,得成常住,故因字制义,以譬涅槃。梵文

义奥,皆此类也。①

从僧祐的上述论述来看,梵文元音和辅音搭配成词的过程中,发音的长短不同以及"舌根唇末"等发音部位不同导致的轻重、清浊差异,都会使最终所成梵文单词在意义上产生差别。由上述种种原因导致的辨义方面的差别,反映在佛经的解读上,则是"半字"和"满字"的差异。按僧祐的说法,根据拼读时发音长短、轻重、清浊的不同,所成单词虽字母相同,但却产生了"善""恶""烦恼""常住"等含义上的差别,从而直接影响到僧众对于经文内涵的理解。所以,无怪乎僧祐对此发出了"梵文义奥"之叹,也足见字母拼读过程中发音的长短、轻重、清浊对于梵文单词辨义的深刻影响了。

而在僧祐之前,谢灵运已在《十四音训叙》中对梵文拼读发音长短影响辨义的情况进行了概括介绍。虽然《十四音训叙》已佚,但书中的一些论述语句还可见于日僧安然《悉昙藏》的引文之中。据安然《悉昙藏》引谢灵运《十四音训叙》称:

> 其十二字两两声中相近,就相近之中复有别义,前六字中前声短后声长,后六字中无有短长之异。但六字中,最后二字是取前二字中余声。又四字非世俗所常用,故别列在众字之后。②

谢灵运所称"十二字",即梵语十二元音。从这段论述可知,谢灵运认为梵语十二元音中的前六个音有"前声短后声长"的差异。也就是说,前六个元音与辅音声母结合后,其发音时是否引长时值,都会影响到所成梵文单词的内涵意蕴。所以,梵文元音发音的长短是能够对单词辨义发挥重要作用的。

(二)宗教题材颂赞与"四声八病"

魏晋南北朝时期的宗教题材颂、赞,既源于梵文佛经转译出的偈颂、偈赞,那最初它们也是采用"悉昙"拼读而成的。然而在转译过程中,却发生了像鸠摩罗什所言的"但改梵为秦,失其藻蔚,虽得大意,殊隔文体。有似嚼饭与人,非徒失味,乃令呕秽也"③的不力情形。究其原因,一是由于梵文单词的拼读方法与汉字的构成及发音差异很大,二则是因为梵文元音、辅音拼读过程中因发音长短、轻重、清浊不同而导致的单词辨义差别无法

---

①《出三藏记集》,第13页。
②《大正新修大藏经》第84册,第409页。
③《高僧传》,第53页。

体现。

这两大原因，就造成了佛经转译，尤其是经中偈颂、偈赞翻译方面莫大的缺陷和遗憾，也就正如前引慧皎在《高僧传·经师总论》中所说的：

> 自大教东流，乃译文者众，而传声盖寡。良由梵音重复，汉语单奇。若用梵音以咏汉语，则声繁而偈迫；若用汉曲以咏梵文，则韵短而辞长。是故金言有译，梵响无授。①

为了弥补这种缺憾，魏晋南北朝僧侣中的译经家、布道弘法者以及世俗信众当中的高级文士都进行了不懈的探索。就译经家而言，鸠摩罗什就常与后辈助手僧侣僧睿商量中西"辞体"之"同异"，以期寻求最佳的译经方案，惜未可得。就僧侣中的布道弘法者而言，类似支昙籥这样的僧侣不仅发展出了"转读"咏经之法，而且依托佛经自作偈颂，并采用"转读"之法加以演唱，来向芸芸信众讲经布道。就世俗信众当中的高级文士而言，谢灵运不仅参与佛经翻译的校改工作，而且编撰《十四音训叙》来探求佛经转译和拼读的优化方案。

到了齐梁时代，又出现了像周颙这样雅好佛法的高级文士以及沈约、王融这样追随虔诚的佛法信徒——竟陵王萧子良的御用文人。据《封氏闻见记》载：

> 周颙好为体语，因此切字皆有纽。纽有平、上、去、入之异。永明中，沈约文词精拔，盛解音律，遂撰《四声谱》。②

周颙所好之"体语"，源自梵文"悉昙"拼读之辅音声母，但却并不是指梵文辅音声母，而是指由梵语"体语"启发之下而产生的一种盛行于南北朝的多用双声词的说话方式。多用双声词，即意味着对于声母的重视。正因重视声母，故周颙用反切注音法"切字"时都着重标出了"纽"，即声母。并且对各声母都标示了平、上、去、入四声调，并据此撰写了《四声切韵》一书。从《封氏闻见记》的记载来看，周颙是在梵文"悉昙"的启发之下发现了汉语声调本有的规律，遂开"四声"之先河。稍后的沈约则将"四声"理论发扬光大，提出了"四声八病"之说。至于王融，则是首当其冲将"四声八病"理论

---

① 《高僧传》，第 507 页。
② 〔唐〕封演撰，赵贞信校注《封氏闻见记校注》，中华书局 2005 年版，第 13 页。

应用于创作实践的永明诗人。周颙、沈约、王融等人对"四声八病"理论的发明与实践，基本实现了沈约在《宋书·谢灵运传论》中所提出的谢灵运为诗之理想"一简之内，音韵尽殊；两句之中，轻重悉异"。这"音韵"和"轻重"，与梵文"悉昙"的拼读规则以及"半满"之别何其相似！谢灵运编撰《十四音训叙》应是带有指导诗歌创作"一简之内，音韵尽殊；两句之中，轻重悉异"的意图，而这个意图在提出"四声八病"之说的后辈诗人沈约、王融等人那里，终于得以实现了。

综上所述，对佛经尤其是经中偈颂、偈赞翻译的缺陷和遗憾，促使南北朝时期的僧俗两众持续探索、寻求解决方案。而最终找到的方案虽未能解决鸠摩罗什所提出的偈颂翻译之难点，却为古汉语音韵学以及诗律学的发明指示了一条康庄之路。了解了这一点，再回过头来看前述谢灵运、王融等人在创作佛教题材颂、赞时所表现出的诗化倾向，就很容易理解其动机了——他们是将诗歌创作的方法运用到颂、赞的创作当中去，将其当作"试验品"，从艺术实践的角度去寻求破解鸠摩罗什"佛经偈颂翻译难题"的可行方案。当然，由于汉梵两种语言天然的隔阂，"佛经偈颂翻译难题"的解决方案最终并未找到，但却成就了汉语诗律学最初的理论基础——"四声八病"学说体系。

总结与展望

根据以上各章节的论述，梵文佛经中的偈，本为源自世俗而具备"宫商体韵"的音乐韵文（祇夜、伽陀），对佛经经卷中以散体文写作的教义发挥着重述、补充、赞美的多重作用。此类转译自梵语韵文的佛经"偈"文辅助阐发、宣说佛经经义，可视为述经义之"形容"。而且它们阐发经义的本质是为了赞美佛陀以及佛法，故又天然具备"美盛德"的意旨。无论是以曹植、谢灵运为代表的世俗文士还是如鸠摩罗什等精通汉语的译经僧，他们都不约而同地将佛经中的音乐韵文转化成了"颂"（偈颂）这种文体。这说明，他们都敏锐地体察到了祇夜、伽陀等梵语音乐韵文"述形容""美佛德"的功效，因此殊途同归地将其转化为颂体文。正因此，从"美盛德而述形容"的角度出发，本为梵语韵文的"偈"被转译成汉语后，就被僧俗两界信众称为"颂"或"偈颂"了。

　　至于佛经之赞，又称赞呗或梵呗，其原型为古印度赞美佛陀及佛法的单篇体音乐韵文"stotra"。佛教传入中土后，译经家及僧众开始模仿而作赞呗。魏晋以来入华僧侣及汉传僧侣之所以把梵文"stotra"转译为汉语之后定名为"赞"或"偈赞"，是出于赞体文"明也，助也"这一本质功能以及"赞叹""赞美"的后起功能之双重考虑。其中，又以对"赞叹""赞美"的后起功能之考虑为主。

　　借助汉魏六朝时期的佛经转译活动，一方面梵文佛经的祇夜、伽陀、"stotra"等被译为颂、赞文体，而使得此期中国颂、赞文体的功能、形式都发生了明显改观，而且颂、赞文体的界限变得日益模糊；另一方面作梵呗之曲调的古印度、古西域音调也随着颂、赞文体的传译而流播中土，对文学生态的变化发挥了微妙的助推作用。在这一方面，以饶宗颐、王小盾为代表的诸多学者在论述佛教经呗与永明文学之关系时已提出了大量真知灼见。而本章对"悉昙"，颂、赞与"四声八病"之间关系的探讨，也从具体而微的角度展现了宗教题材颂、赞翻译和创作对魏晋六朝时期文学生态环境演进以及文学自身发展的能动助推作用。

　　而从音乐方面来说，佛教的梵呗（赞呗）以及佛经中的大量偈颂，原本都脱胎于梵语音乐韵文，自有曲调相配合。虽然多音节的梵语催生的音调和单音节的古汉语之间存在着不易调和的矛盾，但历史上笃信佛教的僧俗两众都曾努力通过调节声律音韵来解决这一问题。比如六朝时期佛教转读法的出现以及鱼山梵呗流传至今这两个现象，即为明证。而同期，受佛经梵呗的启发，道教典籍中也出现了演唱颂、赞的现象。比如《上清九天上帝祝百神内名经》中的《太上说智慧消魔唱》以及遍布道典颂、赞中的诸如"妙唱发奇音，吟咏太真章""灵唱发空歌，吟咏步虚游""旋行礼玄京，众仙唱微诗"等语句，即为明证。可以想见，道教徒在吟唱颂、赞、仙歌、步虚辞等篇章时，亦必然不懈地做出调和声律之努力。

　　在佛、道两教颂、赞吟唱调和音律的实践推动下，永明年间分别热衷佛、道的"竟陵八友"因雅集而创制永明体诗歌，进而开启中国文学史上的近体诗之滥觞，可以说是瓜熟蒂落、水到渠成的事情。因而，佛、道两教经典中的颂、赞文体，从文学和音韵两个方面，潜移默化地塑造了六朝之际推动五言文学声律化创新发展的有利文化生态环境，也为从宗教学视角下探究中国古代文学演进、发展的规律提供了众多有价值的线索。

第六章　野颂考论

　　《文心雕龙·颂赞》是首篇阐释中国古代颂、赞文体之概念与体例的专文。在具体的行文过程中，刘勰虽然颂、赞并举，但从篇幅和论述的详备程度来看，显然是以"颂"为主导来展开论说的。然而，就在论述具有"四始之极"这一尊称的"颂"文体之行文过程中，却夹杂着这样一段不那么引人注目的论述："夫民各有心，勿壅惟口。晋舆之称原田，鲁民之刺裘鞸，直言不咏，短辞以讽，丘明子高，并谍为颂。斯则野颂之变体，浸被乎人事矣。"①在这段文字中，出现了一个全新的概念——"野颂"。而且根据上述文本来看，刘勰对于野颂基本是持认可态度的，仍将它们归入"颂"文体的范畴之内。

　　然而，詹锳先生《文心雕龙义证》中也引王利器《文心雕龙校证》指出，此段引文中"野颂"之"颂"是据唐写本所改："'颂'原作'诵'，据唐写本改。"②且又引刘永济《文心雕龙校释》称："惟今本此文'为颂'、'野颂'皆作'诵'字，与唐写本异。疑后人据《左传》《吕览》改舍人之文。细绎此段文章，舍人原本固是'颂'字。岂当时传写《左传》《吕览》有作'颂'者，舍人因据以入文，又于诵、颂通用之故，有所未照？ 是以文意不免小疵。"③而事实情况也正是如此，除《文心雕龙义证》等少数著作据唐写本作"颂"字外，其他多数著作、选本都按唐以后诸抄本为标准，将唐写本中的"并谓为颂""野颂"改为"并谓为诵""野诵"。

　　由于唐写本和后世各抄本之间存在如此差异，以至于近代以来多位学者对于刘勰行文之原意产生了一定的质疑。比如，刘师培《左庵文论》云："'夫民各有心'至'浸被乎人事矣'。此节彦和羼诵于颂，实为失考。案《说文》：'诵，讽也。'与颂义别。如所引《左传》僖公二十八年：晋舆人之诵及《孔从子》所载鲁人谤诵孔子之词，并皆百姓之歌谣；乃讽诵之诵，而非风、

---

①《文心雕龙注》，第157页。

②《文心雕龙义证》，第320页。

③《文心雕龙义证》，第321页。

雅、颂之颂。"①案刘说，诵与颂分属两种不同的文体。将用于"讽"读的"诵"视为"颂"，是一种"羼"，即掺杂、混杂的做法。

既然"诵"与"颂"分属不同文体，那么其功能一定有差别。李曰刚《文心雕龙斠诠》就从音乐的角度指出了二者的差异性："是则民间口头之叶韵之诵语，乃颂之变体，而颂体由原本告祭宗庙之舞乐，亦渐进加诸人事矣。"②很显然，李曰刚认为野颂实际上是以"诗经三颂"为代表的庙堂颂体文学散落民间之后形成的变体。同时，庙堂颂体文学本质上是一种含有宗教政治性质的音乐文学，而野颂则是其经过通俗化处理后的民间"顺口溜"文学，这种处理淡化了其宗教与政治意味。这使得颂从一种祭告宗庙神明的雅文学蜕变成了用以反映世像万千的俗文学。

这种变化，也引出了对于"颂体之讹产生于何时"的讨论。比如，刘永济《文心雕龙校释》认为："舍人此篇，辨章颂之源流，乃举原田裘鞸，皆谓之颂。考原田裘鞸，本属诵体，故美刺可用。若果是颂，则斯体之讹，不自后代矣。"③

案以上诸家之说，则"颂"与"诵"的分野是十分明显的，应当视为不同的两种文体。而刘勰在《颂赞》中论及"原田""裘鞸"等作品，则属于考据失实、引证失当，具有谬误之嫌。从以上诸家的交相诘难当中，也就引出了如下的问题：此"直言不咏，短辞以讽"之野颂（野诵）是否属于颂文体？而野颂和居于正统主导地位的颂文之间，又存在着怎样的关系？惜乎，对于上述问题，除了近代前贤有所争论之外，当前的学术界则尚未能给予充分的重视。故在本章中，笔者拟选取《文心雕龙·颂赞》对于野颂"直言不咏，短辞以讽"的论述作为切入点，来还原春秋战国时期野颂发展、演化的真实风貌，并尝试明确阐释颂与野颂（野诵）之间的关系。

第一节　讽、诵之辨

《文心雕龙·颂赞》在论及野颂时，指出其特点是"直言不咏，短辞以讽"。然而这可能并不符合野颂传唱与流变的真实情况。而刘师培、刘永

---

①《文心雕龙义证》，第 320 页。

②《文心雕龙斠诠》，第 375 页。

③〔梁〕刘勰著，刘永济校释《文心雕龙校释》，中华书局 1962 年版，第 31 页。

济、李日刚诸先生,又纷纷指证"野颂"实为"野诵"。所以问题的焦点就落到了"讽""诵"这两个字上。有鉴于此,本节首先就从辨析"讽""诵"二字的意义切入,来初步揭示"野颂"或"野诵"的原始面貌。

《说文》:"讽,诵也。"而对于"诵",《说文》则又做出了如下的解释:"诵,讽也。"由此可见,在《说文》作者许慎看来,"讽""诵"并无明显区别,属于同义词。而段玉裁《说文解字注》则略略辨析了"讽""诵"两字含义的细微差别:"讽,诵也。大司乐:以乐语教国子,兴、道、讽、诵、言、语。注:倍文曰讽,以声节之曰诵。倍同背。谓不开读也。诵则非直背文。又为吟咏以声节之。周礼经注析言之。讽诵是二。许统言之。讽诵是一也。"①从上面的论述可见,"讽"是指单纯的背诵,类似于今天的小学生背课文;而"诵"则属于"吟咏",而且这种吟咏还"以声节之",已开始加入了一定的音乐成分——带有了旋律曲调的色彩。不仅如此,"以声节之"还表明"诵"的行为已包含有节奏成分。可见"诵",实际已包含了旋律和节奏这两种音乐成分,与单纯背诵课文一样的"讽"已经有了明显差别。

若考诸文献,则会发现段玉裁的上述论断也并非其一家之言,而是以一定的文献、史料做依据。比如郑玄注《周礼·春官·大司乐》云:"倍文曰讽,以声节之曰诵。"②郑玄为东汉经学大家,彼时去《周礼》成书年代尚不为远,故郑注应是具有相当可信度的。

另外在《周礼·春官·瞽矇》中,郑玄也对"诵"字的含义进行了又一次的注解和说明。《周礼·春官·瞽矇》:"掌播鼗、柷、敔、埙、箫、管、弦、歌。讽诵诗,世奠系,鼓琴瑟。掌九德六诗之歌,以役大师。"郑玄注:"主诵诗以刺君过。"③这段引文中,"世奠系"一般被认为是"奠系世"的误写。郑玄引杜子春注云:"系世,谓帝系、世本之属诸是也。小史定之,瞽矇讽诵之。"杜子春亦对此注释道:"瞽矇主诵诗,并诵世系,以戒劝人君也。"④由此可见,两周时代,隶属于中央音乐机构的大量瞽矇盲乐师,在祭祀时其主要任务包括两种:其一为"讽诗",即"直言不咏"地背诵《诗经》中的诗篇;其二则是"诵诗、诵世系",即"诵"周朝历代先王之传承世系以及此间具有儆诫、教育

①《说文解字注》,第 90 页。
②《十三经注疏(清嘉庆刊本)》,第 1700 页。
③《十三经注疏(清嘉庆刊本)》,第 1721 页。
④《十三经注疏(清嘉庆刊本)》,第 1721 页。

意义的重大事件。

　　以上，各位解经家主要是针对"诵"字来进行含义界定的。而对于连用的"讽诵"两字，郑玄注解："讽诵诗，谓暗读之，不依咏也。"①此处的"暗"，当作"掩蔽"解，与下文的"不依咏也"相应。"不依咏"是指不唱出旋律曲调。若唱出曲调，则会像《文心雕龙·原道》所说的那样："至如林籁结响，调如竽瑟；泉石激韵，和若球锽：故形立则章成矣，声发则文生矣。"②然而，"不依咏"并不意味着"不节乐"。也就是说"讽诵诗"仍然是可以有节奏感的。也正是看到了这一点，晚清经学大师孙诒让在注解这一段时，指出："不依咏，谓虽有声节，仍不必与琴瑟相应也。"这就充分肯定了"讽诵诗"这一活动虽无曲调旋律但有声节相应的特点，也从侧面说明了在"讽诵诗"的活动中，实际上存在着某种乐器发挥了"节乐"的作用。由此即可得出结论，在周代的祭祀仪式上，瞽矇等众多盲乐师的一项重要任务就是，在某种乐器的"节乐"伴奏下，来诵读《诗经》当中的诗作、周王室的传承世系以及在历史传承过程中发生的具有儆诫、教育意义的重大事件。

　　而《国语·周语上》，则又对瞽矇诵诗的活动进行了更具细节性的描述："故天子听政，使公卿至于列士献诗，瞽献曲，史献书，师箴，瞍赋，矇诵，百工谏，庶人传语，近臣尽规，亲戚补察，瞽、史教诲，耆艾修之，而后王斟酌焉。"③通过上面的引文可见，无论是在祭祀场合还是天子听政的过程当中，都可以见到瞽矇的身影，而且他们也都发挥着比较重要的作用。因此，瞽矇是周朝中央音乐机构的基层骨干力量，在周代乐官文化中扮演着举足轻重的角色。由此，"诵"自然也就因是瞽矇所遂行的任务而成为周代乐官文化中的一项重要活动了。

第二节　野颂与先秦说唱

　　公元前771年，犬戎攻破镐京，西周灭亡。周平王在晋文侯、秦襄公等诸侯的拥戴和护卫之下，东迁洛邑，从此中国历史就进入了礼崩乐坏的东周时期。然而，作为周代乐官文化重要组成部分的"诵"，却顽强地生存了

---

　　①《十三经注疏（清嘉庆刊本）》，第1721页。

　　②《文心雕龙注》，第1页。

　　③〔战国〕左丘明撰，〔三国吴〕韦昭注《国语》，上海古籍出版社2015年版，第5页。

下来，并演化成了战汉之际风靡一时的"成相歌辞"。

提到"成相"，人们首先想到的就是《荀子》当中的《成相》。这篇包含有五十六段篇章的韵文，采用"三、三、七、四、七"的句式来写作，在《荀子》一书中可谓体例奇特，独树一帜。因其篇章之首常有"请成相""凡成相""成相竭"等与"成相"相关的词语，所以被命名为《成相》。

此《成相》虽然在《荀子》当中显得体例孤奇，但在战汉之际的文化历史中，却并不作为孤例存在，而是有着大量"兄弟姐妹"的。比如，《汉书·艺文志·杂赋类》著录有"《成相杂辞》十一篇"，虽久已亡佚，但显然与《荀子·成相》具有明显的关联性。而近年来的考古发现，更是证明了战汉之际曾经存在大量与《荀子·成相》类似的"成相歌辞"。比如，1975 年在湖北省孝感市云梦县睡虎地秦墓中，就出土了与《荀子·成相》体例高度相似的"成相歌辞"。由于其隶属云梦秦简第八编中的《为吏之道》，故而一般也被称为"云梦秦简成相篇"。除此之外，1972 年出土的长沙马王堆汉墓帛书《经法·称》，以及 1972 年山东临沂银雀山汉墓中出土的竹简《要言》，也都是采用类似《荀子·成相》的体例写定，可以看作是"成相歌辞"的变体形式。从这些出土文献中，也不难窥见，"成相歌辞"在战汉之际是广为流行的。

一、"相"为何物

对于上述所列举的各种"成相歌辞"，学术界一般都认为它们是后世说唱、曲艺文学的初始形态。这在杨荫浏《中国古代音乐史稿》等相关著作当中已经阐述备详。

对于"相"，其实汉儒早就已经做出过注解。郑玄在为《礼记·曲礼》"邻有丧，舂不相"一句作注时，曾指出"相，谓送杵声"[①]。这里的"送杵声"，应该是人们伴随着舂米的劳作而喊出的劳动号子。对此，晚清经学家王先谦在《荀子集解》中，引俞樾《诸子平议》的说法，对《成相》之"相"做注解时，就提出过相对合理的解释："此相字即'舂不相'之相。《礼记·曲礼篇》：'邻有丧，舂不相。'郑注曰'相谓送杵声'。盖古人于劳役之事，必为歌

---

①《十三经注疏（清嘉庆刊本）》，第 2704 页。

讴以相劝勉,亦举大木者呼邪许之比,其乐曲即谓之相。"①从中可见,王先谦和俞樾都认为,《成相》之"相"以及"舂不相"之"相",都是一种类似今日劳动号子的唱、诵形式。

然而,最早直接针对《荀子·成相》中"相"字做出注解的,却是唐儒杨倞。在其《荀子注》中,杨倞指出:"相乃乐器,所谓舂牍。"而舂牍则是《周礼·春官》中所载的一种特色化打击乐器。郑玄引郑众注《周礼·春官·笙师》曰:"舂牍,以竹,大五六寸,长七尺,短者一二尺,其端有两空(孔),髹画,以两手筑地。"②汉制,一尺约为 27.7 厘米。舂牍长七尺,则约为 1.93 米左右。"大五六寸"则是指舂牍直径而言,则亦应在 13.85—16.62 厘米之间。选择此等巨竹为材,再将其接地一端开凿两孔以为共鸣之用,即制成了乐器舂牍。在演奏时,笙师须以两手合力握持舂牍,有节律性地撞击地面,促其振动共鸣发声,即可得舂牍之乐。至于"应""雅",亦为和舂牍形制相似的打击乐器。杨倞以"相"为舂牍,是认为《荀子·成相》需要凭借舂牍作为主要乐器来伴奏节乐。

除上述二说之外,尚有以"相"为"拊"或"搏拊"者,其依据是郑玄对于《礼记·乐记》中"始奏以文,复乱以武,治乱以相"这句话的注解:"相,即拊也,亦以节乐。拊者,以韦为表,装之以糠。糠,一名相,因以名焉。今齐人或谓糠为相。"③在这里,郑玄阐述了"拊"的形制,指出正因为"拊"中填充有糠,而糠之别名为"相",所以"相"为"拊",是内实以糠的鼓形打击乐器。

而且,除《礼记》等著作之外,《周礼·春官》也曾两次提到了"拊"这种乐器。比如,《周礼·春官·大师》:"大祭祀,帅瞽登歌,令奏击拊,下管播乐器,令奏鼓朄。大飨亦如之。"郑玄注曰:"拊形如鼓,以韦为之,著之以糠。"又曰:"击拊,瞽乃歌。"④《周礼·春官·小师》:"小师掌教鼓、鼗、柷、敔、埙、箫、管、弦、歌。大祭祀,登歌,击拊,下管击应鼓,彻,歌。大飨亦如之。"⑤可见,小师亦以击拊节乐,来辅助大师指挥群瞽的演唱。

---

①〔清〕王先谦撰,沈啸寰、王星贤点校《荀子集解》,中华书局 1988 年版,第 456 页。
②《十三经注疏(清嘉庆刊本)》,第 1729 页。
③《十三经注疏(清嘉庆刊本)》,第 3334 页。
④《十三经注疏(清嘉庆刊本)》,第 1719—1720 页。
⑤《十三经注疏(清嘉庆刊本)》,第 1720—1721 页。

二、相与诵

上引《礼记·曲礼》所载"邻有丧，春不相"之"相"，最为契合春秋战国时期语境。这是因为，无论是郑玄作注还是杨倞作注，离开春秋战国的语境都已有了相当长的一段时间，所以，解读"成相"之"相"的关键，乃在于辨明"邻有丧，春不相"之"相"究为何意。

对此问题，破解之密码还在于《礼记·曲礼》本身："邻有丧，春不相；里有殡，不巷歌。适墓不歌，哭日不歌。"[1]意即，邻居有丧事，那么春米时就不可"相"；邻里有殡葬之事，就不要在街上唱歌；到墓地上不要唱歌；吊丧的日子不要唱歌。联系上下文来看，"春不相"之"相"显然是与"歌"相对的一个动词。这表明，"相"确确实实与"歌"存在着有同有异之处。其相同之处在于："相"和"歌"都具有音乐性；而相异之处则在于："相"没有"歌"那样的曲调旋律。没有旋律，并不妨碍"相"作为音乐的一种而与"歌"对举，因为它还可以有节奏。既如此，则反观"春不相"之"相"，则可以认定：它是一种具有节奏却无旋律的简单音乐形态。对比本章第一节有关"诵"之特征的论述即可见，这里的"相"与"诵"有着极高的相似性。因为，两者皆无曲调，但又都必须具有节奏感。

再来看王先谦和俞樾对于"春不相"的解释："盖古人于劳役之事，必为歌讴以相劝勉，亦举大木者呼邪许之比，其乐曲即谓之相。"[2]这段话的含义无非是说，"相"即劳动号子。号子起源于劳动，它可以有曲调，也可以没有曲调，但是必须有节奏。而这节奏，就来源于劳动时身体动作的节律性。所以，郑玄所指的"送杵声"，基本可以确定，就是春米时的劳动号子。那么"诵"，就是一种与作为劳动号子的"相"具有本质上的相似性之音乐文体。

再来看《成相》之"相"，固然不能目之为劳动号子。如果搁置以上除"劳动号子说"之外的其他四说暂且不顾的话，那么就应推断出一个至关重要的论点："相"必是一种和"诵"具有高度相似性的音乐文体。

实际上，"相"也应当确实是这样一种文体。目前，学界已有多篇文章论证"相"作为战汉时期宫廷说唱乐的观点。如杨楠《从〈周祝解〉到〈成相

---

①《十三经注疏（清嘉庆刊本）》，第 2704 页。

②《荀子集解》，第 456 页。

篇〉：先秦"成相体"源流辨析》、姚小鸥《"成相"杂辞考》等，即为其中代表性的学术成果。上述两篇论文，都主张将"成相"体归为宫廷文艺，这是因为他们认识到了周代"瞽献曲，史献书，师箴，瞍赋，矇诵，百工谏"的"天子听政"活动对于"成相"体文艺的先导作用。在前人研究的基础上，本书拟列举一些史料证据，进一步勾勒从周代"天子听政"到战汉"成相"体文艺之间的发展脉络。

　　首先，周代"瞽献曲""矇诵"具有儆诚、劝谏国君的功能，这在前文中已经论述备详。而在东周时代的诸侯国中，亦不乏瞽矇诵诗的活动。比如，《左传·襄公十四年》："卫献公戒孙文子、宁惠子食，皆服而朝，日旰不召，而射鸿于囿。二子从之，不释皮冠而与之言。二子怒。孙文子如戚，孙蒯入使。使大师歌《巧言》之卒章，大师辞。师曹请为之。初，公有嬖妾，使师曹诲之琴，师曹鞭之。公怒，鞭师曹三百。故师曹欲歌之，以怒孙子，以报公。公使歌之，遂诵之。蒯惧，告文子。文子曰：'君忌我矣。弗先，必死。'"①在这里，师曹因对卫献公素怀不满，所以故意不歌《巧言》之卒章，而诵《巧言》之卒章，间接导致了孙文子、宁惠子犯上作乱、卫献公出奔外国十二年的乱局。《巧言》之卒章为："彼何人斯？居河之麋。无拳无勇，职为乱阶。既微且尰，尔勇伊何？为犹将多，尔居徒几何？"②如果是采用"歌"的形式，因其表演性质浓厚，能够将卫献公对于孙蒯、孙文子的警告意味暗含在"歌"的表演当中，点到为止，正可谓"言之者无罪，闻之者足以戒"。而师曹采用"诵"的方式，则对于孙文子等人的警告意味就变得异常强烈甚至显得措辞严厉了，以至于促使后者错误地判断卫献公已露杀机，于是铤而走险，犯上作乱，驱逐卫献公远投外国。从这则史料中，一方面可见"诵"具有远比"歌"更强烈的讽谏、劝诫作用；另一方面也表明，春秋时期诸侯国当中也存在大量的乐官担任如周廷瞽矇一般的"献曲""诵诗"等任务的现象，这与周廷乐官是否出奔诸侯国并无直接关系。如此一来，则瞽矇的"献曲""诵诗"转化为"成相"体文艺形式，就具备了可能性。

　　接下来，要解决的问题则是：瞽矇的"献曲""诵诗"是如何转化为"成相"体文艺的？这还要从对于"相"这一名词的进一步考释来切入。如前文

---

①《春秋左传注（修订本）》，第1111—1112页。
②《十三经注疏（清嘉庆刊本）》，第975页。

所论，"相"和"诵"之间有着高度的相似性。而周朝宫廷以及诸侯国宫廷中"瞍"的"诵"（诗、世系等）这一行为，显然和"成相"的"相"之间具有紧密的关联性。也就是说，具有劝诫功能的"诵"演化为具备更鲜明讽谏功能的"成相"体文艺，是具有现实可能性的。而目前所存的关键问题，则在于是否有证据能够证明"成相"之"相"与瞽瞍之"诵"之间存在继承性？这还要从郑玄、杨倞对于"相"的注解来切入分析。

如前文所述，郑玄释"相"为"拊"，是在为《礼记·乐记》中的"始奏以文，复乱以武，治乱以相，讯疾以雅"一句做注解时提出的。在这里，"相"是用来调节收场时的音乐，而"雅"用来控制快速的节奏。而郑玄释"相"为"拊"，还有着上下文语境方面的依据。因为，在"始奏以文，复乱以武，治乱以相，讯疾以雅"这句之前，是"弦匏笙簧，会守拊鼓"。"弦"是指弹拨类乐器，而"匏"则是指笙管类乐器。"会守拊鼓"，则是指弹拨类乐器和笙管类乐器都在等待"拊"和"鼓"的指挥，"拊""鼓"一敲响，则奏乐就正式开始了。郑玄释"相"为"拊"，显然参考了上下文的语境。

然而脱离这个语境的限制，对比《周礼·春官》就会发现，在《礼记·乐记》中"拊"发挥的作用和《周礼·春官·大师》的"大祭祀，帅瞽登歌，令奏击拊，下管播乐器，令奏鼓鞉"①何其相似！

在《周礼·春官·大师》中是用"拊"来节制、引导众"瞽"的人声演唱，然后用"鼓"来节制、引导器乐的演奏。这样安排，是因为我国古代包括周代的音乐都"贵人声"，所以节制人声演唱的"拊"要比节制器乐演奏的"鼓"，显得等级更高一些，也更具权威性。

而在《礼记·乐记》中也是用"拊""鼓"来指挥人声演唱与器乐演奏，只不过没有详细说明"拊"和"鼓"各自的指挥对象。观其上下文，推测"拊"在和"鼓"一起引领、指挥器乐开场演奏（当然极可能也应该包含着人声演唱，只是此句未能详叙，然上下文有对人声演唱之描述）之后，其主要功能仍然是指挥、节制人声演唱。可能正因如此，郑玄将指挥乐曲将终、收场时音乐的"相"释为"拊"。这就好比是最重要的节目用作晚会的压轴一样。

在这里，存在一个不太引人瞩目但又十分重要的问题，为何周代宫廷乐官要坚持用"拊"来引导、节制等级较高的人声演唱，而用"鼓"来节制、引

---

① 《十三经注疏（清嘉庆刊本）》，第 1719 页。

导等级较低的器乐演奏?

　　要破解这一问题,还须关注《尚书·舜典》中的一段描述:"帝曰:'夔!命汝典乐,教胄子,直而温,宽而栗,刚而无虐,简而无傲。诗言志,歌永言,声依永,律和声。八音克谐,无相夺伦,神人以和。'夔曰:'於!予击石拊石,百兽率舞。'"①在这段引文中,夔"击石拊石"所节制、指挥的是诗、乐、舞三位一体的表演形式,而"百兽率舞"则是原始部落中以各种动物为图腾的方队随夔之指挥、节制而边歌边舞的情景。夔之"击石",是用重击之法;夔之"拊石",则是用轻击之法。这和后世"拊"的击打方式是一致的,也是"搏拊"得名的原因所在。因此,之所以周人用内实以糠的"拊"来指挥高级别的人声演唱,很可能就是对原始先民时代"击石拊石"表演方式的一种有意的纪念与推崇。

　　既然如此,那么在进入东周礼崩乐坏之后,周廷及各诸侯国的瞽矇转而选择具有权威性且又多用来节制、指挥人声演唱的"拊",来为自己的"诵"伴奏节乐,无论是从理智上还是从情感上,都应该是一件具有特殊意义而乐为之的事情。因为,"拊"不仅象征过"大道之行"的时代,而且见证过礼乐繁盛昌明的"三代之英"。用这件具有特殊神圣意义且又具有传统节乐功能的打击乐器,来为自己讽谏君主的"诵"伴奏节乐,无疑能够在一定程度上强化"诵"所具有的讽谏功能的权威色彩,从而为挽留正在迅速逝去的礼乐文明做出最后的一份努力!

　　所以,从这个意义上说,郑玄释"相"为"拊",进而以"拊"释"成相"之"相",是有其内在依据的。故综而观之,"相"既然是一种和"诵"具有高度相似性的音乐文体,而又有主、客观条件采用"拊"作为伴奏、节乐之器,且该论点又具有文献资料的支持,那么,也就足以证明,周代的瞽矇之"诵"在礼崩乐坏之后,以"拊"节乐、伴奏,继续强化其讽谏功能,最终发展成了战汉之际风靡列国宫廷的"成相"体文艺。

三、相与野颂

　　经过上文的论证,也就澄清了有关"相"之内涵的一个观点,即"相"确实可以为"拊"。那么对于"相"为舂牍的另一观点又该怎样认识呢? 前文

---

① 《十三经注疏(清嘉庆刊本)》,第 276 页。

也已论证了此"相"是可能不具有旋律曲调,但必具有节奏的劳动号子。那么"相为舂牍"的观点,就是与《礼记·曲礼》"邻有丧,舂不相"的语境以及本书上文的论断,从内涵上至为接近的一个观点了。事实上,"舂牍"之所以名之为"舂牍",本身就已经提示了,它实际上就是从舂米所用的木杵演变而来的。在文艺发展史上,有多少文学作品、歌曲作品、器乐作品以及乐器起源于民间,而后转为统治阶级的雅化音乐?可以说是数不胜数了。而"舂牍"的名称本身就明确无误地告诉了学人,它正是从民间舂米的劳动中起源,而后被统治阶级——周王廷的乐官所采纳,进而演变为周代祭祀时节乐所用之打击乐器的。

接下来的问题,则是舂牍是否可以为"相"。案《周礼·春官·笙师》云:"笙师掌教吹竽、笙、埙、龠、箫、篪、簜、管,舂牍、应、雅,以教祴乐。凡祭祀、飨射,共其钟笙之乐。"①意即,舂牍是由笙师所掌,似乎与瞽矇无缘。但事实并非如此,因为笙师需要"凡祭祀、飨射,共其钟、笙之乐"。意思是说,笙师要在举行祭祀、飨礼和食礼之时,供给所需要的与钟师相应的笙乐。

《周礼·春官·钟师》:"钟师掌金奏。凡乐事,以钟鼓奏九夏:《王夏》《肆夏》《昭夏》《纳夏》《章夏》《齐夏》《族夏》《祴夏》《骜夏》。凡祭祀、飨食,奏燕乐。凡射,王奏《驺虞》,诸侯奏《狸首》,卿大夫奏《采蘋》,士奏《采蘩》。掌鼗,鼓缦乐。"②由此可见,在祭祀、飨礼和食礼等场合,钟师和笙师是一块进行仪式音乐演奏的。其服务或曰伴奏的对象,就是大师和小师所指挥的一系列音乐唱、奏活动,其中自然包括大师的"帅瞽登歌"以及瞽矇的"讽诵诗"。

而且,另一个需要注意的问题是,笙师为祭祀、飨礼和食礼等场合提供的笙乐,是指笙师所掌握的"竽、笙、埙、龠、箫、篪、簜、管,舂牍、应、雅"等所有乐器的演奏。由此即可推导出,在大师"帅瞽登歌"以及瞽矇"讽诵诗"的过程中,众瞽矇是有机会接触到"舂牍、应、雅"等打击乐器并熟悉其声音效果的。那么在礼崩乐坏之后,他们转而将"舂牍、应、雅"等选作为自己的"诵"这一表演活动中的伴奏、节乐之器,应该也是水到渠成的。这是因为,舂牍的前身——舂米所用的木杵,本身就具备为劳动号子——"相"伴奏的

---

①《十三经注疏(清嘉庆刊本)》,第 1729 页。
②《十三经注疏(清嘉庆刊本)》,第 1728—1729 页。

功能。而且,此"相"与"诵",都是可无曲调但必有节奏且以声节乐的,因而它们又是高度相似的。在这种背景下,瞽矇选择"春牍、应、雅"来为自己的"诵"节乐、伴奏,进而发展成为"成相歌辞",也是可以理解的。

接下来就只剩下了最后一个问题,即春秋战国时代的诸侯国中是否存在春牍实物可供瞽矇使用呢? 对此,《湖北枣阳九连墩 M2 乐器清理简报》就给出了确切的答案。在清理九连墩 M2 战国楚墓时,考古队员们发现了春牍 1 件,"标本 M2∶371,残断成多段并漂散多处,且一端残,收缩变形。整根竹杆修削而成。长筒形,可见七个竹节,保存较好的一端从竹节处外侧砍断,中空。上或下端内侧壁上呈长方形横穿四个细长孔。除上端或下端竹节外,中部每个竹节均以红漆装饰纹样。上下边绘一周对称连续斜角卷云纹,中部红漆填实。残长 226.7 厘米,直径 3.44~3.7 厘米"①。从这份考古发掘简报的描述中可见,M2 战国楚墓中的春牍与史料所载形制基本全同,这说明在战国时期诸侯国中是存在春牍这种乐器,且可以被瞽矇用作为"诵"节乐、伴奏之器,并发展成为"成相歌辞"所用之"相"的。

根据以上论述可知,"'相'为春牍或'拊',但确属打击乐器,用以节乐"的观点,最为接近"成相"类文艺表演形式所用伴奏、节乐之乐器的原貌;但这并不意味着"成相"之"相"可以解释为一组打击乐器,因为这显然是和《荀子·成相》中"请成相""成相竭"等短语的语法构成不相适应的。那么,"成相"之"相"则应视为一种可无曲调但必有节奏,且用"相"类打击乐器伴奏、节乐的文艺表演形式的总称。而这种表演形式,也正是由两周时期宫廷乐官瞽矇具备讽谏功能的"诵"的活动演化而来的。至于第五种观点,不仅于史无据,而且在本章的论述之下也将不攻自破了。

这种由瞽矇之"诵"演化而来的"成相"体文艺表演形式,与民间"邻有丧,舂不相"之"相",即劳动号子,在表演形式上具有基本相同的特征,即,可无曲调,必有节奏,以声节乐。它是一种以节奏为最基本要素的说唱乐表演形态。

在得出了这个结论之后,即有理由相信,《文心雕龙·颂赞》中所提及的"晋舆之称原田,鲁民之刺裘鞸"等野颂,无论是将其视为"诵"还是"颂",它们都绝不应该是"直言不咏,短辞以讽",而应该是"直言不咏,短辞以

---

① 《湖北枣阳九连墩 M2 乐器清理简报》,《中原文物》2018 年第 2 期。

诵"。也就是说，这些野颂，它们最大的可能乃是类似春秋时期"邻有丧，舂不相"之"相"的劳动号子，可无曲调，必有节奏，以声节乐。在这一点上，这些野颂和两周宫廷瞽矇之"诵"及其演化出的"成相"体文艺，有着高度相似的表演形式。因此，《文心雕龙·颂赞》"短辞以讽"的描述，至少是不准确的，应改为"短辞以诵"，方合乎历史真相。

而据《周礼·春官·瞽矇》，可无曲调、必有节奏、以声节乐的"诵"可以用来"诵"诗，自然也包括"诗经三颂"在内的正宗"颂体"。这实际暗示了，两周时代正宗"颂体"的表演形式应该是多样的，既可以是舞乐形式，也可以是可无曲调、必有节奏、以声节乐的"诵"的形式。"诵"与"颂"，原本就具有深刻的内在关联性。

民间"野诵"与宫廷之"诵"及其派生的宫廷文艺"成相"具有高度相似的表演形式，那么又有什么理由把民间野颂排斥在"颂体"之外呢？论证这一点，并非仅在于纠正《文心雕龙·颂赞》关于野诵表演形式的错误论述，其深层意义在于借此可证明，所谓野颂既然和宫廷之颂有着相似的表演形式，那么野颂作为颂体文的正统地位也是不容动摇的。进而就更可明确论证，颂文最初就是涉及月旦美刺而"述事物之形容"的文体，而并不必然"美盛德而述形容"。这也就从表演形式的角度，再一次论证了颂体文的原初功能，具有正本清源的作用。

第三节　野颂与先秦声乐

本章的前两个小节，主要是凭借文献记载与考古发掘成果，约略提示了先秦时期野颂发展所留下的一些轨迹和趋向。而本小节则将立足于上文的论述，进一步从与野颂相关的先秦声乐角度切入，来审视野颂在先秦之"乐"的发展历程中所处的历史地位，并希图借此勾勒野颂在先秦时期发展演化的全景脉络。

一、先秦时期声乐演化的一般概况

先秦时期的声乐不是独立存在的，而是与诗、舞、器乐一同呈现的综合性表演艺术形态。这从《尚书·舜典》及《毛诗序》的记载中可见一斑。《尚书·舜典》：

> 帝曰：夔，命女典乐，教胄子。直而温，宽而栗，刚而无虐，简而无傲。诗言志，歌永言，声依永，律和声。①

《毛诗序》：

> 诗者，志之所之也，在心为志，发言为诗，情动于中而形于言，言之不足，故嗟叹之，嗟叹之不足，故咏歌之，咏歌之不足，不知手之舞之足之蹈之也。②

从以上两段文献的记载来看，作为声乐的"歌"是和以嗟叹念诵为表现形态的"诗""手之舞之，足之蹈之"的"舞"一同来表现的，它们共同构成了诗、乐、舞"三位一体"的上古之"乐"表演形态。当然，在这三位一体的上古之"乐"表演场合，器乐演奏也同样是不可或缺的。比如《尚书·益稷》：

> 夔曰："戛击鸣球、搏拊、琴、瑟、以咏。"祖考来格，虞宾在位，群后德让。下管鼗鼓，合止柷敔，笙镛以间。鸟兽跄跄；箫韶九成，凤皇来仪。夔曰："于！予击石拊石，百兽率舞，庶尹允谐。"帝庸作歌曰："敕天之命，惟时惟几。"乃歌曰："股肱喜哉！元首起哉！百工熙哉！"皋陶拜手稽首颺言曰："念哉！率作兴事，慎乃宪，钦哉！屡省乃成，钦哉！"乃赓歌曰："元首明哉！股肱良哉！庶事康哉！"又歌曰："元首丛脞哉！股肱惰哉！万事堕哉！"帝拜曰："俞，往，钦哉！"③

《尚书·益稷》中的这段描述，从字面来看就明确包含有器乐（鼗鼓、柷、敔和笙镛）、舞蹈（鸟兽跄跄、百兽率舞）、声乐演唱（咏、歌）这三种艺术表演形态。然而实际上不止于此，它的表演形式中也应包含了诗的嗟叹念诵在内。原因在于，文中的"箫韶九成"指向先秦时期著名的《韶》乐。而《韶》乐发轫于新石器时代末期的黄河中下游部落地区，在《尚书·益稷》所描述的这个时间段内，恰好就是《韶》乐的发端与初成时期。按照上古诗乐舞发展演化的一般规律，此期的《韶》乐应该正处于一个"言之不足，故嗟叹之，嗟叹之不足，故咏歌之"的发展阶段。所以，这一时期的《韶》乐也应该包含有嗟叹念诵之诗章。因此可以推知，像《韶》乐这样的上古

---

① 《十三经注疏（清嘉庆刊本）》，第 276 页。
② 《十三经注疏（清嘉庆刊本）》，第 563 页。
③ 《十三经注疏（清嘉庆刊本）》，第 302—304 页。

之乐,当是集"诗诵、声乐、器乐、舞蹈四位一体"的综合性表演艺术形态。

二、先秦野颂发展演化之全景脉络

(一)从舆人之诵说起

《文心雕龙·颂赞》谈及野颂(野诵)时首称"舆人":"晋舆之称原田,鲁民之刺裘鞸,直言不咏,短辞以讽,丘明子高,并谍为诵。斯则野诵之变体,浸被乎人事矣。"[①]可见,"舆人"之诵是野颂当中具有代表性的种类。因此,要勾勒先秦野颂演化发展的全景脉络,也必须首先从舆人来说起。

《文心雕龙·颂赞》中的"晋舆之称原田",出自《左传·僖公二十八年》所记晋文公所闻舆人之诵:"原田每每,舍其旧而新是谋。"[②]时值城濮之战前夜,晋文公听众舆人诵及此,心生疑虑,一时间对晋楚两军的决战前景产生了悲观的预期。实际上,唱诵的舆人只是用"原田"草木茂盛之貌来比喻晋国三军军容的威武壮盛。

舆人在春秋战国之际,是一股不容忽视的社会力量。相应地,《左传》《国语》等史书(历史散文)乃至百家著述(诸子散文)对舆人的着墨之处也为数不少。比如:

> 1.《国语·晋语三》:惠公入而背外内之赂,舆人诵之曰:"佞之见佞,果丧其田。诈之见诈,果丧其赂。得国而狃,终逢其咎。丧田不惩,祸乱其兴。"既里、丕死,祸,公陨于韩。[③]
>
> 2.《国语·楚语上》:齐桓、晋文,皆非嗣也,还轸诸侯,不敢淫逸,心类德音,以德有国。近臣谏,远臣谤,舆人诵,以自诰也。是以其入也,四封不备一同,而至于有畿田,以属诸侯,至于今为令君。桓、文皆然,君不度忧于二令君,而欲自逸也,无乃不可乎?[④]
>
> 3.《左传·僖公二十五年》:秦人过析,隈入而系舆人,以围商密,昏而傅焉。[⑤]
>
> 4.《左传·僖公二十八年》:晋侯围曹,门焉,多死。曹人尸诸城

---

①《文心雕龙注》,第 157 页。

②《春秋左传注(修订本)》,第 501 页。

③《国语直解》,第 436 页。

④《国语直解》,第 790 页。

⑤《春秋左传注(修订本)》,第 475 页。

上，晋侯患之。听舆人之谋，称："舍于墓。"师迁焉，曹人凶惧，为其所得者，棺而出之。因其凶也而攻之。三月丙午，入曹。①

5.《左传·僖公二十八年》：栾枝使舆曳柴而伪遁，楚师驰之。原轸、郤溱以中军公族横击之。②

6.《左传·襄公十八年》：齐侯登巫山以望晋师。晋人使司马斥山泽之险，虽所不至，必旆而疏陈之。使乘车者左实右伪，以旆先，舆曳柴而从之。齐侯见之，畏其众也，乃脱归。丙寅晦，齐师夜遁。③

7.《左传·襄公三十年》：子产请其田、里，三年而复之，反其田、里及其入焉。从政一年，舆人诵之，曰："取我衣冠而褚之，取我田畴而伍之。孰杀子产，吾其与之！"及三年，又诵之，曰："我有子弟，子产诲之。我有田畴，子产殖之。子产而死，谁其嗣之？"④

8.《左传·襄公三十年》：晋悼夫人食舆人之城杞者，绛县人或年长矣，无子而往，与于食。有与疑年，使之年。曰："臣，小人也，不知纪年……"赵孟问其县大夫，则其属也。召之而谢过焉，曰："武不才，任君之大事，以晋国之多虞，不能由吾子，使吾子辱在泥涂久矣，武之罪也。敢谢不才。"遂仕之，使助为政，辞以老。与之田，使为君复陶，以为绛县师，而废其舆尉。⑤

9.《左传·昭公四年》：古者日在北陆而藏冰，西陆朝觌而出之。其藏冰也，深山穷谷，固阴冱寒，于是乎取之。其出之也，朝之禄位，宾、食、丧、祭，于是乎用之。其藏之也，黑牲、秬黍以享司寒。其出之也，桃弧、棘矢以除其灾。其出入也时。食肉之禄，冰皆与焉。大夫命妇丧浴用冰。祭寒而藏之，献羔而启之，公始用之，火出而毕赋。自命夫命妇至于老疾，无不受冰。山人取之，县人传之，舆人纳之，隶人藏之。夫冰以风壮，而以风出。其藏之也周，其用之也遍，则冬无愆阳，夏无伏阴，春无凄风，秋无苦雨，雷不出震，无灾霜雹，疠疾不降，民不夭札。⑥

---

①《春秋左传注（修订本）》，第494—495页。
②《春秋左传注（修订本）》，第504页。
③《春秋左传注（修订本）》，第1142页。
④《春秋左传注（修订本）》，第1306—1307页。
⑤《春秋左传注（修订本）》，第1294—1296页。
⑥《春秋左传注（修订本）》，第1381—1383页。

10.《左传·昭公七年》：天有十日，人有十等。下所以事上，上所以共神也。故王臣公，公臣大夫，大夫臣士，士臣皂，皂臣舆，舆臣隶，隶臣僚，僚臣仆，仆臣台，马有圉，牛有牧。以待百事。[1]

11.《左传·昭公十八年》：郑之未灾也，里析告子产曰："将有大祥，民震动，国几亡。吾身泯焉，弗良及也。国迁，其可乎？"子产曰："虽可，吾不足以定迁矣。"及火，里析死矣，未葬，子产使舆三十人迁其柩。[2]

12.《左传·哀公二十三年》：二十三年春，宋景曹卒。季康子使冉有吊，且送葬，曰："敝邑有社稷之事，使肥之有职竞焉，是以不得助执绋，使求从舆人。"[3]

13.《周礼·冬官·考工记》：舆人为车，轮崇、车广、衡长，参如一，谓之参称。[4]

14.《吕氏春秋·仲秋纪·决胜》：善用兵者，诸边之内莫不与斗，虽厮舆白徒，方数百里皆来会战，势使之然也。[5]

15.《孟子·尽心下》：梓匠轮舆，能与人规矩，不能使人巧。[6]

16.《韩非子·备内》：故舆人成舆，则欲人之富贵；匠人成棺，则欲人之夭死也。非舆人仁而匠人贼也，人不贵，则舆不售；人不死，则棺不买。情非憎人也，利在人之死也。[7]

17.《商君书》：重关市之赋，则农恶商，商有疑惰之心。农恶商，商疑惰，则草必垦矣。以商之口数使商，令之厮、舆、徒、重者必当名，则农逸而商劳。[8]

在以上十七条有关舆人的史料中，第13、15、16条之舆人，皆是指制作车厢的手工业者。而除此之外其他各条之舆人，都是指春秋战国时期在各国军中、民间广泛服劳役的平民。从列举的材料来看，这些舆人在民间时

①《春秋左传注（修订本）》，第1422—1423页。
②《春秋左传注（修订本）》，第1549页。
③《春秋左传注（修订本）》，第1921页。
④《十三经注疏（清嘉庆刊本）》，第1967页。
⑤张双棣等注译《吕氏春秋译注（修订本）》，北京大学出版社2011年第2版，第191页。
⑥焦循撰，沈文倬点校《孟子正义》，中华书局1980年版，第965页。
⑦高华平、王齐洲、张三夕译注《韩非子》，中华书局2010年版，第161页。
⑧石磊译注《商君书》，中华书局2011年版，第21页。

可从事运输冰块(见第 9 条)、筑城(见第 8 条)、抬棺椁(见第 11、12 条)等各种杂役、劳务。至于他们的等级,在平民中应是相对较高些的。例如上举第 10 条材料称"士臣皂,皂臣舆,舆臣隶",士属于最低等级的贵族,士以下所辖者为平民。由第 10 条的统辖秩序来看,舆人在平民中应该属于第二等级。至于第 14 条中的"厮舆白徒",张双棣《吕氏春秋译注》将"厮"释为"古代干粗杂活的奴隶或仆役",将"舆"释为"众",将"白徒"释为"未受过军事训练的人"①。由此看来,"厮"固然属于平民中较低的阶层,而"厮""舆"对举的动机则可能是将平民阶层中身份较低的阶层与身份较高的阶层一并列出,从而彰显"白徒"所涵盖平民阶层身份的广泛性。

　　而从上举第 1、3、4、5、6 条所呈现的舆人在军中服役情况来看,舆人在军中服役时也应是有一定地位的。因为在第 4 条中晋文公居然能听到并采纳"舆人之谋",这说明舆人在军中似乎已经达到了足以向晋文公左右高级官僚进言献策的地步。而第 5、6 条中无论是晋楚城濮之战还是齐晋平阴之战,晋军主将都令舆人"曳柴",虚张声势来迷惑敌人,说明舆人在军中是一支受到重视的力量,也从侧面提示了舆人在军中地位相对较高。而且,为了统辖这地位相对较高的众多舆人,春秋各国还设置了"舆帅""舆大夫"等官职。如《左传·成公二年》"司马、司空、舆帅、候正、亚旅皆受一命之服"②;《左传·襄公二十三年》"知悼子少,而听于中行氏。程郑嬖于公。唯魏氏及七舆大夫与之"③。

(二)舆人之诵与"讴"

　　正因舆人在民间及军中都拥有相对较高的地位,所以其所诵所论才会具备较大的影响力。以至于上举第 2 条史料将舆人之"诵"与"近臣谏,远臣谤"相提并论,说明舆人的言论足以发挥对统治者的规诫作用。也正因如此,现代汉语中仍以"舆论"来指代社会大众的主流言论。而舆人之论,则又是以"诵"的形式来呈现的。春秋时期的舆人之"诵",不仅限于《文心雕龙·颂赞》所说的"晋舆之称原田,鲁民之刺裘鞸",还包括郑舆人诵子产之诵、晋舆人诵惠公之诵、朱儒之诵等等,不一而足。然而,上述这些"诵"都是怎样表现或曰怎样表演的呢?《左传·宣公二年》中的一段记载为我

---

①《吕氏春秋译注(修订本)》,第 193 页。

②《春秋左传注(修订本)》,第 874 页。

③《春秋左传注(修订本)》,第 1183 页。

们提供了线索：

　　宋城，华元为植，巡功。城者讴曰："睅其目，皤其腹，弃甲而复。于思于思，弃甲复来。"使其骖乘谓之曰："牛则有皮，犀兕尚多，弃甲则那？"役人曰："从其有皮，丹漆若何？"华元曰："去之，夫其口众我寡。"①

　　这里的"城者"，是指筑城之人，他们以"讴"来讽刺监工华元。而从"城者"所"讴"的内容来看，这种"讴"和舆人经常自发演绎的"诵"是非常相似的，两者从句式上看没有任何区别。《说文解字》释"讴"为"齐歌也"。段注：

　　师古注高帝纪曰：讴，齐歌也。谓齐声而歌。或曰齐地之歌。按假令许意齐声而歌，则当曰众歌，不曰齐歌也。李善注吴都赋引曹植妾薄相行曰：齐讴楚舞纷纷。太平御览引古乐志曰：齐歌曰讴，吴歌曰歈，楚歌曰艳，淫歌曰哇。若楚辞吴歈蔡讴、孟子河西善讴，则不限于齐也。②

　　由此可见，"讴"是起源于齐国或曰以齐国为代表的一种歌唱形式。"诵"与"讴"形式上的相似性实际提示我们，"诵"和"讴"这两种先秦歌唱形式是具有高度关联性的。

　　而从另一个角度来看，虽然我们今天经常以"讴歌"并称，但"讴"与"歌"又有所不同。《孟子·告子下》："昔者王豹处于淇而河西善讴，绵驹处于高唐而齐右善歌，华周、杞梁之妻善哭其夫，而变国俗。"汉赵岐注："王豹，卫之善讴者；淇，水名，卫诗竹竿之篇：泉源在左，淇水在右。硕人之篇曰：河水洋洋，北流活活。卫地，滨于淇水，在北流河之西，故曰处淇水而河西善讴，所谓郑卫之声也。"③在这里，"讴"被解释为一种"郑卫之音"性质的俚俗声乐。但王豹所善之"讴"与绵驹所善之"歌"对举，表明两者存在明显的差异，则是不争的事实。

　　那么，"歌"与"讴"到底有何区别呢？且看《吕氏春秋·慎大览·顺说》中的一段记载：

---

①《春秋左传注（修订本）》，第714—715页。

②《说文解字注》，第95页。

③《孟子正义》，第831页。

　　管子得于鲁，鲁束缚而槛之，使役人载而送之齐，皆讴歌而引。管
子恐鲁之止而杀己也，欲速至齐，因谓役人曰："我为汝唱，汝为我和。"
其所唱适宜走，役人不倦，而取道甚速。管子可谓能因矣。役人得其
所欲，己亦得其所欲，以此术也。①

　　通过上引这段文字不难看出，春秋时期的"讴歌"与今天我们理解为
"唱"的"歌唱"并非一个概念。因为从原文来看，管子所"唱"之声能够"适
宜走"，使"役人不倦，而取道甚速"，这必然是一种节奏欢快、繁盛促节的
"歌唱"方式。而押送管子的"役人""讴歌而引"，导致管子"恐鲁之止而杀
己"，这必然是一种与慢速行走相适宜的"慢节奏"的声乐。所以春秋时期
的"讴"或曰"讴歌"是一种慢速的声乐，和今天节奏欢快多变的"歌唱"实属
不同的两个概念。

　　此外，春秋战国时期的另外两则诸子散文材料也足以证明"讴"（讴歌）
与今天意义上的"歌唱"之"歌"的区别。其一是《世说新语·任诞》刘孝标
注所引《庄子》逸文："按《庄子》曰：'绋讴所生，必于斥苦。'司马彪注曰：
'绋，引柩索也。斥，疏缓也。苦，用力也。引绋所以有讴歌者，为人有用力
不齐，故促急之也。'"②此处《庄子》逸文可证"讴"是一种节奏非常缓慢的
声乐。其二是《列子·汤问》：

　　薛谭学讴于秦青，未穷青之技，自谓尽之，遂辞归。秦青弗止，饯
于郊衢，抚节悲歌，声振林木，响遏行云。薛谭乃谢求反，终身不敢言
归。秦青顾谓其友曰："昔韩娥东之齐，匮粮，过雍门，鬻歌假食。既去
而余音绕梁㰖，三日不绝。左右以其人弗去。过逆旅，逆旅人辱之。
韩娥因曼声哀哭，一里老幼悲愁，垂涕相对，三日不食。遽而追之。
娥还，复为曼声长歌，一里老幼善跃抃舞，弗能自禁，忘向之悲也。乃
厚赂发之。故雍门之人至今善歌哭，放娥之遗声。"③

　　从《列子·汤问》的这段记载来看，薛谭向秦青所学制"讴"，实际
上就是韩娥的"曼声哀哭"。因为联系上下文来看，秦青是举韩娥为例

<hr>

①《吕氏春秋译注（修订本）》，第 401 页。
②〔南朝宋〕刘义庆著，〔南朝梁〕刘孝标注，余嘉锡笺疏，周祖谟、余淑宜、周士琦整理《世说新
语笺疏》，中华书局 2007 年版，第 892 页。
③《列子集释》，第 169—170 页。

来说明"讴"法之妙,以便训导夜郎自大的薛谭。东晋玄学家张湛注《列子·汤问》上述引文时称:"六国时有雍门子,名周,善琴,又善哭,以哭干孟尝君。"①而其本事出自《淮南子·览冥训》:"昔雍门子以哭见孟尝君,已而陈辞通意,抚心发声,孟尝君为之增欷歍唈,流泪狼戾不可止。"②高诱注《淮南子·览冥训》上述引文云:"雍门子名周,善弹琴,又善哭。雍门,齐西门也。居近之,因以为氏。哭,犹歌也。见,犹感。增,重也。歍唈,失声也。狼戾,犹交横也。"③由张湛、高诱所作注可知,雍门子周应是深得韩娥"曼声哀哭"的"讴"法之旨趣,这也证明了"讴"与"哭"相近,"讴歌"就是一种节奏缓慢的类似挽歌的声乐表演形式。

然而,仅仅说其节奏缓慢还不足以概括"讴"或曰"讴歌"的全部特征。实际上,"讴"还有其华彩性的一面。我们注意到,韩娥除了"曼声哀哭"之外还善于"曼声长歌","曼声长歌"能使乡里父老"善跃抃舞,弗能自禁",可见它是容易传达欢乐之情的。"曼声哀哭"与"曼声长歌"同是"曼声"(即拖长声调的慢节奏),但一使人悲,一令人乐,个中关键就在于气息的把握和运用。若在"曼声"的基础上"潜气内转",则成类似"哀哭"的"讴";若在"曼声"的基础上"调气高扬",形成《礼记·乐记》所言"上如抗,下如队(坠)"之势,则成为易于表达欢快之情的"曼声长歌"。依据上面的分析我们可推测,在春秋时期乃至春秋之前,原始的"讴"是类似于"曼声哀哭"的;在原始之"讴""曼声"的基础上进一步调节气息运用方法,就形成了它的变体,即"曼声长歌"。两者合称为"讴歌",其共同的特征就是"曼声"。

时至两千多年后的今天,类似上文所分析的"讴歌"的演唱形态依然遗存在传统戏曲表演中。比如河北丝弦戏、永年西调、山西梆子、上党梆子、蒲剧、闽北四平戏、大平调、淮海戏、宜黄戏、粤剧、滇剧等众多地方戏曲中都存有名为"讴"的表演形态和唱段,其共同特征都在于在演唱过程中"字"和"腔"呈现明显的分离倾向。具体表现为,咬字用真声本嗓,吐字悠长善用气息,表现出具备一定华彩性的假声效果。如果把今天地方戏中遗存的"讴"唱法、唱段与上文所分析的春秋之际的"讴歌"相对比,就会发现古今之"讴歌"的共通之处都在于:侧重语言会话功能的"咬字"(对应"字")与侧

---

① 《列子集释》,第170页。

② 《淮南子校释》,第643页。

③ 《淮南子校释》,第651—652页。

重声乐表演功能而延长韵腹、韵尾的"吐字"（对应"腔"，即吐字过程中表现出的音高、力度、速度等音响要素的变化感）呈现了明显的分离趋势。因此，与通常所说的"唱"相比，"讴"的每个字几乎都是在延长韵腹、韵尾的"吐字"之同时，通过调节气息运用来达成演唱过程中音高、力度等音响要素的变化感，进而完成"行腔"的过程来表情达意的。从这个角度来看，现代地方戏中的"讴"实际上是先秦"讴歌"在今天的遗存形式。

　　然而，《汉书·礼乐志》却把"讴"和本章要重点论述的"诵"联系在了一起："至武帝定郊祀之礼，乃立乐府，采诗夜诵，有赵、代、秦、楚之讴。"①汉武帝时去春秋战国尚不为远，其所置乐府从民间所"采"之"诗"为"赵、代、秦、楚之讴"，而且还"夜诵"并加以协律改良，进而演化成了汉乐府诗。而此处"夜诵"的执行者却是前文提到的瞽矇。按《后汉书·马廖传》记载马廖向明德马皇后上疏称"愿置章坐侧，以当瞽人夜诵之音"②；而刘向《列女传·周室三母》亦称"古者妇人妊子……目不视于邪色，耳不听于淫声，夜则令瞽诵诗，道正事"③。从上述记载来看，先秦时期"瞽史教诲"的一项重要仪式就是"夜诵"，而且这个仪式一直传承到了两汉时代。

　　而在上引《汉书·礼乐志》的表述中，"夜诵"的对象则是"诗"与"讴"。这表明，"诗"和"讴"可"诵"，至少其表演形态与"诵"十分接近。"诗"自然可诵，《论语》中即载有孔子"诵诗三百"。而"讴"则与"诵"这一表演形式十分相近。这种相近就集中表现在"讴"的"字腔分离"这一点上。正因"字腔分离"，所以先秦乃至汉初之"讴"具备《毛诗序》所说的"言之不足，故嗟叹之"的特点。如前文所述，"讴歌"基于"曼声"，且"讴"近于"哀哭"。这与"嗟叹"的表演形式是十分相近的。可以想见，当先秦上古之人感到"言之不足"时，必然要引长字腹（主要是韵腹、韵尾）的发声过程，并且在这个过程中通过简单调节呼吸和发声状态以造成音高、力度等音响要素的变化感，这就形成了类似"嗟叹"的音响效果，同时也形成了腔调（即旋律）的雏形。而下一步，自然就会有"嗟叹之不足，故咏歌之"。既然"嗟叹"已形成了雏形化的旋律，那么接下来只要把这雏形化的旋律加以发展，自然就形成了多姿多彩的"咏歌"。

---

①《汉书》，第 1045 页。

②《后汉书》，第 854 页。

③〔汉〕刘向撰，刘晓东校点《列女传》，辽宁教育出版社 1998 年版，第 4 页。

　　至于"讴"或"讴歌"，它们只是在"嗟叹"的基础上走得更远了些，造成了明显或低沉或高扬的华彩性效果而区别于一般的"咏歌"了，故称"讴"。但是，这"讴"的本源还是基于最初那"嗟叹"的，这一点不容抹杀。而"讴"与"诵"相比较，则会发现"诵"为"讴"的表演提供了基础，这也是容易理解的。然而我们还要更进一步去追问，难道先秦乐的表演就从"言"跳跃性地突变成了"引长韵腹"的"嗟叹"乃至"讴"了吗？答案应该是否定的。我们在上文中论证了从"嗟叹"到"咏歌"的渐进演变，这也就提示，从"言"到"嗟叹"也应是一个渐进演变的过程。换言之，从"言"到"嗟叹"之间应有一个过渡性的演变环节，即"诵"。如前文所述，"诵"的突出特征是"以声节乐"，这促使单纯会话意义上的"言"附加上了最基本的音乐要素——节奏感。在这个基础上，才会演化出"嗟叹"那种雏形式的旋律感，进而演化出"咏歌"的完整旋律曲调以及"讴"的华彩性。既然"诵"是从"言"过渡到"声乐"演化过程中的关键一环，我们就不难理解《左传·襄公三十一年》所载北宫文子规谏卫襄公时为什么要强调"文王之功，天下诵而歌舞之"这句话了。

　　辨明了"讴""诵"与"嗟叹"之间的关系，再来看《汉书·礼乐志》"采诗夜诵，有赵、代、秦、楚之讴"①的记载，也就容易理解了。汉武帝所立乐府之所以选择了民间各地的"诗"和"讴"作为创制乐府诗的原材料，是因为这两种表演形态与先秦瞽矇凸显仪式感的"夜诵"在表演方式上具备共通之处，从而比较容易积极稳妥地达成武帝以旧瓶装新酒——采集民间新声，变俗为雅创制大一统封建国家独特礼乐教化诗章这一目的了。

　　经过上文较长篇幅的论证之后，我们再回到本节第一部分《左传·宣公二年》所记载的"城者"嘲讽华元之"讴"。两相对比就不难发现，"讴"与"诵"不仅文辞体式上相似，就连表演形式也是比较接近的。再联系到舆人可以筑城，这里的"城者"很可能就是宋国的舆人。那么，舆人可"讴"，自然可"诵"。只不过"讴"时采取字腔分离的手法来引长声调，而"诵"时则采用某种工具伴奏来"以声节乐"，赋予所诵内容节奏感。所以像《左传·宣公二年》所记载的"睅其目，皤其腹，弃甲而复。于思于思，弃甲复来"②这段"讴"辞，很可能以表演手法的不同来区别它是"讴"还是"诵"。当舆人引长

_____

①《汉书》，第 1045 页。
②《春秋左传注（修订本）》，第 714 页。

声调来演绎时,处在比"嗟叹"更进一步的"讴"的状态,更容易表达一种阴阳怪气的调侃意味;当舆人用某种工具伴奏,采取接近"读"的方式来演绎它时,就处于"诵"的状态,更容易表达一种指摘、斥责的意味。

而从前文所引卫国乐工师曹歌、诵同一诗章所传达的不同意味来看,采取"歌"或"讴"这种更接近声乐的表演形式来演绎某段文辞时,娱人或嘲讽的意味较为明显,比如上引《左传·宣公二年》所记的"城者"之"讴",又如《左传·定公十四年》所记的野人之歌"既定尔娄猪,盍归吾艾豭"①。当采取"诵"这种稍具音乐性但更接近语言会话的表演形式来演绎某段文辞时,规劝或儆诫的意味较为明显,比如上引之郑舆人诵子产之诵、晋舆人诵惠公之诵、朱儒之诵等。所以,根据上引史料,综合考察之下可以推断,春秋战国时期舆人或"讴"或"诵",其文辞体式是基本相同的。唯在于根据所要传达的思想意味和情感态度不同,用相同的文辞体式抒写不同的内容,引长声调来做华彩性的演绎,就演化成了声乐范畴的"讴";采取工具伴奏以声节乐,就演化成了处在语言会话向声乐表演过渡阶段的"诵"。"讴"声调引长,无须也不宜伴奏;而"诵"则声调短促,唯有加入伴奏才能赋予其一定的音乐表演属性,也才能促使"诵"所要表达的规劝或儆诫思想"插上音乐的翅膀"或"乘上音乐这股东风",获得行之弥远的传播与接受,最终引起对象群体的注意,达到规劝或儆诫之目的。

那么又一个问题是,像《左传·宣公二年》所记载的宋国"城者"这样的舆人,是用什么工具"以声节乐"来为"诵"伴奏的呢?可以推测他们就是采取手头的工具——筑城用的夯杵,一边夯土一边为口中的"诵""以声节乐"伴奏的。夯杵又称"春杵棍"。无论是从这个别名来看,还是从实际的声音效果来看,夯杵和春牍所能发挥的功用是高度相似的。而且,在涉及汉代的古文献中也有筑城者以夯杵伴奏作歌的记载。比如司马贞《史记索隐》引《太康地理记》注《史记·梁孝王世家》:"城方十三里,梁孝王筑之。鼓倡节杵而后下和之者,称《睢阳曲》。今踔以为故,所以乐家有《睢阳曲》,盖采其遗音也。"②《旧唐书·音乐志》:"春牍,虚中如筒,无底,举以顿地如春杵,亦谓之顿相。相,助也,以节乐也。或谓梁孝王筑睢阳城,击鼓为下杵

---

① 《春秋左传注(修订本)》,第 1781 页。
② 〔唐〕司马贞撰,王璐、赵望秦整理《史记索隐》,陕西师范大学出版社 2018 年版,第 246 页。

之节。《睢阳操》用舂牍,后世因之。"①《宋书·乐志》:"筑城相杵者,出自梁孝王。孝王筑睢阳城,方十二里,造倡声,以小鼓为节,筑者下杵以和之。后世谓此声为《睢阳曲》,至今传之。"②

上述三条史料都说明西汉武帝之弟梁孝王刘武在筑城时,使人敲小鼓鼓点作为指挥,以便筑城民夫按着鼓点有节奏地砸下夯杵,并伴着下杵的节奏歌唱,演化为被称为《睢阳曲》的表演形式。而《旧唐书·音乐志》将舂牍和夯杵联系起来,并指出舂牍的别名因夯杵击地而称为"顿相",这是很有见地的。这条史料为我们提示了一种可能性,即,见载于《周礼·春官》中的乐器舂牍,很可能就是从舂米的舂杵或筑城所用的夯杵演化而来的。至于舂牍"虚中如筒,无底",则是对舂杵、夯杵进行了改良,使舂牍内部形成像筒一样中空的共鸣腔体,以便在击地时获得良好的音响效果。

解读了《史记索隐》《旧唐书·音乐志》《宋书·乐志》这三则史料,再回头来看《左传·宣公二年》所记载的宋国"城者",他们在不"讴"而做"诵"时,通过有节律地砸下手中的夯杵来"以声节乐",应是自然而然的行为。因为宋国的"城者"没有梁孝王那样的排场,他们没有小鼓为"倡",只能靠手中的夯杵棍击地顿挫为节奏。从中可以看出,春秋战国之际舆人应是靠用类似夯杵这样的棍子击地顿挫为节,"以声节乐"来做"诵"的。至于梁孝王刘武,则很有可能只是在春秋战国以来流传至汉代的舆人之"诵"这一表演形式上加以改良,引入指挥性的小鼓点,并强化了音乐声律,于是发展出了《睢阳曲》或《睢阳操》这样的新曲目。

(三)战汉之际瞽矇的"生前身后"

在本章第二节中曾论证了瞽矇群体在礼崩乐坏之后流落各国,采用"成相"体的说唱方式游说各国君主的可能性。这时他们所采用的乐器应是舂牍。这是因为,在礼崩乐坏之后耕战争霸的背景下,原本服务于礼乐制度的机构被大量省并,原先作为"相"来扶助瞽矇上场奏乐的"眡瞭"难免也会被裁撤。这时,瞽矇失去眡瞭扶助之后亟需一根既可以助行又可为说唱打节奏的乐器,那么选择舂牍击地来辅助说唱是可能的。故而,结合梁孝王刘武在筑城时民夫下杵"顿相"而歌的史料来看,战国时期瞽矇选择舂

---

① 《旧唐书》,第 1075 页。
② 《宋书》,第 559 页。

牍作为主要的节乐之器，凭借其游走于各诸侯王国宫廷之间，以说唱方式来遂行其远古以来就肩负的"瞽史教化"功能并留下《成相》这样的作品，是合乎当时情况的。

而且，与《成相》相呼应的还有《银雀山汉墓竹简》《云梦睡虎地秦简》等战国秦汉时期的简牍作品。以《银雀山汉墓竹简》所载《孙膑兵法·积疏》为例：

> 积疏胜，盈胜虚，径胜行，疾胜徐，众胜寡，劮胜劳。积故积之，疏故疏之，盈故盈之，虚故虚之，径故径之，行故行之，疾故疾之，徐故徐之，众故众之，寡故寡之，劮故劮之，劳故劳之。积疏相为变，盈虚相为变，径行相为变，疾徐相为变，众寡相为变，劮劳相为变。毋以积当积，毋以疏当疏，毋以盈当盈，毋以虚当虚，毋以疾当疾，毋以徐当徐，毋以众当众，毋以寡当寡，毋以劮当劮，毋以劳当劳。积疏相当，盈虚相当，径行相当，疾徐相当，众寡相当，劮劳相当。适敌积故可疏，盈故可虚，径故可行，疾故可徐，众故可寡，劮故可劳。[①]

从这篇《孙膑兵法·积疏》的内容来看，其所采用的句式与《荀子·成相》中"请成相：世之殃，愚暗愚暗堕贤良！人主无贤，如瞽无相，何伥伥""请成相，道圣王，尧舜尚贤身辞让，许由善卷，重义轻利行显明"等词句的句式十分相似。这表明，《荀子·成相》并非孤例，在荀子和孙膑所生活的战国中晚期，确实有一批以说唱为业的艺人活跃在当时的文艺舞台上，凭借他们充满教化意味的表演，在卷帙浩繁的先秦文学作品中留下了或浓或淡的一道道印痕。而最有可能执说唱为业的艺人，则非礼崩乐坏时代失势乃至失去宫廷乐师稳定职业的瞽矇莫属。就像南宋初年省并教坊之后宫廷舞蹈艺人流落民间，加盟南戏班社而创造了"以歌舞演故事"的戏曲一样，战国中晚期失去宫廷稳定职位的瞽矇除了游诣各诸侯国宫廷之外，也不得不流落民间，靠春牍这样的节乐之器顿击节奏演唱洋溢着浓郁教化意味的曲目为生。为了吸引足够多的观众，这时的瞽矇不得不在传统的"诵"之外加入了更多旋律化的"唱"的技法，于是演化出了像《荀子·成相》《孙膑兵法·积疏》这样亦说亦唱的先秦说唱作品，从而为上古时代以来"瞽史教诲"的"诵"的表演形式画上了一个虽令人略觉伤感但却尚属圆满的句号。

---

① 张震泽撰《孙膑兵法校理》，中华书局 1984 年版，第 182—183 页。

结　论

　　"今天的古代文体研究,已经达到非常深入的地步,但是,在易代之际或者文体发展的特殊时期,某种旧文体向另一种新文体转换之时,可能同时带有前代旧文体与后世新文体两种文体特征,即具有'双重文体'性质或'文体流动'特征。"①颂和赞正是具有"双重文体"性质或"文体流动"特征的两种文体。

　　颂和赞作为我国古代诸多文体中的重要组成部分,虽然多少存在一些局限性,比如背离事实的溢美之词、阿谀夸饰乃至矫情作态等情况,但它们凭借各自特色化的语言风格来称美社会与人生,折射出了崇高的情感色彩与积极的价值判断,并且它们均源自先秦,初兴于两汉,流变于魏晋南北朝,至唐代而大盛。由于秦汉时期是颂、赞文学初露峥嵘的阶段,故而对于此期颂、赞文学的研究,不仅能够承前而总结性地揭示颂、赞文学在上古时期的演变轨迹,而且亦有助于启后而探究后世颂、赞文学发展的真实状况。进而也就能够对学人探寻并把握颂、赞文体的本质特征及演变规律,产生相当大的助益。

　　本研究大体可分为三大部分。其一是承前而总结性地揭示颂、赞文学在上古时期的演变轨迹。该部分研究内容包括颂、赞文体的考原、"诗经三颂"后颂、赞文学的发展流变情况、"诗经三颂"对于后世颂、赞文学的历史意义等内容。其二是对秦汉颂、赞文学的本体性研究,兼及对于魏晋南北朝颂、赞文学观念的探析。该部分研究内容主要包括石鼓文在颂文体中的历史承担、两汉颂文学的特色、汉代赞文体的叙述视角等内容。其三是对魏晋南北朝时期宗教颂、赞的研究。这个时期宗教题材颂、赞顺应了五言诗崛起的趋势,对传统的四言颂、赞构成了挑战与冲击。同时宗教颂、赞还对五言诗的发展演化发挥了积极的推动作用。

　　以下分三个部分,对本书的研究内容做出结论:

---

　　①孙少华《文艺思想史研究的批判继承与革新创造》,《文学遗产》2017年第3期。

一、承前的总结性研究结论

通过前面征引相关历史文献并参考当代学人研究成果而展开的论述，这里可以就颂、赞文体的起源大致做出如下结论：首先，就颂体作品的起源来看，"述形容"当是其最为原始的功能，也是上古时期这种文体诞生的根本目的。此论点不仅可以由《说文解字》对于"颂""皃"两字的解释来支持，亦可以得到先秦时期类似国颂的散体颂以及各种卜颂、野颂的支持——这些"颂"未必"美盛德"，但却无一例外是为了"述形容"。其次，真正从内容及功能的角度，将先秦颂体作品广义的"述形容"缩小内涵而固化为"美盛德而述形容"的，则是"诗经三颂"。再次，从《左传·襄公三十一年》"文王之功，天下诵而歌舞之"的记载入手，结合对先秦时期诸多野颂表演形式的分析，本书认为，包括"诗经三颂"在内的先秦颂体文学"颂之言容"的表现过程，是一个"发言为诗，情动于中而形于言，言之不足，故嗟叹之，嗟叹之不足，故咏歌之，咏歌之不足，不知手之舞之足之蹈之"的过程，是一个先诵后歌、载乐载舞的过程。那么，出于便于诵、便于歌的需要，四言句式被"诗经三颂"固化下来而从形式方面确立为后世颂体文学作品创作的基本范式，则是一件自然而然而又极易理解的事情了。最后，通过征引先秦有关文献的论述，笔者认为，"赞"文体的基本功能在于"明也，助也"，亦即帮助说明某种事物的性状。这也是上古时期"赞"文体诞生的根本依据。而根据《礼记·乐记》有关"《清庙》之瑟"的记载又可推断，后世以标准四言句式韵文为特征的赞体文学，很可能就是起源于演唱《周颂》时的嗟叹之助辞。

通过本书第二章对于"诗经三颂"后颂、赞文学的发展流变情况的论述，可以总结"诗经三颂"对于后世颂、赞文学的历史意义为：

首先，"诗经三颂"确立了后代颂、赞文学以四言句式为主体的形式。通过将东汉晚期四言颂的勃兴与魏晋之际四言诗的短暂复兴进行对比，则可以看出，四言颂是在东汉晚期特殊的政治环境中，士人为绍继"诗经三颂"传统，标举"三颂"四言句式的"雅正"精神而做出的有意选择。由于此时期的四言颂承袭"诗经三颂"之"美盛德、述形容"的传统，在引入序文之后具有更加自由的体制和相对固定的颂辞表达方式。因而，与魏晋四言诗的短暂复兴不同，东汉晚期四言颂勃兴之后，就作为一种主流的颂体形式得以"定型"了。如果说"诗经三颂"在两周时期的定型，是对后世颂文体形式方面进行的第一次规范;那么,东汉晚期绍继"诗经三颂"的"雅正"传统而导致的四言颂勃兴,就等于对后世颂文体形式方面进行的第二次规范。从此,四言颂作为颂体文学的主流形式得以确立下来了。而在东汉时期大量涌现并成为主流的赞体作品形式,可以说也是受到了"诗经三颂"形式方面规范化的影响。正是从上述几方面来说,本书认为,"诗经三颂"确立了后代颂、赞文学以四言句式为主体的形式。

其次,"诗经三颂"确立了后代颂体文学以"述形容"为根本,以"美盛德"为主流的内容取向以及赞体文学以"明也,助也"为根本,以"美盛德"为主流的内容取向。其主要的论据支撑点即,《毛诗序》:"颂者,美盛德之形容,以其成功告于神明者也。"《文心雕龙·颂赞》:"颂者,容也,所以美盛德而述形容也。"从本书前文的论述可知,"诗经三颂"是"美盛德而述形容";而先秦时期的各类如《管子·国颂》之类的散体颂以及各类卜颂是"述形容"而非"美盛德"。可以说,"诗经三颂"真正地将"述形容"和"美盛德"两者有机地统一在了一起。后世颂体文,无论是颂臣者还是颂民者,基本都注重在"述形容"的同时"美盛德"。而"罩及细物"的咏物颂文,则基本都是在"述形容"的基础上,通过"比类寓意"的方式,象征性地褒美与所咏之物相关的人之品格、德行。只有少部分咏物作品注意"述形容"而不注重"美盛德"。至于《文心雕龙·颂赞》所讥评的《汉高祖功臣颂》等"褒贬杂居"的颂体文,则在一定程度上突破了"美盛德"的限度,但在本质上"述形容"则是肯定的。

至于赞文,原本仅是发挥"明也,助也"之功能,至于褒贬取向则并不明朗。后世的史赞、经赞基本继承了这一传统。而画赞、杂赞则在其发展过程中演变为专力褒美的主流内容取向。由于本书在前面《"赞"文体考论》一节的结尾处,曾做出推论,后世以标准四言句式韵文为特征的赞体文学,很可能就是起源于演唱《周颂》时的嗟叹之助辞。如果这一推论符合当时的实际情况,那么,"诗经三颂",尤其是《周颂》是极尽歌颂褒美之能事的。则这种起源方式势必将影响到赞作为一种文体的褒贬取向。也就是说,在"诗经三颂"的影响之下,"赞"的功能,也就从最初的"明也,助也"转化为专力褒美了。

可见,在"诗经三颂"的影响下,后世的颂体文学确立了以"述形容"为根本,以"美盛德"为主流的内容取向;而后世的赞体文学确立了以"明也,助也"为根本，以"美盛德"为主流的内容取向。上述的内容取向，和以四言句式为主体的形式一道，构成了后世颂、赞文学的基本特征。

再次，"诗经三颂"确立了对后代颂、赞文学的批评规范。如果将《文心雕龙·颂赞》的主要观点加以纂集，大致即可构成后代文学批评家对于颂、赞文学的批评规范。"诗经三颂"既然在形式、内容及功能三个方面建立了颂、赞文学的写作范式，也就自然而然地从文学批评角度建立了针对颂、赞文学的批评范式。而这种"批评范式"，则以刘勰《文心雕龙·颂赞》的主要观点为代表。诚然，《文心雕龙·颂赞》的部分观点忽略了颂、赞作为两种文体在后世发展过程中产生新变的合理性及必要性，有"是古非今"之嫌。但如果从反面来思考，若将《文心雕龙·颂赞》的观点体系弃而不用，那么就无法建立起对于颂、赞文体的批评标准。所以，应该肯定地说，《文心雕龙·颂赞》的批评体系尽管有守旧之嫌，但它在诸多方面把握了颂、赞文学的本质特征，舍此则无以建立有关颂、赞文学的批评标准。因而，《文心雕龙·颂赞》对于这两种文体的批评，仍然具有十分积极的意义。而且，应该注意到，《文心雕龙·颂赞》对于颂、赞文学的批评标准体系，是建立在规范化的写作准则体系基础之上的。而这个规范化的写作准则体系，则是由以《周颂·清庙》《周颂·时迈》为代表的"诗经三颂"提供的。正是从这个意义上说，本书认为，"诗经三颂"确立了对后代颂、赞文学的批评规范。

《文心雕龙·颂赞》所确立的颂、赞文学批评体系中，也确实存在一些忽视、否定后世颂、赞文学发展动向的守旧观点。然而，采用一种灵活的方法来变通性地处理是可行的。即，将符合《文心雕龙·颂赞》批评观点体系的颂、赞文学作品称为颂、赞文学之"正体"，以便尊重"诗经三颂"以来所确立的颂、赞文学写作及批评规范体系；将后世产生新变的颂、赞文学作品称为颂、赞文学之"别体"，以便正视并尊重文体发展的客观规律。将颂、赞文学作品分"正体"和"别体"分别看待，求同存异的同时又注意探寻并尊重二者之间的内在联系，或可帮助学人更加全面地把握颂、赞文学的本质及其发展变化的规律。

最后，"诗经三颂"揭示了后世颂、赞文学发展变化的轨迹。一方面，"诗经三颂"在内容、形式及功能等方面都确立了颂、赞文学的写作及批评规范。而后世的颂、赞文学，基本上都是遵循"诗经三颂"所确立的写作规范来展开创作实践的；而以《文心雕龙·颂赞》为代表的正统文学理论批评,也基本都是遵循"诗经三颂"所确立的批评规范来进行展开批评实践的。这可以说是从"正"的方面来论述"诗经三颂"揭示后世颂、赞文学发展变化之轨迹的具体表现。

此外,还可以从"反"的方面来论述上面这个问题,意即,对比"诗经三颂",学人可以清楚地看到后世颂、赞文学在发展过程中所产生的新变,进而把握后世颂、赞文体发展的规律。可以说,"诗经三颂"恰似一面镜子。以之为鉴,则可以观照颂、赞文学在后世发展变化之轨迹,并帮助学人洞见其中所蕴含的文体发展规律。从而,更为科学、更为全面地把握颂、赞文学作为文体的本质特征。

二、颂、赞文学的本体性研究结论

从文体的角度来看,石鼓文承接《诗经》,尤其是其中的"颂诗"传统而来,具有团结群体、沟通天人的精神特质,同时对《诗经》中"颂"的篇章有印证作用,其在颂文体的发展历史中有着不可忽视的重要价值。到了汉代,颂在内容上,不再被先秦特殊的内容所局限,颂的对象从帝王、圣祖、神灵,逐渐降及清官贤臣、武将文人,既有征伐,又有巡猎,甚至还有咏物言志。在形式上,突破了"诗经三颂"四言古诗的传统,师楚骚,加序文,学赋法,尚拟古。那么参照后世颂作,颂在文体上的发展至两汉时已经成熟。

至于汉代赞体文,则多以第三人称的视角展开,间有第一人称的视角,这种情况不同于先秦主要以第二人称叙述视角为主。究其原因,在于赞体由先秦之赞辞发展为书面的赞文,不同的背景和需求造成了各自叙述视角的有别:先秦赞辞是赞者面对着或假设面对着赞主和听众的称美之辞,这种具体环境下,赞辞就只适合以第二人称"你"("您")的视角展开;而到了汉代,称美的场景性和当下性逐渐弱化,赞辞由口头走向书面,叙述视角也就逐渐抛弃了第二人称而以第三人称为主,间用第一人称。

东汉至魏晋时期,颂圣诗文进一步发生变化,简单化地呈现时代的政治文化(经学传统)这一层面,而忽略多方面的内涵与表现,特别是与当时的文学观之间的联系。这些联系一方面表现为群体性的思想、愿望与感情是其基本内涵,主题内容完全是表达对大一统王朝的政治与圣主贤臣的追求意识,凸显道德教化与礼法治世这样几类;一方面表现为颂圣诗文自身发展的通变关系,表现对象明显地从简单概括转为重史述赋写,甚至通过前序描摹万象。汉魏时期的文学自觉是浸润、引发这一转变的主要因素。

迨至南朝齐梁年间，刘勰和萧统对颂、赞的认识观点，颇值得学人进行比较研究。于颂体而言，《文心雕龙》和《文选》都对其"美盛德而述形容"的用途予以承认，但是前者固守《诗经》之"颂诗"以传的"容告神明"的传统，将颂体拘囿在一隅，所以刘勰虽然在《颂赞》里梳理了各个时代的颂体的代表作，提到了左丘明将晋人的"原田"和鲁人的"裘鞸"当作颂体，以及屈原的《橘颂》等，但是他并不认为这些都是真正的颂；后者则突破了《文心雕龙》的局限，所选颂体五篇，虽然在称美这一点上并未改变，但是或发议论，或近乎雅，或诙谐荒诞，并不似"容告神明"的《周颂·时迈》之类，这反映出《文选》逐渐接纳了《文心雕龙》中所谓的野颂、杂颂和颂之"讹体"，将其纳入"颂体文学"这一概念范围之内了。

于赞体而言，刘勰《文心雕龙》认为赞有正、变两体，正体是赞作为礼仪活动或文章中的一部分，主要起着说明、辅助的作用，变体则含有褒贬、劝诫之意。而从《文选》所录"赞"体名下仅有的《东方朔画赞》和《三国名臣序赞》看，《文选》的赞体观更倾向于赞乃褒美之辞，也就是《文心雕龙》中所说的变体一类。刘勰对赞的正、变之分固然不错，然而他认为赞"必结言于四字之句，盘桓乎数韵之辞"，对赞体形式的认识则不免拘泥，其后《文选》继承了《文心雕龙》对赞体形式的这种认识。《文心雕龙》论赞，并不否定赞体中可能含有议论的情况，而《文选》却将具有议论性的名为"赞"的《公孙弘传赞》归入"史论"体下，可见《文选》对赞体文中夹杂议论这一情况是不接受的。"在研究古代文学作品的某类'文体'之时，除了关注其最后被文学史认定的'文体'身份，还要关注该'文体'在孕育、发展过程中与其他'文体'的联系、区别或接轨、交融的过程，并与该文体所在时代的思想变化、政治变动与经济条件带来的影响联系起来。尤其是在两种文体交融、转换、新变之际，对某些作品的'文体归属'不能简单而论，而是应该以历史发展的眼光去认识。这些文体转换过程，本身就带有当时的时代精神与社会思想特征；而其将这种'时代精神'与'社会现实'写入作品的方法与经验，可以为我们今天的研究带来新的启示。"[①]

据此，可以看到《文心雕龙》对颂、赞关系的认识，明显地对《文选》产生

---

①孙少华《文艺思想史研究的批判继承与革新创造》，《文学遗产》2017 年第 3 期。

了影响。《文选》将颂、赞编排在同一卷之中,且颂体之后紧接着就是赞体,显然这样的编排方式仿效了《文心雕龙·颂赞》,反映出《文选》在处理颂、赞关系时对《文心雕龙》观念的吸收,认识到这两种文体的联系是比较密切的。即如上文所述,汉代人已经认为赞有褒赞之义,并且颂、赞二体有融合的趋势,这一点从《文选》所选的两篇赞体文即可以看出。

最后要说的是,文体之划分界定是非常困难的。一是因为各文体之间会有不同程度的相似,怎样选取一个统一的论文标准,一直是缺乏完善解决方案的;二是文体也非一成不变,文学有其自身的发展规律,再加上时代、政治等各种因素的不断变化,文体的特征也会发生变化。这就造成《文心雕龙》和《文选》虽然都收录颂、赞二体,且二者于颂、赞的认识上有一脉相承的地方,但是也有一些较为明显的不同认识,虽然可能有各自观念上的局限和偏差,而更多的乃是文体发展的不稳定性所导致的。

三、宗教题材颂、赞与文学生态环境之间密切的互动关系

当然,这里对于魏晋南北朝时期宗教颂、赞的研究还表明,唐前颂、赞文体的发展与诗歌等其他文体的创新以及文学生态的演进之间也存在着千丝万缕的互动联系。魏晋南北朝时期宗教题材颂、赞顺应了五言诗崛起的趋势,对传统的四言颂、赞构成了挑战与冲击。而另一方面,魏晋南北朝宗教颂、赞还对五言诗的发展演化发挥了积极的推动作用,具体表现在:谢灵运、周颙、沈约、王融等雅好佛法、参与译经或佛事活动的高级文人,在对梵文元、辅字母拼读规则"悉昙"的研习过程中,受到了梵文字母拼读成义的"长短""轻重""半满"等因素启迪,发现了汉语本有的一系列音韵规律,提出了"四声八病"之说,这就为古汉语音韵学以及诗律学的发明指示了一条康庄之路。

而谢灵运、王融等人在创作佛教题材颂、赞时所表现出的"以诗为颂"的诗化倾向,实则是将颂体文当作"试验品",从艺术实践角度去落实梵文"悉昙"的"长短""轻重"等音韵规则进而寻求破解"佛经偈颂翻译难题"的可行方案,对"四声八病"说的发明起到过积极的推动作用。从这个意义上说,魏晋南北朝佛、道两教经典中的颂、赞以及僧侣、文士创作的颂、赞作品,从文学和音韵两个方面潜移默化地塑造了这一时期推动五言文学声律化创新发展的有利文化生态环境。

　　因此，魏晋南北朝宗教题材颂、赞既受当时文学生态环境影响而形成，又对当时文学生态环境的演进发挥过建设性的助推作用。这体现了此期宗教题材颂、赞与文学生态环境之间密切的互动关系，也为以宗教学视角探究中国古代文学演进、发展的规律提供了众多有价值的线索。

参考文献

一、古籍类

B

〔南朝宋〕鲍照著,钱仲联增补集说校《鲍参军集注》,上海:上海古籍出版社
　　1980年版

C

〔汉〕蔡邕著,邓安生编《蔡邕集编年校注》,石家庄:河北教育出版社2002
　　年版

〔宋〕严羽著,郭绍虞校释《沧浪诗话校释》,北京:人民文学出版社1983年版

〔宋〕王钦若《册府元龟》,北京:中华书局1960年影印本

〔梁〕释僧祐撰,苏晋仁、萧炼子点校《出三藏记集》,北京:中华书局1995
　　年版

黄灵庚疏证《楚辞章句疏证》,北京:中华书局2007年版

杨伯峻编著《春秋左传注(修订本)》,北京:中华书局2016年版

D

《大正新修大藏经》,台北:台湾佛陀教育基金会出版部1990年版

《道藏》,北京:文物出版社、上海:上海书店出版社、天津:天津古籍出版社
　　1988年版

张志勇著《敦煌邈真赞释译》,北京:人民出版社2015年版

F

〔唐〕释道世撰,周叔迦、苏晋仁校注《法苑珠林校注》,北京:中华书局2003
　　年版

〔唐〕封演撰,赵贞信校注《封氏闻见记校注》,北京:中华书局2005年版

《佛藏》,上海:上海书店出版社2011年版

G

〔梁〕释慧皎撰,汤用彤校注,汤一玄整理《高僧传》,北京:中华书局1992

年版

〔清〕姚鼐纂，吴孟复、蒋立甫主编《古文辞类纂评注》，合肥：安徽教育出版
　　社 2004 年版

〔宋〕赜藏主编集，萧萐父、吕有祥点校《古尊宿语录》，北京：中华书局 1994
　　年版

黎翔凤撰，梁运华整理《管子校注》，北京：中华书局 2004 年版

来可泓撰《国语直解》，上海：复旦大学出版社 2000 年版

H

《韩非子》校注组编写，周勋初修订《韩非子校注（修订本）》，南京：凤凰出版
　　社 2009 年版

〔汉〕班固撰，〔唐〕颜师古注《汉书》，北京：中华书局 1962 年版

〔宋〕罗大经撰，王瑞来点校《鹤林玉露》，北京：中华书局 1983 年版

〔南朝宋〕范晔撰，〔唐〕李贤等注《后汉书》，北京：中华书局 1965 年版

张双棣撰《淮南子校释（增订本）》，北京：北京大学出版社 2013 年版

J

〔清〕章学诚著，王重民通解《校雠通义通解》，上海：上海古籍出版社 1987
　　年版

〔梁〕萧绎撰，许逸民校笺《金楼子校笺》，北京：中华书局 2011 年版

〔唐〕房玄龄等撰《晋书》，北京：中华书局 1974 年版

〔宋〕晁公武撰，孙猛校证《郡斋读书志校证》，上海：上海古籍出版社 1990
　　年版

K

《康熙字典》，上海：汉语大词典出版社 2002 年版

〔三国魏〕王肃注《孔子家语》，上海：上海古籍出版社 1990 年版

L

〔唐〕张彦远著，俞剑华注释《历代名画记》，上海：上海人民美术出版社
　　1964 年版

杨伯峻撰《列子集释》，北京：中华书局 2012 年版

〔梁〕萧统编，〔唐〕李善、吕延济、刘良、张铣、吕向、李周翰注《六臣注文选》，
　　北京：中华书局 1987 年版

〔晋〕陆云撰，黄葵点校《陆云集》，北京：中华书局 1988 年版

张双棣、张万彬、殷国光、陈涛注译《吕氏春秋译注（修订本）》，北京：北京大学出版社 2011 年版

杨伯峻译注《论语译注》，北京：中华书局 1980 年版

〔汉〕王充著，刘盼遂集解《论衡集解》，北京：古籍出版社 1957 年版

〔汉〕王充著，黄晖撰《论衡校释》，北京：中华书局 1990 年版

M

吴毓江撰，孙启治点校《墨子校注》，北京：中华书局 2006 年版

P

〔清〕李兆洛编，殷海国、殷海安校点《骈体文钞》，上海：上海古籍出版社 2001 年版

Q

〔清〕纪昀、陆锡熊、孙士毅等著，四库全书研究所整理《钦定四库全书总目》，北京：中华书局 1997 年版

〔清〕严可均辑《全上古三代秦汉三国六朝文》，北京：中华书局 1958 年版

S

〔晋〕陈寿撰，〔宋〕裴松之注《三国志》，北京：中华书局 1959 年版

〔清〕蒋骥撰，于淑娟点校《山带阁注楚辞》，上海：上海古籍出版社 2019 年版

〔清〕皮锡瑞撰，吴仰湘点校《尚书大传疏证》，北京：中华书局 2022 年版

〔清〕阮阅编，周本淳校点《诗话总龟》，北京：人民文学出版社 1987 年版

〔清〕方玉润撰，李先耕点校《诗经原始》，北京：中华书局 1986 年版

〔清〕陈奂著《诗毛氏传疏》，北京：中国书店 1984 年据漱芳斋 1851 年版影印本

〔梁〕钟嵘著，陈延杰注《诗品注》，北京：人民文学出版社 1980 年版

〔清〕阮元校刻《十三经注疏（清嘉庆刊本）》，北京：中华书局 2009 年版

〔汉〕司马迁撰，〔南朝宋〕裴骃集解，〔唐〕司马贞索隐，〔唐〕张守节正义《史记（点校本二十四史修订本）》，北京：中华书局 2014 年版

〔汉〕司马迁著，韩兆琦评注《〈史记〉评注本》，长沙：岳麓书社 2004 年版

〔唐〕刘知几撰，〔清〕浦起龙释《史通通释》，上海：上海古籍出版社 1978 年版

〔东汉〕刘熙撰，〔清〕毕沅疏证，〔清〕王先谦补，祝敏彻、孙玉文点校《释名疏

证补》，北京：中华书局 2008 年版

〔南朝宋〕刘义庆著，〔南朝梁〕刘孝标注，余嘉锡笺疏，周祖谟、余淑宜、周士琦整理《世说新语笺疏》，北京：中华书局 2007 年版

〔明〕陶宗仪等编《说郛三种》，上海：上海古籍出版社 1988 年版

〔汉〕许慎撰，〔清〕段玉裁注《说文解字注》，上海：上海古籍出版社 1981 年版

〔清〕朱骏声撰《说文通训定声》，武汉：武汉古籍书店 1983 年影印本

王天海、杨秀岚译注《说苑》，北京：中华书局 2009 年版

〔西汉〕司马相如著，金国永校注《司马相如集校注》，上海：上海古籍出版社 1993 年版

〔清〕孙梅著，李金松校点《四六丛话》，北京：人民文学出版社 2009 年版

〔梁〕沈约撰《宋书》，北京：中华书局 1974 年版

〔唐〕魏徵、令狐德棻撰《隋书》，北京：中华书局 1973 年版

T

王明编《太平经合校》，北京：中华书局 1960 年版

〔宋〕李昉等《太平御览》，北京：中华书局 1960 年影印本

〔唐〕杜佑撰，王文锦、王永兴、刘俊文、徐庭云、谢方点校《通典》，北京：中华书局 1988 年版

W

〔晋〕陆机著，张少康集释《文赋集释》，北京：人民文学出版社 2002 年版

〔清〕章学诚著，仓修良编著《文史通义新编新注》，杭州：浙江古籍出版社 2005 年版

〔元〕马端临撰《文献通考》，北京：中华书局 1986 年版

王元化著《文心雕龙创作论》，上海：上海古籍出版社 1979 年版

周振甫主编《文心雕龙辞典》，北京：中华书局 1996 年版

詹锳著《文心雕龙的风格学》，北京：人民文学出版社 1982 年版

刘永济校释《文心雕龙校释》，北京：中华书局 1962 年版

〔梁〕刘勰著，祖保全解说《文心雕龙解说》，合肥：安徽教育出版社 1993 年版

周振甫著《文心雕龙今译（附词语简释）》，北京：中华书局 1986 年版

王运熙著《文心雕龙探索》，上海：上海古籍出版社 1986 年版

林彬著《文心雕龙文体论今疏》，呼和浩特：内蒙古教育出版社 2000 年版

牟世金著《文心雕龙研究》，北京：人民文学出版社 1995 年版

张少康、汪春泓等著《文心雕龙研究史》，北京：北京大学出版社 2001 年版

〔南朝梁〕刘勰著，詹锳义证《文心雕龙义证》，上海：上海古籍出版社 1989
　年版

陆侃如、牟世金译注《文心雕龙译注》，济南：齐鲁书社 1981 年版

王运熙、周锋撰《文心雕龙译注》，上海：上海古籍出版社 2012 年版

黄侃札记，周勋初导读《文心雕龙札记》，上海：上海古籍出版社 2000 年版

〔梁〕刘勰著，范文澜注《文心雕龙注》，北京：人民文学出版社 1958 年版

周振甫注《文心雕龙注释》，北京：人民文学出版社 1983 年版

〔梁〕萧统编，〔唐〕李善注《文选》，上海：上海古籍出版社 1986 年版

〔宋〕李昉等《文苑英华》，北京：中华书局 1966 年版

〔明〕贺复征汇选《文章辨体汇选》，《景印文渊阁四库全书》，台北：台湾商务
　印书馆 1986 年版

〔明〕吴讷、徐师曾著，于北山、罗根泽校点《文章辨体序说　文体明辨序说》，
　北京：人民文学出版社 1962 年版

〔梁〕任昉撰，〔明〕陈懋仁注《文章缘起注　续文章缘起》，北京：中华书局
　1985 年版

X

〔晋〕谢灵运著，顾绍柏校注《谢灵运集校注》，郑州：中州古籍出版社 1987
　年版

〔宋〕欧阳修、宋祁撰《新唐书》，北京：中华书局 1975 年版

〔清〕王先谦撰，沈啸寰、王星贤点校《荀子集解》，北京：中华书局 1988 年版

Y

王利器撰《颜氏家训集解（增补本）》，北京：中华书局 1993 年版

〔清〕阮元撰，邓经元点校《揅经室集》，北京：中华书局 1993 年版

〔汉〕扬雄著，张震泽校注《扬雄集校注》，上海：上海古籍出版社 1993 年版

〔清〕何焯著，崔高维点校《义门读书记》，北京：中华书局 1987 年版

〔唐〕欧阳询撰，汪绍楹校《艺文类聚》，上海：上海古籍出版社 1982 年版

〔宋〕黄休复《益州名画录》，北京：人民美术出版社 1964 年版

《永乐北藏》，北京：线装书局 2000 年版

〔北周〕庾信撰，〔清〕倪璠注，许逸民校点《庾子山集注》，北京：中华书局
　　1980年版

武秀成、赵庶洋校证《玉海艺文校证》，南京：凤凰出版社2013年版

Z

金景芳、吕绍纲著《周易全解》，长春：吉林大学出版社1989年版

张玉春译注《竹书纪年译注》，哈尔滨：黑龙江人民出版社2003年版

《中华大藏经》，北京：中华书局1984—1997年版

张继禹主编《中华道藏》，北京：华夏出版社2004年版

陈鼓应注译《庄子今注今译》，北京：商务印书馆2007年版

〔宋〕司马光编著，〔元〕胡三省音注《资治通鉴》，北京：中华书局2013年版

〔南唐〕静、筠二禅师编撰，孙昌武、（日）衣川贤次、（日）西口芳男点校《祖堂
　　集》，北京：中华书局2007年版

二、著述类

B

刘世林著《鲍照》，沈阳：春风文艺出版社1999年版

詹福瑞著《不求甚解——读民国古代文学研究十八篇》，北京：中华书局
　　2008年版

C

孙昌武著《禅思与诗情》，北京：中华书局1997年版

林纾著，范先渊校点《春觉斋论文》，北京：人民文学出版社1959年版

D

（匈牙利）贝拉·巴拉兹著，何力译，邵牧君校《电影美学》，北京：中国电影
　　出版社1978年版

罗宗强著《读文心雕龙手记》，北京：生活·读书·新知三联书店2007年版

F

慈怡法师主编《佛光大辞典》，北京：北京图书馆出版社2005年版

丁福保编《佛学大辞典》，上海：上海书店出版社2015年版

（法）皮埃尔·吉罗著，怀宇译《符号学概论》，成都：四川人民出版社1988
　　年版

G

张少康著《古典文艺美学论稿》,北京:中国社会科学出版社 1988 年版

钱锺书著《管锥编》,北京:中华书局 1979 年版

郭绍虞著《郭绍虞说文论》,上海:上海古籍出版社 2000 年版

H

吕逸新著《汉代文体问题研究》,济南:齐鲁书社 2011 年版

黄金明著《汉魏晋南北朝诔碑文研究》,北京:人民文学出版社 2005 年版

詹福瑞著《汉魏六朝文学论集》,保定:河北大学出版社 2001 年版

饶宗颐著《画──国画史论集》,台北:台北时报文化出版企业有限公司
　　1993 年版

刘跃进著《回归中的超越:文学史研究的多种可能性》,南京:凤凰出版社
　　2011 年版

J

(法)保罗·利科尔著,陶远华等译《解释学与人文科学》,石家庄:河北人民
　　出版社 1987 年版

刘跃进主编《经典传承与现代转型》,北京:中国社会科学出版社 2013 年版

K

孙少华著《〈孔丛子〉研究》,北京:中国社会科学出版社 2011 年版

L

丁福保辑《历代诗话续编》,北京:中华书局 1983 年版

王水照编《历代文话》,上海:复旦大学出版社 2007 年版

蒋原论、潘凯雄著《历史描述与逻辑演绎──文学批评文体论》,昆明:云南
　　人民出版社 1994 年版

刘师培著,陈引驰编校《刘师培中古文学论集》,北京:中国社会科学出版社
　　1997 年版

詹锳著《刘勰与文心雕龙》,北京:中华书局 1980 年版

贾奋然著《六朝文体批评研究》,北京:北京大学出版社 2005 年版

鲁迅著《鲁迅全集》,北京:人民文学出版社 2005 年版

〔清〕刘大櫆著,舒芜校点《论文偶记》,北京:人民文学出版社 1959 年版

M

李泽厚著《美的历程》,北京:文物出版社 1981 年版

（德）黑格尔著，朱光潜译《美学》，北京：商务印书馆1996年版

刘跃进著《门阀士族与文学总集》，西安：世界图书出版西安有限公司2014
　　年版

Q

刘跃进著《秦汉文学编年史》，北京：商务印书馆2006年版

刘跃进著《秦汉文学论丛》，南京：凤凰出版社2008年版

S

朱广祁著《诗经双音词论稿》，郑州：河南人民出版社1985年版

王美盛著《石鼓文解读》，济南：齐鲁书社2006年版

张大可辑释《史记论赞辑释》，西安：陕西人民出版社1986年版

T

钱锺书著《谈艺录》，北京：中华书局1984年版

W

李士彪著《魏晋南北朝文体学》，上海：上海古籍出版社2004年版

罗宗强著《魏晋南北朝文学思想史》，北京：中华书局2006年版

庞朴著《文化的民族性与时代性》，北京：中国和平出版社1988年版

薛凤昌《文体论》，上海：商务印书馆1947年版

蒋伯潜编著《文体论纂要》，重庆：正中书局1942年版

王守元、郭鸿、苗兴伟主编《文体学研究在中国的进展》，上海：上海外语教
　　育出版社2004年版

陶东风著《文体演变及其文化意味》，昆明：云南人民出版社1994年版

童庆炳著《文体与文体的创造》，昆明：云南人民出版社1994年版

赵宪章著《文体与形式》，北京：人民文学出版社2004年版

夏丏尊、叶圣陶著《文心》，北京：中国青年出版社1983年版

（英）艾·阿·瑞恰慈著，杨自伍译《文学批评原理》，南昌：百花洲文艺出版
　　社1992年版

（英）特里·伊格尔顿著，刘峰等译《文学原理引论》，北京：文化艺术出版社
　　1987年版

孙党伯、袁謇正主编《闻一多全集》，武汉：湖北人民出版社1993年版

朱锡禄编著《武氏祠汉画像石》，济南：山东美术出版社1986年版

X

逯钦立辑校《先秦汉魏晋南北朝诗》,北京:中华书局 1983 年版

曹道衡、刘跃进著《先秦两汉文学史料学》,北京:中华书局 2005 年版

过常宝著《先秦散文研究——早期文体及话语方式的生成》,北京:人民出版社 2009 年版

郭杰、李炳海、张庆利著《先秦诗歌史论》,长春:吉林教育出版社 1995 年版

陈开梅著《先唐颂体研究》,广州:中山大学出版社 2007 年版

王立群著《现代〈文选〉学史》,北京:中国社会科学出版社 2003 年版

Y

刘跃进著,马燕鑫校补《〈玉台新咏〉史话》,北京:国家图书馆出版社 2015 年版

(美)苏珊·朗格著,滕守尧、朱疆源译《艺术问题》,北京:中国社会科学出版社 1983 年版

(英)冈布里奇著,周彦译《艺术与幻觉》,长沙:湖南人民出版社 1987 年版

《语言学百科辞典》,上海:上海辞书出版社 1993 年版

Z

傅刚著《昭明文选研究》,北京:中国社会科学出版社 2000 年版

张舜徽著《郑学丛注》,济南:齐鲁书社 1984 年版

詹福瑞著《中古文学理论范畴》,北京:中华书局 2005 年版

刘师培著《中古文学论著三种》,沈阳:辽宁教育出版社 1997 年版

曹道衡著《中古文学史论文集》,北京:中华书局 1986 年版

马建智著《中国古代文体分类研究》,北京:中国社会科学出版社 2008 年版

褚斌杰著《中国古代文体概论》,北京:北京大学出版社 1984 年版

吴承学著《中国古代文体形态研究》,广州:中山大学出版社 2002 年版

郭英德著《中国古代文体学论稿》,北京:北京大学出版社 2005 年版

杨荫浏《中国古代音乐史稿》,北京:人民音乐出版社 1981 年版

邹昌林著《中国礼文化》,北京:社会科学文献出版社 2000 年版

刘麟生著《中国骈文史》,北京:东方出版社 1996 年版

郭预衡著《中国散文史》,上海:上海古籍出版社 2000 年版

徐庭云主编《中国社会通史·隋唐五代卷》,太原:山西教育出版社 1996 年版

范文澜、蔡美彪著《中国通史》，北京：人民出版社1994年版

郑宾于著《中国文学流变史》，上海：北新书局1936年版

罗根泽著《中国文学批评史》，北京：商务印书馆2017年版

袁行霈主编《中国文学史》，北京：高等教育出版社1999年版

杨启高《中国文学体例谈》，南京：南京书店1930年版

朱志荣著《中国文学艺术论》，太原：山西教育出版社2000年版

刘师培撰《中国中古文学史讲义》，上海：上海古籍出版社2006年版

《中国医学大成》，上海：上海科学技术出版社1990年版

李祥年著《传记文学概论》，合肥：安徽文艺出版社1993年版

(美)詹姆斯·费伦著，陈永国译《作为修辞的叙事：技巧、读者、伦理、意识形态》，北京：北京大学出版社2002年版

三、期刊论文

A

杨化坤《哀颂的起源和功用》，《阜阳师范学院学报(社会科学版)》2015年第6期

B

张鹏《北朝颂碑文的流变》，《咸阳师范学院学报》2014年第1期

C

姚小鸥《"成相"杂辞考》，《文艺研究》2000年第1期

孙少华《从"史诗"到"史实"——试论中国早期文本的两种书写思维及其演进》，《北京大学学报(哲学社会科学版)》2018年第5期

叶小广《从语言走向言语的结构文体学》，《广西师院学报(哲学社会科学版)》1998年第3期

杨楠《从〈周祝解〉到〈成相篇〉：先秦"成相体"源流辨析》，《中国音乐学》2018年第4期

D

李建华《东汉洛阳兰台、东观文人群体及其创作考论》，《古籍整理研究学刊》2015年第1期

尚学峰《东汉颂文的文化特征》，《杭州师范大学学报(社会科学版)》2014年第5期

F

赵俊玲《"封禅"一体的成立》,《古典文学知识》2016 年第 1 期

王丽娜《佛教偈颂文体三种复合形式研究》,《宗教学研究》2015 年第 4 期

G

赵敏俐《歌诗与诵诗：汉代诗歌的文体流变及功能分化》,《首都师范大学学报（社会科学版）》2007 年第 6 期

赵敏俐《关于中国古代歌诗艺术生产的理论思考》,《中国诗歌研究》2004 年卷

H

彭安湘《汉代颂体风貌以及颂与赋的关系》,《湖北大学学报（哲学社会科学版）》2015 年第 2 期

许智银《汉代颂赞文化与汉赋》,《咸阳师范学院学报》2011 年第 5 期

蒋振华《汉末早期道教典籍的文章观和隐语含蕴》,《文学遗产》2019 年第 1 期

陈池瑜《汉魏"赋""赞"及〈西京杂记〉〈世说新语〉中的画史材料》,《南京艺术学院学报（美术与设计）》2010 年第 4 期

张伟《汉魏六朝画赞、像赞考论》,《海南师范大学学报（社会科学版）》2013 年第 11 期

蒋振华、罗佳艺《汉魏六朝仙歌界定与溯源》,《唐山师范学院学报》2015 年第 6 期

王红星、胡雅丽、韩楚文等《湖北枣阳九连墩 M2 乐器清理简报》,《中原文物》2018 年第 2 期

贺园茂《"画赞"考略》,《西北美术》2014 年第 4 期

李明《画赞之文体流变——兼论画赞与题画诗的关系》,《广州大学学报（社会科学版）》2014 年第 6 期

J

连秀丽《祭祀礼仪与"颂"体特征——〈文心雕龙〉评论"颂"体释读》,《哈尔滨师范大学社会科学学报》2018 年第 2 期

L

夏冬梅、肖娇娇《〈列仙传〉赞语成文与作者考论》,《文艺评论》2014 年第 4 期

孙少华《刘伶〈酒德颂〉及其与道教服饵、饮酒之关系》,《求是学刊》2011 年
　第 4 期

陈丽平《刘歆〈列女颂〉与颂体风貌转变》,《中南民族大学学报(人文社会科
　学版)》2013 年第 1 期

陈允吉《论佛偈及其翻译文体》,《复旦学报(社会科学版)》1992 年第 6 期

于浴贤《论汉代赋论"美颂"精神之缺失》,《辽东学院学报(社会科学版)》
　2014 年第 1 期

易闻晓《论汉代赋颂文体的交越互用》,《文学评论》2012 年第 1 期

刘祥《论汉魏六朝颂与赋的分合》,《江西社会科学》2017 年第 12 期

胡吉星《论美颂与崇高》,《宁夏大学学报(人文社会科学版)》2013 年第
　6 期

木斋、邹雅莉《论"士"之起源发生及与西周教育的关系——以诗三百〈雅〉
　〈颂〉之"士"为突破点》,《厦门大学学报(哲学社会科学版)》2016 年第
　1 期

木斋、李明华《论中国诗歌的起源发生——兼论〈周颂〉为中国诗歌的开山
　之作》,《山西大学学报(哲学社会科学版)》2015 年第 3 期

M

杨晓斌《名物、民俗释证与诗歌文本解读——以阴铿〈广陵岸送北使〉为
　例》,《文献》2018 年第 2 期

P

陈中竺《批评语言学述评》,《外语教学与研究》1995 年第 1 期

S

马承源《商周青铜双音钟》,《考古学报》1981 年第 1 期

李山《〈诗·大雅〉若干诗篇图赞说及由此发现的〈雅〉〈颂〉间部分对应》,
　《文学遗产》2000 年第 4 期

吴光兴《诗赋·辞赋·赋颂——两汉辞赋文学的方向性及其认同问题》,
　《文学评论》2015 年第 6 期

崔含《〈诗经〉三颂与颂体文学》,《安阳师范学院学报》2010 年第 1 期

郑志强《〈诗经〉颂体诗新考》,《贵州社会科学》2014 年第 11 期

刘涛《史传论赞演进与六朝骈文形式》,《文艺评论》2016 年第 1 期

张义《说"赞"》,《淮北师范大学学报(哲学社会科学版)》2013 年第 4 期

葛晓音《四言体的形成及其与辞赋的关系》,《中国社会科学》2002 年第
　6 期

张志勇、申慧萍《颂圣诗文与汉魏文学观》,《文艺评论》2015 年第 3 期

王洪义《"颂圣":中国历史画的过去和现在》,《思想战线》2015 年第 6 期

张志勇《"诗经三颂"对后代颂赞的文体意义》,《诗经研究丛刊(第三十一
　辑)》,学苑出版社 2017 年版

周延良《〈诗经〉"颂"诗名义考原》,《天津师范大学学报(社会科学版)》2004
　年第 6 期

W

李小青《魏晋南北朝赞体文探析》,《山西农业大学学报(社会科学版)》2015
　年第 10 期

孙少华《文本系统与汉魏六朝文学的综合性研究》,《中国社会科学》2016
　年第 5 期

刘家荣《文体学及其方法论》,《百科知识》1986 年第 4 期

张灯《〈文心雕龙·颂赞〉疑义辨析举隅》,《贵州大学学报(社会科学版)》
　1992 年第 4 期

X

赵逵夫《先秦文体分类与古代文章分类学》,载《中国古代散文研究》,安徽
　大学出版社 2001 年版

张志勇《先唐的赞与画赞》,《中国书画》2014 年第 5 期

王雅婷、董宏钰《萧统把〈圣主得贤臣颂〉归为"颂"体的考论》,《长春师范大
　学学报》2017 年第 3 期

高华平《玄学清谈与魏晋四言诗的复兴》,《中国社会科学》1993 年第 2 期

刘再生、陈瑞泉《〈荀子·成相〉"相"字析疑兼及"瞽"文化现象》,《音乐研
　究》2011 年第 3 期

Y

申丹《有关功能文体学的几点思考》,《外国语》1997 年第 5 期

黄晓芳《怨愤、苦痛背后的实录坚守——不容忽视的〈史记〉美颂艺术》,《社
　会科学论坛》2014 年第 11 期

Z

张雷红《"赞"的词义和词性变化——由"点赞"说起》,《现代语文(语言研究

版)》2015 年第 4 期

郗文倩《赞体的"正"与"变"——兼谈〈文心雕龙〉"赞"体源流论中存在的问题》,《文艺研究》2014 年第 8 期

陈兵《中国佛教的圆融精神及其当代意义》,《中华文化论坛》2004 年第 3 期

蒋振华《中国古代道教语录体散文的文学史意义》,《文学评论》2016 年第 3 期

贺万里《中国古代圣贤画像赞的造像法则及其伦理价值》,《美术观察》2003 年第 7 期

胡吉星《中国古代文人交往中的美颂传统》,《文艺评论》2014 年第 2 期

刘跃进《"中华文学"的历史进程与现实意义》,《文史知识》2015 年第 6 期

韩高年《"中华文学"多元一体格局的形成及其文化基础》,《文史知识》2015 年第 6 期

孙少华《周秦汉唐经典文本的"记录传统"与"诠释义法"》,《复旦学报(社会科学版)》2016 年第 1 期

曹胜高《周秦文学认知与"文学"的概念生成》,《深圳大学学报(人文社会科学版)》2016 年第 5 期

刘师培《左庵文论·文心雕龙颂赞篇(下)》,《国文月刊》第 10 期,1941 年7 月

四、研究生学位论文

(一)博士学位论文

H
吕逸新《汉代文体问题研究》,山东师范大学 2009 年
贺万里《鹤鸣九皋——儒学与中国画的功能问题》,南京艺术学院 2002 年
L
金信周《两周颂扬铭文及其文化研究》,复旦大学 2006 年
Q
赵彩花《前四史论赞文体艺术及其文化内涵》,复旦大学 2004 年
S
段立超《上古"颂类"文学精神及其体类特征》,东北师范大学 2007 年

韩高年《颂诗的起源与流变——三代诗歌主流的逻辑推演与实证研究》，西北师范大学 2001 年

T

张志勇《唐代颂赞文体研究》，河北大学 2010 年

W

（韩）李长徽《〈文心雕龙〉文体论研究》，山东大学 2001 年

X

张宪华《西周文研究》，上海大学 2017 年

任树民《先秦两汉抒情文学的诗性特质研究》，山东大学 2008 年

Z

郗文倩《中国古代文体功能研究——以汉代文体为中心》，河北大学 2007 年

李韬《中国古代艺术理论范畴研究》，东南大学 2016 年

王苏君《走向审美体验》，浙江大学 2003 年

胡吉星《作为文体的颂赞与中国美颂传统的形成》，暨南大学 2009 年

（二）硕士学位论文

F

梁娟娟《范晔〈后汉书〉论赞研究》，河北师范大学 2011 年

G

王翀《郭璞〈山海经图赞〉研究》，山东大学 2011 年

H

余凤《汉代"铭"体文学研究》，中南民族大学 2008 年

丁静《汉代颂体文学研究》，中南民族大学 2008 年

王艳娜《〈汉书〉、〈后汉书〉序论赞比较》，湖南师范大学 2015 年

高鸿鹏《〈汉书〉论赞研究》，河北大学 2014 年

王琳琳《〈汉书〉论赞研究》，辽宁大学 2015 年

李燕《汉魏六朝画赞研究》，暨南大学 2010 年

唐莹《〈后汉书〉序论赞研究》，湖南师范大学 2009 年

J

温晓婷《嵇康及〈圣贤高士传赞〉研究》，东北师范大学 2011 年

谷文彬《嵇康〈圣贤高士传赞〉研究》，广西师范大学 2012 年

L

胡亚萍《刘勰的应用文写作理论》，湖南师范大学 2010 年

熊江梅《六朝文体思想研究》，湖南师范大学 2011 年

张立兵《论先秦两汉的颂、赞、箴、铭》，西北师范大学 2004 年

S

陆银湘《〈诗经〉"颂"诗的研究》，暨南大学 2002 年

唐丹《〈诗经〉中西周初诗歌研究》，湖南师范大学 2014 年

邹军诚《〈史记〉〈汉书〉论赞序比较》，湖南师范大学 2006 年

胡大海《〈史记〉论赞研究》，安徽大学 2001 年

于文哲《试析玄言诗的雅颂文学特征》，宁夏大学 2005 年

赵英哲《颂文文体与唐前颂文概说》，辽宁师范大学 2007 年

T

李艳丽《"太史公曰"、"异史氏曰"比较研究》，内蒙古民族大学 2009 年

吕海茹《唐前史书的论赞研究》，河北大学 2013 年

W

王燕芸《魏晋人物画赞研究》，陕西师范大学 2015 年

王慧娟《〈文心雕龙〉文体论的文化意义及其现代价值——以〈明诗〉、〈颂
　　赞〉、〈谐隐〉等篇为例》，山东大学 2011 年

石超《〈文心雕龙〉"赞曰"研究》，华中师范大学 2010 年

X

李成荣《先唐赞体文研究》，辽宁师范大学 2006 年

Z

郭宝军《中古颂文研究》，广西师范大学 2003 年

后　记

　　拙著即将付梓,这使我不禁想起它的成书过程。

　　笔墨如同刀剑,沙场只在方寸间,只有经此一役,方知何为敬畏之心。蒙学界不弃,书稿忝列 2019 年国家社科基金后期资助项目,五位匿名专家在充分肯定该成果学术价值的同时,也提出了详尽而中肯的意见,他们的意见在本书中虽一时难以完全满足,但为我的后续研究指明了方向。实事求是回顾本书从博士后报告到国家社科基金后期资助项目立项再到现今出版,总结学术经验,可谓岁月荏苒,心有余而力不足;经籍浩渺,文有尽而论不足。在学术理想和研究现状之间,总是无奈自己才力和耐力的不足,但在此过程之中,阅读文史,思考疑虑,琳琅满目,百转千回的经历也是一种洋溢幸福充实的人生体验。非能也,乐学也。

　　本书的完成有赖于中国社科院文学所合作导师刘跃进老师的悉心培养。一方面,刘师要求严格,教我不能为论文而论文,应注重基础的扎实,提升基本素养;不虚言、不妄语、不盲从,要有自己的观点和想法。另一方面,刘师善良敦厚,一直爱护着愚钝的我,和蔼可亲,平易近人,能容忍我不时地肆无忌惮。我不但钦佩他学术的高深,敬仰他的为人,更为他学术研究的精神所激励。他精邃的眼光、渊博的学识以及儒雅的风度深深地刻在我的脑海之中。

　　特别感谢我的博导詹福瑞先生。先生见事明、处事敏,才望兼隆。本书付梓之际,每每念及瞻对清颜时的殷切教诲、亲接语笑时的耳提面命,心中便涌动温暖且深厚的力量。

　　李金善老师对此书一直予以关注和勉励。收笔请序,老师很快便拿出了令我感动的文字。

　　感谢孙少华师兄,只要看到对方,就总有力量涌现;其欣然作序,更让我倍增信心。

　　感谢学友郑志恒、李朝杰、马燕鑫多次管括机要,指点揽胜。特别是郑志恒每每推原本根,比次条理,阐究精微,奋其独见,让我豁然。

　　感谢河北大学文学院院长陈双新教授等给以大力支持与协助。

　　感谢我近九十高龄的父亲和母亲,他们健康的身体是我安心教研的前提,感谢爱人申慧萍对书稿的参互考寻、爬梳剔抉,以及对家庭的细心照顾,我才得以踏实放心、自在自为。

　　感谢本书编辑余瑾女士,她具有优秀的古代文学素养,且敬业尽职,在审阅书稿过程中多次沟通,时有匡正,为确保本书质量花费很多心血,在此深表谢意。

　　人们常说,如果能跟喜欢的人,做喜欢的事儿,每一天都是最好的时光。我的古代文学、文体研究,以及求学且任教于河北大学的每一天,都是这样美好的时光。

　　书中尚有不当之处,祈冀各位读者赐教。

2024 年 9 月 2 日